San Perdido

David Zukerman

San Perdido

roman

CALMANN LÉVY

COUVERTURE
Conception graphique : olo.éditions
Illustration : © Patrick Bornemann

ISBN 978-2-7021-6369-6

1

À San Perdido, tout le monde connaît Yerbo Kwinton. Son nom est désormais légendaire. Les enfants qui jouent au milieu des rues à s'éclabousser dans les canalisations crevées peuvent réciter des fragments entiers de sa vie et reproduisent partout sa marque en appliquant leur paume humide sur les murs lézardés. « La Mano ! » crient-ils de leurs voix claires, et les petits vendeurs ambulants qui proposent des cassettes de Bob Marley ou de Tito Ramon reprennent le même appel. « La Mano ! La Mano ! » Pour quelques balboas[1], ils peuvent fournir également des enregistrements du poète Manuel Diaz déclamant l'odyssée de Kwinton, longue de mille vers libres.

Les marchandes de fleurs qui sillonnent le front de mer chaque matin avec leurs paniers emplis de jasmin et d'œillets noirs savent aussi l'histoire. La nuit venue, elles s'agenouillent dans les bordels de la place Dorée, excitant les clients en leur racontant comment Kwinton croisa un jour leur propre mère, la brûlant avec la glace de ses yeux. « Oui, mon amour, tu as le même regard. Tue pour moi ! Tue et je t'aimerai ! » chantent-elles lorsque les hommes s'accroupissent sur elles, rêvant qu'ils sont Kwinton. Et dans les bars louches du port, il y a toujours un tenancier

1. Monnaie officielle du Panamá à parité avec le dollar. Le Panamá ayant adopté le dollar américain comme monnaie nationale, il n'existe pas de billet panaméen.

complaisant capable de vous installer à la table que La Mano occupa jadis. « Mon père lui apportait un verre de porto blanc bien frais. »

Et c'est sans compter sur les chauffeurs de taxi qui proposent tous le même itinéraire lorsqu'ils chargent les touristes en mal de sensations fortes. Ils l'appellent « la route de Kwinton ». Elle passe par le boulevard Salvación, tourne devant la statue de Carlos Hierra, seizième gouverneur, qui croisa un jour le chemin de Kwinton, puis elle rejoint la rue des Pleureuses et sort de la ville par le boulevard des Négriers qui serpente à flanc de montagne.

Bientôt, les touristes enfouissent leur nez dans leur mouchoir et plissent les yeux de dégoût. Devant eux, s'étend la décharge publique qui coupe San Perdido en deux, comme une plaie humide et purulente. On dit que les pauvres l'ont placée là pour ne pas sentir la mauvaise odeur des riches qui vivent au-dessus d'eux. C'est ici que Kwinton passa une partie de sa vie, avec la Ghanéenne qui surveillait la décharge, classant les ordures, veillant à ce que les enfants affamés fouillent chacun leur tour parmi les fruits pourris et les viandes déjà vertes, leur interdisant d'éventrer les sacs de l'hôpital San Liguori à la recherche de médicaments périmés, de flacons d'éther ou de seringues usagées.

Puis les taxis empruntent la voie Palatina, que les pauvres surnomment « Ton Élégance pourrie », pour accéder au plateau Del Sol où se dressent les villas que dissimulent les bougainvilliers, les eucalyptus et les palmiers. Ils passent lentement devant les éclairs de marbre rose, de stuc et de granit qui percent çà et là la végétation de jardins si haut perchés que les effluves de la décharge ne peuvent les atteindre. Oui, c'est contre eux que se dressait La Mano, ces riches désespérément repus qui se dépêchaient d'oublier qu'ils l'avaient croisé, tellement ils redoutaient son pas silencieux.

Les taxis redescendent ensuite vers la place Dorée où Kwinton rôdait chaque nuit, hantant le coin le plus sombre des salles enfumées, derrière les rideaux de perles ou les tentures cramoisies des bordels qui, déjà à l'époque, ne désemplissaient pas, là où il croisa la belle H, celle qui dans son sommeil rêvait de son sourire.

Oui, pour quinze balboas, les touristes ont droit à l'autre histoire de San Perdido, celle dont les attachés d'ambassade rient avec condescendance lorsqu'au cours d'un dîner officiel un porte-parole américain ou anglais évoque La Mano en ouvrant de grands yeux avides. Les attachés racontent comment le gouverneur Hierra fit tuer, il y a quarante ans, un petit assassin des bas quartiers nommé Yerbo Kwinton. Puis ils haussent les épaules et sourient en serrant leur mâchoire sur de délicieux cigares portant une main gravée sur leur étui d'aluminium.

Car il en va ainsi des légendes : elles sont chargées de mensonges plus vrais que la vérité, elles font sourire les sceptiques et applaudir les naïfs. Le cortège d'anecdotes qui retracent la vie de Kwinton a circulé à travers la ville, enflant d'année en année, s'alourdissant de la salive intéressée de ceux qui gagnent leur pain en parlant. Aujourd'hui, l'histoire est devenue aussi bigarrée que le marché qui se tient chaque samedi sur la place Dorée. Pas un commerçant n'oublie de vendre une anecdote avec sa marchandise. Il crache par terre et se signe, attestant ainsi que sa parole est pure. Puis il ajoute qu'elle est tombée de la bouche d'un père ou d'une grand-mère ayant vécu l'époque de Kwinton à San Perdido la bien nommée, dont les GI qui la quittèrent en 1999 disaient déjà qu'elle était le trou du cul du monde. Et c'est tellement vrai, qu'hormis les putes et les cigares, rien n'attire ici les touristes.

Mais pour Rafat, qui regarde chaque soir la lave du soleil couler dans l'océan en écoutant l'arthrite faire grincer ses doigts, cette exagération révèle l'enthousiasme d'une ville qui jusqu'alors n'avait pas enfanté de héros. Et qu'est-ce qu'un héros, sinon un homme qui réalise un jour le rêve secret de tout un peuple ?

Si on prête à Kwinton des pouvoirs qu'il n'eut jamais, Rafat peut attester qu'il en possédait d'autres, effrayants, dont le commun des mortels est entièrement dépourvu. L'utilisation qu'il en fit est affaire de morale. Mais peut-on avoir une morale lorsqu'on vit à San Perdido, ville oubliée de Dieu, royaume du marché noir et de la prostitution ? Ici, on dit souvent qu'une journée, si belle soit-elle, finit toujours par s'obscurcir.

Depuis quatre-vingt-dix ans que Rafat observe le phénomène, chaque soir il crache par terre pour conjurer le sort et vivre un jour de plus. Parfois, au cœur de la nuit, il a la sensation que quelque chose le frôle, une caresse glacée fait tressaillir son vieux cuir engourdi. Il se dresse brusquement dans son lit, écoutant le silence avec une intensité douloureuse, persuadé que Kwinton va apparaître, laissant l'une de ses mains glisser hors de l'ombre pour lui signaler sa présence.

Mais rien.

Rafat retombe en soupirant sur l'oreiller tandis qu'en lui tournent ces mots : « C'est fini, maintenant. »

2

Le soleil se lève à peine sur la décharge de San Perdido. En ce matin de juin 1946, le ciel est encore pâle. Les cormorans planent au-dessus des ordures, faisant un premier vol de reconnaissance, filant à travers les exhalaisons de pourriture qui montent du sol. Ils tournoient dans l'air tiède à la recherche de nourriture. Ils savent que dans peu de temps, d'autres viendront aussi fouiller parmi les ordures. Des femmes et des enfants que la faim pousse hors de leur galetas dans le bidonville de Lágrima. Alors les cormorans commencent à plonger, déchiquetant de leur bec les sacs de toile ou de papier, piquant à l'intérieur pour en sortir les restes : des galettes de maïs, des têtes de poissons, du riz moisi.

Il est 6 heures lorsque Felicia pousse la porte de sa masure pour faire entrer les premiers rayons du soleil. C'est un amas hétéroclite de planches et de tôles, de toiles et de cartons. Il y a deux petites fenêtres masquées par des volets, bricolés avec des couvercles de caisses. Felicia est fière de ces ouvertures par lesquelles elle peut surveiller tout ce qui se passe dans la décharge, voir jusqu'à la baie de Port Sangre, d'où le souffle de la mer des Caraïbes vient parfois chasser l'odeur putride qui l'entoure. Felicia est fière de sa maison. C'est elle qui l'a construite, sans l'aide de personne – surtout pas celle d'un homme – Felicia a besoin de tout sauf d'un homme.

Elle sort sur le pas de sa porte. La saison dernière, elle a fabriqué une minuscule terrasse. Sur des briques de chantier, elle a placé le plateau d'une vieille table dont elle a arraché les pieds branlants. Elle a retourné une caisse de vin pour faire une marche et lui permettre de descendre. Maintenant, elle a un perron où, le soir, elle prend le frais et contemple les lucioles.

Felicia se baisse pour ramasser de quoi relancer son feu et faire du café. Du bon café de Boquete dont elle récupère les fonds de mouture dans les paquets que jettent les riches. Elle les collecte et les vide dans une boîte en fer qu'elle garde précieusement sur une étagère.

Felicia attrape quelques papiers gras, un peu de bourre de matelas. Elle fait encore quelques pas vers un monticule de gravats. Elle y glane des éclats de bois, des morceaux de vieux meubles, des tasseaux avec lesquels elle peut cuire sa nourriture. Elle saisit le manche brisé d'une ombrelle et fouille parmi les blocs de ciment, les fragments de carrelage.

C'est à cet instant qu'elle voit l'enfant.

Il est encore loin, mais elle le distingue parfaitement. Felicia n'a pas besoin de lunettes. Malgré son âge, sa vue est toujours perçante. L'enfant marche sans trébucher, enjambant les ordures, contournant les obstacles. Il avance tranquillement, les yeux fixés sur le sol. Il progresse avec régularité, ne posant son pied que sur les surfaces solides. Il vient du côté est de la décharge, à l'opposé du bidonville de Lágrima. De là où il n'y a aucune habitation. Plus bas, commence la jungle.

Felicia regarde la petite silhouette grandir peu à peu. Lorsqu'il est à une quinzaine de mètres, elle constate qu'il est très jeune, à peine une dizaine d'années. L'enfant contourne la carcasse calcinée d'un lit de fer sur laquelle on a jeté une gazinière et une pile de vieux cartons. Il enjambe un gros tuyau éventré, et Felicia s'aperçoit qu'il est pieds nus. Il s'approche encore, il est à trois mètres.

Alors l'enfant s'arrête. Il lève la tête, plongeant ses yeux dans ceux de Felicia. Comme s'il avait toujours su qu'elle était là. Des yeux d'un bleu si clair qu'ils semblent blancs. Des yeux qui font deux trous dans son visage d'un noir profond.

Felicia a laissé tomber le manche de l'ombrelle. L'enfant l'observe attentivement, sans bouger. Il attend, les bras pendants le long du corps, ses grands yeux clairs rivés à ceux de Felicia. Elle ne peut rien dire, pendant un instant. Son cerveau est vide. Incapable de faire un geste, elle reste là, éblouie par le regard bleu comme un animal devant les phares d'un camion.

Felicia ignore combien de temps le silence dure entre eux, elle a perdu ses repères. À un moment pourtant, elle prend une longue inspiration. C'est alors qu'elle réalise qu'elle avait retenu son souffle.

— *Hola*[1] *!* dit-elle.

Mais l'enfant reste muet. Rien ne transparaît sur son visage. Comme il ne semble pas comprendre, Felicia change de langue.

— *Who are you*[2] *?*

Depuis que les Américains ont creusé le canal de Panamá, qu'ils ont fait venir toute une main-d'œuvre asiatique, africaine et attiré des travailleurs de Colombie, du Nicaragua et du Costa Rica, les langues, les dialectes se mélangent. Et Felicia en connaît beaucoup.

— *Come ti chiami*[3] *?*

Le visage de l'enfant demeure impénétrable. Felicia s'obstine :

— *Wie heisst du*[4] *?*

Rien ne semble l'atteindre, mais rien n'indique non plus de l'ironie ou de la crainte. Felicia écarte l'idée qu'il soit

1. « Bonjour ! »
2. « Qui es-tu ? »
3. « Comment t'appelles-tu ? »
4. « Comment t'appelles-tu ? »

idiot. Ce qu'elle lit dans les grands yeux clairs est bien trop profond et attentif. Il se dégage un calme et une certitude d'homme de ce visage enfantin. De la patience aussi.

— *Wewe unatokea wapi*[1] ?

Mais le swahili ne porte pas ses fruits non plus. Felicia enchaîne en langue kuna, en ngobe, en embera, wounaan, teribe, bribri. Rien ne passe sur le visage noir comme de la suie. Et à chaque question, Felicia a l'impression que c'est l'enfant qui l'interroge. Elle est engloutie par l'eau bleue de son regard.

De guerre lasse, Felicia fait un pas vers lui et s'arrête, pétrifiée. L'enfant a levé la main. Il tient une barre torsadée, de celle dont on fait les treillis avant de couler les dalles de chantier. Felicia ne l'a pas vu la ramasser. Elle fait ce qu'elle peut pour dissimuler la peur qui fait battre son vieux cœur.

Pendant un instant, ils demeurent ainsi face à face, sans bouger. Puis l'enfant empoigne la barre et la plie lentement, sans quitter Felicia des yeux. Son visage reste impassible, il ne semble faire aucun effort. Felicia remarque alors la taille de ses mains : larges, épaisses, musculeuses. À coup sûr, pas des mains d'enfant. On dirait les pattes d'un chiot qui va devenir un dogue.

La barre forme maintenant un U parfait que l'enfant laisse tomber sur le sol, et Felicia comprend. Le geste n'était pas une menace. Il lui a simplement montré à quoi il pouvait servir dans cette décharge. Qui il est, d'où il vient, cela importe peu. Il est allé à l'essentiel.

— Je vais faire du café, tu en veux ? demande-t-elle, car c'est tout ce qu'elle a à offrir.

Mais l'enfant baisse les yeux et soudain c'est comme s'il relâchait son emprise sur elle. Felicia se sent rassérénée. Elle

1. « D'où viens-tu ? »

le regarde s'éloigner tranquillement, observant autour de lui, fouillant le sol à la recherche de quelque chose.

C'est seulement à cet instant que Felicia remarque l'absence des cormorans au-dessus de la décharge.

Quelques jours après, en sortant de chez elle, Felicia découvre une petite cabane non loin de la sienne. Une porte de conteneur rouillée est posée sur des parpaings. L'ensemble ne fait pas plus de cinquante centimètres de haut. En s'approchant, elle s'aperçoit qu'en dessous le sol a été creusé, si bien qu'à l'intérieur l'excavation offre environ deux mètres de hauteur. La terre est recouverte d'une bâche trouée. Dans un coin, une longue caisse de munitions de l'armée américaine emplie de feuilles de bananier sert de lit. Rien d'autre.

Bien qu'il ne soit pas là, Felicia est certaine qu'il s'agit de la cabane de l'enfant. La Langosta[1], comme elle l'a surnommé, car ses grosses mains sont comme des pinces.

« Il a travaillé vite et en silence », songe-t-elle. Elle n'a rien vu ni rien entendu. Et seule la Vierge Marie sait comment il a fait pour traîner jusqu'ici la porte du conteneur qui se trouvait depuis un mois à l'autre bout de la décharge. Felicia aurait bien aimé l'utiliser elle aussi, mais même si elle est encore en bonne santé, elle est malgré tout trop âgée pour soulever un tel poids. Ce que normalement un enfant de dix ans ne pourrait pas faire non plus. Pourtant, Felicia doute qu'il ait demandé de l'aide à quiconque. Quelque chose lui dit que s'il ne lui parle pas, il en sera de même avec les autres. Felicia sourit. Elle retourne chez elle pour préparer un peu de bananes plantain. Elle en fera pour deux et prévoit d'en apporter à La Langosta afin qu'il ait quelque chose à manger lorsqu'il rentrera dans son trou.

1. « Le homard. »

Elle passe la matinée à cuisiner et à nettoyer sa maison. Elle a beau vivre sur la décharge de San Perdido, elle n'en observe pas moins des règles d'hygiène élémentaires. Elle va même chercher un peu d'eau à la pompe du bidonville de Lágrima pour se laver, faire sa vaisselle et s'hydrater. Elle part avec une longue branche de guayacan calée sur sa tête par un chiffon roulé en boule, et deux bidons accrochés aux extrémités. C'est le maximum qu'elle peut porter. Jadis, elle pouvait déplacer une quarantaine de kilos de marchandises, mais aujourd'hui, quinze litres d'eau lui demandent un effort considérable.

Dans l'après-midi, Felicia fait le tour de la décharge sans apercevoir l'enfant. Une bonne cinquantaine de personnes fouille les ordures à la recherche d'objets à recycler. Felicia discute avec Efia qui vient chaque jour, accompagnée par ses deux fils. Elle mentionne La Langosta, l'air de rien, mais Efia ne connaît personne ressemblant à la description qu'elle lui fait. Nabil, son benjamin, a récupéré un téléphone en bakélite qu'il range dans son sac. Efia lève les yeux au ciel. On ne peut rien faire avec un téléphone cassé. Elle préférerait qu'il se concentre sur le métal qu'ils peuvent revendre à Tonino, le bois qu'il est possible de brûler ou les vêtements qu'ils apportent à Sandro, le chiffonnier. Mais pour Nabil, qui n'a que six ans, la décharge est une caverne pleine de mystères dont les trésors restent à découvrir. Même si Taji, son aîné âgé de treize ans, l'aide davantage, Efia ne peut faire autrement que d'emmener Nabil, trop petit pour demeurer seul à Lágrima.

Felicia arrache un sac des mains de Nabil. Sur le côté apparaît le sigle de l'hôpital San Liguori, la silhouette d'un bâtiment dans un demi-cercle surmonté d'une croix. À l'intérieur, se trouvent certainement des médicaments périmés, des compresses, des pansements usagés et des déchets organiques. Felicia fait la guerre à tous ceux qui viennent afin qu'ils empilent, sans les ouvrir, les sacs de San Liguori dans un coin qu'elle a aménagé à cet effet. Un endroit entouré de planches et de piquets plantés dans la terre, comme une décharge dans la décharge. Felicia attache, là encore, beaucoup d'importance à l'hygiène. Elle-même ne fouille les ordures que le visage masqué d'un chiffon et les mains protégées par une vieille paire de gants dépareillés. Mais tout le monde ne semble pas se préoccuper des infections possibles et rares sont ceux qui prennent des précautions.

Avec une exclamation horrifiée, Efia prend le sac et part le jeter au bon endroit. Elle montre à Nabil où se trouve la « décharge des maladies », comme on l'appelle. Taji, lui, connaît déjà la procédure. Il hoche la tête en soupirant de façon exagérée, le visage navré.

Felicia n'est pas dupe. Elle sait que beaucoup ouvrent les sacs pour y trouver les médicaments qu'ils revendent dans les rues de San Perdido. Ce sont les « docteurs mobiles », comme ils se nomment eux-mêmes. Ainsi, les pauvres que le scorbut n'a pas édentés, que la faim ou la fièvre jaune n'ont pas tués, trouvent-ils dans les rues une chance de mourir en croyant se soigner.

Lorsqu'elle revient chez elle, Felicia s'aperçoit que La Langosta n'est pas rentré. Le bol de bois plein de bananes plantain qu'elle a déposé devant l'entrée de sa cabane est intact. Felicia, qui a fait le tour de la décharge, sait qu'il n'est pas ici. Elle se demande où peut aller un enfant de dix ans. Elle espère qu'il a des parents quelque part, mais rien n'est moins sûr ; pourquoi aurait-il creusé une tanière dans le sol, sinon ? Felicia soupire et replace la boîte de conserve qui sert de couvercle sur le bol. Inutile d'attirer les insectes dans la nourriture. Elle monte sur son petit perron et s'arrête un long moment sur le seuil. Ses yeux balaient l'horizon. Les silhouettes disséminées continuent de fouiller les ordures. Aussi loin qu'elle porte le regard, elle peut les voir : accroupies ou courbées, tirant et repoussant les sacs, déplaçant des cartons, des planches, des meubles brisés, triant les objets cassés, les vieux matelas éventrés. Plus bas, derrière les corps que la chaleur qui monte du sol fait trembler comme des mirages, elle voit la mer des Caraïbes scintiller et, sur ses reflets d'argent, les cargos glissent comme des jouets miniatures vers le canal de Panamá.

Les semaines passent. Felicia n'a toujours pas entendu la voix de l'enfant. Il n'a pas touché non plus aux petits plats qu'elle dépose devant sa tanière. Elle continue pourtant à lui apporter chaque jour quelque chose. Elle n'est pas certaine qu'il se nourrisse convenablement.

La Langosta a constitué un tas avec le métal qu'il récupère sur la décharge et qu'il stocke sur la porte du conteneur. Il a déniché une vieille brouette dont la roue voilée tourne de travers et se coince parfois. Il a passé plusieurs jours à la réparer. À présent, il entasse dessus ses découvertes et les transporte jusque chez lui. Il est le seul à faire ça.

Felicia sourit en le regardant. C'est un enfant très intelligent. Bien qu'il ne lui réponde jamais, elle le salue, lui lançant de loin en loin des informations, toujours dans des langues différentes puisqu'elle ignore encore laquelle il comprend. Chaque fois qu'elle lui adresse la parole, La Langosta interrompt son travail et pose sur elle ses grands yeux clairs. Elle ne sait jamais s'il attend poliment qu'elle cesse de parler ou s'il écoute ce qu'elle dit. Dans le doute, elle continue. Elle espère qu'il profitera de ses conseils. C'est ainsi qu'elle lui a indiqué où trouver de l'eau dans le bidonville de Lágrima et comment utiliser la perche de guayacan pour porter les bidons. Et surtout pourquoi il ne doit pas ouvrir les sacs de l'hôpital San Liguori. Jamais il ne hoche la tête pour lui signifier qu'il a bien compris ou la remercier. Il se contente de poser sur elle son regard bleu pâle puis, lorsqu'elle a terminé, reprend son occupation.

Un matin, elle trouve devant sa porte ses deux bidons remplis d'eau. La perche est à sa place habituelle, avec le chiffon roulé en boule. Le lendemain, le bol de nourriture est sur son perron, vide et propre. Il s'est écoulé un mois depuis l'arrivée de l'enfant. Felicia sourit, émue qu'il l'accepte enfin. Fière de voir sa persévérance récompensée. Soulagée de ne pas avoir à porter les quinze litres d'eau depuis Lágrima. Elle est tellement contente, que sans prendre le temps de faire chauffer son café du matin, elle va jusqu'à la tanière de La Langosta. Mais il n'y a personne. La caisse de feuilles de bananier est vide. Elle aperçoit une bougie à moitié consumée sur une boîte de conserve et un livre près d'une pochette d'allumettes. Son cœur bondit dans sa poitrine. L'enfant sait donc lire. Elle songe alors qu'il lui suffirait de regarder la couverture pour connaître sa langue natale. Mais elle ne pourra jamais se glisser par l'ouverture pour entrer. Felicia est trop grosse. Elle se sent vieille d'un seul coup, vieille et impotente. Et puis surtout, elle ne se reconnaît pas le droit de pénétrer chez l'enfant. Pas sans qu'il l'y ait invitée. Bien qu'elle soit démunie, Felicia a le respect de la propriété.

Elle repart donc chez elle et prend son café du matin sur son perron en regardant scintiller la mer des Caraïbes. Le soleil va bientôt commencer à chauffer les ordures, qui se mettront à dégager des puanteurs aussi variées que les matières qui les exhalent. Au milieu des femmes et des enfants qui trient les déchets, circulent des chiens errants, des bâtards aux couleurs sales et indistinctes, allant du fauve au noir en passant par une infinie variété de gris et de jaune. Ce sont des animaux étiques, que la faim rend tour à tour agressifs ou craintifs, sournois et audacieux. En général, Felicia ne s'occupe pas d'eux. Armée de sa branche de guayacan, elle ne les chasse que s'ils s'approchent de la « décharge des maladies » ou lorsqu'ils rôdent devant sa maison, attendant qu'elle tourne le dos pour lui dérober sa nourriture. Ils s'enfuient en poussant des aboiements furieux ou des plaintes douloureuses, selon l'endroit où elle les a frappés. La branche mesure un mètre cinquante et permet à Felicia de les atteindre sans être trop proche. Elle sait les surprendre lorsqu'ils sont attirés presque malgré eux par une odeur. Ils peuvent fouiller dans les déchets les plus répugnants pour trouver de quoi calmer leur fringale. Elle en a même vu dévorer des couches souillées.

Felicia passe la journée sans apercevoir La Langosta. Elle vaque à ses occupations. Dans l'après-midi, elle se rend au bidonville de Lágrima pour bavarder avec des connaissances, prendre les nouvelles de San Perdido où elle ne descend que très rarement. C'est ainsi qu'elle apprend la mort du gouverneur Esperanza, emporté par la fièvre jaune.

L'entreprise de Tonino se situe sur la route des Négriers. Il y stocke tout ce qu'il récupère et revend ensuite. Son chien Aaron, un boerboel de quatre-vingts kilos, garde l'entrepôt. C'est un animal calme mais efficace, ne laissant personne pénétrer sur son territoire sans que son maître l'y ait invité. Ce jour-là, en fin de matinée, Aaron se met soudain à aboyer. Tonino sort sur le pas de la porte pour accueillir le nouvel arrivant, mais personne ne se présente à l'entrée de la cour. Le chien fait des allers-retours de la grille à son maître, jappant et s'agitant de plus en plus. Tonino connaît suffisamment l'animal pour ne pas douter de ses alertes. Quelqu'un approche, il en est certain. Tonino s'installe donc sur le banc de bois usé adossé au mur de l'entrepôt et allume une cigarette pour attendre son visiteur.

Aaron se met bientôt à tourner sur lui-même en glapissant. Au loin, retentit alors un grincement métallique. Au jugé, Tonino dirait que l'inconnu est à une centaine de mètres en amont. Aaron virevolte de plus en plus vite et ses gémissements deviennent une plainte au fur et à mesure que se rapproche le grincement. Le son est suraigu, comme un mécanisme rouillé que l'on force. Soudain, Aaron fait demi-tour et traverse l'entrepôt ventre à terre pour rejoindre le terrain abandonné qui se trouve derrière.

Tonino n'a jamais vu son chien agir ainsi. On dit que les boerboels sont capables de faire fuir un lion, aussi Tonino s'inquiète-t-il. Pendant une seconde, il se demande s'il ne devrait pas aller chercher son fusil rangé sous l'établi. Il se lève tandis que le grincement devient strident.

Bientôt apparaît un enfant noir poussant une brouette plus grosse que lui. Tonino ne lui donne pas plus d'une dizaine d'années. L'enfant ouvre le battant de la grille, puis amène son chargement dans la cour. Il vient directement se placer devant Tonino. Sur le plateau, il a empilé très proprement, du plus grand morceau au plus petit, une imposante variété de débris. Des montants, des plaques, des barres, des tuyaux. Tonino aperçoit même un fragment de cadre de vélo.

L'enfant a lâché les poignées et attend. C'est à ce moment-là que Tonino découvre le regard bleu. Si clair que la pupille fait un point noir au milieu. Les yeux semblent vides de toute substance.

— *Hola !* T'as fait peur à mon chien avec ta brouette, dit-il au petit. Il faudrait peut-être la graisser.

L'enfant ne réagit pas. Il regarde Tonino, impassible. L'homme l'observe à son tour, espérant une parole qui ne vient pas.

— Un « bonjour » te tuera pas, mon bonhomme, reprend-il entre ses dents.

Tonino n'a pas l'intention de se mettre au service du petit. Il fait durer son attente afin de lui montrer qui est le patron et à qui il doit le respect. Il le détaille ouvertement de la tête aux pieds. L'enfant est vêtu de haillons : un tee-shirt verdâtre d'au moins trois tailles de trop et un méchant pantalon de coton bleu dont les jambes ont été déchirées au-dessous du genou, faisant des franges sur ses mollets poussiéreux. Il n'a pas de sandales et ses pieds sont couverts de croûtes.

En voyant cela, Tonino s'adoucit un peu. Mais pas plus que nécessaire.

— T'as perdu ta langue ? demande-t-il en levant ses sourcils fournis dont les poils emmêlés pointent dans toutes les directions.

Mais l'enfant ne prononce pas un mot. Il le regarde calmement et Tonino perçoit davantage de la patience que du défi. On dirait qu'il attend que l'homme tire lui-même ses conclusions. Une petite lueur se fait jour dans l'esprit de Tonino.

— Tu serais pas muet, par hasard ?

Il pourrait jurer que passe le reflet d'un assentiment dans le bleu presque transparent de ses iris ! C'est comme si l'enfant tirait ses pensées dans la bonne direction. Pour la première fois depuis des années, Tonino est troublé par quelqu'un. Il a devant lui un mystère plus grand que celui de la Nativité. À maintenant quarante ans, solidement bâti, il est dans la force de l'âge et a l'habitude de se frotter à toutes sortes de caractères, mais celui qu'il a devant lui en ce jour de juillet 1946 les dépasse tous.

— J'suppose que tu veux m'vendre tout ça ?

C'est plus une réflexion qu'il se fait qu'une question qu'il adresse à l'enfant.

— Voyons voir, dit-il en s'approchant de la brouette.

Il soulève deux ou trois tuyaux de cuivre. Les plaques, avec leurs bords arrondis et massifs, sont visiblement les parois d'un frigidaire. Il y a aussi un morceau de cuisinière en fonte.

« Comment un enfant de dix ans a-t-il pu trimbaler tout ça ? se demande-t-il en continuant d'inspecter le contenu de la brouette. Ceux qui l'ont envoyé n'ont pas de cœur ou sont vraiment dans une misère noire. » Mais Tonino a affaire à tellement d'habitants du bidonville de Lágrima qu'il n'est pas étonné. Là-haut, tout le monde fouille dans la décharge. C'est une occupation comme une autre.

— Tu sais que j'achète au poids, non ? Suis-moi ! lance-t-il en s'avançant vers l'entrepôt.

La balance se trouve à gauche en entrant. L'enfant y place la brouette.

— Soixante-deux kilos, lit Tonino sur le cadran. J'dirais que ton engin pèse pas plus de quinze kilos, qu'en penses-tu ? C'qui fait quarante-sept kilos de marchandise. J't'en donne quatre balboas.

Joignant le geste à la parole, Tonino sort de sa poche une liasse de dollars froissés, certains déchirés. Il en prend quatre et les tend à l'enfant. Mais celui-ci lui tourne le dos et fouille dans la brouette, jetant sur le sol tout ce qui est en cuivre.

Tonino se raidit.

— OK ! Tu sais faire la différence entre les métaux.

L'enfant déplace la brouette, abandonnant sur le plateau de pesée les morceaux qu'il a sélectionnés.

— À peine trois kilos de cuivre, fait Tonino. J't'en donne un balboa et cinquante centesimos de plus.

Il joint le geste à la parole et tire un billet de sa liasse crasseuse auquel il ajoute une pièce. Mais l'enfant se contente de le regarder.

— Quoi ?

L'enfant remet tous les morceaux de cuivre sur la brouette et pose la main sur le chargement, indiquant par là qu'il s'agit de sa possession. Tonino remarque alors la dimension de cette main. On dirait qu'elle a été écrasée tellement elle est large. Les doigts sont épais, cisaillés de crevasses, et les tendons saillants. « Sans doute un accident », songe Tonino qui ne peut détacher les yeux de ce membre disproportionné par rapport au corps maigre de l'enfant.

— D'accord, c'est du cuivre, mais personne t'en donnera plus de quarante centesimos le kilo, gamin ! lance Tonino, faisant mine d'abandonner la négociation.

Il fait quelques pas. Aussitôt, le grincement aigu retentit. L'enfant se dirige vers la sortie. Tonino est soufflé par tant d'assurance. Il esquisse un sourire.

— T'as un sacré culot, fils, murmure-t-il pour lui-même.

L'enfant a traversé la cour et pousse sa brouette sur la route. Mais Tonino est un vieux singe.

— Tu vas r'monter jusqu'à Lágrima avec ton chargement ? crie-t-il.

Le grincement s'éloigne. Tonino écoute attentivement. Il sait que dans quelques secondes l'enfant fera demi-tour. Mais le son diminue jusqu'à disparaître tout à fait. Tonino éclate de rire. « Il s'est arrêté. Il va attendre un petit moment, puis il va revenir », pense-t-il. Et il retourne s'asseoir sur son banc, allumant une nouvelle cigarette au mégot de la précédente. C'est seulement lorsqu'il voit s'approcher Aaron, la queue basse, qu'il comprend que l'enfant est bel et bien parti. Le chien se frotte contre sa cuisse puis se couche à ses pieds.

— T'as pas été très vaillant, c'coup-ci ! note Tonino d'une voix bourrue. Qu'est-ce qu'il a donc, ce gamin, pour t'coller une trouille pareille ?

Ce n'est que trois jours plus tard que revient l'enfant noir aux yeux bleus. Tonino n'a pas besoin de sortir pour le savoir. Il lui suffit d'apercevoir Aaron détaler derrière l'entrepôt. Quelques minutes après, retentit au loin le grincement aigu de la brouette.

— Deuxième round, murmure Tonino en souriant.

L'enfant est au milieu de la cour. Tonino s'attendait à ce qu'il ait rajouté quelques bricoles au tas déjà conséquent de matières premières pour justifier son retour, mais il jurerait que le contenu de la brouette n'a pas bougé depuis trois jours. Il y a deux bons kilomètres jusqu'à Lágrima et si l'aller est encore faisable, il vaut mieux repartir à vide, car la route monte. Un tel déplacement à plein, sans un rond en poche, témoigne d'une sacrée force de caractère.

— Je vois que l'chargement est l'même, dit Tonino. Mon prix, aussi : les cinq balboas cinquante sont toujours d'actualité.

L'enfant pose de nouveau ses yeux bleus sur lui. Leur pâleur ne laisse rien voir, si ce n'est un vide abyssal. Tonino ne peut résister à la sensation de vertige qui le submerge.

— J'crois qu'tu ferais mieux d'accepter. Cinq balboas c'est toujours mieux que rien, non ? dit Tonino en se détournant, incapable de soutenir plus longtemps son regard.

Presque immédiatement, le grincement reprend. Tonino n'a pu réprimer un sursaut. L'enfant passe la grille et s'éloigne sur la route.

— *Hijo de perra*[1] !

Que ce gamin de dix ans lui tienne tête, quand n'importe quel adulte aurait plié, le sidère.

— Te voilà, *puto*[2] ! lance-t-il à Aaron lorsque le chien sort, penaud, dans la cour.

Trois jours plus tard, Tonino s'installe sur son banc. Il est certain que l'enfant va revenir. Le petit bourricot ne peut en rester là ! Mais la journée passe sans que retentisse le grincement. Il en va de même les jours suivants. Tonino est perturbé. Cet enfant le déstabilise.

Une semaine s'écoule sans qu'il aperçoive la roue d'une brouette. Aaron vagabonde dans la cour avec des airs de matador, tenant en respect le moindre client qui doit attendre l'autorisation de Tonino pour faire un pas vers

1. « Fils de chienne ! »
2. « Tapette. »

l'entrepôt. Le boerboel promène ses quatre-vingts kilos avec confiance, sans agressivité excessive, mais avec une attention sans faille.

— On dirait qu'tu cherches à t'faire pardonner ! constate Tonino.

Il est en passe de se faire une raison. L'enfant ne reviendra pas, il a été trop dur avec lui. Mais ce sont les affaires, et Tonino sait que la règle doit être la même pour tout le monde. Une bonne négociation doit permettre à chacun de faire un bénéfice, même si Tonino s'arrange souvent pour que le sien soit supérieur à celui de ses clients.

Le huitième jour, Aaron file derrière l'entrepôt et peu après le grincement retentit. Tonino ressent une certaine allégresse à l'idée de revoir l'enfant. Il est surtout curieux de découvrir le chargement. Il sort sur le pas de la porte et regarde la brouette s'avancer vers lui.

— Rien d'changé, à ce qu'on dirait ! constate-t-il.

Les yeux bleus ne le quittent pas et Tonino est soudain convaincu que l'enfant ne cédera pas. Il le lit dans la clarté presque grise de son regard. Il perçoit une volonté hors du commun. Les pieds de l'enfant sont toujours couverts de croûtes ; certaines, arrachées, laissent voir de petites plaies rouges. Même tee-shirt, même pantalon, plus sale et un peu plus déchiré.

Tout est affaire de résistance. Lequel des deux baissera la garde en premier ? Là est le point important. Même au double du prix qu'il propose, Tonino ferait un bénéfice à la revente, pourtant ce qu'il apprécie le plus dans son métier c'est la négociation. C'est ce qui l'amuse vraiment. L'argent n'est qu'une façon d'intéresser la partie.

— Alors, qu'est-ce t'en dis, fils ?

L'enfant garde les bras le long du corps et Tonino n'est pas fâché que ses horribles mains soient dissimulées par la toile du pantalon.

— Quarante-sept kilos ! Six balboas cinquante ! C'est un bon prix et j'irai pas au-delà !

Sans le quitter des yeux, le petit déplace lentement sa main vers l'un des bras de la brouette. Tonino secoue la tête.

— *Hijo de la malinche*[1] !

Tonino comprend immédiatement que l'enfant le teste.

— Tu veux repartir encore une fois avec tout l'bazar ? demande-t-il pour le provoquer à son tour.

L'enfant a saisi les bras de la brouette qu'il lève doucement.

— À toi d'voir, fils ! soupire Tonino.

Un long grincement s'élève, et pour la troisième fois le petit rejoint la route. Tonino va s'asseoir un moment sur son banc. Le temps de fumer deux cigarettes et de réfléchir.

Il lui faudra patienter dix jours pour revoir l'enfant noir aux yeux bleus. Encore une fois, Aaron a disparu bien avant que ne retentisse le grincement de la brouette. Tonino n'en croit pas ses oreilles. Il n'a jamais vu plus têtu. Le petit l'attend en plein milieu de la cour. Tonino jette à peine un œil sur le chargement. Il sait que rien n'a changé. Il pousse un long soupir en découvrant les pieds de l'enfant, meurtris par la route : les ongles cassés, les croûtes écorchées, les plaies sanguinolentes. Cette fois, le petit n'a même pas lâché les bras de la brouette.

— Six balboas et cinquante centesimos, c'est le prix du jour ! souffle-t-il.

Sans quitter Tonino des yeux, l'enfant recule lentement vers la grille. L'homme sent sa résolution flancher. Dans la glace bleutée du regard, il a vu que le garçon était prêt à marcher sur des moignons plutôt que de céder. Il sort sa liasse pouilleuse de sa poche et compte très vite.

1. « Fils de garce ! »

— Sept balboas cinquante, pas un centesimo de plus !

Aussitôt, le garçon passe devant lui et entre dans l'entrepôt. Tonino entend le fracas du métal jeté hors de la brouette puis l'enfant revient et tend sa large main. Tonino y dépose les billets. Les doigts se referment prestement et font disparaître l'argent dans la poche du pantalon. Son regard n'exprime rien. Ni contentement ni lueur de défi. Il s'éloigne sur la route, accompagné par le crissement de sa brouette.

Tout à coup, Tonino comprend un peu mieux son chien.

Le gouverneur Lamberto est le quinzième à prendre ses fonctions depuis l'indépendance du Panamá en 1903. C'est un homme de grande taille, solidement charpenté. Malgré ses cinquante-huit ans, ses cheveux sont encore noirs. À peine une pointe de blanc apparaît-elle sur ses tempes, faisant comme une élégante couche de sucre glace. Les femmes de la haute société de San Perdido le trouvent séduisant. Doña Sposito-Caballo a même prononcé le mot « sémillant » pour le définir. Ce que toutes les dames ont repris en chœur, s'extasiant de la capacité de doña Sposito-Caballo à toujours trouver le mot juste. Dès sa nomination, la haute société frétille autour du nouveau gouverneur. Le souvenir d'Esperanza est balayé dans les limbes ; à peine évoque-t-on la tragique fièvre jaune qui l'a foudroyé.

Jadis, c'était une maladie œcuménique qui frappait San Perdido de bas en haut. Aux débuts de la construction du canal par les Français, vingt-cinq mille hommes ont succombé à l'horrible maladie. Mais lorsque les Américains ont repris les travaux, ils ont éradiqué les moustiques vecteurs de la fièvre, afin de ne pas entraver la bonne marche du chantier. Tout le monde semble l'avoir oublié. À présent, dans les bas quartiers de la ville, les pauvres meurent de beaucoup de façons, mais plus du tout de la fièvre. Depuis quarante ans, les gouverneurs sont les seuls à succomber à la terrible maladie. La fièvre jaune est devenue aristocratique. Bien plus, elle auréole désormais cette haute fonction. Comme une épée de Damoclès, elle pend au-dessus de l'homme le plus puissant de la ville, renforçant son courage et sa détermination, le transformant en héros sacrifié, sanctifié à chaque passation de pouvoir. Les dames se pâment en constatant que malgré le péril, il se trouve toujours des hommes intrépides pour briguer cette charge. Elles feignent d'ignorer que la fièvre n'est que le prétexte officiel, le terme générique des assassinats commis par les successeurs pressés d'obtenir le pouvoir.

Et aujourd'hui, le gouverneur Lamberto se repaît de la vague d'admiration qui l'entoure. Depuis la terrasse du palais, ses petits yeux noirs embrassent la ville qui lui appartient désormais. Ses pupilles semblent grésiller du feu de l'ambition qui a trop longtemps couvé. Il a de grands projets pour ses administrés. Il leur promet que le progrès ne s'arrêtera pas à Panamá City, mais continuera bien au-delà de Colón, jusqu'à atteindre cette bonne ville de San Perdido pour laquelle tous les espoirs sont permis. Qu'on lui fasse confiance, on verra.

Autour de lui, les yeux des hommes brillent. Ils savent que Lamberto est audacieux, et ceux qui l'ont aidé à parvenir jusqu'à cette fonction attendent qu'il leur fournisse l'occasion de s'enrichir. Les autres, les fidèles d'Esperanza, ceux qui se sont nourris grassement sous son règne, rentrent la tête dans les épaules et baissent les yeux. Leur temps est fini, et certains vont quitter la ville, emportant ce qu'ils peuvent, se réfugiant à Panamá City ou même en Colombie.

Dans une tentative désespérée, les anciens partenaires d'Esperanza entourent Lamberto pour le féliciter, l'assurer de leur indéfectible fidélité. Sous les regards goguenards des nouveaux caciques de la ville, ils rampent sans vergogne.

Courbant l'échine, ils offrent leur gorge aux crocs du maître de San Perdido, dans le vain espoir qu'on leur laissera quelques miettes du festin qui se prépare.

À tous, le gouverneur Lamberto promet sa bienveillance et une oreille attentive, prodigue les remerciements d'usage pour les services déjà rendus à la ville. Mais ses petits yeux noirs lancent des éclairs, signalant discrètement à l'attention de ses fidèles ceux qui seront sacrifiés, ceux dont on dira plus tard que la fièvre jaune ne les a malheureusement pas épargnés non plus.

Ainsi se dessine la nouvelle gouvernance de San Perdido. Tandis que sont distribués les verres de rhum et qu'éclatent dans le ciel les premières fusées du feu d'artifice, les futurs cadavres sont désignés.

Pour les habitants de la ville basse qui déambulent dans Port Sangre, les explosions du feu d'artifice n'annoncent aucun changement notable. Leur existence conservera la même âpreté, ils devront toujours lutter pour survivre. Chacun le sait : « Il est dangereux qu'un crocodile affamé remplace un crocodile repu. »

Une petite fille regarde avec avidité les fusées qui traversent le ciel en dessinant des fleurs lumineuses. Son beau visage aux traits fins et réguliers a la couleur du caramel. Dans ses grands yeux de gazelle passe l'émerveillement devant les corolles géométriques qui explosent dans la nuit. Elle sourit et parfois sursaute lorsque le chuintement d'une fusée s'achève par une formidable détonation. Sa bouche s'arrondit en découvrant les figures toujours nouvelles qui éclaboussent l'obscurité comme des jets de lave.

Assise sur un casier de homards vide, les pieds sur une corde roulée, insensible à l'odeur de marée qui flotte sur le quai, elle est tout entière absorbée par la fantasmagorie multicolore qui illumine le ciel panaméen. Autour d'elle, la foule se presse devant le spectacle. Des hommes enlacent des femmes qui ne sont pas les leurs ; des soldats américains en permission, qui profitent de la douceur de la nuit en buvant du rhum ou du mescal, fument des cigarettes aux noms évocateurs : Pall Mall, Virginia, Winston. Ils mâchent de la gomme, leur béret roulé sous leurs épaulettes leur donne l'assurance décontractée qui séduit les femmes du port et qu'envient les petits vendeurs de tabac et d'œillets. Dans leurs poches, ils ont des dollars qui leur ouvrent toutes les portes.

Captivée, la petite fille ignore qu'un individu l'observe, un peu à l'écart. Il est vêtu d'une chemise voyante à ramages vert et jaune, qu'un début de ventre gonfle par-dessus son pantalon de toile grise. C'est un homme massif à l'épaisse crinière noire bouclée. Il porte une montre en or à son poignet droit et une chevalière à l'auriculaire de la main gauche. Il tire sur un cigare, recrachant des volutes de fumée qui stagnent autour de lui, créant un brouillard à travers lequel il épie sa proie. Il tourne le dos au feu d'artifice, fasciné par l'enfant. Il détaille son visage aux joues pleines, ses seins qui commencent à gonfler sous son corsage, ses longues jambes un peu maigres, ses hanches qui déjà s'arrondissent. Ses yeux la caressent, s'attardent sur ses courbes.

Bientôt, la petite fille sent une présence. Elle tourne la tête. Un jeune garçon se tient debout à ses côtés. Si noir qu'il se dissout presque dans la nuit. Seul le contour de son visage accroche un peu l'éclairage du quai. Lorsqu'elle découvre ses yeux, d'un bleu si clair qu'il semble délavé, elle oublie le feu d'artifice. Les prunelles du garçon ne la quittent pas et elle se sent comme aspirée par elles. Jamais le regard de quelqu'un n'a déclenché ce qu'elle ressent soudain : une chaleur douce et un peu inquiétante. Elle perçoit une curiosité amicale.

L'homme à la chevalière et à la montre en or plisse les yeux. La petite a bougé. Elle semble attirée par quelque chose sur sa gauche. L'homme fait un pas en avant. La foule s'agite autour de lui et pendant un bref instant l'enfant disparaît. Le bouquet final commence, les explosions se multiplient dans le ciel. L'homme ne quitte pas des yeux l'endroit où se trouve la petite fille, il continue de s'approcher, écartant d'une main impatiente les corps étrangers qui s'interposent. Il aperçoit enfin son mollet et le bas de sa jupe de coton rouge. Il presse le pas. Un groupe de soldats américains surgit brusquement devant lui, dissimulant complètement sa cible. L'homme étouffe un juron et force le passage entre les larges épaules qui l'entourent. En trois pas, il atteint le bord du quai.

La petite a disparu.

L'homme regarde sans comprendre la caisse de homards vide et le rouleau de corde. Tandis que les dernières explosions retentissent dans le ciel illuminé, les cris de la foule et les applaudissements sont autant de gifles sur son visage. Il sent la fièvre de son désir contrarié se mêler à l'odeur du poisson.

Elle a suivi le garçon dès qu'il a commencé à s'éloigner. Elle ignore pourquoi elle l'a fait, elle n'aurait pas dû quitter la caisse de homards. Elle devait rester là, comme le lui avait ordonné Esha. Mais elle a tant tardé à venir que la petite a oublié pourquoi elle devait l'attendre. Absorbée par le regard bleu du garçon, elle s'est levée dès qu'il a bougé.

Maintenant elle le suit, deux pas derrière lui. Il l'entraîne dans les ruelles qui montent au-dessus de la place Dorée. Il marche lentement, sans se retourner. Elle sait qu'il est conscient de sa présence et qu'il la guide. Il s'engage dans la rue qui commence Allegra et s'achève Mostra, franchit un escalier de pierres brunes et tourne sur sa gauche. La petite le rejoint. Il se tient devant la rambarde métallique qui surplombe la rue et offre une vue plongeante sur le port. Ils sont seuls tous les deux, entourés de bosquets de jasmin, dissimulés par l'ombre d'un ceiba.

La petite fille s'arrête. Le garçon lui tourne le dos ; il contemple la vie nocturne de Port Sangre, écoutant le tumulte qui monte jusqu'à eux, les bribes de musique, les appels des vendeurs, les rires des femmes, les sifflements des hommes. Les bateaux des pêcheurs se balancent doucement dans le port, minuscules à côté du cargo anglais rangé contre le quai.

La petite fille s'approche de la rambarde et s'accoude à côté du garçon. Elle l'observe à la dérobée. Il ne bouge pas, ses yeux azurés absorbent la vue qui s'étend en contrebas. Son visage aux traits fins, comme un masque impénétrable, le fait paraître plus âgé. Elle se sent soudain intimidée. Jamais elle n'a rencontré un être comme lui, si proche et si distant à la fois.

Le garçon ne dit rien, mais son silence n'est pas pesant. C'est comme s'il laissait s'exprimer le vide entre les mots qui pourraient s'échanger. À ses côtés, la nuit a une saveur particulière qui enchante la petite fille. Ils restent là un long moment, puis le garçon se retourne et pose ses yeux sur elle. Encore une fois, elle est absorbée par l'eau bleue de son regard. Encore une fois, les murs de la ville semblent disparaître autour d'eux, même l'ombre du ceiba pâlit et la rumeur du port s'estompe. Il n'y a plus que les iris azurés dans le visage noir. La petite retient sa respiration dans l'attente de ce qui va se passer. Elle a le sentiment que ce moment est primordial. Elle a tout oublié : le rendez-vous avec Esha, la nouvelle vie qu'elle lui a promise, la maison sur les hauteurs dans laquelle elle aura sa chambre. Plus rien n'a d'importance. Elle ne sent que la douce chaleur du regard céruléen, le calme qui se répand en elle et baigne tout son corps. La certitude que rien de mauvais ne peut lui arriver.

Alors le jeune garçon lui sourit.

L'éclat blanc de ses dents perce entre ses lèvres, la douceur monte jusque dans les plis autour de ses yeux qu'inondent mille paillettes. Son visage semble s'ouvrir d'un seul coup et la petite fille sent un délicieux frisson de plaisir courir le long de son dos.

3

Felicia regarde les mois s'écouler. Elle n'a toujours pas entendu la voix de La Langosta. Il est une ombre sur la décharge. Ici et là en même temps. Chaque jour, il remplit sa brouette de pièces métalliques et part les livrer à Tonino. C'est une longue marche pour un enfant de dix ans et un engin dont la roue voilée se coince parfois. Mais il ne semble pas souffrir de cet effort. Felicia ignore combien Tonino le paye. Elle s'interroge sur la façon dont La Langosta a bien pu marchander sans ouvrir la bouche.

Régulièrement, Felicia trouve des bidons d'eau devant sa porte. Elle ne voit jamais La Langosta prendre la perche de guayacan. Elle suppose qu'il fait ça très tôt le matin, avant qu'elle n'entrebâille ses volets. Quoi qu'il en soit, elle continue de cuisiner pour lui. C'est comme s'ils avaient passé un marché tous les deux. Elle le nourrit en échange de ses services. C'est un système équitable, selon elle.

Sur la décharge, on commence à s'interroger sur l'enfant muet aux yeux clairs. Efia a parlé à Felicia de la force de ses mains. Son fils Taji est, lui aussi, impressionné. Efia raconte à Felicia qu'ils l'ont tous les deux regardé désosser un vieux frigidaire, morceau par morceau, s'aidant d'un couteau ébréché pour débloquer les vis qu'il retirait ensuite à la main. Ils l'ont vu compacter la porte après en avoir arraché la poignée, puis chaque partie de la caisse. Les pièces du frigidaire semblaient du carton entre ses doigts. Efia dit aussi que Taji a peur de l'enfant, bien qu'il soit plus grand et plus âgé que lui. Il a refusé d'aller lui parler lorsqu'elle le lui a proposé. Mais il est resté à l'observer, fasciné. La Langosta ne les a pas regardés une seule fois.

Felicia se sent concernée par le petit. Comme si elle l'avait mis au monde. Ce qui est un peu le cas, pense-t-elle, puisqu'elle l'a baptisé du nom que tous utilisent désormais pour le désigner. Dans le bidonville de Lágrima, on a remarqué cet enfant qui vient tirer de l'eau chaque jour à la pompe. Il ne répond jamais aux questions et son regard calme et clair déstabilise tous ceux qui le croisent. Certains murmurent déjà qu'il est sourd-muet. Les femmes le trouvent très beau, les hommes se demandent s'il n'est pas un peu arriéré. Felicia sait qu'il n'en est rien, mais elle se garde bien de lutter contre la rumeur. Quelque chose lui dit que La Langosta fera ses preuves plus tard et que, pour l'instant, il a tout à gagner si on le croit infirme.

Un matin, en passant près de la tanière de La Langosta, elle trouve un livre devant l'entrée. Il s'agit d'un très vieux volume à la couverture déchirée, défigurée par une tache graisseuse : *L'Histoire merveilleuse*, de l'auteur colombien Jalen Oleso. Écrit en espagnol, donc. Felicia enregistre l'information et ne peut s'empêcher de se demander si l'enfant ne l'a pas laissé intentionnellement. Elle s'agenouille et regarde à l'intérieur. Rien n'a changé depuis sa dernière visite, si ce n'est que maintenant un cageot rempli de vieux livres se trouve à côté du lit. Felicia sourit. Ceux qui pensent que La Langosta est arriéré se trompent lourdement.

Habituellement, les livres récupérés dans la décharge sont vendus aux chiffonniers qui les passent au pilon pour en faire du papier. Ici, personne ne semble avoir le temps de lire. La Langosta est le seul enfant qu'elle connaisse qui le fait.

Felicia est soulagée ; désormais elle n'aura plus à lui parler en plusieurs langues. Elle se relève péniblement, les reins cassés par l'effort. Elle regarde autour d'elle, cherchant à voir l'enfant, mais sa silhouette, qu'elle distinguerait entre mille, n'est pas sur la décharge. Elle fait malgré tout son petit tour. Salue Jasmine, qui fouille à pleins bras dans un tas de détritus humides. Elle a déjà mis de côté plusieurs boîtes de conserve de haricots, de tomates et de maïs. Felicia reconnaît la poubelle d'un restaurant, car des restes de plats s'y mêlent à des emballages de denrées en quantité. Elle continue sa marche, aperçoit Carina, avec son fichu sur la tête, aux prises avec une pile de vieux journaux. Plus loin, c'est Ona qui traîne un grand tiroir de commode dans lequel elle entasse ses découvertes : des chiffons déchiquetés, des morceaux de poteries, un rideau de perles de verre cassées, une paire de sandales trouées.

Jusqu'au soir, Felicia parcourt la décharge sans apercevoir La Langosta, sans se baisser non plus pour rien ramasser. À part quelques sacs de l'hôpital San Liguori qu'elle va déposer à la « décharge des maladies ». Quand le jour commence à descendre, elle revient vers sa maison pour se préparer à manger, après s'être soigneusement lavé les mains. Un bâtard au poil jaune et graisseux s'éloigne ventre à terre dès qu'il l'aperçoit, elle presse le pas pour vérifier qu'il n'est pas entré chez elle, car les chiens savent ouvrir les portes ou passent parfois par les fenêtres. Heureusement, rien n'a disparu. Les vieux légumes qu'elle a récupérés la veille à la fin du marché de Lágrima, ceux dont plus personne ne veut parce qu'ils sont à moitié pourris, mais dont elle trouve toujours une portion mangeable, sont encore sur la petite table, emballés dans une feuille de bananier. Elle a aussi quelques fruits tavelés : des baies d'acerola, des babacos, du guanabara, dont elle gardera les feuilles pour faire des tisanes et calmer ses migraines. Elle a récupéré des cous de poulets dont elle fera une bonne soupe et un morceau de lard à peine vert, qu'elle a lavé soigneusement et fait sécher sur un clou.

Lorsqu'Esha a retrouvé la petite fille, le soir du feu d'artifice, elle l'a attrapée violemment par un bras et l'a secouée, la traitant de « *guarra*[1] ». Elle l'a forcée à monter dans une voiture, la projetant sur la banquette. Elle l'a cherchée dans tout San Perdido pendant plus d'une heure, crie-t-elle. Mais la petite fille sait que c'est faux. Esha exagère toujours. C'est à peine si elle s'est absentée une demi-heure avec le garçon aux yeux clairs. Lorsqu'après lui avoir souri il s'est éloigné, elle est redescendue vers le quai. C'est là qu'elle a croisé Esha, les sourcils froncés et la bouche tordue par la colère, mais elle ne l'a pas frappée comme les autres fois où elle lui avait désobéi.

C'est une belle voiture qui les a emmenées sur les hauteurs, avec une grande banquette en cuir et un tableau de bord en bois précieux. Le chauffeur, un Noir en livrée, n'a rien dit en voyant l'enfant monter à l'arrière avec Esha. Il a démarré dès que la portière s'est refermée. Ils ont roulé jusqu'à l'avenue Santa Clara.

La petite sent alors que le silence d'Esha n'est pas normal. Elle l'observe à la dérobée. Esha a le visage tendu, elle se mord l'intérieur de la joue. La petite fille se rend compte qu'elle a peur et cette pensée la réjouit. D'habitude, c'est Esha qui la fait trembler, la fouettant au besoin. La voir si inquiète est un peu une vengeance pour tout ce qu'elle a dû endurer depuis qu'Esha s'occupe d'elle.

Bientôt, la voiture s'arrête devant une grande maison de pierre avec des balcons et une marquise de métal au-dessus de la porte. Esha descend, tirant l'enfant par le bras, comme si elle craignait qu'elle ne s'enfuie. Sa main la serre plus que nécessaire, mais la petite ne résiste pas pour éviter qu'elle ne la presse davantage. Esha frappe à la haute porte de bois avec le gros anneau de métal doré qui retombe sur une plaque de cuivre poli.

La porte s'ouvre sur un géant noir élégamment vêtu. Il observe Esha et la petite fille sans un mot.

1. « Salope. »

— Madame m'attend, dit Esha d'un ton un peu arrogant.

L'homme hoche la tête et s'efface pour les laisser passer. Ils montent un large escalier de pierre jusqu'au premier palier où le grand Noir pousse une porte ouvragée et leur fait traverser un long couloir. Dans un petit salon, une belle Eurasienne est assise devant un bureau, en train d'écrire une lettre. À leur entrée, elle pose son stylo-plume.

— Bonsoir, madame, dit Esha dont la voix tremble légèrement.

— Vous êtes en retard.

— Je m'excuse, madame…

— C'est à moi de le faire, interrompt la femme dont les yeux bridés ont quelque chose de magnétique.

Elle parle calmement, d'une voix un peu grave. La petite fille sent la peur d'Esha, elle la voit rapetisser devant la belle dame, elle baisse la tête en signe d'assentiment, gardant les yeux au sol. Il y a un silence, pendant lequel la dame regarde la petite fille qui ne cille pas.

— Comment t'appelles-tu ?

— Hissa, répond-elle.

La belle dame se lève et lui tend la main. La petite s'approche et la saisit. Esha ne bouge pas, les yeux toujours baissés. Hissa remarque alors que ses doigts tremblent le long de sa jupe.

La dame emmène Hissa sans un mot hors du salon. Elle remonte le couloir et ouvre une porte. C'est une salle de bains, dans laquelle une jeune femme se tient près d'une baignoire remplie. La belle dame lâche la main d'Hissa et la pousse doucement vers la jeune femme.

— Hissa, dit-elle simplement.

La jeune femme sourit.

— Bonjour, Hissa. Tu vas prendre un bon bain, tu veux bien ? dit-elle.

Hissa regarde la belle dame qui hoche doucement la tête. Alors Hissa défait les boutons de son corsage. La jeune femme l'aide à se débarrasser de sa jupe, de sa culotte et de ses sandales. La belle dame s'assied dans un petit fauteuil d'osier et observe attentivement le corps d'Hissa pendant qu'elle prend son bain et que la jeune femme la savonne avec des gestes doux. Cela ne gêne nullement Hissa qui se laisse faire avec plaisir. Depuis longtemps, elle a l'habitude qu'on la détaille, les hommes surtout. Devant les deux femmes, ses sensations sont différentes. Il n'y a pas la même note de désir dans leurs yeux. C'est un regard plus calme, sans émotion.

Après la toilette, la jeune femme l'enveloppe dans un peignoir de coton. Elle sèche puis démêle les longs cheveux noirs d'Hissa.

— Voilà, dit-elle lorsqu'elle a terminé.

La belle dame se lève et retourne au salon où Esha attend toujours.

— Elle a des bleus sur le corps et des cicatrices dans le dos, constate-t-elle froidement.

— Oui, elle n'est pas toujours docile, s'excuse Esha qui comprend immédiatement les conséquences des marques sur le prix qu'elles avaient négocié.

La belle dame ne la regarde pas. Elle prend dans un tiroir du petit secrétaire une liasse de dollars qu'elle tend à Esha.

— Mais elle est très belle, c'est vrai, convient-elle.

Esha sent la tension quitter ses épaules, ses mains ne tremblent plus lorsqu'elle saisit la liasse. Elle ne peut s'empêcher de vérifier le nombre de billets et son soulagement est complet en constatant que le prix n'a pas baissé.

— Merci, madame, murmure-t-elle d'une voix plus ferme.

L'Eurasienne hoche la tête. Esha comprend qu'il est temps pour elle de partir. Elle ne reverra plus jamais Hissa qui, avec un soulagement infini, la regarde s'éloigner à pied depuis la fenêtre de sa nouvelle chambre. Elle songe au garçon aux yeux clairs, à ce qu'elle a éprouvé lorsqu'il la fixait, à son merveilleux sourire. Elle imagine son avenir dans la grande maison de l'avenue Santa Clara, avec la belle dame.

Il dort de plus en plus mal. Son sommeil est entrecoupé et lorsqu'il s'éveille, son corps est poisseux, brûlant. Il a beau s'étendre nu sur le drap, face à la fenêtre ouverte sur la baie, c'est comme un tison qui le ramène depuis les profondeurs de l'inconscience. Une flamme couve en lui.

Il boit à même la carafe d'eau et s'en renverse le fond sur le torse. Il a l'impression que le liquide bout et fume lorsqu'il atteint son épiderme, il l'entend presque chanter.

Il se lève et sort sur le balcon. En bas, les palmiers se balancent sous le vent, la lune fait scintiller la mer des Caraïbes. Le mouvement régulier du ressac ne le berce plus comme avant. Il a essayé de se calmer, pourtant. Il a bu du rhum blanc, a regardé danser les filles, l'une d'elles lui a même accordé ses faveurs. Contre cinq balboas, elle l'a soulagé dans une des ruelles du port. Il s'est reboutonné pendant qu'elle crachait, se rinçant la bouche avec sa bière, puis il s'est détourné et est parti.

C'est toujours mieux que rien, mais ça n'est pas comparable à ce qu'il éprouve avec les petites. Elles seules le calment. Les adultes ne le soulagent que temporairement. Même lorsqu'il les prend par-derrière, qu'elles semblent à sa merci, elles demeurent malgré tout des femmes, avec leurs hanches fortes, leurs mouvements fatigués, leur poitrine lourde. Il a beau leur donner de grands coups de reins, leur chair amollie absorbe les chocs, il ne les atteint pas vraiment. Elles endurent en faisant des bruits obscènes, se cambrent sans rien offrir. D'elles, il n'obtient que de l'indifférence, de la lassitude consentante, un frottement spongieux.

Il serre tellement fort la balustrade rouillée que sa chevalière en or s'incruste dans la chair de son doigt. Il a l'impression qu'il pourrait arracher la rambarde et la jeter sur le port, il la sent branler doucement et émettre un grincement aigu. Ce début de plainte l'agace, ce couinement de métal râpé n'est qu'une faible protestation là où il voudrait entendre de vrais cris, des hurlements, sentir le sursaut d'un petit corps écrasé par le sien, incapable de s'échapper.

Il frappe la balustrade d'un poing rageur et rentre dans la chambre. Une chemise noire et rouge à ramages traîne sur le plancher, un pantalon marron est en boule sur des chaussures. Il pénètre dans la salle de bains et allume, mais devant la faïence murale dont les joints sont envahis de moisissures noires, il éteint aussitôt. Il préfère la pénombre. L'obscurité l'apaise. Il enjambe la baignoire et ouvre le robinet d'eau froide. La pomme de douche crache une brume de gouttelettes à peine tièdes. Il n'y a pas assez de pression et cette vapeur humide met du temps à pénétrer la toison de sa poitrine et à atteindre sa peau. Ses épais cheveux noirs forment un casque compact qui retient l'eau avant de la laisser déborder sur son visage. Enfin, le ruissellement court sur son épiderme, dispensant une légère fraîcheur. Et pour la millième fois, il revoit la petite fille que la foule lui masquait sur le port, il ressent de nouveau la colère et la rage qu'il a éprouvées lorsqu'il a atteint le bord du quai et constaté qu'elle lui avait échappé. Dans l'ombre trouée par la clarté lunaire qui entre par la fenêtre ouverte, au milieu de cette faïence sur laquelle ricochent les percussions liquides, sa pâleur émerge de l'obscurité. Il étend les bras et, la tête renversée, l'eau noyant sa gorge, il émet un gargarisme sonore, un grondement mouillé de monstre marin.

Il y a maintenant un an que La Langosta est apparu sur la décharge. Felicia ne sait toujours pas d'où il venait. Il n'a pas prononcé un mot. Elle s'est habituée à lui et elle suppose qu'il s'est habitué à elle. Elle espère qu'il l'apprécie un peu, mais doute qu'il lui soit vraiment attaché. Il fait pourtant beaucoup pour elle, toujours silencieusement. Elle ne lui demande jamais rien, car il devine tout. C'est cela aussi qui inquiète Felicia. Il pressent les choses. Avec cet enfant, tout est différent. Lorsqu'il est là, ni les cormorans ni les chiens ne rôdent sur la décharge. Elle l'a constaté maintes fois. Elle a vu des nuées d'oiseaux s'envoler juste avant qu'il ne revienne. C'est d'ailleurs devenu le signal de son arrivée imminente quelque part, car il en va de même à Lágrima lorsqu'il s'y rend.

Il y a quelques jours, il a entrepris de construire un auvent au-dessus du perron de Felicia. Comment a-t-il su qu'elle souffrait de la chaleur ? Felicia ne se plaint jamais de rien. Toujours est-il qu'un matin, elle a entendu un grand fracas devant chez elle. La Langosta avait renversé une pile de bois au pied du perron. Il y avait des chevrons, des planches et des clous rouillés, à moitié tordus, qu'il redressait entre ses doigts comme s'il s'agissait de simples trombones. Felicia ne lui a posé aucune question, cela aurait été inutile. Il suffisait d'attendre pour voir. Il plantait les clous en s'aidant d'une pierre, ne donnant jamais plus de deux coups pour les enfoncer. À le voir faire, on aurait pu croire qu'il les fichait dans un ananas. Le tout ne lui a pas pris plus d'une demi-heure. Le soir même, Felicia a bu son jus de babaco en regardant le soleil plonger dans la mer des Caraïbes, protégée par son auvent. Elle aurait bien aimé que La Langosta l'accompagne, mais lorsqu'elle est allée le chercher dans sa tanière, il était allongé dans sa caisse de munitions, sur les feuilles de bananier, et relisait pour la quatrième fois *L'Histoire merveilleuse*. Il a levé les yeux vers Felicia, elle lui a adressé un salut de la main et a posé le verre de jus de babaco sur le seuil, puis elle s'est éloignée sans attendre, puisqu'il ne répond jamais rien.

Quelques jours plus tard, Felicia a trouvé plusieurs morceaux de bougies dans un sac de détritus de l'hôtel *Estrella*.

Elle les a fait fondre dans une casserole et les a coulés dans une boîte de maïs vide, prenant soin de laisser dépasser une tresse de coton enduite de paraffine. Toute fière, elle est allée la déposer devant la tanière de La Langosta. Le lendemain, elle avait deux bidons d'eau sur le pas de sa porte, ainsi que des fruits et quelques légumes dans un carton. Plus tard, dans la journée, elle est passée chez lui par acquit de conscience. Elle a vu sa bougie entamée au pied de la caisse de munitions. Elle est repartie en souriant.

— Moi aussi je peux faire des choses pour toi, a-t-elle murmuré.

Augusto s'est arrêté devant la maison de Felicia. L'enfant aux yeux bleus dont tout le monde parle à Lágrima est assis sur son perron. Il est en train de décortiquer une armoire métallique. Il récupère les serrures, les charnières, les gonds qui n'offrent aucune résistance entre ses doigts.

Augusto l'observe, fasciné. La Langosta, comme on l'appelle, est à peu près du même âge que lui. Sa peau est d'un beau noir de suie, il est maigre avec de gros avant-bras et de larges mains aux doigts épais. Des mains d'homme sur un corps d'enfant. Des mains qui semblent savoir tout faire. Il a des gestes sûrs, précis, efficaces. L'économie de mouvement d'un artisan.

Lorsque chaque partie du meuble a été démontée, La Langosta compacte les parois en les pliant puis les entasse sur sa brouette avec les ferrures. Agenouillé au-dessus d'un sac de détritus, Augusto fait mine de fouiller et continue d'observer La Langosta qui pousse bientôt sa brouette hors de la décharge. Il le regarde s'éloigner sur la route des Négriers. Il sait qu'il va descendre jusque chez Tonino, le ferrailleur qui se trouve à deux kilomètres du quartier de Lágrima. Il entend la roue grincer tandis que La Langosta disparaît rapidement.

Augusto baisse les yeux sur les immondices dans lesquelles il a plongé les mains. Des épluchures de légumes et de fruits, du marc de café, des feuilles de journaux souillées, des boîtes de conserve vides, une fourchette dont une des dents est brisée. Il soupire. Rien d'utile. Depuis longtemps, Augusto ne croit plus en son avenir ici. Il n'a qu'une envie, qu'un seul rêve qui le hante chaque nuit : quitter Lágrima et posséder un jour sa maison. Mais avant cela, il devra gagner son pain.

Augusto est un garçon courageux. À douze ans, il a déjà fait de longues journées sur les chantiers et sait qu'il peut tenir le choc. Dix ou douze heures de travail par jour ne lui font pas peur. Son père, qui a participé à la construction du canal de Panamá lorsqu'il était jeune, lui a raconté bien pire.

Depuis que ses parents sont morts de la dysenterie, Augusto vit au jour le jour. Chaque matin, il fait plusieurs kilomètres à pied pour se rendre à l'entreprise d'Emilio, le maçon, qui lui donne souvent quelque chose à faire et lui enseigne le métier. Augusto aimerait devenir l'apprenti d'Emilio, mais celui-ci en a déjà un qu'il emploie à plein-temps. Alors Augusto fait le tour des chantiers pour offrir ses services aux contremaîtres. Quand il ne trouve rien, il traîne sur les docks pour aider au déchargement des cargos et gagner de quoi manger le soir avant de remonter vers le bidonville de Lágrima.

Augusto sait qu'il n'a pas le choix. Lorsqu'on vient du quartier le plus pauvre de San Perdido, on apprend en naissant que vivre demande beaucoup d'effort. La ville est sans pitié. Mais partir pour Colón, Panamá City, ou même en Colombie ou au Costa Rica ne changerait rien. Sur cet isthme qu'est l'Amérique centrale, enserré par deux immenses continents, on regarde le monde avec le point de vue d'un nain coincé entre deux géants.

Aujourd'hui n'est pas un bon jour : rien à faire sur les docks, rien sur les chantiers, rien chez Emilio. Augusto sait qu'il n'aura rien non plus à manger. À cette pensée, il ressent le vide de son estomac comme un gouffre sans fond. Il se lève, abandonnant le sac de déchets, et jette un regard désespéré autour de lui. Partout, ce ne sont que des rebuts nauséabonds, des ordures putrides chauffées par le soleil. Les silhouettes que la réverbération fait trembler ressemblent à des fantômes affamés fouillant la poubelle de l'enfer. À quelques mètres de lui, Efia et ses deux fils traînent les fragments d'une vieille balustrade rouillée. Felicia porte un volet dont les jalousies brisées lui permettront de faire du feu. Le vieux Gideon, une chaise de paille percée sur l'épaule, semble chercher où s'asseoir dans ce banquet désespéré ; il a dans une main un crochet avec lequel il éventre les sacs et retourne les immondices. Parfois, il heurte une bouteille vide qui tinte dans l'air sec avec un son de cloche fêlée. Le cœur d'Augusto se brise un peu plus. Un jour, il aura le ventre plein, un toit de tuiles remplacera la tôle ondulée au-dessus de sa tête, il dormira sur un matelas au lieu de cartons pliés, il mangera dans une *cantina* en compagnie des ouvriers, aura de quoi payer son vin ou sa bière, et surtout il ne vivra plus à Lágrima !

Augusto quitte la décharge et descend la route des Négriers. Une Ford Vedette bleue monte vers les hauteurs du plateau Del Sol, ses pneus blancs gardent un aspect immaculé dans la poussière de l'asphalte, sa carrosserie lustrée jette des reflets triomphants. Elle dépasse Augusto en grondant, l'abandonnant à la solitude grisâtre de sa marche. Augusto ne sait pas où il va, il laisse ses pieds le porter, les jambes fléchies pour freiner la descente. Il avance ainsi un long moment, la peau cuite par le soleil. Comme il approche de l'entreprise de Tonino, il aperçoit un groupe d'adolescents. Ils sont quatre et Augusto distingue derrière eux la brouette vide de La Langosta.

Augusto se tient du côté opposé de la route. Ils ne l'ont pas vu arriver. Ce sont des garçons de Port Sangre, une petite bande tumultueuse de jeunes qui rôde dans tous les endroits louches de San Perdido ; vivant de larcins, ils rackettent les vendeurs ambulants, volent les marins trop saouls pour pouvoir se défendre. Augusto les connaît et s'en tient toujours prudemment éloigné, mais cette fois, ayant reconnu la brouette, il se dissimule dans l'ombre d'un savonnier et cherche La Langosta des yeux. Les garçons parlent fort, avec de grands gestes, ils tournent autour de la brouette, lançant des plaisanteries.

Enfin, Augusto distingue La Langosta. Immobile et silencieux comme à son habitude ; ses yeux bleus fixent un point éloigné derrière les adolescents. D'où il se trouve, Augusto entend parfaitement ce qu'ils disent. L'un d'eux, plus petit et plus nerveux que les autres, les fait rire.

— La Langosta, il paraît qu'on t'appelle. T'es pas bien gros, on devrait plutôt dire « la crevette » ! Qu'est-ce t'en penses ?

La Langosta reste muet. Difficile de savoir s'il a compris ou non, son visage ne laisse rien transparaître. Mais Augusto trouve étrange que son regard se perde dans le lointain. Lui, qu'il a toujours vu planter ses yeux clairs dans ceux de ses interlocuteurs, semble fuir l'instant.

— Qu'est-ce t'en dis, ma crevette ? insiste le petit nerveux.

Augusto n'est qu'à quelques mètres et il sent que quelque chose d'anormal est en train de se passer. Le visage de La Langosta garde une expression neutre, mais de plus en plus lointaine. Les bras le long du corps, ses mains sont en partie dissimulées par la toile de son pantalon et cette immobilité même est inquiétante.

— Les gens racontent que t'es arriéré, mais j'crois qu'tu comprends parfaitement c'qu'on t'dit, poursuit le petit nerveux.

Encouragé par les rires des autres, il s'approche soudain de La Langosta. Son visage se colle à celui de l'enfant qui n'a aucun mouvement de recul. Pas même un frémissement. La Langosta est figé.

— Hé ! Crevette ! R'garde-moi ! fait le petit nerveux qui semble soudain perdre patience et ne sourit plus.

Mais les yeux de La Langosta demeurent fixés sur un point invisible, juste au-dessus du front de son adversaire. Un murmure désapprobateur se répand parmi le reste de la bande.

— T'as tort de m'ignorer comme ça, crevette ! menace le petit nerveux qui cherche à capter le regard d'azur, le dévisageant avec ostentation.

Mais brutalement, il rompt et fait un pas en arrière.

— J'sais ce qui t'inquiète, lance-t-il vers ses comparses. T'as peur qu'on prenne ton argent ?

Les autres gloussent, balançant les bras, frappant dans leurs mains pour ponctuer la menace.

— Mais on n'est pas des voleurs, nous ! poursuit le petit nerveux dont le sourire revient sur les lèvres. On veut juste notre part sur l'commerce, tu vois ?

Les autres approuvent bruyamment en hochant la tête, feignant la bonne foi avec des mines d'innocence étudiée.

Augusto ne peut avaler sa salive, sa gorge n'est qu'un paquet de nerfs durci et desséché. Aussi sûrement qu'un chien sent l'arrivée de l'orage, il renifle la violence qui s'amasse soudain au-dessus du groupe.

— Combien il t'a donné Tonino pour ta petite livraison aujourd'hui ? Hein ?

La Langosta n'est plus qu'une statue dont les yeux vides sondent l'espace autour d'eux.

— Disons qu'on va prendre que la moitié de c'que t'as, et on sera quitte. Tu vois qu'on est raisonnable, poursuit le petit nerveux avec une nonchalance forcée. Qu'est-ce t'en dis, la crevette ?

Il y a un long silence. Tous attendent la réponse de l'enfant noir, hiératique dans la poussière de la route. Augusto regarde autour de lui, cherchant de l'aide. Un instant, il imagine se redresser et crier pour faire diversion, mais la peur le retient. Il voit déjà où l'attitude de La Langosta va le mener. Le petit nerveux n'attend qu'un prétexte pour le rouer de coups, et les autres le dépouilleront sans vergogne. Qu'ils ne trouvent que quelques balboas sur l'enfant ne change rien à l'affaire. La somme ridicule qu'ils récolteront n'est même pas le véritable enjeu. Tout ce qui compte est la domination qu'ils peuvent exercer sur les plus faibles et qui leur permet de se prouver qu'ils sont capables de vivre comme des princes de la rue, de prendre ce qu'ils veulent.

— Où tu l'caches ton argent, crevette ? demande le petit nerveux.

Il jette un regard de connivence aux autres. Augusto détecte soudain un changement. Les yeux de La Langosta ont quitté le point lointain de l'horizon pour se fixer sur le petit nerveux. Ses iris semblent foncer peu à peu, ressemblant à des gemmes de tanzanite d'un violet presque noir. Malgré lui, Augusto se redresse. Le petit nerveux pointe le doigt vers le tee-shirt sale et déchiré de La Langosta.

— Là ? dit-il en riant.

Puis il baisse le doigt vers le pantalon de l'enfant.

— Ou ici ?

Il se rend compte que La Langosta le regarde à présent et se méprend.

— Oui, j'crois qu'c'est dans tes poches !

Il tend le bras vers le pantalon, mais son mouvement est brutalement stoppé. La main de La Langosta a saisi la sienne tellement vite qu'il n'a rien vu venir. Ses doigts se sont refermés comme les mâchoires d'un piège. Au brusque affaissement des épaules du petit nerveux, Augusto devine que quelque chose d'anormal est en train d'arriver. Le petit nerveux plie les jambes. Avant même de pousser une plainte, il est à genoux, le visage déformé par la douleur. Sa main est enserrée par la patte épaisse de La Langosta qui a reporté son attention sur les autres, comme si le petit nerveux n'était plus à présent qu'une chose négligeable. Les garçons se regardent, incrédules, ne sachant comment réagir. L'un d'eux fait un pas vers La Langosta, mais aussitôt, le petit nerveux pousse un hurlement et tous se figent. L'enfant noir les observe calmement de ses yeux de saphir, pendant que le petit nerveux crie et se contorsionne sur la route. Ils n'osent plus bouger à présent, ils comprennent qu'au moindre mouvement, La Langosta fera hurler encore davantage leur ami.

Derrière le tronc du savonnier, Augusto sent la peur courir le long de son échine. Le petit nerveux sanglote, presque allongé sur le sol. La Langosta fixe les trois adolescents d'un regard vide. Un regard glaçant privé d'humanité, un œil de prédateur.

Les garçons se consultent avec des expressions inquiètes. Le bon ordonnancement de leur comportement habituel a volé en éclat. La peur qu'ils inspirent est une alliée essentielle. Sans elle, leur attaque ne repose sur rien. Sur leurs visages, Augusto peut lire comme dans un livre les émotions contradictoires qui les envahissent. La colère, l'impuissance et la frayeur les paralysent. Comme pour les aider à trancher, le petit nerveux pousse une longue plainte qui s'achève dans un sanglot. Aussitôt, ses comparses reculent. Lentement, ils s'éloignent de la brouette. La Langosta les suit des yeux. À ses pieds, le petit nerveux crispe sa main libre sur une touffe d'herbe au bord de la route, comme pour y puiser un peu de réconfort. Ses jambes s'agitent mollement, ses pieds raclent le sol. Le visage ruisselant de larmes, il n'est plus qu'un enfant terrorisé par un animal dangereux.

Les autres continuent de s'éloigner sans quitter La Langosta des yeux, et leur attitude dit clairement que la peur les tient. Ils sont habitués aux coups de poing et de pied qui brisent les os, aux couteaux qui infligent de profondes lacérations, mais ils n'ont jamais vu une telle chose : une douleur intense aussi immédiate.

Lorsqu'ils ne sont plus que des silhouettes sur la route en contrebas, La Langosta relâche sa prise. Le bras du petit nerveux retombe sur le sol, lui arrachant un nouveau cri. Sa main n'est plus qu'un tas sanguinolent, un paquet de chair broyée. Il reste prostré sur le sol, le visage dans les herbes, le corps agité de spasmes douloureux. Sans un regard pour sa victime, La Langosta saisit les poignées de sa brouette et commence à remonter la route d'un pas rapide. Le grincement de la roue voilée l'accompagne. Jamais Augusto n'a entendu un son plus terrifiant que cette plainte métallique qui traverse l'air chaud. Il reste assis contre le tronc du savonnier, la respiration courte, le cœur battant, la main sur la bouche pour ne pas faire de bruit, jusqu'à ce que La Langosta ait disparu derrière le virage.

Efia est en train de dégager un empilement de sacs pour atteindre l'anse qu'elle a entraperçue. Elle est certaine que c'est un gros faitout ou une marmite. En tout cas, c'est du métal que Tonino lui rachètera. Probablement du fer-blanc. Ses pieds s'enfoncent dans les détritus que les camions viennent de déverser. Insensible à l'humidité gluante qui coule le long de sa jambe nue, Efia essaie de se stabiliser, de visser ses pieds dans cette colline mouvante. Enfin, elle parvient à se placer. Elle repousse des cageots et des journaux sur le côté. L'anse apparaît. Efia la saisit fermement, mais malgré ses efforts le récipient reste immobile. Elle rassemble toute son énergie et tire en ahanant. La marmite glisse un peu vers elle puis se bloque de nouveau. Efia donne plusieurs secousses brèves. Quelque chose retient le récipient prisonnier des ordures. Efia s'escrime à présent, elle veut cette marmite, c'est déjà la sienne, personne ne peut l'empêcher de l'obtenir. Elle envoie de grands coups de hanche en s'arc-boutant, les deux mains sur l'anse de métal. Elle la sent tourner sur un axe puis se bloquer.

Efia s'arrête un moment pour reprendre son souffle et réfléchir. On dirait que quelque chose pèse à l'intérieur du faitout. Elle comprend qu'elle ne pourra rien obtenir tant qu'elle ne l'aura pas dégagé pour voir ce qui le retient. Elle se met à creuser plus profondément de chaque côté. Enfin, elle aperçoit le flanc de la marmite. Elle la soulève, une main sur l'anse, une autre sur le cul. Le poids est toujours là, mais il semble glisser et Efia tire en faisant un arc de cercle, tellement fort qu'elle bascule en arrière, emportant la marmite avec elle, et dévale le monticule d'ordures. Elle tombe dans un amas de sacs humides et déchirés, au milieu de fruits pourris, de lambeaux de tissus, d'oreillers éventrés et de papiers gras.

Dans sa chute, elle n'a pas lâché son butin. Elle inspecte le récipient bosselé, déformé, noirci par les cuissons. Il lui manque le couvercle, mais qui sait où il est à présent ? Une trace foncée macule l'intérieur, comme la traînée d'une éponge sale.

Efia lève la tête et regarde l'endroit où s'enfonçait la marmite. L'espace entre les sacs est encore visible. Quelque chose dépasse : une boule de poils. Efia remonte la pente. On dirait un animal mort. Efia n'aime pas découvrir des cadavres de chiens ou de chats. Les gens ne se donnent même plus la peine de les enterrer. Elle trouve honteux d'abandonner ainsi la dépouille d'une bête de compagnie comme s'il s'agissait d'un vulgaire objet cassé sans utilité. Un être qui toute sa vie vous a offert son affection, sa confiance. Efia s'approche de la boule de poils et se fige.

Ce ne sont pas des poils, mais des cheveux.

Ils encadrent le visage d'une petite fille à la peau blême et marbrée de taches noires. C'est sa tête qui retenait la marmite. Le corps a sans doute glissé, s'encastrant dans le récipient de métal. Efia comprend d'où vient la trace brune. Le front de l'enfant arbore une plaie profonde dont les contours de peau déchirée laissent apparaître l'os.

Efia hurle sans s'en rendre compte. Son cri n'arrive pas tout de suite à ses oreilles, comme si un silence assourdissant envahissait son cerveau, bloquant tout. Puis, brutalement, un appel d'air se fait. Les sons ambiants de la décharge lui parviennent et elle perçoit la note aiguë qui file de ses lèvres et fait palpiter les veines de son cou.

Autour d'elle, on s'agite. Son fils Taji, qui travaillait plus bas, escalade la colline de déchets. Felicia apparaît au lointain. Sa forte silhouette se démène pour la rejoindre. Carina accourt, affolée.

— Qu'est-ce qu'il y a ? hurle-t-elle.

C'est au tour d'Ona de s'approcher. Elle n'a pas lâché le grand bâton qui lui sert à fouiller les ordures. Elle le fait tournoyer, comme pour gifler le malheur qui s'abat sur eux tous. Felicia progresse avec peine, elle a un vieux chiffon autour de la tête pour se protéger des microbes, seuls ses yeux sont visibles. Elle porte ses gants dépareillés, l'un noir, l'autre beige. De loin, on dirait qu'elle a une main d'albinos.

Lorsqu'ils sont tous rassemblés autour du cadavre, Efia a cessé de crier. Elle pleure, caressant les cheveux de la petite fille. Elle ne la connaît pas mais la vue du corps meurtri lui déchire le cœur.

— *Dios mío*[1] *!* glapit Ona lorsqu'elle découvre l'enfant à moitié ensevelie sous les ordures.

Taji entoure sa mère de ses bras, il voudrait qu'elle cesse de regarder, mais Efia ne peut détourner les yeux, fascinée par les blessures et les hématomes noirs qui parsèment le visage de la petite fille. Tous constatent qu'elle est nue. Elle

1. « Mon Dieu ! »

a été abandonnée là, au milieu des immondices puantes de San Perdido. Jamais la ville n'a semblé aussi laide ni aussi violente que ce matin.

C'est Felicia qui reprend le dessus en premier. Elle baisse le chiffon qui la masque. Son visage est humide de transpiration. Elle respire à grandes goulées et sa vaste poitrine peine à fournir de l'oxygène, mais elle trouve le moyen de parler.

— Taji, cours à Lágrima, téléphone à la police ! dit-elle d'un ton haché.

Et comme Taji hésite, regardant sa mère qui sanglote, elle ajoute pour le décider :

— Va ! Je m'occupe d'elle !

Taji hoche la tête et redescend la colline de sacs, les envoyant voler à coups de talon tant il pousse sur ses jambes, manquant chuter à plusieurs reprises. Carina, le souffle coupé, s'est agenouillée près du cadavre. Elle se signe plusieurs fois et dans ses yeux passe le désespoir.

Au sommet du tas d'ordures, apparaît bientôt une silhouette noire. La Langosta. Felicia s'élance vers lui pour l'empêcher d'approcher, mais La Langosta l'évite d'un mouvement souple et continue de progresser vers la petite fille. Lorsqu'il est devant elle, il s'agenouille près d'Efia qui sanglote doucement en caressant toujours les cheveux de l'enfant. Les yeux clairs de La Langosta semblent foncer d'un seul coup. Ils passent de l'aigue-marine au saphir bleu nuit. Toutes le voient, et c'est comme si elles cessaient de respirer. Le changement de ses yeux les terrifie. Le contraste avec les traits de son visage, figés comme un masque lisse, est saisissant. Aucune émotion n'agite sa peau, seuls ses yeux semblent palpiter d'un feu sombre.

Alors il fait une chose qui stupéfie Felicia. Il tend sa grosse main épaisse, noueuse, dont les tendons dessinent comme des cordes sous la peau. Délicatement, il la pose sur le front de la petite morte, puis il laisse tomber ses paupières, voilant d'un seul coup l'indigo de ses iris. Autour de lui, les femmes sont silencieuses, statufiées. Ce visage noir, pur comme un masque, semble se recueillir sur la dépouille. Felicia ne peut s'empêcher de songer aux éléphants qui caressent de la trompe les cadavres de leurs congénères. On ne sait s'il s'agit de curiosité ou du signe d'un hommage rendu.

Toutes restent là, suspendues au geste de La Langosta comme à une imposition divine, espérant Dieu sait quoi, un miracle peut-être. Mais après une longue minute de parfaite immobilité, la grosse main quitte le visage de la petite fille et La Langosta ouvre les yeux. Ses prunelles s'éclaircissent, passant du saphir bleu nuit au turquoise, dans un lent mouvement de brume colorée.

La Langosta se redresse et descend la colline d'ordures d'un pas sûr, comme s'il savait brusquement où aller, et il sort de la décharge. Par l'est, constate Felicia, vers la forêt.

Ona regarde Efia et Carina tour à tour, cherchant à comprendre le sens de ce qu'elles viennent de voir, mais aucune ne peut répondre à sa question muette. Efia hausse les épaules. Elle ne pleure plus à présent, ses larmes sèchent sur son visage, faisant de petits sillons salés sur sa peau usée. Elle abandonne le corps de l'enfant et se redresse. Maintenant, elles n'ont plus qu'à attendre l'arrivée des policiers.

Seule Felicia demeure tournée vers le côté est de la décharge. Elle est certaine que La Langosta est parti faire quelque chose pour la petite fille. Lui qu'elle n'a jamais vu s'occuper des affaires des autres, hormis de son confort à elle, semble aujourd'hui tellement concerné par le meurtre que la vieille femme sent l'inquiétude monter en elle.

La petite s'appelait Batuuli. Elle était la quatrième des six filles du cordonnier Asukile dont la boutique est rue Baptista. Asukile n'a que des filles. Il dit souvent qu'il n'a jamais su faire autre chose et que si sa femme avait vécu

– *Dios no lo quiera*[1] *!* –, il aurait sans doute continué à en fabriquer. Mais elle est morte il y a quatre ans en mettant au monde la benjamine, Dene.

Dans la rue Baptista, on a pleuré la petite fille, on a plaint le cordonnier qui, en perdant son épouse, avait déjà payé un lourd tribut. Lorsqu'on a appris que le corps était dans la décharge, la colère a grimpé d'un cran. On l'avait sans doute jeté dans l'une des grosses poubelles qui s'alignent dans une petite impasse, et où chacun va déposer ses déchets avant le ramassage du mardi matin. Le soir même, le camion qui collecte les ordures se délestait à Lágrima, ce qui explique que la dépouille ait passé la nuit sous les immondices.

Jusqu'à ce qu'Efia la découvre.

La police a gardé le corps pour l'autopsie. Le cordonnier a fermé sa boutique après avoir reconnu sa fille. Il reste là, enfermé avec ses cinq enfants, et personne ne sait ce qu'il fabrique, car il refuse de voir quiconque. Les femmes du quartier se sont proposées pour s'occuper de Batuuli lorsqu'on la rendra à son père, mais pour l'instant le cordonnier ne dit rien, muré dans sa peine, la gorge serrée et les yeux rougis.

Batuuli avait onze ans, elle était gaie et, d'après les femmes de la rue, trop confiante. Celui qui a fait ça le savait et la connaissait sûrement. On s'observe avec méfiance. Les hommes, surtout, car on a appris que la petite a été violée.

Le garçon noir aux yeux bleus est assis au pied du palmier. Dans l'ombre, on ne distingue que le blanc sale de son tee-shirt. Immobile, il n'a pas bougé depuis une bonne heure.

Ina ne l'a pas vu arriver. Elle est sortie de la *cantina* pour servir des bières aux marins assis en terrasse et c'est

1. « À Dieu ne plaise ! »

en se retournant qu'elle a remarqué la clarté de ses yeux qui formait une tache dans la suie de son visage. Il ne fait rien, tellement immobile qu'il devient invisible, se fondant dans l'ombre de l'arbre. Il ne tourne pas la tête, ne change pas de position, ne bouge pas les mains. Rien qu'un regard de saphir, comme celui d'un chat, braqué sur la *cantina*.

Peu à peu, l'idée qu'il guette quelqu'un s'est imposée à Ina. Il semble indifférent à tout ce qui se passe alentour, ne quitte pas la porte des yeux, comme s'il pouvait voir jusqu'à l'intérieur. Peut-être surveille-t-il une des serveuses ? Ou bien un client lui a recommandé de ne pas bouger d'ici.

Tout en vaquant entre les tables, Ina ne peut s'empêcher de lorgner sous le palmier de l'autre côté de la rue et d'échafauder des histoires rocambolesques. Ina lit beaucoup de romans sentimentaux. Des récits dans lesquels un médecin malheureux réalise qu'une jeune infirmière est amoureuse de lui, ou une veuve inconsolable renaît dans les bras d'un jeune aveugle.

Ina adore ces romances. Elles lui donnent l'impression que tout peut arriver et qu'il suffit de rester optimiste pour qu'un beau jour la vie s'éclaire et se transforme.

Les clients affluent, Ina doit se dépêcher de les servir. La journée se termine et bientôt le jour va baisser, emplissant la *cantina* de cris, de rires et de fumée. Ina poursuit son va-et-vient tout en surveillant le palmier. On lui a commandé du rhum blanc et elle retourne vers le bar. Lorsqu'elle revient avec les verres, un homme massif aux cheveux noirs et à la chemise à ramages bleu et rouge la frôle en sortant. Il s'arrête un instant sur le quai pour allumer un petit cigare. Il tire quelques bouffées rapides, puis s'éloigne d'un pas lent. À son poignet, une montre en or accroche la lumière.

C'est à cet instant qu'Ina s'aperçoit que l'enfant noir aux yeux bleus a disparu.

Elle est déçue de ne pas l'avoir vu bouger. Elle songe un moment qu'elle aimerait en savoir plus sur lui. Ses clients lui payent le rhum et elle rentre en soupirant dans la *cantina*.

L'homme marche sans se presser, au hasard des rues, dispersant dans son sillage les volutes douceâtres de son cigare. Derrière ses paupières mi-closes, il observe ce qui l'entoure, caressant les silhouettes féminines qu'il croise. Il est alangui, comme toujours après un bon repas, et savoure les prémices de sa digestion. Il n'a pas envie de rentrer tout de suite, il sait que ce soir il dormira bien. À peine aura-t-il posé sa tête sur l'oreiller qu'il glissera vers l'inconscience. Il est serein. Comme chaque fois qu'il obtient ce qu'il cherche. Il y a l'excitation, la rage, le plaisir et enfin l'apaisement. Le cycle perpétuel de sa vie, son cycle naturel, celui auquel il ne peut déroger, auquel il ne peut résister sous peine d'endurer la souffrance. C'est un chasseur, il l'a toujours été. Lorsqu'il l'a admis, ses nuits n'ont plus jamais été les mêmes.

Il avance, le cigare aux lèvres, les mains dans les poches. Anodin et tranquille, il regarde les enseignes, jette de rapides coups d'œil à l'intérieur des maisons dont les fenêtres sont ouvertes pour faire entrer la fraîcheur du soir. Sur les trottoirs, on sort les chaises de paille, on discute sur le pas des portes, les femmes ravaudent des vêtements en surveillant les petits qui jouent, on s'interpelle entre voisins. La nuit de San Perdido commence. Bientôt, des filles maquillées, apprêtées, envahiront les rues pour se rendre dans les bars et les boîtes. Pour l'instant, c'est l'heure calme de l'après-dîner, court moment suspendu avant la vie nocturne grouillante qui s'étirera jusqu'au petit matin.

Il remonte l'avenue Salvación vers le quartier des Grillos, juste au-dessus de la place Dorée. Un entrelacs de ruelles tortueuses bordées de maisons appuyées les unes aux autres, tellement proches que l'on peut, en tendant le bras, atteindre la lessive qui sèche à la fenêtre du voisin. Il débouche bientôt sur la place des Ladrones, avec la petite église blanche San Cristobal et la fontaine qui lui donnent un air de village au milieu de San Perdido.

Il s'assied sur la margelle de pierre et boit une gorgée d'eau fraîche. Il mouille ensuite son mouchoir pour s'éponger le front et le cou. Le contact du coton humide lui fait du bien. Il tire quelques bouffées de son cigare en regardant autour de lui. La place est calme à cette heure, il entend une radio dans le lointain, un vieil air de rumba assourdie. Un chat longe le mur de l'église ventre à terre et disparaît dans un soupirail. Ici, pas un oiseau. « Ils sont tous sur le port, à tournoyer au-dessus des quais pour grappiller des abats de poissons », songe-t-il.

Il n'a pas envie de bouger et reste un long moment assis, bercé par le gargouillis tranquille de l'eau qui s'écoule. Il termine son cigare, en savoure la fin, tétant l'extrémité amollie des feuilles de tabac. Lorsque le mégot commence à lui chauffer les lèvres, il le jette au loin d'une pichenette.

Maintenant, il est prêt à rentrer. Il traverse la place d'un pas lourd, l'estomac encore chargé des galettes de maïs et du poulet qu'il a mangés à la *cantina*. En remontant la rue Baptista, il passe devant la boutique fermée du cordonnier Asukile, longe la petite maison du docteur Portillo-Lopez avec sa plaque noire à lettres dorées et tourne sur la droite pour rejoindre la rue des Pleureuses. Son pas s'est ralenti. Il a un renvoi acide et laisse un rot sonore s'échapper de ses lèvres.

Il s'engage dans le passage Nocturno, un raccourci de vingt mètres de long qui relie la rue Baptista et la rue des Pleureuses. Le passage fait un coude à mi-parcours. À cet endroit, la vue sur les deux rues est occultée, seuls deux hauts murs aveugles se font face. L'inconnu s'engage avec un léger dandinement d'homme corpulent. Dans ses intestins les aliments ballonnent, provoquant des gaz.

Au moment où il passe le coude, une main l'agrippe brutalement à la gorge, se refermant si vite sur sa trachée que l'oxygène lui manque immédiatement. Il sent un poids dans son dos, léger, comme celui d'un animal qui aurait sauté sur ses épaules. Instinctivement, il se jette en arrière contre le mur, cherchant à écraser la bête qui s'accroche à lui. Mais la pince se resserre davantage sur sa gorge et son larynx se brise, il a la sensation que ses muscles et ses tendons s'émiettent, que son cou se liquéfie, coule dans son œsophage et ses poumons, les obstruant définitivement. Il tombe à genoux, crachant un flot rouge par les narines et la bouche. Ses bras fouettent mollement l'air, son visage noirci et grimaçant appelant désespérément à l'aide dans un gargouillement encombré, puis il s'écroule sur le côté, lançant un dernier coup de pied contre le pavé.

La vie l'a déjà quitté lorsque la main se desserre.

La Langosta saute par-dessus le cadavre et s'éloigne sans un regard, rejoignant la bien nommée rue des Pleureuses. Ses pieds nus ne font aucun bruit. Si Ina, la petite serveuse de la *cantina*, le voyait à présent, elle constaterait que l'azur de ses yeux a tellement foncé qu'on dirait un saphir bleu nuit. Mais à cette heure, Ina est trop occupée par les marins portugais qui viennent de descendre du *Majestuoso*, un cargo qui transporte des céréales.

Personne ne pleurera le cadavre du passage Nocturno. Personne ne saura jamais qu'il était l'assassin de plusieurs petites filles. Pour sa logeuse, il n'était qu'un inconnu arrivé à San Perdido depuis un an. Les meurtres d'enfants cesseront pendant un temps, mais recommenceront plus tard, parce que la perversité est inhérente à l'être humain. À San Perdido, on dit que « chaque jour, naissent un tortionnaire et sa future victime ».

Seul La Langosta l'a détecté. Il n'a que onze ans et vient de commettre son premier meurtre.

4

Pour Felicia, les années qui suivent ressemblent aux pages d'un livre déroulant une histoire. Elle note les changements qui accompagnent l'évolution de l'enfant. Les modifications de son corps ne sont rien comparées à ce que Felicia découvre peu à peu sous l'impassibilité des traits de son visage.

Elle a aujourd'hui soixante-sept ou soixante-dix ans, elle n'en est pas certaine, elle ne possède aucun extrait de naissance. Elle ne sait qu'une chose : lorsqu'elle est arrivée du Ghana, elle n'était qu'un bébé. Elle ignore même à quoi ressemblait son pays d'origine. Sa mère lui en a dit assez peu, estimant qu'il était plus important pour sa fille de créer ses souvenirs à partir du Panamá. Felicia ne se sent pas africaine.

Elle n'a jamais connu autre chose que la pauvreté de la décharge et du bidonville de Lágrima. C'est ici que sont ses origines. Depuis sa petite cabane au bord des immondices, elle perçoit le monde aussi bien que n'importe qui d'autre. Elle a appris très tôt ce qu'était la ville de San Perdido et comment elle fonctionnait. Comme toute la population, elle a vécu sous les régimes successifs des différents gouverneurs. Ils passent et trépassent au palais avec des appétits toujours renouvelés et des fortunes diverses, tandis qu'elle, la Ghanéenne, trône sur un territoire putride que nul ne lui dispute.

Les hommes disparaissent, Felicia est immuable.

De la période du gouverneur Lamberto, elle ne retiendra que l'insolente opulence dont lui parviennent les échos des réceptions somptueuses. Depuis l'indépendance du Panamá, ratifiée en 1903, et l'octroi aux Américains de la concession à perpétuité du canal qu'ils achevèrent en 1914, la richesse afflue pour ceux qui savent négocier. Et les gouverneurs de San Perdido apprennent vite à le faire. Ne laissant à la population que les miettes, ils brassent des affaires, nouent des relations, entassant chaque jour de quoi vivre une retraite dorée lorsque leur mandat prendra fin. Et Felicia voit se déverser sur sa décharge les reliefs de leurs festins. Ainsi est-elle au fait de l'essentiel. Ainsi peut-elle enseigner à son tour à La Langosta les règles de survie élémentaires au Panamá.

La première chose que Felicia a remarquée chez l'enfant a été la force de ses mains, la deuxième a été son intelligence. La troisième a mis plus longtemps à se révéler. Comme une eau dormante, son silence recouvre bon nombre de ses qualités. La couleur de ses yeux agit comme un leurre. Les femmes s'y laissent prendre. Plus il grandit, plus elles le trouvent beau. Même si ce qu'elles lisent dans les prunelles d'azur n'est jamais que la lumière qu'elles souhaitent y voir – elles sont comme des citadelles qui se rendent sans effort –, Felicia sait aussi qu'il est dangereux de vouloir l'interpréter. La Langosta offre un regard clair mais suit un chemin dont nul ne connaît les détours ou l'aboutissement.

Depuis qu'il est arrivé à la décharge, Felicia est la seule avec laquelle il a tissé une forme de lien. Mais elle est trop fine observatrice pour ne pas comprendre que la qualité de ce lien échappe à tout ce qu'elle connaît des relations humaines. Jamais Felicia ne pensera qu'elle est indispensable à l'épanouissement de l'enfant. Là sera sa force. Depuis l'arrivée de La Langosta, la vie de Felicia est plus douce. Les bidons d'eau lui sont apportés chaque jour, et les aménagements que La Langosta effectue dans sa maison améliorent son quotidien. Il répare tout ce que le temps a détérioré. En retour, Felicia a de constantes attentions : elle cuisine pour lui, récupère des vêtements à droite et à gauche.

Depuis la nomination du gouverneur Lamberto, elle est la première chaque matin à trier les déchets que les camions des hauteurs de la ville viennent décharger. Elle trouve souvent des victuailles à peine touchées, les restes des repas donnés au palais et dans lesquels les domestiques ont déjà puisé. C'est donc une poubelle de deuxième main qui parvient à son cloaque, mais dans laquelle elle déniche encore de quoi améliorer l'ordinaire.

Felicia regarde La Langosta grandir avec satisfaction. S'il reste maigre, ses proportions s'harmonisent. Ses avant-bras et ses mains sont moins proéminents. C'est un adolescent en pleine croissance et sa taille atteint maintenant un mètre quatre-vingts. Felicia doit lever le menton pour le fixer dans les yeux. Elle n'a plus jamais ressenti la peur de leur première rencontre et elle aime toujours lire dans ses iris turquoise. Elle y voit un calme qui la rassure, une bienveillance à son égard qui la touche. Si son visage ne laisse rien transparaître de ses émotions, elle peut néanmoins déchiffrer certains indices dans ses yeux. Car il l'autorise à y trouver ce qu'elle cherche. Au fil des années, elle a compris qu'il lui permettait de passer la barrière qu'il imposait aux étrangers. Elle en ressent une certaine fierté, mais se garde d'en tirer profit.

Elle sent que La Langosta est un être à part. Le fait que les animaux l'évitent éveille sa curiosité. Elle note aussi l'attitude des autres à son égard. Le fils d'Efia, Taji, refuse toujours de s'approcher de lui, et elle a remarqué qu'Augusto éprouve une réelle crainte à son endroit. À plusieurs reprises, elle a tenté de l'interroger, mais il a éludé ses questions et elle n'a pas insisté. Felicia est certaine qu'il s'est passé quelque chose. Parfois, elle tremble de découvrir une part trop sombre chez La Langosta et elle prie le ciel pour qu'il se révèle un homme bon.

Il peut disparaître pendant des jours entiers et Felicia ignore où il se rend. Elle suppose qu'il descend à Port Sangre, là où bat le cœur de San Perdido, mais elle n'en est pas certaine. Dès qu'elle voit voler les cormorans au-dessus de la décharge ou les chiens fouiller les sacs d'ordures, elle sait que La Langosta est parti, ignorant combien de temps durera son absence. Le tas de ferraille grandit sur le toit de sa tanière. La brouette est rangée à côté et il la remplit chaque jour pour descendre chez Tonino. Dans la décharge, le grincement de la roue voilée est devenu un son familier.

Durant toutes ces années, Augusto n'a jamais révélé ce qu'il avait vu, caché sous le savonnier. Mais dans le bidonville de Lágrima, le bruit a couru qu'une agression s'était mal terminée. La rumeur est montée de Port Sangre disant que le petit nerveux, dont le nom est Benito, était désormais handicapé. Il n'était plus à la tête de la bande. Ses anciens camarades l'évitaient, car il leur rappelait trop la défaite qui entachait leur prestige. Ne pouvant travailler, il mendia un temps sur le port, puis finit par disparaître. Nul ne plaignit Benito, dont la méchanceté était connue, et on se félicita de ce coup du sort qui avait puni le petit malfrat. À San Perdido, on a assez à faire avec la police et la garde du gouverneur.

Ainsi passent les années. Ainsi se construit l'image de La Langosta dans les yeux de Felicia.

En 1952, La Langosta a seize ans. C'est un adolescent aux muscles noueux que sa minceur fait paraître plus grand encore. Pour la plupart des habitants de Lágrima, il est déjà un homme. Son calme et la profondeur de son regard trop clair le vieillissent. Son silence le pare d'une auréole de sagesse, son sérieux est le gage d'un caractère mûr. On ne parle plus d'esprit simple. Le temps est loin où on le croyait sourd, car il a montré à maintes reprises qu'il entendait parfaitement. Seul demeure le handicap de son silence, qu'on finit par accepter, davantage pour effacer le malaise que provoque un être qui ne répond à aucune question.

Certaines femmes se sont mis en tête de le faire parler. Depuis qu'il est enfant, La Langosta les trouble. En grandissant, l'aura de mystère qui l'entoure s'épaissit et les jeunes filles se découvrent pour lui d'autres désirs.

L'une d'elles, Yumna, parce qu'elle est d'une beauté racée, se fait fort de l'amener à se confier. Et dans Lágrima, on sait que Yumna obtient tout ce qu'elle veut. Elle n'a que quinze ans, mais tout le monde est persuadé qu'elle quittera bientôt le bidonville pour mener une existence luxueuse dans une maison sur les hauteurs en faisant un riche mariage. Yumna est trop belle pour qu'on ne l'admire pas partout où elle passe. Elle a déjà de nombreux prétendants. Tous les jeunes garçons en sont amoureux. Tous les hommes rêvent d'elle. Le seul qui ne semble pas l'avoir remarquée est La Langosta. Pour Yumna, c'est d'une audace folle.

Chaque jour, elle traîne vers la pompe à l'heure où La Langosta vient puiser de l'eau pour Felicia. Les premiers temps, elle se contente de passer devant lui, se laissant admirer. Elle marche de son pas souple qui fait onduler ses formes sous ses vêtements. Ses longs cheveux noirs fouettent ses reins. Mais jamais La Langosta ne lui adresse un regard. Il est sans doute le seul à ne pas tourner la tête lorsqu'elle paraît. Pourtant, beaucoup de conversations s'alanguissent tandis que les hanches rondes de Yumna caressent l'air chaud. Elle avance d'une foulée fluide, comme si elle se rendait à un endroit donné, pour y faire une chose précise qui ne réclame aucune urgence. Accrochant dans son sillage les prunelles de tous ceux qui la croisent.

Mais pas celles de La Langosta.

Il appuie sur le bras de la pompe avec régularité, attentif à bien remplir les bidons, sans perdre une goutte, car l'eau est précieuse.

Au bout de deux semaines de passages chaloupés devant lui, Yumna doit se rendre à l'évidence. Elle a placé son amie Tisha sur le chemin avec pour mission d'observer les réactions de La Langosta. Mais chaque jour, Tisha secoue la tête et hausse les épaules en signe d'incompréhension. Jamais La Langosta ne se laisse distraire par Yumna.

C'est presque un crime de lèse-beauté !

Un samedi matin, Yumna est assise en face de la pompe sur un ballot d'épices, car c'est jour de marché. Le marchand ne se plaint pas que cette fille splendide stationne ainsi sur son étal. Sa plastique lui donne tous les droits et c'est excellent pour le commerce. Subitement, plusieurs hommes se découvrent en manque de gingembre ou de curcuma et s'approchent.

Tout en jouant d'un air indifférent avec ses longues mèches de cheveux, Yumna feint l'ennui. À trois pas d'elle, La Langosta actionne le bras de la pompe pour remplir ses bidons. Lorsqu'il a terminé, il les accroche sur la perche de guayacan, place le tout sur ses épaules et s'éloigne vers la décharge. Pendant tout ce temps, il a tourné le dos à Yumna.

De rage, elle renverse un sac de poivre en se levant, avant de s'élancer de sa foulée de panthère en colère. Le marchand ne proteste pas, car il a déjà vendu beaucoup plus d'épices que d'habitude.

Pendant plusieurs jours on ne voit plus passer Yumna. On commence à murmurer que la belle est en ville, qu'elle ne reviendra pas. On sait de source sûre qu'un marchand d'huiles est fou d'elle, qu'il lui a déjà proposé de l'épouser et veut l'installer dans une grande maison au-dessus de la place Dorée. Tisha laisse entendre qu'elle pourrait accepter, mais qu'elle hésite encore.

Les oreilles de La Langosta ne semblent pas capter le bruit de cette idylle naissante et il continue de venir puiser l'eau, sans rien montrer que son indifférence coutumière. Si bien qu'un matin, lorsqu'il arrive, Yumna est appuyée contre le bras de la pompe. Elle fume négligemment, enroulant une mèche de cheveux autour de ses doigts. Elle porte un tout petit chemisier qui moule sa plantureuse poitrine et dont l'échancrure laisse voir les globes parfaits de ses seins.

La Langosta s'arrête, pose ses bidons sur le sol, cale la perche de guayacan sur le rebord de la margelle et attend. Yumna regarde ostensiblement vers la ruelle, comme si elle guettait au loin son amie Tisha. Elle autorise le jeune homme à se repaître de la vue affolante de son décolleté, certaine qu'il en a la gorge sèche. Soudain, elle sent la main de La Langosta se poser légèrement sur la sienne. Elle tourne la tête. Il a placé un bidon sous le bec de la pompe et pousse doucement le bras, comme si Yumna n'était pas là, seulement attentif à la progression du remplissage. Il appuie bien plus lentement que d'habitude, pour ne pas lui faire de mal, mais il est aussi évident qu'il ne s'intéresse pas du tout aux trésors qui lui sont présentés.

Pour Yumna, c'est une insulte. Jamais on ne l'a autant méprisée. Elle retire prestement sa main de la pompe et aussitôt La Langosta accélère son mouvement, montrant qu'enfin il peut travailler à son rythme.

Yumna jette sa cigarette, jurant entre ses dents, et s'éloigne à grandes enjambées. Depuis leurs masures, les femmes gloussent, car elles n'ont rien perdu de la manœuvre de la jeune fille. Le garçon aux yeux clairs voit son prestige grandir d'un seul coup. La Langosta devient aussitôt l'amant mythique que n'aura jamais Yumna. La jalousie féminine est féroce, entre elles les femmes sont sans pitié.

Felicia a appris l'anecdote de la bouche même d'Efia qui la tenait de Zuwena dont la masure est devant la pompe.

Tout Lágrima glousse ouvertement de cette rumeur. Felicia éprouve soudain une grande admiration pour celui qu'elle nomme en son for intérieur « ma Langosta ». Enfin un homme véritable qui ne se laisse pas mener par une femelle, si belle soit-elle ! Une pointe de fierté s'insinue dans son cœur, qu'elle tâche de réprimer, car elle est humble malgré tout. Mais elle ne peut s'empêcher de songer que si elle avait un fils, elle le souhaiterait à l'image de La Langosta.

« Ma Langosta ! » pense Felicia. Elle aimerait savoir son véritable prénom, car maintenant qu'elle le côtoie, celui qu'elle lui a donné la gêne. Il manque d'intimité. Il n'exprime pas ce que ressent son vieux cœur pour l'homme-adolescent.

Lorsqu'elle le croise un peu plus tard, Felicia cherche dans les prunelles d'azur une trace de l'évènement. Mais rien n'affleure dans ses yeux et Felicia éprouve une grande joie. Elle aurait été déçue si elle avait lu un fond de vanité dans le regard clair. Elle se réjouit de le savoir aussi détaché. Elle sent une force immense dans cet être mystérieux.

Dans les jours qui suivent, Tisha fait circuler le bruit que La Langosta aime sans doute trop les hommes pour apprécier les femmes. Mais la rumeur ne prend pas. On voit trop qu'elle vient de la fierté blessée de Yumna. Tisha ne recevra jamais que des grognements incrédules chaque fois qu'elle tentera de salir La Langosta. De guerre lasse, elle cesse bientôt d'agiter sa langue de vipère.

Si la rumeur est parvenue à ses oreilles, La Langosta n'en a rien laissé paraître. Mais Felicia est persuadée que rien n'est vraiment remonté jusqu'à lui. Elle n'est même pas certaine qu'il ait remarqué Yumna et son manège. Tout au long de ces années, La Langosta n'a jamais semblé s'intéresser aux femmes, ni à l'effet qu'il pouvait leur faire. Son but est ailleurs, sans qu'elle puisse le définir. Elle a vu cet enfant sorti de nulle part s'acharner pour sa survie.

Elle l'a regardé grandir et devenir un homme saison après saison, et pourtant, elle ignore tout de ses désirs.

Pendant l'année 1953, Felicia observe que le tas de métaux sur le toit de la tanière de La Langosta diminue peu à peu. Bientôt, la brouette vide reste garée dessus. Dans le même temps, elle remarque une recrudescence de chiens sur la décharge, et les cormorans reviennent voler au-dessus des déchets. Felicia comprend rapidement que La Langosta passe le plus clair de son temps à San Perdido. Il n'oublie pas de remplir les bidons et continue de réparer et d'améliorer sa maison chaque fois qu'il le peut, mais les occupations du jeune homme ont changé.

Felicia est intriguée. Si elle n'était pas si vieille, elle le suivrait bien lorsqu'il quitte la décharge. Le centre de San Perdido n'est qu'à quatre kilomètres, mais pour une femme de soixante-dix ou soixante-treize ans, c'est une longue marche. Certes, il y a le bus, cependant Felicia garde le peu d'argent qu'elle possède en prévision d'une urgence. Une promenade, aussi intéressante soit-elle, n'en est pas une. Elle ronge son frein et regarde donc La Langosta s'éloigner chaque jour, sans pouvoir satisfaire sa curiosité. La seule chose qu'elle obtient de sa part est le léger signe de tête qu'il lui adresse lorsqu'il part ou qu'il rentre. La communication n'est pas son fort.

Felicia n'a pas dit son dernier mot. Elle finira bien par trouver quelqu'un qui rencontre parfois La Langosta à San Perdido et lui apprendra ce qu'il fabrique. Elle se sent comme une mère, inquiète pour son petit, et cette sensation lui met du baume au cœur. Voilà bien longtemps que Felicia n'attache plus d'importance aux liens du sang. Elle sait que, dans la misère, ceux-ci sont trop souvent supplantés par les alliances que crée la nécessité.

Et puis Felicia n'a jamais vraiment eu d'enfant. Celui qu'elle a engendré était mort-né, si bien qu'elle ignore tout d'un quelconque sentiment maternel. Elle ne sait même pas où le petit corps a terminé, car la sage-femme de Lágrima lui a enlevé aussitôt pour lui épargner d'avoir à s'en occuper. Elle espère seulement qu'il n'a pas fini à la décharge. Mais qui pourrait le dire ? À San Perdido, les règles sont spécieuses et la pauvreté force à accepter des actes intolérables partout ailleurs. Un mort n'est qu'un déchet de plus, après tout.

Mais avec La Langosta c'est autre chose. Depuis que le petit garçon aux yeux bleus a pénétré sur la décharge, la vie de Felicia a changé. Elle ne l'a pas prémédité, elle est la première surprise en découvrant l'étendue de son inquiétude. Elle n'en continue pas moins à interroger ses voisins, ses relations. Efia, comme d'habitude, ne sait rien. Zuwena ignore où il va chaque jour, bien qu'elle ait noté qu'il disparaissait souvent ces temps-ci. Autour de la pompe, elle n'en apprend pas davantage. Felicia regrette qu'Augusto ne vienne plus à Lágrima, il aurait sans doute eu quelque chose à lui dire. Le vieux Gideon l'a bien aperçu sur la route des Négriers, mais ne se rappelle plus quel jour. Avec tout ça, Felicia est bien avancée ! Elle maudit en silence toutes ces pipelettes qui lorsqu'on a besoin d'elles sont incapables d'offrir une anecdote significative.

Elle ne rentre pas tout de suite. Son dîner peut encore attendre, elle n'a pas faim. Elle se met à marcher le long de la route des Négriers, sans vraiment savoir jusqu'où elle ira ni pourquoi elle commence à descendre, alors qu'elle aura toutes les peines du monde à rebrousser chemin et que son vieux cœur s'emballera comme une mouche enfermée dans un bocal.

Bientôt, elle s'arrête et s'assied sur un rocher pour reprendre son souffle. Une antique Torpedo descend la route en crachotant. Lorsqu'elle passe à sa hauteur, elle reconnaît Rafiki, le plongeur du restaurant *Estrella*, à côté du chauffeur, un gros homme moustachu qui lui jette à peine un regard. La voiture s'éloigne en vibrant sur ses essieux.

— *Cabrón*[1] ! Tu pourrais t'arrêter, tout de même, murmure Felicia entre ses dents.

Jadis, lorsqu'elle était enfant, il était d'usage de prendre des passagers. Mais aujourd'hui, plus personne ne s'inquiète de son prochain.

— Je pourrais mourir sur le bas-côté sans qu'aucun de ces *tarados*[2] n'appuie sur le frein ! Le Panamá a perdu tout honneur depuis que le pays s'est vendu aux Américains. Seul compte le profit et chacun roule vers son destin sans regarder à côté de lui.

Felicia grommelle des phrases sans suite pour apaiser son inquiétude : « Une qui ne doit pas attendre longtemps pour descendre vers le centre, c'est Yumna ! Probable que les conducteurs font la queue pour avoir le privilège de promener son sublime postérieur ! » Felicia aussi a été jeune, mais jamais jolie, elle n'était même pas charmante. Elle a toujours eu les traits épais et la taille un peu forte. C'est un miracle qu'elle soit tombée enceinte ! Elle se souvient de son amant épisodique.

Il s'appelait Ciro, était marin sur le *Djurdjura* qui transportait du vin et du carburant liquide en citerne. Elle ne le fréquenta qu'une saison, et lorsqu'il appareilla pour la dernière fois, elle s'aperçut qu'elle était enceinte. Il ne revint jamais à Port Sangre. Elle apprit plus tard qu'il était passé par-dessus bord en plein océan Pacifique. Il avait toujours trop bu. Elle n'était pas certaine qu'il se soit souvenu d'elle après être monté sur le *Djurdjura*.

— *Ojete*[3] ! Même pas capable de s'accrocher à la vie, marmonne Felicia.

1. « Connard ! »
2. « Débiles. »
3. « Trou du cul ! »

Elle ne l'a jamais regretté. Ils n'auraient pas fait un beau couple de toute façon. Mais elle a pleuré l'enfant. Sans doute aurait-elle vécu différemment avec un bébé à charge. Ses choix auraient été autres et elle n'aurait probablement pas emménagé sur un dépotoir.

— *Quién sabe*[1] ? souffle-t-elle dans l'air du soir.

Et aujourd'hui, la voilà au bord de la route des Négriers, attendant le retour d'un enfant trouvé, s'inquiétant pour lui plus que nécessaire. De tous ceux qui traînent à Lágrima, elle a choisi le seul qui n'a besoin de personne.

Felicia regarde venir un chien galeux. Efflanqué et la langue pendante, il remonte la route sur le côté opposé. Son pelage noir et blanc est poisseux. Il a les oreilles couchées, et sa queue cassée traîne entre ses pattes maigres. Il jette un œil coupable sur la grosse femme qui l'observe, comme s'il venait de lui voler quelque chose. En passant devant elle, il accélère en fléchissant légèrement l'arrière-train et disparaît dans les herbes folles.

Felicia reste un long moment sur le bas-côté. Au-dessus d'elle, sur le plateau Del Sol, les lumières des somptueuses demeures commencent à dessiner le cordon de la richesse qui surplombe la ville. Un scintillant lacis d'arrogantes ampoules crée un lustre qui pare les collines de lueurs ostentatoires. Celles des puissants qui affirment leur pouvoir jusqu'au cœur de la nuit.

Pourtant, tous empruntent la même route. Le même filet de goudron dessert la décharge comme le palais du gouverneur. Un long ballet perpétuel amène les denrées depuis Port Sangre et en redescend les restes dans des sacs quelques jours plus tard. Et tous se nourrissent sur ce ruban bordé d'herbes folles qui serpente à flanc de colline. Les plus riches et les plus pauvres se désaltèrent à la même source.

1. « Qui sait ? »

Soudain, Felicia sent une présence à ses côtés. Dans l'obscurité qui l'entoure à présent, un léger raclement s'est fait entendre. Doucement, émergeant de la nuit, la silhouette de La Langosta apparaît. Ses yeux clairs illuminent son visage de suie. Il hoche simplement la tête en regardant Felicia.

Elle sourit, heureuse de le revoir. Certaine qu'il a fait ce petit raclement à son intention pour ne pas l'effrayer et lui signaler son retour. La Langosta communique peu, mais il a pour elle des attentions qui l'émeuvent. Elle ne saura pas où il était ni ce qu'il faisait, mais ensemble ils reviennent à pas lent vers leurs quartiers. La Langosta marche sans bruit à ses côtés, en respectant son rythme. Lorsqu'elle pénètre dans la décharge, Felicia a la sensation d'être une mère qui rentre d'une longue promenade avec son fils.

La Langosta s'arrête devant sa masure et la regarde monter sur son perron. Il attend qu'elle ait allumé sa lampe à pétrole. Felicia revient sur le pas de sa porte.

— Il faudra me dire ton nom, un de ces jours ! lance-t-elle soudain en plongeant ses yeux dans les siens.

Elle se rend compte qu'elle a employé un ton qui n'admet pas de réplique. Depuis qu'elle le connaît, c'est la première fois qu'elle se permet de le faire. Le visage noir est impassible. Son regard d'azur semble foncer légèrement dans la nuit. Pendant une seconde, ils restent face à face et Felicia sent l'inquiétude monter en elle. Elle cherche à lire dans ses prunelles la trace d'un agacement ou d'un reproche. Mais elle ne voit rien d'autre que l'attention polie d'un jeune homme.

Alors il hoche doucement la tête, un léger sourire étirant ses lèvres.

Le cœur de Felicia fait un bond dans sa poitrine. C'était un mouvement si imperceptible, qu'elle doute une seconde de l'avoir vu, mais le sourire, lui, est bien là, doux et chaleureux. Puis La Langosta se détourne et s'éloigne vers sa tanière. Il se fond dans l'obscurité, l'abandonnant à son trouble.

Elle reste un moment sur son perron, éclairée à contre-jour par la lampe à pétrole posée sur la table. Se demandant quand il se décidera à lui parler et, si toutefois il ne le fait pas, comment il lui indiquera son nom.

Peut-être l'écrira-t-il ?

« *Estúpida*[1] *!* se sermonne-t-elle. Qu'avais-tu besoin de lui demander ça ? Et s'il te mentait ? » Mais elle se rend compte qu'elle ne supporte plus « La Langosta », ce surnom ridicule qui lui correspond si peu. À présent, elle s'en veut de le lui avoir donné et surtout de l'avoir répété, le faisant circuler de bouche en bouche comme une mauvaise plaisanterie.

Bientôt, elle voit une lueur danser dans la nuit. À une vingtaine de mètres sur sa droite, la petite flamme vacillante d'une bougie lui confirme qu'elle n'est plus seule désormais. Il vient de s'installer pour lire. Alors Felicia rentre chez elle.

La Langosta ne révélera son nom que bien plus tard. Le moment qu'il choisira sera significatif, et Felicia se rendra compte qu'il ne pouvait en être autrement, s'étonnant de ne pas l'avoir pressenti. Toute sa vie, elle aura le sentiment d'avoir toujours un train de retard sur lui.

Dans les apparitions et disparitions qui ponctuent les retours de La Langosta durant toute l'année 1954, il y a un élément que Felicia mettra longtemps à comprendre. Depuis son arrivée du fond de la décharge, elle n'a cessé de s'interroger sur sa provenance. S'il était monté de San Perdido, l'enfant aurait suivi la route des Négriers, qui est l'accès le plus direct et le plus facile, auquel cas il aurait

1. « Idiote ! »

pénétré par l'entrée qui se trouve à l'ouest. Mais il est apparu au nord-est, là où la colline jouxte la forêt tropicale qui est le domaine des Amérindiens kunas. La Langosta est un descendant d'immigrés africains et aucun d'entre eux ne vit dans la jungle. Les plus pauvres sont installés dans le bidonville de Lágrima ou près de Port Sangre.

Excepté les Cimarrons, les esclaves noirs qui se sont révoltés lors de la domination espagnole, songe-t-elle tout à coup. Certains disent qu'il existe encore une communauté cachée dans la jungle. Mais Felicia n'en a jamais eu la preuve. Elle a toujours pensé qu'il s'agissait là d'une légende caribéenne datant de l'époque des pirates.

Du côté est, descend une pente raide de deux kilomètres. Pas d'habitation sur ce versant, qu'aucune route ni aucun chemin ne permettent de desservir. C'est une colline envahie d'herbes folles, de frangipaniers et parsemée de roches, qui plonge vers la forêt tropicale en lisière de laquelle rôdent parfois quelques jaguars.

C'est pourtant de là que venait La Langosta.

Plusieurs fois, Felicia s'est rendue à l'extrémité est de la décharge. Les tas d'ordures ne vont pas encore jusque-là. Pour l'instant, une sente d'herbes pelées mène à un promontoire qui domine la pente. Les premiers sapotiers, les acajous, les cèdres et les matilisguates roses s'élèvent en contrebas. Un mur de verdure qui semble impénétrable, une canopée luxuriante d'où montent les cris des aras et des singes capucins.

C'est comme si la forêt avait accouché de cet étrange enfant.

Felicia sait qu'elle ne percera jamais le mystère des origines de La Langosta tant qu'il ne parlera pas. Mais en est-il seulement capable ? Qu'il lise, et probablement écrive, ne prouve en rien qu'il ne soit pas muet. Pas un cri, pas une plainte, aucun son n'est jamais sorti de sa bouche. Felicia a remarqué l'efficacité avec laquelle La Langosta va à l'essentiel. Il écoute, observe et agit. La parole n'est pas indispensable à son mode de fonctionnement. Pourtant, Felicia demeure persuadée qu'il s'agit là d'un choix et non d'un handicap. Elle serait bien en peine d'expliquer pourquoi, mais elle sent au plus profond d'elle-même que La Langosta pourrait parler s'il le voulait. Elle attend patiemment l'instant où la parole lui sera nécessaire. Elle espère aussi qu'il transgressera sa règle avec elle.

Pendant cette année 1954, La Langosta disparaît chaque jour. Felicia ignore le moment de son départ. Elle ne le voit jamais passer devant sa masure, mais chaque fois qu'elle se rend à sa tanière, tous ses livres sont rangés dans leur caisse, avec la bougie et la boîte d'allumettes. Rien ne traîne. Il y a un sac de vêtements dans un angle, à côté de la bassine dont il se sert pour sa toilette ; un morceau de savon est posé sur un carré de bois et une serviette suspendue à un fil tendu. Ce sont là toutes ses possessions.

Ce n'est qu'à la nuit tombée, lorsque s'allume sa bougie, que Felicia sait qu'il est rentré. Sa curiosité est à son comble, elle bout d'ignorer à quelle occupation il se livre. Maintenant, il ne fouille plus dans la décharge, ne fournit plus Tonino en métaux, ne désosse plus les vieux meubles, ne compacte plus rien. Chaque matin, elle trouve pourtant les bidons d'eau devant sa porte, seul témoignage de ses visites, unique constante de sa vie passée.

La Langosta semble se déplacer sans qu'on le voie.

Une fois, vers la fin de l'année 1954, comme elle fouille dans les ordures, ayant déjà fait un tas des maigres choses qu'elle a collectées, elle le voit marcher vers l'est de la décharge et disparaître dans le lointain.

Felicia abandonne aussitôt son occupation. Elle se presse, avance aussi vite que le lui permettent ses jambes. Il lui faut quelques minutes pour atteindre la sente et rejoindre le promontoire. Lorsqu'elle y parvient, elle cherche un bon moment en contrebas avant d'apercevoir La Langosta. Il est déjà à mi-chemin. Son tee-shirt apparaît par intermittence parmi les frangipaniers, faisant un éclair dans la verdure ; il progresse vite, se jouant de la pente et du terrain accidenté. Bientôt il atteint la lisière de la forêt et sans un regard derrière lui, se glisse entre les arbres.

Felicia reste de longues minutes à scruter la végétation. Elle réalise soudain que les aras se sont tus et qu'aucun capucin ne pousse de cris. La canopée est étrangement silencieuse.

5

Pedro est en train de ranger son tabac dans sa poche lorsque le grand Noir aux yeux bleus sort de la forêt. Pedro est tellement surpris qu'il manque d'avaler la chique qui gonfle sa joue. Il crache aussitôt un long filet de salive brunâtre entre ses pieds.

Le grand Noir ne le regarde pas et Pedro, qui ne bouge pas, se demande s'il l'a remarqué. L'homme est jeune, il émerge d'entre les feuillages d'une sapote blanche comme s'il écartait un rideau de perles, se glissant hors de la forêt aussi naturellement que s'il sortait d'une maison. Rien dans son attitude ne semble suspect, pourtant Pedro ressent un certain malaise en le regardant descendre la sente d'un pas léger vers les abords de San Perdido, pénétrant dans la ville par la rue qui commence Esperanza et s'achève Paciencia.

Pedro sait que par là on peut rejoindre les premiers entrepôts du port en moins de dix minutes. Tandis que le grand Noir s'enfonce dans la rue, Pedro regarde de nouveau vers la forêt. Que fait un descendant d'Africains dans la jungle ?

Pedro est menuisier charpentier. C'est un bon artisan qui ne manque pas de travail, mais qui prend le temps de boire une pinte de bière ou de mâcher une chique entre deux tâches. C'est un homme qui sait se détendre le moment voulu, car pour le reste il ne compte ni ses heures ni sa peine. À l'extrémité est de San Perdido, un no man's land s'étend entre la forêt et la ville. C'est un endroit paisible où les amoureux se retrouvent à la nuit tombée, mais où dans la journée il ne rencontre jamais personne. C'est pour cette raison qu'il y vient et c'est pour cela qu'il est étonné d'y croiser le grand Noir aux yeux bleus.

On appelle ce promontoire Plaza de Besos[1].

Lorsque ses chantiers ne sont pas trop éloignés, Pedro se rend ici pour manger son déjeuner en regardant passer les cargos dans la baie. Il laisse son camion dans la rue Esperanza et vient à pied. Il s'assied toujours sous un pachira entouré de gaillardes. Ce qui explique que le grand Noir ne l'ait pas vu en sortant de la forêt.

Un singe hurleur se fait soudain entendre et Pedro réalise que le silence régnait. Il écoute la jungle se réveiller. Timidement, les sons se répondent puis peu à peu se superposent et la cacophonie ambiante reprend, comme après une longue sieste.

Pedro ouvre sa bouteille de bière en faisant levier avec son couteau, d'un geste sûr, mille fois répété. Il boit une grande gorgée de Soberana et sent tout son corps se détendre. Deux cargos quittent la baie pour rejoindre le canal. Même d'ici, ils sont gigantesques.

Parfois, Pedro imagine que l'un d'eux l'emporte vers l'Amérique. Il en rêve depuis son enfance. Il se voit mâcher du chewing-gum, porter des lunettes d'aviateur, conduire une Manessius, comme M. Stomper, l'homme d'affaires chez qui il a rénové la toiture avant la saison des pluies.

M. Stomper est très fier de sa voiture, il a fait construire un garage contre sa maison pour l'entreposer. Son véhicule est connu dans tout San Perdido, on le croise souvent sur les routes. Il est en relation avec beaucoup de militaires et est régulièrement invité aux réceptions sur

1. « Place des Baisers. »

les bases américaines du canal, et même si Pedro ignore quelles affaires il y traite, il est évident que c'est un homme important.

Lorsqu'il a travaillé chez lui, le chantier ne devait jamais commencer avant la fin de la matinée, car M. Stomper, qui sort beaucoup et vit la nuit, devait se reposer. Pedro a respecté scrupuleusement les horaires, même si le soleil de l'après-midi rendait la besogne exténuante. Il a dû travailler chaque jour jusqu'au crépuscule pour avancer le plus vite possible. En deux semaines, le toit était achevé. Lorsque la saison des pluies a commencé, la maison était prête et la Manessius était à l'abri.

Pedro aurait aimé faire un tour dans cette voiture, mais il n'a jamais osé demander à M. Stomper de l'emmener. Il a senti que sa place n'était pas dans un tel véhicule. À quoi bon gêner un aussi bon client ?

En regardant les cargos, il rêve qu'un jour il descendra la Cinquième avenue et passera devant l'Empire State Building. Il portera un chapeau mou qu'il lèvera en l'honneur des jolies New-Yorkaises, comme James Stewart dans les films.

Pedro soupire et prend une autre gorgée de bière. Il va devoir retourner travailler. La mer des Caraïbes s'étale paresseusement et les cargos qui glissent à la surface semblent partir pour des croisières. Il envie les marins qui sont à bord. Demain, ils seront dans l'océan Atlantique, dans quelques jours ils dépasseront les côtes du Mexique et remonteront jusqu'à Los Angeles, San Francisco ou Portland.

Los Angeles. Hollywood Boulevard.

Pedro ne les a jamais vus qu'au cinéma de la place Dorée, l'*Ambassador*, où chaque samedi on projette deux films et des actualités. Pour deux balboas, le public se gave de romances, de westerns et de thrillers. Chaque semaine, Pedro monte au balcon, face au milieu de l'écran, la place qu'il préfère, celle qui lui donne l'impression d'être englouti par l'image. Il se repaît de tacos à la viande qu'il achète dans une *cantina*. Il les emporte dans un sachet de papier et s'en délecte pendant le premier film. À l'*Ambassador*, on peut boire, manger et fumer sans que personne ne s'en offusque.

C'est à travers les volutes des petits cigares noirs, en croquant des rondelles d'oignon et en mâchant des boulettes de viande qu'il faisait descendre avec des Soberana, que Pedro s'abîma un soir dans la contemplation du visage d'Hedy Lamarr dans *Extase*. Le film avait fait fureur dès sa sortie en 1933 à la Mostra de Venise, mais au Panamá, et surtout à San Perdido, il fallut attendre 1950 pour découvrir la scène pendant laquelle Hedy, entièrement nue, simulait un orgasme.

Il faillit avaler sa boulette de travers. Contrairement à la plupart du public masculin qui criait des encouragements à la belle brune dans une langue aussi salée qu'imagée, Pedro, une lamelle d'oignon collée au coin de la bouche, resta muet devant la scène la plus érotique qu'il n'avait jamais vue : celle du plaisir féminin.

À vingt-huit ans, les seules filles qu'il fréquentait se donnaient dans les ruelles derrière la place Dorée ou sur les quais, et leur unique plaisir était le prix qu'elles obtenaient d'une passe. Pedro n'avait jamais vu de femme jouir. Dans son panthéon personnel, Hedy Lamarr devint la quintessence de la féminité et le déclencheur d'une de ses plus belles érections.

Par la suite, l'odeur âcre des cigares et les relents d'oignon eurent sur lui un pouvoir érotique jamais démenti. Mais le changement le plus important vint plus tard, lorsqu'Agostina, la plus jeune fille d'un boulanger de la rue Las Luces, eut un orgasme entre ses bras. Outre le fait que Pedro sentit son cœur s'alanguir immédiatement pour elle, il constata également un raffermissement spectaculaire de sa verge en proportions inverses. Ce qui l'amena à faire un choix décisif en épousant Agostina.

À San Perdido, on dit que « l'amour est une affaire de peau ». Cette remarque frappée au coin du bon sens est souvent le gage d'un mariage réussi. Dans ce pays où hommes et femmes ont le sang chaud, il ne saurait exister d'union durable sans plaisir. C'est pour cela que Pedro emmène chaque semaine Agostina à l'*Ambassador*. Afin de renouveler ses vœux grâce au cinéma américain.

Augusto est assis à la terrasse de la *cantina Deliciosa*. Il peut juste s'offrir un plat de *patacones*. Comme souvent, il a dû choisir entre manger ou boire. Les bananes frites constitueront son seul repas de la journée et il a décidé de se passer de bière. Depuis le matin, la faim le tenaille. Emilio vient de commencer un chantier chez le marchand d'huiles et d'épices de la place Dorée. Ils doivent reconstruire l'enceinte de la cour qui menaçait de s'écrouler. Ils ont démoli l'ancien mur, sélectionnant les meilleures pierres qu'ils ont empilées dans un coin, et ont ensuite préparé et coulé la semelle de fondation. Ils ont transporté les gravats dans le camion d'Emilio et fait place nette pour ne pas perdre de temps le lendemain matin. À 18 heures, épuisé, Augusto s'est lavé sommairement au robinet de la cour et est sorti en ville. Il n'avait pas envie de rentrer dans la petite pièce étouffante qu'il loue rue Barberia. Il a déambulé sur le port pendant un moment puis s'est installé à la cantina.

Il ne lui reste que quatre balboas qui serviront à payer sa chambre pour cette nuit. Augusto passe son doigt sur le fond de son assiette pour récupérer un peu de pulpe de banane et le lèche. Son estomac a cessé de gargouiller, mais il est loin d'être rassasié. Il regarde la foule qui envahit le port. Un instant, il envisage de dormir sous un porche ou dans la cour du marchand d'huiles pour pouvoir se payer une bière, mais il renonce. Il a trop mal aux muscles et le maigre matelas de son garni lui semble néanmoins une couche salutaire pour reposer son corps fatigué avant sa prochaine journée de travail.

Il s'apprête à rentrer lorsqu'il aperçoit La Langosta sur le quai. Il est tellement surpris qu'il se fige, le buste penché, les mains appuyées sur la table.

La Langosta avance calmement, un gros sac de toile sur l'épaule qu'il dépose sur une palette. D'autres dockers s'agitent autour de lui dans un va-et-vient continuel. Ils transportent les sacs depuis un camion garé sur le quai, sur le flanc duquel est peint le sigle CAFÉ RUIZ. Les hommes travaillent vite, en quelques minutes un bras de levage enlève la palette et la descend dans la cale.

Augusto observe La Langosta. L'adolescent a grandi depuis l'épisode du savonnier. Sa maigreur n'est plus qu'un souvenir et s'il demeure mince, sa musculature s'est développée. D'où il se trouve, Augusto constate que ses mains, malgré des avant-bras puissants, semblent encore trop larges.

Il se demande depuis combien de temps La Langosta travaille sur le port. Lorsque l'apprenti d'Emilio s'est tué sur la route des Négriers au volant du camion et qu'Emilio l'a embauché, il a quitté Lágrima. Il n'a plus de nouvelle de Felicia et ignore tout des changements survenus dans la décharge. C'est à peine s'il croise encore Efia et ses fils dans les rues du centre-ville quand ils descendent. Il a juste appris que Yumna avait définitivement quitté le bidonville. Elle n'a pas épousé le marchand d'huiles, mais on raconte qu'elle voyage souvent dans la voiture du docteur Portillo-Lopez. Il doute un peu de cette nouvelle qui lui a été rapportée par Tisha, qui travaille maintenant comme serveuse à la *cantina Deliciosa*. Tisha a toujours eu la langue bien pendue.

Augusto suit les déplacements de La Langosta. C'est la première fois qu'il le voit porter des chaussures. Jusqu'à présent, il était le plus souvent pieds nus ou avec de fines sandales de corde. Aujourd'hui, il a de gros souliers de chantier à bouts renforcés. Il est vêtu d'un pantalon de toile épaisse grise et d'un tee-shirt bleu. Tout cela lui donne une allure plus policée. L'adolescent mutique se fond dans la foule du port.

Augusto finit par se lever et déambule sur le quai, faisant un large cercle pour se rapprocher. Il contourne le camion CAFÉ RUIZ et s'arrête près de la passerelle du cargo *Ventura.* Il se tient dans le dos de La Langosta et peut l'observer tout à loisir. Il s'assied sur un bollard et se roule une cigarette.

Les dockers chargent une troisième palette. Les hommes ont un rythme coulé lorsqu'ils placent les sacs de café sur leurs épaules. Augusto admire le dosage de leur effort, le geste efficace, l'économie de leur énergie. Ils ont réglé leur marche sur la vitesse de leurs camarades et les pas qu'ils exécutent les amènent au moment adéquat pour déposer chacun à leur tour leur sac sur la palette. C'est un ballet continu, sans à-coups. Régulièrement, une palette pleine s'élève dans les airs, aussitôt remplacée par une autre que les dockers commencent à charger.

Dans cette procession de fourmis humaines, La Langosta s'insère en souplesse, sans jamais briser le rythme.

Enfin, le camion est vide et la dernière palette entre dans la cale du cargo. Les dockers se reposent tandis qu'on amène un autre véhicule à décharger. À cet instant, La Langosta se retourne et adresse un petit signe de tête à Augusto.

Celui-ci est saisi. Parmi la foule qui circule sur le quai, La Langosta l'avait repéré, peut-être depuis qu'il était à la cantina, sans doute même avant qu'Augusto ne l'ait vu. Il se sent pétrifié, et la vieille peur qui l'avait étreint sous le savonnier le rattrape. Plus que jamais, il ressent le danger qui se dégage du jeune homme.

Déjà, le visage noir s'est détourné et l'éclat bleu de ses yeux abandonne Augusto qui n'a pas eu le temps de réagir. Des bras noueux saisissent d'autres sacs de café, des dos se tendent, le ballet a repris. Augusto quitte le bollard et s'éloigne vers la rue Barberia. Il marche d'un pas rapide pour mettre le plus de distance possible entre le quai et lui. Il n'ose pas se retourner pour vérifier si La Langosta le suit de son regard d'azur, il a l'impression de sentir ses prunelles brûler son dos.

Le docteur Portillo-Lopez entre dans le bureau du gouverneur Lamberto avec une moue de satisfaction, promenant sa vieille trousse au cuir craquelé au bout de son bras. Depuis qu'il s'occupe de son Excellence, sa clientèle est en train de changer radicalement. Certes, il consacre toujours ses consultations du matin à ses patients les plus pauvres, mais il voit aussi ses après-midi se remplir de visites à domicile sur les hauteurs de San Perdido.

Le docteur a profité de deux circonstances concomitantes. Une blennorragie et un décès : deux causes indépendantes l'une de l'autre, mais inéluctables dans une ville comme San Perdido. Si la première est accidentelle et plus répandue que ne veut l'admettre la morale, la seconde, elle, demeure inévitable.

L'infection dont souffrait Lamberto l'avait forcé à une consultation discrète dans le cabinet modeste, et néanmoins sérieux, du docteur Portillo-Lopez. Sa photo étant souvent parue dans le quotidien *La Ultima*, le praticien avait reconnu immédiatement l'homme qui se présenta ce jour-là. Il avait eu l'intelligence de n'en rien laisser voir, traitant le patient et ses symptômes avec impassibilité. Il l'avait soigné avec une efficience qui avait autant surpris Lamberto qu'elle l'avait soulagé.

C'est donc tout naturellement que le docteur Portillo-Lopez continue d'être appelé au palais, afin d'effectuer un suivi. Dans le vaste et luxueux bureau, il inspecte la verge gouvernementale, constatant avec plaisir que l'écoulement urétral ainsi que les mictions douloureuses ont cessé. L'injection intramusculaire de cinq cents milligrammes de pénicilline en première intention a porté ses fruits. Prudent, le docteur a aussi soigné son patient pour une éventuelle chlamydia.

— Tout cela m'a l'air parfait ! s'exclame-t-il devant le membre triomphant de santé.

— Puis-je reprendre mes… relations ? demande le gouverneur en refermant sa braguette.

— Si votre Excellence n'envisage pas de les poursuivre avec celle qui lui a fait ce délicat présent, je n'y vois aucun inconvénient.

Le visage du gouverneur se rembrunit, ce que le docteur Portillo-Lopez interprète immédiatement.

— Peut-être pourrais-je soigner la personne en question ? propose-t-il avec amabilité.

L'embarras du gouverneur ne fait qu'empirer.

— Sans doute son Excellence ignore-t-elle de qui il s'agit.

Le gouverneur a enfilé sa veste et parcourt son bureau d'un pas martial. Il croise les mains dans son dos, regardant par la haute fenêtre dont la vue plonge sur le parc parfaitement entretenu de la résidence. Un guayacan lance les flèches dorées de ses branches vers un ciel pur. Le silence se prolonge que le docteur Portillo-Lopez se garde bien d'interrompre.

— J'ai bien peur que les possibilités ne soient… trop nombreuses, finit par admettre le gouverneur.

— Je comprends, Excellence. Sachez toutefois qu'il n'est pas utile de remonter au-delà d'une soixantaine de jours pour trouver la source.

— Voyez-vous, docteur, même sur deux mois ce serait difficile, murmure le gouverneur en posant sur le docteur un regard appuyé.

Le docteur Portillo-Lopez est un homme fin et poli. Il s'incline.

— En ce cas, puis-je suggérer à votre Excellence d'user désormais de « précautions » lors de ses relations ?

La proposition n'est pas entendue avec enthousiasme. Le gouverneur pousse un long soupir douloureux.

— Aucun autre moyen ?

— Hélas ! Je n'en connais pas d'aussi efficace pour éviter ces désagréments à un homme d'une telle vigueur, Excellence.

Le docteur a bien fait d'user de cette périphrase, tempérant ainsi la situation peu réjouissante du malade par le compliment fait à sa puissance.

— Je suppose que je dois m'y résoudre, admet le gouverneur avec un pauvre sourire.

Le docteur Portillo-Lopez écarte les bras en signe de fatalité.

— C'est la contrainte que vous inflige votre nature ! conclut-il en prenant congé.

Sa virilité est en effet ce qui flatte le gouverneur Lamberto, quinzième à cette charge et grand consommateur de femmes. Au milieu d'une journée harassante, étranglé par un emploi du temps qui ne lui offre aucun répit, le gouverneur sait toujours accorder quelques minutes à une affaire pressante. Les visiteuses empruntent ensuite la deuxième porte de son cabinet de travail, celle qui permet d'utiliser l'escalier de service et de rejoindre la rue Abenabar sur le côté du palais, gardée jour et nuit par deux soldats armés.

On dit que le gouverneur fait chaque jour une conquête. Les hommes qui surveillent la petite porte de la rue Abenabar savent qu'on peut multiplier ce chiffre par quatre. Car parmi les bonnes fortunes de tous horizons se mêlent aussi les épouses des banquiers, des diplomates, des industriels en poste au Panamá, quelques actrices ou chanteuses, ainsi que diverses professionnelles que l'inépuisable appétit de son Excellence pousse à honorer. Sans compter les femmes de chambre, secrétaires ou cuisinières qui travaillent chaque jour au palais.

Le gouverneur est un homme puissant dans tous les sens du terme.

Le docteur Portillo-Lopez a parfaitement cerné la nature de son patient et l'impétuosité de ses besoins. S'il n'est pas loin de penser qu'il s'agit là d'une malédiction, il se réjouit néanmoins de l'opportunité qui lui permet d'approcher la classe dirigeante de San Perdido.

La deuxième circonstance qui entérine son accession est la mort du vénérable et très estimé docteur Silverado, dont l'âge canonique de quatre-vingt-neuf ans laissait supposer depuis quelque temps déjà qu'il préparait sa sortie. Les grandes familles de San Perdido qui lui confiaient leurs secrets, ainsi que leur santé, se trouvent soudain démunies.

Car l'appétit sexuel du gouverneur a eu un effet pandémique. Dans les mois qui ont précédé le traitement de sa blennorragie, une foule de femmes a été contaminée et, par un injuste retour des choses, leurs maris également. Si bien que le docteur Portillo-Lopez s'est vu sollicité par toutes les grandes familles du plateau Del Sol pour endiguer discrètement une épidémie dont personne ne connaissait la source, excepté son Excellence et le docteur lui-même. C'est à cette époque que le praticien s'est forgé durablement des liens avec les hauteurs de San Perdido. La finesse de son jugement, sa délicatesse, l'extrême discrétion avec laquelle il traite ses patientes, la diplomatie qu'il déploie envers les maris, sa parfaite correction et son respect de l'étiquette panaméenne l'ont propulsé rapidement au sommet.

En quelques mois, il est devenu l'indispensable soutien de la santé et de l'honorabilité de la haute bourgeoisie.

Durant cette période mouvementée, jamais la pénicilline n'a autant circulé ni soigné de maladies aussi diverses. Car pour préserver la discrétion de ses diagnostics, le docteur Portillo-Lopez doit inventer en permanence des causes variées pour dissimuler le « vrai problème » qui perturbe ces dames.

Il fait également preuve d'habileté afin que ces nombreuses infidélités ne gangrènent pas la paix des ménages. Aux maris qui sont friands d'ébats extraconjugaux, il laisse croire qu'ils sont la cause de l'infortune de leur épouse, ce qui sauve celles-ci, leur donnant de l'ascendant. On voit ainsi, sur les hauteurs du plateau Del Sol, une ribambelle de femmes magnanimes pardonner à de malheureux maris au prix de caprices extravagants. Ce dont elles sont extrêmement reconnaissantes au docteur Portillo-Lopez et qui les attache à lui de façon indéfectible.

Pour celles qui ont la malchance d'avoir épousé des hommes fidèles – heureusement peu nombreux –, le docteur doit recourir aux stratégiques embarras du beau sexe pour les dispenser du devoir conjugal, et préserver leur mari de la contamination.

Pour celles qui, hélas, ont déjà infecté cet exceptionnel conjoint qui goûtait encore leurs charmes, le docteur ne peut plus rien. Mais les cas sont fort rares et le qu'en-dira-t-on force ces ménages à étouffer la querelle intestine tout en conservant l'apparence d'un vernis impeccable.

Dans la partie basse de la ville de San Perdido, la blennorragie gouvernementale fait aussi une triomphante percée : les actrices, chanteuses, cuisinières, secrétaires et autres professionnelles ont généreusement disséminé l'infection. Le docteur Portillo-Lopez envisage de faire venir la pénicilline par bateau si les choses doivent encore empirer. Par chance, le gouverneur Lamberto entretient de bonnes relations avec l'administration américaine qui gère le canal. En distribuant à la population des doses d'antibiotique réservées à ses soldats, l'armée des États-Unis effectue un nouvel effort de guerre. Après la fièvre jaune en 1904, c'est la blennorragie qui est endiguée en 1954.

Le docteur Portillo-Lopez descend le grand escalier du palais lorsqu'il croise Carlos Hierra dont la foulée élastique semble gravir les marches sans fatigue. Le conseiller du gouverneur Lamberto s'arrête à mi-trajet dès qu'il aperçoit le docteur et lui adresse un éclatant sourire. Tout à ses pensées, le praticien ne prend conscience de la présence du secrétaire que lorsqu'il parvient à sa hauteur.

— Bonjour, docteur, dit Hierra de sa voix métallique.

Le docteur Portillo-Lopez s'arrête net et lève un regard interrogatif sur le conseiller.

— Bonjour, monsieur Hierra, répond-il doucement.

Contrairement à beaucoup des proches du gouverneur qui saluent le conseiller par son prénom, le docteur ne s'est jamais départi de son excessive politesse. Ce que Hierra apprécie au plus haut point et qui contribue à lui faire respecter davantage le praticien. Il est un des rares qui montrent de la courtoisie à celui que beaucoup considèrent comme un petit subalterne sans avenir. Cette marque d'estime répétée entérinera la charge du docteur Portillo-Lopez au palais, mais en ce jour anodin de 1954, celui-ci l'ignore encore.

— Comment se porte son Excellence, aujourd'hui ? interroge Hierra avec sollicitude.

— Tout va pour le mieux, son dos ne le fait plus souffrir, répond le docteur qui a pris l'habitude de mentir à propos de la santé de son illustre patient.

Carlos Hierra a un fin sourire. Il connaît l'extrême discrétion de cet homme et apprécie le secret dont il entoure sa pratique.

— Fort bien ! Son Excellence sera bientôt en selle.

L'allusion n'échappe pas au docteur qui feint pourtant de ne pas la remarquer.

— Uniquement sur des montures dociles. Ses lombaires sont encore fragiles.

— Bien entendu ! Mais une chevauchée, aussi prudente soit-elle, ne pourra que l'égayer.

Le docteur Portillo-Lopez s'incline devant la justesse de l'observation.

— Il est parfois difficile de refréner les ardeurs d'un cavalier.

— À qui le dites-vous ! Et dans ces moments-là, nous devons tous user de diplomatie.

— Hélas, oui ! Courage, monsieur Hierra !

— Nous n'en manquons pas ! Bonne journée, docteur.

Tandis que le praticien s'éloigne, Carlos Hierra songe que s'il n'a pas obtenu de confirmation, il demeure pourtant convaincu que les lombaires du gouverneur ne lui procurent aucune inquiétude. Il a fouillé dans sa pharmacie et n'a rien trouvé de significatif. Le docteur n'a fait aucune ordonnance, comme s'il évitait de laisser une trace de ses soins.

C'est suffisant pour éveiller les soupçons du conseiller. L'observation des habitudes du gouverneur l'a également aidé à établir lui-même un diagnostic. Depuis un certain temps, les femmes se font rares dans le bureau de Lamberto. Pour un homme dont les appétits sont connus, le fait est notable. Carlos Hierra n'a pas tardé à soupçonner une maladie vénérienne. D'autant que certaines visiteuses, fort appréciées de son Excellence, ne se présentent plus.

Le docteur Portillo-Lopez, quant à lui, n'est pas loin de penser que le secret est éventé. Les allusions du conseiller le laissent supposer. Il a la sensation d'avoir échangé à fleurets mouchetés avec cet homme intelligent et sans conteste ambitieux, dont il se méfie instinctivement depuis son arrivée au palais. Habitué à devoir composer avec tous les aspects de la nature humaine, rendu encore plus prudent depuis que les familles du plateau Del Sol lui ouvrent leur porte, il déploie des trésors d'ingéniosité à chaque instant. Il n'est au calme que dans son petit cabinet du centre-ville, avec ses patients les plus pauvres qui ne cherchent pas constamment à le tester et se révèlent tels que la maladie les présente.

Depuis plusieurs mois, les allers et retours continuels épuisent le docteur qui songe à mettre un peu d'ordre dans sa pratique. Il sort de la résidence et descend les larges marches du majestueux perron devant lequel stationne la voiture du gouverneur. C'est une Packard Super Eight crème qui étincelle sous le soleil de fin d'après-midi. Le docteur ne peut s'empêcher de s'en approcher pour en contempler l'intérieur de cuir immaculé qui invite à de paresseuses promenades. Le chauffeur, en bras de chemise, est en train de la lustrer.

Puis le docteur jette un œil sur sa petite traction Citroën à la carrosserie poussiéreuse qui semble soudain indigente face à la majestueuse Packard. Il a pourtant peiné pour acheter d'occasion cette voiture dans laquelle il est monté fièrement pendant vingt années. Jusqu'à présent, elle lui suffisait amplement pour satisfaire les quelques sorties qu'il s'octroyait. Mais en cet après-midi de mai 1954, le docteur a brusquement un éblouissement en regardant la vie qui est la sienne. Vieux garçon de quarante-huit ans qu'une bonne soigne avec dévotion, il vit dans une petite maison sans jardin du centre-ville. Il a dû sacrifier la plus grande pièce pour y installer son cabinet et sa salle d'attente, ne conservant qu'un bureau pour salon et deux chambres minuscules.

Il regarde les ramures du guayacan qui s'élèvent à trente mètres du sol et semblent faire pleuvoir sur lui une poudre d'or. Il écoute le chuintement humide de la peau avec laquelle le chauffeur caresse les chromes de la Packard, note ses bottes noires impeccablement cirées. Il admire la haute façade blanche à festons du palais, les larges balcons ouvragés, l'allée de gravier tamisé qui mène à l'imposant portail cent mètres plus bas. À cet instant, comme pour lui infliger une humiliation supplémentaire, son estomac gargouille, car il n'a rien mangé depuis son réveil.

Il monte en soupirant dans sa Citroën dont les sièges grincent et, pour la première fois, il est gêné par l'odeur de renfermé et d'humidité qui imprègne l'habitacle. Alors, tandis qu'il claque la portière branlante aux caoutchoucs recuits par le soleil, le docteur Portillo-Lopez songe combien il aimerait changer de vie.

6

Dans la maison de l'avenue Santa Clara, les jeunes filles mûrissent vite. Seule Madame semble rester identique à elle-même. Au milieu des beautés juvéniles qui l'entourent, loin de se faner, Madame demeure une fleur immortelle. Son visage, à la grâce ancienne d'une porcelaine glacée, aux traits lisses et réguliers, est encadré par une chevelure d'un noir profond aux reflets bleus. Elle est sanglée dans une robe à col d'officier qui dessine sa silhouette élancée, épousant les lignes pures d'un corps harmonieux. Ses yeux bridés montrent une volonté tenace.

Nul ne songerait à la contredire.

Les hommes qui sont à son service lui sont dévoués au-delà de toute raison. Ceux qu'elle reçoit la respectent, car elle règne sur leurs désirs. Les jeunes femmes qui vivent près d'elle savent qu'elles lui doivent une existence luxueuse et protégée.

Seule Hissa ne craint pas Madame.

L'enfant a grandi et en mai 1954 elle vient d'avoir dix-neuf ans. Elle est la plus belle de toutes les filles qui œuvrent chez Madame. Dans la villa de l'avenue Santa Clara, on ne dit pas que les femmes travaillent pour Madame, mais chez elle. Une fois entrées, les filles ne retournent jamais dans la rue. On dit qu'elles quittent généralement Madame pour entrer chez « Monsieur, leur mari ». Elles sont de parfaites courtisanes pour qui le sexe est un art, le plaisir une science, l'amour le chemin du paradis.

Hissa a compris tout de suite où elle se trouvait. Le jour où elle a regardé Esha s'éloigner dans l'avenue Santa Clara, elle a su que plus personne ne lèverait la main sur elle. Elle a écouté avec attention les conseils de Nahema, la Nigériane. Une Peule qui descend des Haoussas et dont les lèvres sont tatouées au henné. Nahema est l'initiatrice de Madame. Elle enseigne l'amour aux jeunes filles, mais aussi l'art de s'habiller, de se coiffer et de se maquiller. Nahema est grande, fine et douce. Elle sent toujours bon et les bracelets de cuivre et d'argent qui ornent ses bras tintent à chacun de ses mouvements.

Bien qu'âgée de onze ans seulement lorsqu'elle est entrée dans la maison de Madame, Hissa n'était plus vierge. Esha l'avait vendue de nombreuses fois depuis ses neuf ans. Elle avait fait d'elle une petite marchandise recherchée par certains hommes qui payaient le prix fort, mais pas autant que l'acheta Madame lorsqu'elle entendit parler d'elle. La cupidité d'Esha, qui lui avait fait mener une vie sordide, fut aussi ce qui rompit la laisse d'Hissa.

Aujourd'hui, Hissa a compris que l'éducation de Nahema et la surveillance de Madame lui donnent du pouvoir. Elle trône dans le salon comme une pierre précieuse. Elle ne fait pas son âge. Elle semble n'avoir que quinze ans à peine, et les hommes dont elle attire les regards sont à ce point séduits qu'ils déboursent une fortune pour passer la nuit avec elle.

Lorsqu'ils quittent Hissa, ils sont stupéfaits par la science qu'elle a déployée et ses caresses les attachent à elle plus sûrement que ne le ferait le serment d'un mariage.

Madame a créé une règle pour elle. Hissa ne se donne qu'à un seul homme chaque nuit. Elle le choisit elle-même et l'entraîne vers sa chambre. Certains viennent depuis plus d'un an dans l'espoir de s'allonger près d'elle. D'autres l'ont déjà accompagnée, mais n'ont jamais pu réitérer. C'est pour eux que le calvaire est le plus intense, ils savent ce qu'ils ont perdu.

Madame a fixé un prix exorbitant pour ses nuits. Certains clients, riches et enfiévrés, ont offert le double pour qu'elle revienne près d'eux après qu'elle a choisi son partenaire d'un soir. Mais Madame refuse systématiquement. Et dans la maison de l'avenue Santa Clara, quel que soit le prix proposé, on ne transgresse aucune règle.

Madame est inflexible, dure, impitoyable. Surtout, Madame est riche. On dit qu'elle possède des parts dans de nombreuses affaires et que l'argent qui entre dans la villa suffirait à lui seul à la faire vivre dans l'opulence. De fait, Madame prélève un raisonnable pourcentage sur les prestations de ses pensionnaires, toujours le même, quelle que soit la somme. C'est la deuxième règle de la maison : l'argent revient de droit à celles qui travaillent.

Hissa est heureuse de son sort. Plus qu'elle ne l'a jamais été par le passé. Pourtant, de loin en loin, un regret demeure qu'elle ne peut s'expliquer. Celui du sourire du jeune garçon aux yeux bleus. Elle sait qu'il ne viendra jamais ici, car il était visiblement trop pauvre pour cela. Parfois, elle rêve qu'il a lui aussi réussi et qu'il pénètre dans le grand salon. Madame l'accueille avec courtoisie, lui demandant s'il désire voir quelqu'un en particulier, comme elle le fait avec chacun. Puis elle lui désigne l'espace d'un geste gracieux de la main, comme si elle lui offrait le salon en entier, l'invitant à s'y promener.

Madame a formé Hissa pendant six années, au cours desquelles la jeune fille a été préservée des hommes, ne faisant qu'écouter les conseils de Nahema et suivre les instructions de Madame. Parfois, elle regardait ce qui se passait dans les chambres à travers les miroirs sans tain qui permettent, par un couloir secret, de surveiller le comportement des hommes. Leurs goûts, leurs pratiques les plus répandus comme les moins avouables sont soigneusement observés et consignés par Madame. Les informations recueillies servent ensuite à offrir un menu de plaisirs sans cesse renouvelé.

Le premier client qu'accepta Hissa était un avocat panaméen. Un homme d'une cinquantaine d'années aux joues rondes, rasées et talquées, vêtu avec élégance. Lorsqu'elle fit tomber sa robe le long de ses hanches soyeuses, il resta un long moment à la contempler. Comme s'il n'avait jamais vu d'autre femme avant elle. Hissa fit lentement le tour du lit, comprenant qu'il souhaitait la regarder avant de la toucher. Elle s'assit devant la coiffeuse, nue, seulement parée de ses tresses africaines et des nombreux bracelets que lui avait donnés Nahema. Ses mamelons avaient été enduits d'un baume poivré qui en rehaussait la teinte et les faisait se dresser. Son mont de Vénus entièrement rasé laissait voir les lèvres rougissantes de son sexe, elles aussi maquillées du même baume. Sa peau, dont le grain était si fin qu'il semblait de la soie, n'avait aucune imperfection. Les onguents dont Nahema l'avait frottée patiemment cachaient les cicatrices laissées par le fouet d'Esha.

Hissa avait rempli un verre de vin qu'elle avait tendu gracieusement à l'avocat. Il avait difficilement avalé le breuvage, sa gorge émettant un petit son embarrassé. Ses yeux ne quittaient pas le corps d'Hissa. Il se passait sans cesse la langue sur les lèvres, sa respiration se faisait plus courte. C'était un individu grand et légèrement enveloppé, mais devant Hissa il n'était plus qu'un enfant fragile et timide. La jeune fille savourait le nouveau pouvoir qui était le sien.

Jadis, les clients d'Esha se jetaient sur elle, l'utilisaient brutalement, parcourant son corps avec des gestes maladroits, impatients. Ils l'écrasaient de leur poids, l'odeur aigre de leur sueur la faisait suffoquer. Ils répandaient souvent leur semence sur elle, comme pour la salir davantage, et l'abandonnaient ensuite sans un regard.

Mais le soir de son entrée officielle dans le salon de Madame, lorsque tous les yeux se posèrent sur elle, Hissa sentit aussitôt à la qualité de leur silence admiratif qu'ils étaient des clients différents. Comme des courtisans parfaitement éduqués au souper d'un roi, ils étaient assemblés sur les banquettes et les fauteuils du grand salon et seuls leurs regards la touchaient. Leurs mains, bridées par la règle de Madame, devaient attendre le bon vouloir d'Hissa qui les détaillait à son tour, marchant lentement parmi eux, lisant sur leur visage le frémissement du désir contenu.

Un jeune homme se trouvait là, pâle, tendu, joli comme une fille et aussi timide. Elle ne l'avait pas choisi, malgré l'envie qu'elle en avait, car elle avait compris que Madame observait attentivement son comportement et attendait d'elle plus d'intelligence tactique. Elle avait continué de marcher, caressant les clients de ses yeux de gazelle soulignés de khôl, tournant autour d'eux, les frôlant, répandant l'affolant parfum dont Nahema l'avait enduite : un mélange de fleur d'oranger et de musc blanc. Pas trop longtemps, juste ce qu'il fallait pour atteindre la limite de leur tension, avant qu'ils ne se lassent.

Elle s'était arrêtée devant le grand avocat au visage glabre, à la peau rougissante, que son début d'embonpoint et de calvitie rangeait déjà dans la catégorie des vieux noceurs. Ravi, l'homme avait saisi la main qu'elle lui tendait, la suivant tandis qu'elle l'entraînait vers sa chambre. En passant devant Madame, elle avait lu dans les yeux bridés de l'Eurasienne l'approbation de son choix.

Malgré sa beauté, tous les hommes avaient leur chance avec Hissa.

La nouvelle avait fait le tour des hauteurs de San Perdido. Sur le plateau Del Sol, les habitués s'étaient parlé. La splendeur et l'apparence juvénile d'Hissa avaient enflammé les ardeurs de ces hommes. Ils vinrent en nombre chaque soir, espérant être choisis. L'argent débordait de leurs poches. Ce qu'ils ne pouvaient dépenser avec Hissa partait avec les autres. Cela seul démontrait comment Madame avait atteint cette position. Derrière le visage lisse aux traits parfaits se cachait une redoutable gestionnaire dont les manipulations faisaient merveille.

Après sa blennorragie, le gouverneur a dû changer ses habitudes sexuelles. Les relations qu'il entretenait avec les femmes de la haute société se sont interrompues et celles qu'il poursuit avec d'occasionnelles visiteuses ne le satisfont plus. La puissance s'accommode mal du caoutchouc. Le membre viril de Lamberto, étranglé par le préservatif, ne lui procure plus les mêmes sensations. Perdant le goût de s'amuser, le gouverneur suspend toutes les réjouissances pour échapper au défilé terriblement frustrant de beautés qu'il ne peut posséder. Il s'ensuit une période où sa mauvaise humeur rejaillit sur ses collaborateurs d'abord, sur l'administration de San Perdido ensuite.

Son conseiller, Carlos Hierra, bout d'une rage contenue, supportant les brusques éclats de colère du jouisseur contrarié, ravalant sa fierté devant les remarques caustiques et les brimades continuelles du tyran capricieux.

Lui qui a désormais acquis la certitude de l'origine des déboires sexuels de son maître rassemble un matin le peu de diplomatie qui lui reste. Il suggère habilement au gouverneur d'envoyer le docteur Portillo-Lopez ausculter les filles de l'avenue Santa Clara.

— S'il est difficile d'exiger un examen médical approfondi d'une maîtresse, il est en revanche aisé de l'obtenir d'une maison respectable comme celle de Madame.

Le gouverneur Lamberto donne aussitôt toute son attention au petit homme sec.

— J'ignorais que vous connaissiez cet endroit, dit-il.

— Je ferais un bien mauvais conseiller dans le cas contraire, réplique Hierra.

Le gouverneur hausse les épaules.

— Depuis la mort du docteur Silverado, personne n'assure plus les consultations, poursuit Hierra, ravi d'avoir enfin capté son intérêt. En outre, Madame ne pourrait qu'être honorée de la visite du médecin du palais, cela rehausserait le prestige de sa maison tout en offrant des garanties à son Excellence.

Le gouverneur Lamberto a parfaitement saisi et, se tournant vers son conseiller, laisse tomber avec une négligence étudiée :

— Ingénieux ! Qui aurait pu croire cela de vous, Hierra ?

Carlos Hierra trouve la force de sourire malgré le venin contenu dans ce faux compliment. Afin de dissimuler la remarque acide qui lui vient aux lèvres, il s'incline en baissant les yeux.

— Je vais informer le docteur de sa nouvelle tâche.

Le gouverneur Lamberto hoche la tête tandis que Hierra sort de son bureau. Enfin, ce soir il pourra donner libre cours à ses fantasmes. En même temps, une désagréable sensation court le long de son échine : ce petit Hierra n'est pas un faible, comme il l'a toujours cru. Il faudra être plus perspicace avec lui, à l'avenir.

Le docteur Portillo-Lopez ignore à quoi s'attendre lorsqu'il pénètre dans la maison de l'avenue Santa Clara en ce jour de juin 1955. Après sa conversation avec Carlos Hierra, le docteur a parfaitement saisi ce que l'on espérait de lui. Bien qu'il en ait déjà entendu parler à mots couverts, sa connaissance de cet endroit est limitée. Tout habitant de San Perdido sait pertinemment ce qu'est une maison close et rares sont les hommes qui ne les fréquentent pas. La prostitution est non seulement un métier, mais surtout un atout touristique pour cette ville perdue des Caraïbes. Elle génère de confortables revenus que personne ne néglige. Mais le docteur ne se doutait pas qu'un cadre aussi fastueux pouvait entourer une prestation qu'il a toujours jugée moralement discutable, médicalement sujette à caution et surtout superflue.

Car le docteur Portillo-Lopez n'a aucune libido.

Esmeralda, la bonne dévouée qui est entrée à son service voici vingt ans, pourrait en témoigner. Jamais ce célibataire n'a tenté le moindre rapprochement avec elle. Si aujourd'hui elle convient qu'ayant vieilli elle n'éprouve que peu d'entrain pour la chose, il n'en demeure pas moins qu'elle fut dans ses fraîches années une jeune femme avenante dont les charmes n'étaient pas dédaignés. Jadis elle a rêvé d'entamer une liaison avec le docteur – qui était un beau parti – puis au fil du temps, elle a compris que les envies charnelles qui préoccupaient tant la majorité des habitants de San Perdido faisaient défaut au praticien. Longtemps, elle a pensé que la fréquentation des corps malades de ses patients annihilait son désir. Mais en croisant plusieurs femmes très belles dans son cabinet, elle a dû se rendre à l'évidence : le docteur ne les regardait pas. Tout au moins pas comme un homme. Aucune stimulation érectile ne semblait l'atteindre. Dans le doute, elle a observé plus attentivement certains jeunes et charmants patients – dont elle-même aurait volontiers fait son goûter –, mais là encore, le docteur est resté étrangement froid. Esmeralda a dû se résigner à ne partager avec lui qu'une vie calme faite d'habitudes de vieux garçon, de manies anodines, des plaisirs chastes de la table et de la lecture. Même son chat est castré, ce qui l'a rendu paresseux et gras. Certains jours, Esmeralda envie Jeannette, la bonne antillaise du père Fuego, qui a toujours entretenu avec lui des relations maritales fort satisfaisantes.

Lorsque le docteur Portillo-Lopez entre dans le bureau de Madame, il est surpris. Lui qui fréquente depuis peu le palais ne connaît que la suprématie et la rigidité des lois qui entourent le gouverneur. Il a été aux prises avec l'ego et la testostérone, avec la force brute liée aux pleins pouvoirs accordés au mâle dominant. Ici, il entre dans une société matriarcale. Il n'est pas préparé à l'autorité naturelle qui émane de l'Eurasienne, au regard énigmatique que distillent ses yeux bridés. Devant la beauté froide de ces traits parfaits, cette bouche voluptueuse qui laisse filtrer une voix grave, il est comme figé.

Madame observe le costume propre, mais simple, de cet homme attentif et sérieux exempt de toute concupiscence. Elle détecte en lui la mort de la chair, irrémédiable. Sa curiosité est éveillée.

— Je remercie son Excellence de l'intérêt qu'elle porte à la santé de ces jeunes femmes, dit-elle avec un fin sourire.

Le docteur Portillo-Lopez note que le sourire ne monte pas jusqu'aux yeux bridés. Cela suffit à l'inquiéter. Il s'incline néanmoins.

— Par ici, je vous prie, ajoute Madame en passant devant lui.

Le docteur la suit, admirant malgré lui le glissement des pas de l'Eurasienne et l'ondulation sensuelle qu'ils provoquent le long de ses hanches sous la longue robe fermée jusqu'au cou. Elle l'entraîne dans un interminable couloir qu'éclairent des appliques, dont la pâte de verre teintée dispense une douce lumière orangée. De belles portes de bois ciré s'alignent d'un seul côté. Il règne un silence de couvent entre les murs enduits de terre de Sienne.

— Vous ne verrez pas d'inconvénient à les visiter dans leur chambre ?

Comprenant que la question est de pure rhétorique, le docteur s'incline. Madame frappe à la première porte.

— Elles vous attendent, dit-elle avant de s'éloigner de son pas glissant.

Le docteur est seul. Rien ne bouge derrière l'huis. Un instant, il songe à frapper de nouveau, mais un reste de correction l'en empêche. Il patiente donc, attendant que l'on soit prêt à lui ouvrir. Il se sent anormalement fébrile tout à coup. Il n'a pas ressenti cela depuis son internat à l'hôpital de Panamá City en 1930. Il jette un œil sur sa sacoche de cuir et lui trouve un air avachi et désuet qui le gêne. Il a beau savoir qu'elle contient tout ce qui lui est nécessaire, il ne peut s'empêcher d'en faire mentalement l'inventaire.

Enfin la porte s'ouvre.

Une ravissante Africaine se tient devant lui, presque une enfant, songe le docteur. Ses tresses décorées de perles émettent un cliquetis de graines. Elles sont la seule coquetterie de l'adolescente qui n'a aucun maquillage. Elle lui sourit et ses grands yeux en amande s'étirent. Elle recule pour le laisser entrer et referme derrière lui. Elle porte un peignoir de soie jaune. Dans la lumière du matin que filtrent les voilages agités par la brise, la chambre se révèle spacieuse et gaie. Le lit encore défait garde l'empreinte d'un corps. Un léger parfum de bois de santal flotte dans l'air. Sur une coiffeuse, des pots, de la poudre de riz, du khôl, des brosses et une collection de bracelets d'argent étalent leur désordre charmant. Le docteur ne serait pas surpris de voir des peluches ou des poupées tant la jeune fille dégage d'ingénuité.

Elle le regarde, attendant calmement qu'il ait terminé son tour d'horizon. Le thérapeute comprend que c'est maintenant à lui de prendre les choses en main.

— Je vais vous examiner, si vous le permettez, mademoiselle.

Docile, elle hoche la tête, et sans cesser de lui sourire fait glisser le peignoir à ses pieds. Le docteur reçoit la vision d'un corps exquis baigné de soleil.

Les proportions ne sont pas seulement harmonieuses, leur délicatesse est accentuée par la finesse des attaches de ses poignets et de ses chevilles, alliée à celle de sa taille admirablement tournée. De longues jambes musclées, des fesses hautes et pommelées, des seins fièrement dressés au galbe parfait, un ventre ravissant. Un corps à la fois tonique et pulpeux, fait de creux élégants et de fermes vallons. Un accord de courbes sensuelles éclatant de jeunesse et de vitalité. Un corps fait pour inspirer l'amour.

Le docteur Portillo-Lopez découvre avec surprise un sexe entièrement rasé offrant l'enfantin dessin d'un abricot. Il n'a jamais été touché par la grâce, mais sent pourtant naître en lui la déférence due à une œuvre divine.

— Voulez-vous vous étendre, mademoiselle ? demande-t-il avec toute la conscience professionnelle dont il est capable.

Tandis qu'elle marche vers le lit, le docteur note quelques cicatrices anciennes dans son dos. « Probablement des marques de coups de fouet », remarque-t-il. La peau est légèrement plus claire, sans aucune boursouflure. Il sort le carnet d'observations qui ne le quitte jamais.

— Comment vous appelez-vous, mademoiselle ?

— Hissa.

C'est le seul moment où il entendra sa voix. Rauque, un peu fêlée. Une voix de femme faite, une voix qui traduit la connaissance intime des hommes. À coup sûr pas celle d'une enfant.

Madame est satisfaite. Aucune des filles n'est malade. Hormis un eczéma, un panaris et une foulure, toutes sont saines. Le docteur Portillo-Lopez pousse cependant la conscience professionnelle jusqu'à évoquer les cicatrices d'Hissa.

— Elles datent d'avant son arrivée chez moi, répond Madame en posant sur lui son énigmatique regard bridé. Ici, personne n'est maltraité.

Le docteur voit passer une ombre sur le visage pur. Celle du désaccord flagrant devant de telles pratiques. Cela suffit à le convaincre. Il s'incline. Il place sur le bureau quelques ordonnances qu'il a pris la liberté de rédiger. Madame les parcourt rapidement.

— Raisa a un eczéma ? interroge-t-elle.

— Au vu de la localisation des rougeurs, il s'agit probablement de son parfum. Qu'elle cesse d'en porter pendant quelques jours et nous serons fixés ! Cette crème devrait la soulager.

— Le panaris de Zaina…

— Sur le majeur. Je m'en suis occupé : j'ai incisé et nettoyé, dans deux jours il n'y paraîtra plus.

— Comment s'est produite la foulure de Busara ?

Le docteur a un petit mouvement embarrassé et se redresse sur sa chaise.

— Il semblerait que l'un de ses… partenaires soit d'un poids considérable…

Madame attend. Pour l'instant, elle ne voit pas à quoi fait allusion le docteur qui s'agite sous son regard trop calme.

— Une position… acrobatique… a fait porter tout le poids sur son poignet, qu'elle a très fin, d'où une légère foulure. Je le lui ai bandé. Qu'elle évite cette petite gymnastique particulière pendant quelque temps, tout devrait rentrer dans l'ordre.

Madame sourit. Elle sait qu'un juge de Colón vient chaque semaine voir Busara. Il pèse cent treize kilos et Madame connaît la position qu'il affectionne le plus. Elle n'est acrobatique que pour un homme chaste tel que le docteur. Mais il est vrai que le poids du magistrat explique largement la foulure de Busara.

« La posture de l'éléphant », note mentalement Madame, pendant laquelle l'homme couvre sa partenaire, accroupie devant lui. Le docteur s'affaire à ranger ses papiers dans sa sacoche, gêné par le tour qu'a pris la conversation. Madame se penche et ouvre un petit tiroir dans lequel elle puise une liasse de dollars. Elle la tend au docteur.

— Voici pour vous, dit-elle.

Le docteur Portillo-Lopez est interloqué. Il y a au moins trois cents balboas et ses honoraires de visite sont habituellement de quinze balboas.

— Vous avez ausculté quinze filles, ajoute Madame en voyant son hésitation. Peut-être n'est-ce pas suffisant ?

Elle plonge la main dans le tiroir.

— Je vous en prie, l'arrête le docteur. C'est très généreux de votre part, Madame.

La bouche pulpeuse de l'Eurasienne s'étire dans un demi-sourire. Le docteur Silverado empochait quatre cent cinquante balboas et passait moins de temps avec ses patientes. Elle comprend qu'elle a trouvé un excellent remplaçant.

— Accepteriez-vous de venir régulièrement ? demande-t-elle en refermant le tiroir.

— Ma foi... oui, pourquoi pas ?

— Chaque mois ?

— Comme vous voudrez, répond le docteur qui ne s'attendait pas à cette proposition.

— Bien entendu, nous pourrions également avoir besoin de vous à l'improviste.

— Je suis à votre disposition, dit le docteur en sortant sa carte de sa poche.

— Le quartier des Grillos, remarque-t-elle en lisant l'adresse de son cabinet.

— En effet.

— Vous n'avez jamais songé à vous installer plus haut ?

— Pas jusqu'à présent, bredouille-t-il.

Madame plonge ses pupilles dans celles du docteur.

— Peut-être devriez-vous le faire ?

Le docteur Portillo-Lopez est saisi. C'est comme si Madame avait lu en lui. Il réfléchit à ce qu'il se disait quelques jours plus tôt en regardant sa vieille traction. Il pense à son petit cabinet et à sa minuscule salle d'attente, à la fenêtre de sa chambre qui donne, non pas sur un jardin, mais sur la boutique du cordonnier de la rue Baptista. Il songe aux cris des ivrognes de Port Sangre qui l'éveillent parfois la nuit, aux annonces du chiffonnier, aux appels tonitruants du rémouleur.

Madame a rangé sa carte dans le tiroir et se lève pour le précéder vers le hall d'entrée. Le docteur Portillo-Lopez s'incline devant elle avant de franchir la porte.

— Il y a une petite maison à louer rue Ferdinando, laisse-t-elle tomber lorsqu'il rejoint le palier.

De nouveau, le docteur Portillo-Lopez s'incline, puis il descend le vaste escalier de pierre au pied duquel l'attend le Noir élégant qui l'a fait entrer un peu plus tôt. Lorsqu'il est sur le trottoir, sous le soleil éclatant, il cligne des yeux en se dirigeant vers sa Citroën rangée devant la marquise métallique. La rue Ferdinando est en contrebas, derrière l'avenue Santa Clara ; il l'a remontée en arrivant tout à l'heure, songe-t-il tandis qu'il met le contact et desserre le frein à main dans un grincement, écoutant avec appréhension les hoquets du moteur. Il sait déjà qu'il ira voir la maison, il ne peut faire autrement. Il doit suivre ce conseil s'il ne veut pas manquer l'occasion de changer de vie. Un conseil que Madame a donné avec indulgence, elle qui n'en donne jamais.

La maison de la rue Ferdinando n'est pas petite, du moins selon les critères du docteur Portillo-Lopez, mais au regard de l'hôtel particulier de Madame, la comparaison est exacte. Bordée de hautes et larges maisons à balcons, elle semble écrasée par ses voisines dont elle ne se détache que par le petit jardin qui l'entoure et la fait ressembler à un îlot d'humilité.

Le docteur verse cinq cents dollars d'acompte sur les loyers à venir et s'installe trois semaines plus tard. À Esmeralda, qui a préparé leurs affaires pour le déménagement, il n'a donné que peu d'explications, si bien que la pauvre femme ignore tout de leur nouvelle adresse. Quitter le quartier des

Grillos où elle s'est liée avec tous les voisins ne se fait pas sans une certaine tristesse. Pour le docteur, abandonner sa clientèle est un mélange ambigu de soulagement et de culpabilité. La misère et la maladie faisant rarement bon ménage, pendant vingt années le docteur a pris l'habitude de soigner sans honoraires un fond de patients démunis pour lesquels il s'inquiète. Où iront-ils désormais ? Il a longuement réfléchi à ce qu'il devait faire et, après bien des hésitations, il a trouvé la solution pour faire taire ses scrupules : il va installer une permanence chez un confrère où il viendra une fois par semaine s'occuper de ces malades.

Les meubles et les affaires sont emballés rapidement et transportés à sa nouvelle adresse. La plaque professionnelle a fière allure sur le mur blanc qui encercle le jardin. Esmeralda l'a nettoyée avec une pâte spéciale avant de laisser les ouvriers la poser et chaque matin elle sort l'essuyer.

Lorsqu'elle a découvert la maison sur les hauteurs, Esmeralda a jeté sur le docteur un regard à la fois admiratif et plein d'appréhension. Elle a déambulé dans les pièces repeintes de frais que les ouvriers finissaient de nettoyer, les yeux grands ouverts, une expression interloquée sur le visage, comme si elle doutait encore qu'ils puissent vivre ici tous les deux.

Elle a poussé une exclamation de stupeur en découvrant la taille de la cuisine, grande comme le cabinet du docteur, rue Baptista. Le vestibule, le double salon, la salle à manger, le bureau, les quatre chambres à l'étage, les trois salles de bains, le jardin, tout lui arrache des cris d'admiration. C'est un palais dans lequel elle pénètre. Le docteur la suit de loin, amusé et un peu effrayé lui-même par sa propre audace. Songeant combien tout cela est pourtant bien modeste face au palais du gouverneur et aux maisons dans lesquelles il pénètre désormais chaque jour sur le plateau Del Sol. Certes, il a englouti une forte somme pour les travaux de rafraîchissement et le déménagement, mais il avait économisé pendant vingt ans, vivant très modestement, et les honoraires qui rentrent chaque semaine grâce à ses riches patients lui assurent une aisance inhabituelle.

Devant la maison, sa vieille traction lui rappelle qu'il doit encore faire quelques investissements pour paraître à la hauteur de sa nouvelle situation. Il a déjà commencé des essayages chez un tailleur de la place Dorée et commandé huit costumes, quatre paires de chaussures, ainsi que des chemises et des cravates. En regardant Esmeralda s'agiter dans sa vieille jupe de coton, il songe qu'il devra aussi renouveler sa garde-robe.

Au cours des semaines qui suivent, Esmeralda achève de déballer les cartons, de ranger les affaires, d'installer les meubles pendant que le docteur vaque à ses consultations. La salle à manger devient la salle d'attente et le bureau, le cabinet. Il reste bien assez d'espace dans la maison pour que chacun y trouve ses aises. Esmeralda n'a jamais vécu aussi richement. Elle s'enorgueillit d'être la gouvernante du docteur Portillo-Lopez, médecin attaché au palais du gouverneur et au plateau Del Sol.

Le docteur ne lui a rien dit de sa nouvelle fonction chez Madame. Esmeralda ne comprendrait pas qu'un tel homme exerce dans une maison, certes luxueuse, mais « close ». D'ailleurs, Esmeralda ignore la présence d'une telle institution à quelques rues de la sienne.

Le matin, elle pousse ses volets et admire la vue sur la baie. Elle ouvre ensuite toutes les fenêtres pour laisser entrer le bon air et se lance dans le ménage. Tout doit être propre, rutilant. Lorsqu'elle a terminé, elle fait sa toilette puis descend préparer le repas du docteur qu'elle sert à 13 heures, dans le grand salon. Elle-même mangera plus tard dans « sa » cuisine, son royaume, cette vaste pièce dans laquelle deux marmitons pourraient se mouvoir à l'aise avec elle.

Pour l'instant, Esmeralda ne voit qu'une chose : elle, la fille d'un pêcheur de Port Sangre, vit désormais sur les hauteurs.

7

Le gouverneur Lamberto arrive en fin de soirée chez Madame, simplement accompagné de son chauffeur au volant de la Buick Kustom. Le chauffeur monte avec son Excellence jusqu'au deuxième étage, mais demeure sur le palier.

Le gouverneur se trouve à présent seul dans une vaste entrée. Au sol, des carreaux de ciment dessinent une gigantesque orchidée noire sur un fond crème. Sur les murs, couleur de sienne brûlée, de hauts trumeaux s'alignent de part et d'autre, renvoyant la lueur sourde d'appliques de cuivre, créant l'illusion d'un monde étrangement double et lumineux, noyant les perspectives de reflets infinis qui s'achèvent et s'ouvrent sans cesse au fur et à mesure de la marche du visiteur.

Arrivé au bout de la pièce, le gouverneur s'arrête. À sa droite et à sa gauche, les deux derniers trumeaux renvoient la même vue. Celle d'un vaste salon richement meublé de canapés et de fauteuils profonds, tous occupés par des hommes élégants entourés de jeunes femmes. Le gouverneur observe un instant la scène, sans parvenir à distinguer le reflet de son modèle. Hésitant devant ce trompe-l'œil vertigineux il tourne sur lui-même, cherchant un détail pour s'orienter.

Une femme semble le remarquer tout à coup et se dirige vers lui. Souriante, elle glisse avec élégance sur le sol dallé, sa longue robe ondulant sur ses hanches. Le gouverneur fait un pas vers elle.

— Derrière vous, dit simplement la femme.

Le gouverneur réalise qu'il s'est avancé vers un miroir en découvrant son reflet en son centre. Le deuxième trumeau est un faux, seul l'encadrement a été posé autour de l'entrée du salon pour accentuer l'illusion. Le gouverneur se retourne vers la femme qui attend patiemment que cesse sa méprise. Habituée au phénomène optique, son sourire n'a pas quitté ses lèvres.

— Par ici, je vous prie, murmure-t-elle en s'effaçant.

Comme il passe devant elle, le gouverneur note à ses yeux bridés qu'elle est sans doute eurasienne. Son maintien la fait paraître plus âgée qu'elle ne l'est réellement.

— Désirez-vous voir quelqu'un en particulier ? demande-t-elle doucement, comme s'il s'agissait d'un rendez-vous informel.

Le gouverneur apprécie la délicatesse dont elle fait preuve. Elle sait qui il est, mais n'utilise pas son titre. Ici, les convenances sont parfaites. Le sexe, bien que monnayé, n'en revêt pas moins l'apparence d'une rencontre bourgeoise arrangée avec discrétion.

— Pas précisément, avoue-t-il sans honte.

La femme l'observe un instant de son regard énigmatique.

— Je vois. Dans ce cas, dit-elle en ouvrant la main comme si elle lui offrait le salon dans son entier, faites connaissance…

Le gouverneur hoche la tête, penchant malgré lui le buste pour remercier son hôtesse, et s'enfonce dans le flot des invités. Il entend dans son dos le froissement d'une robe qui s'éloigne. Il déambule lentement au milieu des convives. La plupart des filles sont métisses, certaines ont la peau plus claire, d'autres plus foncée. Toutes sont splendides. En marchant parmi elles, il note que leur tenue, légère mais correcte, suggère plus qu'elle ne montre leurs appas. Elles donnent l'impression de papillonner d'un client à l'autre, attentives à chacun, apportant des boissons, offrant des cigares. Les hommes vont du mûrissement à l'âge certain, mais sont visiblement patriciens, riches et élégants.

Le gouverneur sent un bras se glisser sous le sien.

— Désirez-vous boire quelque chose ? souffle une voix à son oreille.

Il tourne la tête. Une belle Africaine, à la peau si sombre qu'elle luit de reflets cuivrés, l'observe. Il reçoit l'effluve de son parfum, composé de cannelle et de bois de santal.

— Volontiers.

Elle l'entraîne adroitement vers une méridienne qu'une fille leur abandonne avec à-propos.

— Vin, digestif ? Ou quelque chose de plus corsé ? demande-t-elle, le caressant des yeux.

— Va pour du corsé.

Elle s'éloigne, ses formes ondulant librement sous la mousseline beige. Non loin de lui, une jeune femme s'est installée contre un homme aux cheveux blancs. Le gouverneur reconnaît Alejandro Penula-Consido, héritier d'une des plus grandes fortunes du plateau Del Sol. L'homme lui adresse un sourire fugace auquel Lamberto répond discrètement. La fille tient un verre dont elle verse le contenu entre ses lèvres. La pomme d'Adam de Penula-Consido monte et descend avec rapidité tandis qu'il boit. Lorsqu'il a terminé, la fille l'applaudit en riant.

De loin en loin, des couples s'engouffrent derrière une épaisse tenture que l'éclairage du vaste salon n'atteint pas, tous semblent se dissoudre dans une obscurité propice. La belle Africaine revient vers le gouverneur. Elle lui tend un verre empli d'un liquide ambré, avant de s'asseoir près de lui. Elle pose sa main sur sa cuisse. Le gouverneur prend une gorgée. C'est un excellent whisky vieilli en fût, tourbé, dont la saveur fumée envahit son palais.

Il ferme un instant les yeux. La musique en fond sonore le berce. Lente et langoureuse, portée par des cuivres assourdis, elle déroule un tapis moelleux qui invite à une paresse sensuelle. Il se sent dériver dans cet endroit qui n'est pas pour lui. Bien que natif de la ville haute, il n'en éprouve pas moins une méfiance instinctive envers ses pairs, comme s'il était d'une aristocratie supérieure, ne daignant partager leurs privilèges que pour un temps.

Le gouverneur ouvre les yeux. La belle Africaine l'observe en silence, patientant contre lui. Ses tresses chargées de perles caressent ses épaules en cliquetant.

— Comment t'appelles-tu ? demande-t-il malgré lui.

— Larissa.

Il hoche la tête. Larissa prend sa main et se lève. Le gouverneur la suit tandis qu'elle lui fait traverser le salon vers la zone obscure. Ils passent derrière la lourde tenture d'un vert sombre, remontent un long couloir faiblement éclairé par de petites lampes orangées. Des portes s'alignent d'un seul côté, la musique meurt dans leur dos tandis qu'ils s'enfoncent dans le silence.

Enfin, Larissa entre dans une chambre. Un grand lit occupe l'espace, ses montants métalliques reflètent la lueur de quelques bougies parfumées qui dispensent un éclairage frémissant. La robe légère de Larissa tombe à ses pieds. Elle s'allonge à plat ventre sur les draps blancs et sa peau semble s'obscurcir davantage. Elle reste ainsi, offrant sa somptueuse chute de reins au regard du gouverneur pendant un instant, puis tourne son visage vers lui, laissant mollement l'une de ses mains retomber sur la place vide à son côté. Le gouverneur prend une gorgée de whisky. L'alcool chauffe son estomac, se répandant en lui comme une braise. Il s'approche du lit, pose son verre sur le chevet et se dévêt à son tour. Larissa l'observe, silencieuse, immobile. Ses yeux se promènent sur le corps encore athlétique et nerveux malgré l'âge, elle le détaille sans pudeur. Lorsqu'il est nu, elle lui sourit et se détourne, tendant sa croupe tandis qu'il s'allonge contre elle.

Le gouverneur est enchanté de sa nuit chez Madame. Le jour se lève lorsqu'il sort sur le palier. Son chauffeur, Carmelo, quitte la banquette d'un bond, l'œil injecté de sang et la peau parcheminée par la fatigue. Il suit le gouverneur sans un mot jusqu'à la voiture puis lui ouvre la portière.

Dans l'habitacle flotte maintenant l'odeur d'amour qui accompagne le gouverneur. Un parfum musqué de sexe. Pas désagréable, mais un peu fort pour Carmelo qui n'a presque pas dormi. Les deux hommes restent silencieux jusqu'à l'entrée dans les jardins du palais.

Le gouverneur jaillit de la voiture et grimpe l'escalier du perron d'une foulée élastique. « Le Taureau est de retour », songe Carmelo. Il sait que la journée sera dure pour le conseiller. Après son jeûne forcé, la nuit n'a été qu'une mise en bouche pour le maître du plateau Del Sol. Il mènera le personnel au pas de charge pendant toute la journée.

Un matin, avec ses deux bidons d'eau, Felicia trouve un livre devant sa porte. *L'Histoire merveilleuse*. La tranche a été réparée avec du papier collant et certaines pages scotchées pour les maintenir en place. À l'intérieur, au verso de la couverture, elle lit l'inscription : YERBO KWINTON, tracée en lettres majuscules. L'encre noire est encore fraîche, brillante dans le soleil. L'écriture est ferme, nette.

La Langosta vient de révéler son vrai nom.

Aussitôt, Felicia descend l'unique marche de son petit perron et s'approche de la tanière de La Langosta aussi vite que le lui permettent ses jambes gonflées. Elle pose un genou à terre en gémissant. S'appuyant d'une main sur la vieille porte de conteneur, elle se penche pour inspecter l'intérieur.

Un frisson la parcourt.

Il n'y a plus de feuilles de bananier dans la grande caisse de munitions qui servait de lit, celle qui contenait les livres est vide. La bougie et les allumettes ont disparu. Le fil, sur lequel pendait toujours une serviette, dessine une ligne fine, immobile ; la planche, qui accueillait le savon et la bassine, a été rincée. Elle est appuyée contre la paroi de terre.

La Langosta est parti.

Felicia sent son cœur geler dans sa poitrine. Elle reste agenouillée, tandis qu'au-dessus de la décharge les cormorans poussent de brefs cris en tournoyant.

Sans doute Felicia aurait-elle moins de chagrin si elle savait d'où vient Yerbo. Peut-être serait-elle soulagée si elle connaissait Rafat et la vie qui était la sienne lorsqu'il découvrit les talents de l'enfant noir aux yeux bleus. Rafat et la Ghanéenne sont les deux faces d'une même médaille. Mais pour Felicia, ce qui demeure à l'est, au-delà des collines, est un monde étrange dont elle n'a entendu parler que par ouï-dire. Elle ne sait rien de Rafat.

Même s'il fait des incursions à San Perdido et connaît parfaitement la ville, il a choisi de demeurer dans la jungle. C'est un homme d'une cinquantaine d'années, longiligne, au visage buriné traversé de rides profondes.

Un jour d'avril 1943, comme il revenait au palenque, Rafat avait soudain senti en lui un changement subtil : une légère arythmie des battements de son cœur. Il avait d'abord pensé que la fatigue en était la cause. Il venait de marcher de longues heures dans la jungle et avait besoin de prendre un peu de repos. Mais l'arythmie avait persisté et en pénétrant dans le palenque elle se précisa. Rafat perçut très nettement qu'une deuxième pulsation cardiaque se superposait à la sienne. Il était suffisamment aguerri pour reconnaître le phénomène. Il s'arrêta sur la place autour de laquelle se dressaient les maisons et attendit. Les habitants vaquaient à leurs occupations, mais aucun des rythmes que percevait Rafat ne correspondait à celui qui résonnait maintenant en lui avec force. Il tourna lentement sur lui-même, cherchant la zone d'où émanaient les battements. Enfin, il sentit une direction se préciser et se mit en marche. Il se glissa entre deux habitations et longea les murs de boue sèche. La pulsation s'intensifiait. Il se trouvait à proximité, pourtant personne n'était visible. Rafat écouta avec une attention accrue et fit encore quelques pas. Il était au pied d'un acajou dont la cime, qui culminait à quarante mètres, disparaissait sous un feuillage dense. Sur l'une des branches les plus basses, il pouvait distinguer la forme d'un pied nu. Rafat commença son ascension. Plus il s'approchait, plus le rythme cardiaque pulsait à ses tempes. Lorsqu'il parvint à la ramure, il se trouva face à Yerbo. L'enfant fut surpris de voir Rafat émerger entre les feuillages.

— Tu m'as appelé, constata Rafat en souriant.

Et Yerbo sourit lui aussi, comprenant qu'il n'était plus seul.

À dater de ce jour, l'enfant et l'homme mûr ne se quittèrent plus. Ses parents étant morts, Yerbo était élevé jusque-là par sa tante. Elle accepta facilement la proposition de Rafat d'aider à son éducation. Au palenque, Rafat était considéré comme un sage et certains le disaient doué de pouvoirs. Durant les années qui suivirent, Rafat entraîna Yerbo sans relâche, créant pour lui des exercices auxquels l'enfant se soumettait volontiers.

Yerbo était âgé de sept ans lorsque Rafat commença à l'éduquer. Il ne se livrait à aucune des occupations qui passionnent les enfants. Pas de sports collectifs, de courses dans la jungle, de défis d'adresse, de simulacres d'affrontements dans la poussière. Il observait, comme s'il devait décrypter un langage complexe, afin de comprendre la mécanique du monde qui l'entourait. Il avait une attitude réfléchie, posée, qui le tenait à l'écart des autres.

Les premiers temps, le talent de Yerbo ne pouvait fonctionner que sur des êtres qu'il connaissait. Rafat dut l'entraîner pendant plusieurs mois avant que l'enfant soit capable de l'utiliser sur une proie qu'il n'avait fait qu'apercevoir. Pour cela il dut affiner son oreille interne, la rendre sensible aux moindres variations et les mémoriser.

Chaque être possède un rythme cardiaque irrégulier et unique. Là résidait l'incroyable talent de Yerbo : il était capable de percevoir cette pulsation et de se caler dessus pour s'en approcher. Aussi sûrement qu'un requin peut capter les basses fréquences des ondes émises par les mouvements d'une proie, Yerbo pouvait reconnaître le battement interne si particulier d'un être humain et l'utiliser comme un radar. Plus il avançait, plus le martèlement se précisait, se superposant à son propre rythme cardiaque.

L'enfant avait des compétences tellement particulières que parfois Rafat s'en effrayait. Pour l'instant il n'avait pas encore découvert de limites à son endurance, pas plus qu'à sa volonté. En vérité, jamais Rafat n'avait eu d'élève comme lui.

— C'est la seule chose sur laquelle tu dois te concentrer, lui expliquait-il ce jour-là de sa voix de grave.

Yerbo ne cillait pas. Il écoutait attentivement l'homme qui lui enseignait tout ce qu'il savait depuis maintenant un an. Il l'avait suivi dans la jungle, avait appris à repérer le gibier, à lire les traces que laissaient les animaux.

Ici, on disait qu'en plus d'être un grand chasseur Rafat voyait l'avenir. Yerbo ignorait si c'était vrai, il n'en avait pas eu la preuve, mais il n'avait pas d'a priori sur la question. Il avait assisté à tellement de choses depuis sa naissance et il en avait éprouvé tant d'autres que rien ne pouvait vraiment l'étonner. Grandir dans la jungle était une chance : il n'y avait pas d'endroit plus adéquat pour développer ses capacités.

— On va essayer encore une fois, disait Rafat. Ne cherche pas à lire mes traces, écoute, simplement.

Yerbo ferma les yeux et Rafat s'enfonça sans bruit dans la jungle. En une seconde, il avait disparu. Yerbo demeura un long moment immobile afin de laisser à Rafat suffisamment d'avance sur lui, puis il ouvrit les yeux et se glissa à son tour entre les palétuviers, foulant silencieusement la litière humide.

Rafat était assis sur la branche d'un poivrier. Immobile, recouvert de boue sèche, il attendait. Il était parfaitement invisible. Un gecko s'approcha et grimpa sur sa cuisse, à l'affût lui aussi. Rafat respirait lentement. Il était là depuis un long moment, surveillant les abords depuis son perchoir. Il avait vu passer un jaguar quelques minutes plus tôt. Un peu plus loin, un singe capucin poussait une série de cris. Rafat s'était enfoncé dans la jungle le matin, changeant de poste plusieurs fois. Il avait patienté dans l'anfractuosité d'un rocher puis, après avoir mangé quelques fruits, il s'était enduit de boue et avait décidé de se déplacer dans les arbres afin de ne laisser aucune trace. Suivre sa piste était absolument impossible pour n'importe qui, mais Yerbo n'était pas n'importe qui.

Pour le retrouver, l'enfant ne pouvait compter sur ses sens. Rafat ne dégageait aucun effluve humain, ne faisait aucun bruit et il avait soigneusement effacé ses traces. Protégé par la mousse odorante dont il avait parsemé son corps et par le parfum naturel que distillait l'arbre, collé contre le tronc, il était devenu une excroissance d'écorce brunâtre. Il n'y avait qu'un seul moyen pour le trouver et très peu d'êtres humains étaient capables de le maîtriser. En vérité, c'était un talent tellement hors norme que jusqu'alors Rafat ne connaissait que deux personnes qui en étaient douées. L'une d'elles était morte depuis cinq ans et l'autre était Rafat lui-même.

L'exercice cesserait au coucher du soleil, pas avant. Il n'était que 11 heures et Rafat avait prévu de changer encore plusieurs fois d'endroit et de camouflage. Sous la canopée, la luminosité était faible, ce qui rendait la traque plus compliquée. Le gecko fit soudain un bond et s'élança le long des branches.

C'est à cet instant que Rafat sentit la large main de Yerbo se poser sur lui. Ses yeux se plantèrent dans les siens et un sourire étira ses lèvres. Rafat ne l'avait même pas entendu approcher.

Les mains du garçon aux yeux clairs étaient d'une force extraordinaire et il savait écouter le cœur des êtres, mais Rafat découvrit plus tard la troisième particularité de Yerbo. Il cultivait une telle empathie avec les humains qu'il pouvait lire en eux. Il lui suffisait de poser la main sur le front de quelqu'un pour pénétrer le monde de ses souvenirs et voir en lui aussi clairement que s'il assistait à une projection. Rafat savait qu'un être doué de tels talents pouvait devenir redoutable à bien des égards. Utilisées à mauvais escient, ses compétences pouvaient en faire le pire des prédateurs. C'est pourquoi en juin 1946, il résolut d'envoyer Yerbo vivre sur la décharge de Lágrima – lieu où germait une extrême pauvreté –, afin de mettre à l'épreuve sa volonté, sa rigueur et son sens moral. Pour un enfant de dix ans que la jungle avait protégé depuis sa naissance, la découverte du monde que certains osaient encore appeler civilisé était une des meilleures écoles de la vie.

Au palenque, ceux qui croyaient réellement au pouvoir divinatoire de Rafat ne purent s'empêcher de penser par la suite que celui-ci avait tout prévu, y compris la rencontre de Yerbo avec Felicia. En vérité, sans la connaître, Rafat savait qu'elle jouerait un rôle important dans la vie de l'enfant, c'est pourquoi il le lui envoya sans crainte.

Pendant cette décennie, le petit garçon aux yeux bleus retourna régulièrement au palenque. Comme un faucon dressé revient au bras de son maître, Yerbo trouvait toujours le moyen de rejoindre Rafat dans la jungle. Mais là s'arrêtait la comparaison, car Rafat ne se considéra jamais comme supérieur à son élève. À bien des égards, il éprouvait plutôt de la crainte. Les capacités de l'enfant se développèrent et la maîtrise qu'il en eut adulte avait de quoi inquiéter cet homme endurci. Si Yerbo ne lui révéla jamais le meurtre dont il se rendit coupable dès l'âge de onze ans, Rafat lut dans ses yeux qu'il avait pris la mesure du monde dans lequel il l'avait envoyé vivre. La désillusion était flagrante, pour l'un comme pour l'autre. Lorsque Yerbo fut adulte, Rafat n'eut plus rien à lui apprendre, il était devenu un Cimarron accompli.

Et même plus que cela.

En remontant la route des Négriers au volant de sa vieille traction, le docteur Portillo-Lopez croise Yumna. Elle est assise sur un rocher du côté droit de la route et fume une cigarette. Le docteur Portillo-Lopez connaît bien Yumna, il sait qu'elle se place à gauche ou à droite suivant la direction qu'elle veut prendre. Il en conclut donc qu'elle souhaite rejoindre le quartier de Lágrima et arrête son véhicule à sa hauteur.

— *Hola*, Yumna ! lance-t-il en se penchant vers elle pour lui ouvrir la portière.

— *Hola*, docteur !

Yumna jette sa cigarette et monte dans la voiture. Un parfum de fruits rouges envahit l'habitacle et l'odeur d'humidité s'efface un instant, à la vive satisfaction du docteur qui supporte de moins en moins sa guimbarde.

Il a bien essayé de combattre l'exhalaison en disposant des bouquets de fleurs séchées sur la plage arrière et en vaporisant de l'eau de Cologne ambrée sur les sièges, mais après quelques jours, la senteur fétide est revenue.

— Tu rentres chez toi ? demande-t-il pour passer à autre chose.

— Non.

Yumna est sombre, le docteur le constate immédiatement. Il lance le moteur et la traction bondit sur la route, les secouant tous les deux et faisant grincer leurs sièges. Il a l'habitude des sautes d'humeur de Yumna dont les caprices sont monnaie courante.

— J'avais envie de faire un tour en voiture, dit-elle en soupirant.

Le docteur hoche la tête. Avec Yumna, les hommes sont souvent pris de court. Sa beauté lui autorise toutes les audaces.

— Je ne vais pas pouvoir faire de promenade, je dois passer au palais, dit-il en espérant clore le débat.

— Je sais.

Le docteur fixe le virage, réfléchissant à la suite des évènements.

— Vous allez tous les jours au palais, ajoute Yumna avec une pointe d'espièglerie.

— Je vais aussi visiter des patients sur le plateau…

— Mais après, vous vous arrêtez au palais, fait Yumna, balayant la contradiction d'un geste léger de la main.

Le docteur garde un silence prudent. Après quelques virages, la traction longe le quartier de Lágrima puis rejoint bientôt la voie Palatina. Yumna est toujours mutique. Sa jupe découvre la peau dorée de son genou rond et lisse. Elle a appuyé son coude sur la portière, la joue dans le creux de la main, dans une posture qui remonte sa lourde poitrine et tend son corsage. Ses prunelles perdues dans le vague glissent sur les hautes maisons entourées de luxuriants jardins, le vent gonfle son épaisse chevelure noire dont les mèches effleurent ses lèvres charnues.

De temps en temps, le docteur jette des coups d'œil dubitatifs vers la jeune fille. Il la sent préoccupée.

— Alors, à quoi occupes-tu tes journées, en ce moment ? demande-t-il prudemment.

Personne ne sait vraiment ce que fait Yumna. À bientôt dix-huit ans, elle semble détachée et se laisse vivre avec nonchalance. Elle ne garde jamais très longtemps un emploi, ne se remettant à travailler que lorsque l'argent vient à lui manquer.

Yumna hausse les épaules.

— Tu sers toujours à la boulangerie ?

Yumna fait claquer sa langue contre ses dents, émettant un petit bruit mouillé et méprisant.

— Non.

— Ça ne te plaisait pas ?

— C'est le boulanger qui me déplaisait.

Le docteur comprend. Le corps de Yumna attire les mains des hommes comme le miel attire les ours. Bien qu'il la regarde avec toute l'objectivité d'un praticien, il n'est pas aveugle. Les formes voluptueuses de la jeune fille sont autant de tentations qu'il comprend sans toutefois les partager.

— Je sers au *Saint James*, maintenant, laisse tomber Yumna.

Elle ferme les yeux, abandonnant son visage à la caresse du vent. Le docteur ralentit devant l'entrée du palais. Le garde qui le reconnaît fait signe qu'on pousse la grille et la traction remonte la longue allée pour venir se ranger face à l'imposant perron.

— Cela risque de prendre un petit moment, annonce prudemment le docteur.

Yumna ouvre les yeux et regarde autour d'elle. Un sourire illumine son visage.

— Ça ne fait rien, dit-elle en poussant la portière.

Le docteur fronce les sourcils. Une légère appréhension l'envahit.

— Il vaudrait mieux ne pas t'aventurer dans le palais. Attends-moi ici, prévient-il.

— Promis.

Yumna offre une expression de fausse candeur qui ne trompe pas le docteur.

« Pourvu qu'elle ne fasse pas n'importe quoi », songe-t-il en grimpant l'escalier.

La Packard Super Eight du gouverneur resplendit sous le soleil. Yumna abandonne la traction poussiéreuse et s'approche. Elle n'est encore jamais montée dans une aussi prestigieuse voiture. Elle se penche vers l'intérieur pour caresser le cuir des sièges. Il est à la fois doux et très ferme, comme les flancs d'un pur-sang. Elle renifle l'odeur riche et lourde de peau cirée qui imprègne l'habitacle. Le tableau de bord en loupe d'orme avec ses cadrans cerclés de chrome donne une impression de puissance rassurante mêlée de raffinement.

— Vous aurez du mal à la démarrer.

La voix qui s'est élevée derrière elle fait sursauter Yumna, qui se redresse vivement. Un jeune homme en uniforme se tient devant elle. Lorsqu'il découvre le visage de Yumna ses traits se figent. La beauté de la jeune fille, dont il n'avait aperçu que la taille fine et l'admirable chute de reins, le saisit. Yumna a l'habitude et reprend aussitôt l'avantage. Avec une parfaite coquetterie, elle s'appuie sur le capot et sourit timidement.

— C'est vrai, je ne sais pas conduire, dit-elle.

Le jeune homme rit et sortant la main de sa poche montre le jeu de clefs.

— Même si vous saviez, il vous manquerait ça, mais je doute que les gardes vous laissent sortir sans la compagnie du gouverneur.

— Ou la vôtre, constate Yumna.

— C'est vrai, admet-il en riant. Mais il faudrait une bonne raison pour qu'on nous ouvre.

Yumna fait mine de réfléchir et lève les yeux au ciel avec une moue charmante.

— Vous pourriez dire que nous allons pique-niquer et que le gouverneur nous rejoindra plus tard.

— À pied ?

— Il ne marche jamais, cet homme ?

— Le gouverneur n'est pas un homme qu'on fait marcher.

Yumna hausse les épaules.

— Êtes-vous sûr de ça ?

Le jeune homme éclate de rire devant tant d'effronterie. Yumna revient près de la vieille traction.

— Vous êtes venue avec le docteur Portillo-Lopez ?

Yumna hoche la tête.

— Vous êtes sa fille ?

— Le docteur n'a pas d'enfant.

— Je vois, fait le jeune homme, soudain sérieux.

Yumna comprend immédiatement qu'il imagine qu'elle est la jeune maîtresse du docteur. Elle ne peut lui en vouloir ; c'est une habitude, à San Perdido, que de lui prêter des liaisons avec les hommes qui l'accompagnent.

— Je suis sa nièce.

Le mensonge lui est venu spontanément. Il a fleuri sur ses lèvres sans qu'elle y prenne garde. Lorsqu'elle voit le soulagement passer dans les yeux du jeune homme, elle comprend qu'elle a eu une heureuse inspiration.

— Et vous, vous êtes le chauffeur du gouverneur, ajoute-t-elle en désignant le jeu de clefs.

— C'est ça.

— Donc, le gouverneur va sortir.

— Certainement, puisqu'on m'a demandé de me tenir à sa disposition.

Yumna grimpe sur le capot de la vieille traction.

— Alors, mon oncle ne va sans doute pas tarder.

Le jeune homme regarde Yumna en souriant. Ses cheveux coupés court sur la nuque font ressortir ses oreilles décollées. Sans cela, il serait presque beau avec son visage aux traits réguliers, mais un peu épais. Il émane de lui quelque chose de rassurant et de viril bien qu'il ne soit pas très grand.

Yumna a croisé les jambes et sa jupe dessine le galbe de ses cuisses. Elle se tient en appui sur ses bras tendus, le buste légèrement renversé, face aux marches du perron.

C'est l'image qui frappe le gouverneur lorsqu'il sort quelques minutes plus tard, accompagné du docteur Portillo-Lopez. La vision s'imprime aussi sur la rétine de Carlos Hierra qui les suit à quelques pas. Yumna poursuit sa conversation avec le chauffeur, comme captivée par son badinage insipide. Elle se laisse admirer, feignant de ne pas avoir remarqué les trois hommes.

Ce qui ne trompe pas le docteur qui lève les yeux au ciel. « Je n'aurais jamais dû l'emmener ici ! » songe-t-il en soupirant. Le gouverneur a suspendu sa course. Ses prunelles noires caressent le corps voluptueux de Yumna, offerte sur le métal de la traction comme une pâtisserie sur un comptoir. Carlos Hierra s'est arrêté, attendant le bon vouloir du gouverneur dont il sent l'intérêt éveillé par la jeune fille. Lui aussi est captivé par les courbes généreuses que les volutes noires de la carrosserie amplifient par contraste. La peau dorée de Yumna se détache en arrondis crémeux, émergeant de son corsage et de sa jupe comme d'un papier de soie. Le docteur ressent avec acuité la concupiscence des trois hommes. Il croise les bras derrière son dos et baisse les yeux vers le sol, pour s'extraire de la moiteur qu'il sent monter dans l'air.

« Le diable passe en silence », note-t-il.

— Vais-je devoir conduire moi-même ? demande soudain le gouverneur d'un ton acide.

Le chauffeur sursaute et se fige en découvrant les trois hommes sur le perron.

— Toutes mes excuses, Excellence, dit-il en s'élançant pour ouvrir la portière de la Packard.

— Comptez-vous distraire ainsi tout le personnel du palais, mademoiselle ? demande le gouverneur en souriant.

— Je ne faisais qu'attendre le docteur en bavardant, s'excuse Yumna.

— Je vous présente Yumna, Excellence. Une jeune fille du quartier de Lágrima que je raccompagne chez elle, explique le docteur.

Le gouverneur se tourne vers lui, feignant l'étonnement.

— Vraiment ?

Yumna est ravie. Elle a maintenant toute l'attention qu'elle souhaitait. Elle glisse souplement de la carrosserie et sa jupe remonte un instant, dévoilant le haut de ses cuisses. Carlos Hierra la dévore des yeux. Le docteur voit le muscle de sa mâchoire palpiter. À cet instant, l'animosité de Hierra envers le gouverneur filtre comme une mauvaise odeur et frappe le docteur.

— Voulez-vous que nous vous déposions, mademoiselle ? demande le gouverneur.

Yumna regarde la Packard puis le docteur. Elle n'hésite qu'une fraction de seconde, le temps de faire monter d'un cran l'impatience du gouverneur.

— Avec plaisir, dit-elle.

— Nous prendrons soin d'elle, dit le gouverneur à l'intention du docteur.

Le praticien ne peut qu'acquiescer. Il s'incline.

— Après vous, mademoiselle, ajoute le gouverneur en tendant le bras vers la Packard dont le chauffeur tient toujours la portière ouverte, le visage neutre.

— À bientôt, lance Yumna.

Elle jette un coup d'œil rapide à Carlos Hierra et le docteur sent une pointe le pénétrer. L'effronterie de la jeune fille le sidère. Il la regarde s'éloigner d'un souple balancement des hanches et s'engouffrer dans la Super Eight sans une hésitation.

Avant de monter à son tour, le gouverneur hoche la tête en direction du docteur avec un sourire de gratitude qui le met aussitôt mal à l'aise.

— C'était un joli coup, docteur, murmure Hierra tandis que la Packard glisse sur le gravier.

— Pardon ?

— Le timing était parfait. Juste au sortir du palais, alors que le gouverneur se rend à l'inauguration du musée de Colón...

— Vous me prêtez une intention que je n'ai jamais eue, lâche le docteur d'une voix blanche.

Devant son indignation, Carlos Hierra comprend aussitôt son erreur.

— Pardonnez-moi. Je suis tellement habitué aux intrigues que j'ai tendance à tirer des conclusions hâtives, dit-il avec respect.

— Je crois que je suis un peu trop naïf pour exercer sur le plateau Del Sol, murmure le docteur soudain désemparé.

Carlos Hierra le scrute d'un œil aigu, puis son regard s'adoucit.

— La franchise est un mets trop délicat pour un lieu comme celui-ci.

— Sans doute, soupire le praticien. Bonne journée, monsieur Hierra.

— Bonne journée, docteur.

Le secrétaire observe le docteur Portillo-Lopez monter dans sa voiture. « Un enfant au milieu des loups », songe-t-il tandis que la traction émet un hoquet sourd en lançant son moteur.

En lisant *L'Histoire merveilleuse,* Felicia a l'impression de marcher sur les traces de sa Langosta. « De Yerbo », se corrige-t-elle aussitôt. Mais ce nom, qu'elle murmure parfois tout bas, résonne étrangement à ses oreilles, dessinant un autre homme que celui qu'elle connaît. Elle a passé neuf ans près de lui et il ne lui reste qu'une impression fugace. C'est un souffle, un fantôme qui s'est dissipé dans l'air de la décharge. La seule chose concrète qui demeure est la tristesse qui lui étreint le cœur en ce jour de juillet 1955.

Et le livre qu'elle tient dans ses mains.

Ce livre dont elle tourne les pages jour après jour. Elle en a lu près de la moitié. Pendant la nuit, en écoutant grogner les chiens qui se disputent les sacs de nourriture, elle reprend la lecture, revenant en arrière pour mieux saisir le sens des mots.

C'est presque un devoir qu'elle s'impose, espérant trouver le message qu'il veut lui faire parvenir. Elle ne comprend rien à l'histoire hétéroclite de ces personnages nouveaux qui ne cessent d'apparaître au fil des chapitres, dessinant un monde puissant, mais effrayant. Les multiples destins qui se croisent, s'opposent, provoquent un vertige dont elle pressant que naîtra, à un moment ou à un autre, une révélation. Mais pour l'instant, elle ne fait que subir, s'enfonçant dans un marécage d'actions, une floraison d'émotions qui la surprennent et l'étourdissent. Elle poursuit pourtant, vaillamment, cherchant entre les mots l'ombre de Yerbo, ce fils qu'elle n'a pas eu, mais qu'elle a reconnu, ce fils qui fait d'elle une mère parfaite. Sans devoirs envers lui, dans le don uniquement.

Parfois, elle suit dans les flétrissures du papier, sous les taches graisseuses, les déchirures, les marbrures jaunissantes laissées par différents liquides, le témoignage de l'intérêt de Yerbo pour tel ou tel passage, espérant découvrir ce qui l'a touché ou ému. Certaines phrases sont soulignées maladroitement, d'un trait de crayon ondulant, et au regard de certaines autres, dans la marge, se trouvent de petites croix, tracées à l'encre celles-là. Le texte livre donc deux messages, celui de sa fiction et les scories de ses lecteurs successifs. Tout fait sens pour Felicia qui pose par-dessus sa propre compréhension.

Par moments, elle suspend sa lecture et laisse ses yeux dériver au-dessus de la décharge. Les sacs lui apparaissent alors tels des livres échoués. Des histoires, des témoignages fragmentés, des instants contenant ce qui a été mangé, bu, porté, désiré, jeté après usage. Il y a en eux des portions pourrissantes de vies ordinaires qui achèvent de se désagréger et sur lesquelles on marche. Là aussi, on trouve des mots. Ceux des journaux, des lettres, des cartes postales, des affiches, des carnets, toute une existence de vocables utiles ou désuets, oubliés, méprisés, servant à emballer les épluchures, les rognures d'ongles, les poils et les cheveux, des mots déchirés, froissés, à moitié brûlés.

Chaque jour, Felicia retourne dans le quartier de Lágrima pour puiser elle-même l'eau dont elle aura besoin. En remplissant les bidons, elle parle avec les femmes. À toutes, elle a dit que La Langosta était parti et quel était son vrai nom. Elle espère que certaines pourront lui donner des nouvelles du garçon noir aux yeux bleus. Maintenant que plus personne n'entend la plainte de sa brouette à la roue voilée, que les cormorans et les chiens parcourent de nouveau la décharge, que les rats filent sans se presser, habitués à partager avec les humains les reliefs odorants de leurs tables, Felicia se sent plus seule que jamais.

Pour se donner du courage, elle accompagne Efia et fouille avec elle. Ses fils ont bien grandi et viennent moins souvent. Taji et Nabil travaillent en ville à présent, chez le marchand d'huiles et d'épices. La vie d'Efia est plus douce aujourd'hui car ses fils l'aident en ramenant de l'argent au foyer, elle espère qu'ils feront carrière dans le commerce.

Felicia l'envie. Elle aimerait croire que La Langosta pense parfois à elle. Mais elle sait aussi que La Langosta n'est plus et que Yerbo Kwinton lui est inconnu. C'est un jeune homme, à présent, qui se mêle à la population de San Perdido, qui n'a plus besoin qu'elle récupère des vêtements pour lui, prépare de la soupe de poulet ou fabrique des bougies.

« Le destin dessinait devant lui la longue et merveilleuse histoire qu'un jour il pourrait raconter à ses enfants, à partir de laquelle s'écrirait la leur », a lu Felicia dans le livre. Le passage est souligné d'un trait de crayon. C'est la seule chose à laquelle la Ghanéenne peut s'accrocher.

8

Un soir de septembre 1955, alors que s'achève le déchargement de pièces mécaniques destinées à une scierie située à mi-chemin de Colón et de San Perdido, les dockers s'épongent, se préparant à quitter les quais. La journée est terminée et chaque homme n'aspire plus qu'à boire une bière fraîche dans l'un des nombreux bars qui les entourent. Amadeo, le chef, va distribuer les payes et retenir ceux qu'il affectera aux cargos qui sont attendus. Il donne à chacun les quelques billets qu'il a gagnés : six dollars pour douze heures d'un travail pénible. Le chef serre les unes après les autres les mains qui se tendent vers lui.

Yerbo est assis sur une caisse. Il ne semble pas pressé, il attend son tour. Amadeo remonte la file, distribuant à chacun son dû. Lorsqu'il ne reste plus que lui, Yerbo se lève et s'approche. Amadeo dépose les derniers billets dans sa grosse main.

— Tu seras sur le *Berkan* demain, à 7 heures. C'est du matériel de construction.

Yerbo écoute. Pas plus qu'avec Felicia il ne hoche la tête ou ne donne un signe d'assentiment. Ses yeux bleus sont fixés sur Amadeo, il attend que l'homme achève ses instructions.

— Ensuite, tu iras sur le *Dunkerque*, c'est un fruitier.

Amadeo tend sa main grande ouverte et Yerbo la lui serre brièvement. Mais comme il se détourne pour s'éloigner, Amadeo le retient. Yerbo s'arrête, guettant une explication qui ne vient pas. Amadeo soutient son regard, un sourire en coin sur les lèvres.

— On dit que tu es fort, Yerbo. Jusqu'à quel point l'es-tu ?

Yerbo ne répond pas. Il offre un visage neutre, empli de patience.

Autour d'eux, les dockers se sont arrêtés et observent avec curiosité. Tous ont passé un jour ou l'autre le test d'Amadeo, dont la poigne est légendaire sur le port. Certains se réjouissent à l'avance en guettant la réaction du grand Noir.

Yerbo baisse les yeux sur la main qui presse la sienne. Il fait un pas en arrière pour rompre l'échange et se libérer, mais Amadeo serre davantage et contracte son avant-bras. Le grand Noir aux yeux bleus est immobilisé par la formidable main du chef des dockers.

De nouveau, les deux hommes sont face à face. Yerbo semble se détendre, s'abandonnant avec une certaine passivité. Il ne fait qu'attendre que s'achève ce moment d'affrontement.

— C'est tout ? Je ne sens rien, Yerbo, dit Amadeo en souriant largement au grand Noir.

Les hommes s'amusent eux aussi, se jetant des regards de complicité.

— Il n'a pas l'habitude, chef, laisse-le ! s'exclame en riant un docker moustachu au crâne chauve.

— Pas sans qu'il transpire un peu, répond Amadeo avec douceur. Allez, mon garçon, montre-moi ce que tu vaux !

Yerbo semble pendant un instant s'abîmer dans la contemplation de ses pieds, hésitant sur la conduite à adopter.

— Laisse, chef, il ne veut pas jouer, dit un autre docker dont le visage sérieux tranche avec l'ironie mordante de sa voix.

Mais Amadeo campe sur ses positions. Il tient toujours fermement la main de Yerbo qui ne semble pas vouloir répondre. L'échange va tourner court.

— On aimerait aller boire un coup, chef ! ajoute une voix railleuse aussitôt relayée par des cris d'approbation.

— Tu vois, mon garçon, tout le monde attend après toi, murmure Amadeo avec bonhomie.

Yerbo lève les yeux au-dessus de l'épaule du chef, leur éclat turquoise se dissout dans le lointain.

— Les gars s'impatientent, tu devrais…

La voix d'Amadeo s'éteint subitement, laissant sa phrase en suspens. Une raideur parcourt sa nuque tandis que se gonfle le muscle de son avant-bras. Il baisse la tête à son tour, une expression de surprise sur les traits. Les veines de son cou saillent.

Les hommes sont silencieux. Yerbo semble absent de la scène, ses pupilles absorbent le paysage par-dessus l'épaule du chef, comme si quelque chose d'important se produisait au loin, dans les ruelles qui donnent sur le port. Son visage demeure neutre. Ses doigts serrent lentement, s'enroulant autour de la main d'Amadeo comme les anneaux d'un serpent.

Les dockers ont des exclamations étouffées. Le chef se fait grave, concentré. Ses épaules se voûtent tandis qu'il tente de lutter avec la force qui comprime graduellement ses os. Et c'est cela qui surprend les dockers : Amadeo n'est déjà plus en position dominante, il essaie simplement de résister à cette puissance croissante. Maintenant, son dos s'arrondit.

Les hommes ont des gestes tendus, s'étreignent l'épaule ou le bras. Ce qui les saisit plus que tout c'est l'expression de Yerbo, l'impassibilité de ses traits, l'absence totale d'effort, le détachement dont il fait preuve tandis que le visage d'Amadeo se crispe sous la douleur.

Soudain, le chef se plie en deux. Posant sa main libre sur l'épaule de Yerbo, il émet un long soupir rauque pour l'arrêter. Les yeux bleus du grand Noir reviennent alors sur Amadeo, dont le visage blanc et les genoux à demi fléchis trahissent la douleur.

Les doigts de Yerbo s'ouvrent immédiatement et Amadeo pousse une exclamation libératrice. Deux dockers s'élancent pour soutenir le chef par les coudes et l'asseoir sur l'une des caisses. Sa main est livide. Privés de sang, ses doigts gourds sont crispés, collés les uns aux autres, agités de tremblements. Il les enserre de sa main valide et les masse doucement.

Les dockers sont stupéfaits. Ils entourent Amadeo, observant ses ongles qui reprennent peu à peu leur couleur sous le flux du sang qui circule à nouveau.

Yerbo ne dit rien. Il se tient devant le chef, attentif. Amadeo respire profondément, faisant jouer les articulations de ses doigts, testant les tendons et les phalanges comme s'il rééduquait sa main. Autour de lui, les hommes hochent la tête, laissant voir leur soulagement. Le chef n'est pas blessé.

Amadeo secoue sa main pour chasser la dernière gêne, les ultimes crispations, puis il regarde Yerbo et hoche la tête. Tout le monde est suspendu à ses lèvres.

— N'oublie pas : le *Berkan*, demain, à 7 heures, dit-il d'une voix appuyée.

Personne n'est dupe parmi les dockers : le chef fait son possible pour reprendre le contrôle, mais il est visiblement troublé. Les hommes jettent des coups d'œil à Yerbo dont le visage serein et attentif ne laisse rien transparaître. Ses prunelles azurées ne quittent pas Amadeo qui se lève sans que quiconque lui offre son aide. Il faut respecter son autorité, lui rendre sa place. Les dockers s'éloignent lentement, l'un après l'autre.

— À demain, chef ! lance-t-on de loin en loin.

Amadeo hoche la tête.

— À demain, les gars.

C'est à ce moment qu'il s'aperçoit que Yerbo a disparu. Le quai de chargement s'est vidé, le grand Noir s'est évanoui dans la fraîcheur du soir. Amadeo ouvre et ferme sa main, pour se rassurer, se prouver qu'elle est encore indemne. Il pousse un long soupir de soulagement et tâte ses poches à la recherche de sa pipe et de sa blague en vessie de porc. Il attrape une pincée de tabac qu'il tasse dans le fourneau avec le gras du pouce, tout en sortant ses allumettes. Il en gratte une sur le bois rugueux de la caisse puis l'approche de sa pipe. Le tabac humide s'enflamme en grésillant doucement. Amadeo tire de longues bouffées, recrachant un nuage légèrement parfumé de pain d'épice. Il est seul sur le quai, à présent. L'eau clapote à ses pieds.

Alors seulement, il réalise que son cœur bat un peu plus vite que de coutume. Il a failli se faire briser la main. Il a senti la force terrible qui comprimait ses os. Il est certain que Yerbo s'est retenu, qu'il a parfaitement maîtrisé la puissance de ses doigts, la faisant croître graduellement pour l'arrêter avant le point de rupture, car lorsqu'Amadeo a posé sa main sur l'épaule du grand Noir, celui-ci avait déjà cessé de serrer.

— Il aurait pu me briser les os, s'il avait voulu, constate Amadeo pour lui-même. Il aurait pu le faire sans sourciller…

C'est au cours des mois suivants que va apparaître le jeu de la « Mano ». Il se répand sur les quais, puis dans les bars de Port Sangre. Plus simple encore que le bras de fer que pratiquent les marins du monde entier, il devient rapidement une des attractions de San Perdido. On raconte qu'il est né d'une poignée de main entre deux dockers, d'où son nom. Une salutation qui aurait mal tourné, en somme.

Personne n'en sait davantage. L'histoire a tout de la légende caribéenne. Mais comme tous les contes, elle circule bien mieux et plus vite qu'un article dans *La Ultima*.

La fracture de l'humérus est la blessure typique du bras de fer, l'écrasement des phalanges est celle de la Mano. De multiples enfoncements articulaires et parfois du métacarpe peuvent laisser les participants invalides pendant cinq ou six semaines.

Mais rares sont ceux qui vont jusque-là. La résistance à la douleur et l'obstination de vaincre ne sont pas données à tout le monde. L'inconscience et la vanité peuvent cependant y mener. Il n'est pas aisé pour certains de mettre un genou à terre. Les fanfarons payent durement et souffrent plus que les autres.

Les soldats américains basés le long du canal deviennent bientôt les cibles de choix de la Mano. Eux qui ont popularisé le bras de fer à outrance se voient défiés continuellement par ce nouveau jeu qui fait la fierté des Panaméens. Dans les rues, aux terrasses des *cantinas*, dans les bars on se met bientôt à s'affronter. Les paris viennent rapidement élever l'intérêt des parties.

C'est dans cette étrange période que La Langosta, dont la mue est achevée, étrenne le nom de Yerbo Kwinton. En ce mois de septembre 1955, Yerbo est un jeune homme de vingt ans, déjà coupable de meurtre. Il n'en ressent ni fierté ni regret. Dans une ville comme San Perdido, les notions de bien et de mal sont relatives. Son crime définit l'attachement de Yerbo à une certaine idée de la justice. Le viol et le meurtre de Batuuli sont des déclencheurs, sans que Yerbo n'ait jamais rencontré la petite fille.

Hissa fut le point de départ. Au moment où il a repéré l'homme à la chemise à ramages vert et jaune, à l'instant précis où il a compris quelle proie il avait choisie, Yerbo est passé à l'action, le frustrant. Qu'il assiste au feu d'artifice sur le quai de Port Sangre ou fouille les détritus de Lágrima, il possédait déjà les caractéristiques qui le définissent aujourd'hui.

Les années qui suivent, Yerbo se frotte à la population de San Perdido. Il frappe tous ceux qu'il rencontre, laissant une marque sur eux sans qu'aucun ne puisse réellement dire de quelle nature elle est. C'est une trace invisible, mais indélébile. On le devine à part, sans raison particulière parfois. C'est un sentiment diffus, une appréhension obscure, la sensation d'un danger. Comme tous les êtres mutiques, il devient une énigme par les questions qu'il suscite. Les dockers de Port Sangre n'ont pas davantage de réponses que Felicia. Ils le côtoient pendant ces années, mais n'obtiennent rien de lui, ne retenant que l'exemple superficiel qu'il leur laisse. Pour eux, il est le grand Noir aux yeux bleus qu'il ne faut jamais défier. Seules la rudesse de leur caractère, l'âpreté de leur vie peuvent expliquer qu'ils n'aient de Yerbo qu'une vision réductrice.

Dans la *cantina La Linea Azul*, l'espace est restreint : quatre tables, un comptoir et trois petites fenêtres donnant d'un côté sur les docks et de l'autre sur la rue Escurial. Les habitués ont leur tabouret devant le zinc, les visiteurs occasionnels préfèrent les tables. Pourtant, bien qu'il fréquente souvent l'endroit, Rafat est assis à l'une d'elles. Il lit *La Ultima* et sirote un verre de mescal tout en écoutant les conversations qui le renseignent sur la ville. C'est ici qu'il a appris la mort de Luis Pérez due à une fracture du larynx et un enfoncement de la trachée.

L'homme était violent, sujet à de terribles colères et soupçonné de meurtres. Le dernier en date était l'assassinat d'une prostituée qui travaillait aux abords de la place Dorée. Pour Rafat, la mort de Pérez est étrangement identique à celle de Domenico Pastor dont le cadavre a été retrouvé dans le passage Nocturno en 1947, ainsi qu'à celles de Celso Fraga en 1948, Edgar Machain et Eladio Zalana en 1949 puis de Fausto Vidal, Giuliano Ubieto, Firmin Lampa, tous assassinés entre 1950 et 1953. À l'exception de l'homme du passage Nocturno dont les autorités ignoraient les origines, tous étaient des malfrats de la pire espèce, selon les pages des faits divers de *La Ultima*.

Des « *perros rabiosos*[1] », à en croire les habitués de *La Linea Azul* qui, loin de regretter leur disparition, se réjouissent de cette justice hasardeuse.

Mais pour Rafat, l'empreinte est aussi nette que celle d'un félin aux abords d'un marécage. Il observe par les fenêtres la ligne d'horizon qui a donné son nom à la *cantina*. Ce trait mouvant qui, par moments, ne permet plus de différencier le ciel de la mer des Caraïbes. Il pense aux années passées à entraîner Yerbo dans la jungle, à la difficile décision qu'il a prise de l'envoyer vivre près de la Ghanéenne, sur la décharge. Il songe au plan qu'il a mis en place il y a douze ans, juste avant l'élection du gouverneur Lamberto. Cette longue chaîne d'évènements qu'il a vus s'inscrire dans l'histoire de la ville comme une fatalité. La cupidité du « Taureau » et de ceux qui allaient le seconder creuserait dans l'avenir une plaie de désespoir. Et Rafat, parce qu'il en avait la possibilité, a pris la décision de leur opposer l'enfant noir aux yeux bleus.

Mais aujourd'hui, en faisant le compte des victimes, Rafat réalise avec angoisse qu'il n'avait deviné qu'une partie des évènements. Il n'avait pas prévu les dommages collatéraux de son enseignement. Comment pourrait-il reprocher à celui qu'il a lâché dans les rues de faire ce pour quoi il l'a formé ? Et il songe alors que cet être, dont le libre arbitre lui permet d'utiliser au mieux ses capacités sur des objectifs que Rafat lui-même n'a pu prévoir, ne s'arrêtera pas avant d'avoir atteint son but.

Rafat vide son verre de mescal d'une seule gorgée, mais la brûlure de l'alcool ne l'apaise pas. « Il y aura d'autres morts, soupire-t-il. Beaucoup d'autres ! »

Augusto regarde la charogne puante et légèrement verdâtre qui s'arrête un jour de janvier 1956 devant la

1. « Chiens enragés. »

boutique de Juan Mendes, le coiffeur. C'est un cochon bien gras que la vermine convoite déjà. Couché sur le flanc, il a dévalé la pente de la rue, porté par le courant. Huit mois de pluie inondent chaque année l'avenue principale, emportant des planches, des ustensiles de cuisine et parfois un cadavre. Ce qui la rend impropre à la circulation des voitures, mais ne gêne pas outre mesure ceux qui peuvent enjamber les débris, car il ne s'agit tout au plus que de dix centimètres d'eau.

En raclant le sol, le groin de l'animal a accumulé un monticule de latérite sanguinolente qui l'a finalement bloqué. Des rigoles d'eau agitent son ventre flasque et l'une de ses pattes arrière rue mollement. Par-delà la mort, la charogne semble encore fouir la chaussée avec délice.

Assis à la terrasse du *Loro Rojo*, Augusto observe le ruisseau qui faiblit déjà. Il attend le chien errant qui ne manquera pas de venir renifler le cadavre. Mais au lieu d'un bâtard affamé, c'est un homme qui remonte la rue. Un petit être sec et noueux comme un sarment, aux yeux enfoncés sous le front et dont la chemise jaune flotte sur ses hanches, lui raccourcissant les jambes. Il passe devant la bête pourrissante sans lui accorder un regard, grimpe les marches de la terrasse et pénètre dans le bar.

Machinalement, Augusto le suit du coin de l'œil. L'homme s'approche du comptoir et pose ses mains sur le bois lisse, rincé par des générations de buveurs. Le patron, Miguel Emos, observe avec placidité cette tête brûlée par le soleil dont les rides semblent creusées par des jets de gros sel. L'homme se penche avec lenteur par-dessus le comptoir comme s'il voulait mordre, mais sa joue se colle simplement contre celle de Miguel. Les deux hommes sont immobiles, dans la position étrange d'un baiser ébauché. Les yeux de l'inconnu fixent sans les voir les bouteilles alignées derrière le patron. Ses lèvres remuent à peine, les mots les forçant à s'entrouvrir. Puis il s'écarte, laissant son buste basculer en arrière, ses mains quittent le bois lustré et il fait demi-tour. Instinctivement, Augusto revient à la contemplation de la charogne. Déjà, l'homme s'éloigne dans la rue, les pans de sa chemise flottant derrière lui.

C'est alors que la pluie s'arrête. Comme si, après avoir délivré son message, l'homme sec avait emporté l'eau dans son sillage. Bientôt, il ne reste plus que de larges flaques que font miroiter les premiers rayons du soleil. La saison sèche commence, et avec elle les festivités de San Perdido.

Augusto ignore ce que l'homme a murmuré à l'oreille de Miguel, mais il frissonne. « Pas trop tôt ! » fait une voix derrière lui, saluant la fin du déluge. « Oui, c'est bien », répond platement Miguel dont l'esprit est manifestement ailleurs. Augusto paye son verre et quitte la terrasse. La charogne ne bouge plus. Elle trône dans une flaque boueuse, inerte, donnant l'impression qu'elle va s'enfoncer dans le sol.

Mais ce jour-là, San Perdido va revivre. La douce quiétude est terminée. Désormais, la chaleur de l'après-midi qui vidait les rues à l'heure de la sieste ne suffira plus à calmer la fièvre. Les nuits seront bientôt trop chaudes, les esprits et les corps, consumés par une tension rageuse, se laisseront aller. L'explosion est proche. San Perdido dispose de huit mois pour se laver et panser ses blessures, le reste de l'année, la vie nocturne est aussi intense qu'une chasse aux moustiques menée par un crapaud-buffle.

Augusto en est convaincu lorsque Stomper sort du salon de coiffure, les cheveux fraîchement coupés, encore humides de lotion capillaire, les joues rasées de près et pommadées comme une cuisse de femme. Il contemple le ciel pendant une minute puis sourit avec satisfaction. Il jette à peine un regard sur la charogne qui repose à ses pieds. Rien ne peut entamer sa jubilation. Un cimetière sous ses semelles ne pourrait faire baisser le baromètre de son excitation d'un seul degré.

Augusto connaît la raison de son allégresse. La fin de la pluie signifie pour lui la sortie de sa Manessius, un coupé Citroën de 1934 dans lequel il parade dès que les rues redeviennent praticables. Il éprouve pour sa voiture un sentiment contre-nature, une passion mystique et ridicule qui pourrait le conduire jusqu'au meurtre. Il a failli le prouver le jour où un pauvre alcoolique a heurté l'aile droite de sa Manessius. Il lui a brisé le genou mais aurait été plus loin si on ne l'avait pas retenu.

Oui, c'est le début d'une nouvelle époque. Mais en ce jour de janvier 1956, alors que l'air humide se parfume déjà de l'odeur douceâtre de la charogne réchauffée au soleil, que les rues se remplissent peu à peu de promeneurs, Augusto ne pense à rien d'autre qu'à la journée de repos qui s'annonce, à ses épaules et à ses bras qui le font souffrir depuis qu'il a repeint des plafonds dans la vaste demeure d'Alejandro Penula-Consido. À ses mains crevassées par le travail qu'il va pouvoir laisser en paix pendant quelques heures. Et il songe à ceux qui jouent à la Mano dans les bars. Ce n'est certes pas lui qui se lancerait dans cet affrontement stupide.

Lorsque Yumna ouvre les yeux, le soleil est déjà haut dans le ciel. Bien que les volets soient rabattus, elle sent la chaleur de ses rayons qui embrasent les jalousies, répandant une poussière d'or hachurée de traits noirs sur les draps.

Yumna contemple la vaste chambre dont les trois grandes fenêtres surplombent le parc de la résidence du gouverneur. Elle s'étire langoureusement et roule en travers du grand lit. Les draps froissés s'enroulent autour de ses jambes. Elle bâille et pousse un long soupir de contentement. Depuis plusieurs mois déjà, elle est la maîtresse en titre du gouverneur Lamberto. Elle vit au palais une existence indolente, se complaisant dans la paresse qu'engendrent les plaisirs satisfaits.

Yumna se lève et quitte le lit dans le plus simple appareil. Son opulente chevelure noire caresse ses reins dans un charmant fouillis de mèches emmêlées. Elle marche vers les fenêtres dont elle pousse un à un les volets, indifférente à la vision de sa nudité offerte au parc. Personne n'est censé traîner sur la pelouse près de la piscine, hormis le personnel dont Yumna se soucie fort peu. Elle s'accoude sur la balustrade de pierre du long balcon, sa lourde poitrine se gonfle entre ses bras croisés. Une nouvelle fois elle bâille puis, renversant la taille, étire les bras au-dessus de sa tête. Les aras chantent autour d'elle dans les pins des Caraïbes et quelques alapis volent de loin en loin, comme pour la saluer.

Il est midi, Yumna a tout son temps.

Depuis le soir où le gouverneur l'a emmenée dans sa Packard à l'inauguration du musée de Colón, Yumna n'a guère quitté le palais. Elle se souvient à peine des œuvres exposées dans les salles que le gouverneur et tous les officiels ont parcourues. Peintures et sculptures ne sont plus qu'un brouillard coloré dans sa mémoire. En revanche, elle se rappelle parfaitement des regards appuyés que lui lançait le gouverneur entre deux explications du conservateur, M. Guglieto, un vieil homme à l'haleine outrageusement fétide qui discourait à n'en plus finir sur les grands courants de la peinture et sur la Renaissance italienne. Les anecdotes, que lui seul trouvait révélatrices et dont les invités riaient poliment, n'avaient fait que différer pesamment le moment de se ruer vers le buffet dressé dans l'une des grandes salles.

C'est contre la table des petits fours que Yumna sentit toute l'étendue du désir qu'elle suscitait chez le gouverneur. Alors que Lamberto se penchait pour atteindre les acras qu'il tenait à lui faire goûter, Yumna reçut contre sa hanche le témoignage rigide de son admiration pour ses formes voluptueuses.

Admiration dont elle eut plus tard confirmation dans la Packard pendant le voyage du retour : à la faveur d'un opportun virage, la main du gouverneur s'égara sur sa cuisse, la tenant pressée contre la sienne, avant de glisser plus haut vers sa petite culotte.

La première nuit qu'elle passa au palais fut celle où elle comprit pourquoi le gouverneur Lamberto était affublé du sobriquet de Taureau Panaméen. Elle dormit fort peu, car entre deux assauts, le gouverneur récupérait ses forces pour revenir la couvrir, insatiable. Lorsque les premières lueurs de l'aube frappèrent les volets, faisant blanchir les jalousies, Yumna sombra enfin dans le sommeil. Deux heures plus tard, le gouverneur se levait d'un bond, frais comme un gardon, et fonçait sous la douche. Yumna n'émergea qu'en fin de matinée, les reins douloureux, les lèvres gonflées et la peau irritée par le contact de la barbe naissante du gouverneur, mais euphorique, les flancs apaisés. Avec la sensation d'avoir passé la nuit en compagnie d'un jeune amant et non près d'un homme de soixante ans dont les tempes blanchissaient. Son corps lourd et puissant, aux muscles encore fermes, avait l'énergie et la fougue d'un soldat privé d'amour et rentrant d'une longue campagne.

Pendant son bain, Yumna sent une irritation de sa muqueuse vaginale. La conséquence des assauts frénétiques du Taureau Panaméen depuis plusieurs mois. Malgré l'excellente humidification des tissus de la jeune fille, la chair frottée par les vigoureux allers-retours du priapique homme d'État se ressent de ces longues nuits. L'enthousiasme avec lequel elle a répondu aux étreintes puissantes l'a laissée fourbue. Elle garde aussi sur les hanches et sur les épaules, la trace bleutée des doigts du gouverneur lorsqu'il la serre pour mieux l'embrocher. Elle se sent comme un agneau après le méchoui.

Mais un agneau comblé. Et à la réflexion, pas si agneau que ça.

Yumna s'alanguit une heure dans le bain qu'elle réchauffe légèrement plusieurs fois. Les sels parfumés à la vanille qu'elle a généreusement répandus dans la baignoire lui font une peau douce et odorante. Avant le shampoing, elle a enduit ses cheveux mouillés d'huile de jojoba. Elle paresse, les yeux fermés, fumant des cigarettes américaines dont elle écrase les mégots dans le lourd cendrier d'argent qui orne le rebord en marbre de la baignoire, sirotant le café de Boquete que lui a apporté la femme de chambre avec son petit déjeuner tardif.

Depuis plusieurs mois, Yumna répète ce rituel avec délectation. Elle qui a grandi dans le quartier de Lágrima est passée brutalement de la misère à l'opulence. Que dirait son amie Tisha si elle savait ? Mais à la vérité, elle n'a plus revu Tisha depuis sa visite au musée de Colón. Comme elle aimerait lui raconter par le menu les nombreux plaisirs auxquels elle a droit désormais !

Yumna n'a jamais douté que sa beauté serait un viatique vers la vie luxueuse dont elle a toujours rêvé. Sûre d'elle et de ce à quoi elle pouvait prétendre, elle a accueilli son changement de situation avec impassibilité. Comme un dû. Elle est née belle et promise à ce que San Perdido recelait de meilleur. Son corps n'était pas destiné aux mains d'un boulanger, d'un chauffeur de taxi ou d'un ouvrier, mais à celles d'un patricien.

Et à présent, elle est au bras de l'homme le plus puissant de San Perdido.

Certes, le gouverneur a un appétit d'ogre et ses journées comme ses nuits sont éprouvantes. Il n'est pas rare qu'à l'heure de la sieste, le Taureau vienne lui rendre visite dans ses appartements, la gratifiant d'une ou deux étreintes rondement menées, entre deux rendez-vous protocolaires. Mais la jeune femme a de la ressource, une santé de fer, ainsi qu'un vif enthousiasme pour le sexe. Ce qui flatte l'ego du gouverneur. Pour un homme de son âge, combler une très jeune maîtresse est la preuve de sa virilité. Et la virilité, est le sel d'une vie politique bien remplie.

Yumna lave ses cheveux, puis sort enfin de la baignoire, se sèche et va dans le dressing choisir l'une des nombreuses tenues offertes par le gouverneur. Devant la haute glace, elle se contemple en pied, dans une robe de mousseline jaune qui s'harmonise avec sa peau hâlée. Elle porte un mince bracelet de cheville et un tour de cou d'argent. Elle hésite à mettre des boucles d'oreilles. Elle a des envies de simplicité, aujourd'hui. Elle aspire à se sentir légère et désirable.

Le frottement de sa culotte lui est désagréable. Décidément, les démangeaisons de sa vulve ne se calment pas. Yumna ôte le sous-vêtement et le jette sans remords à travers la pièce. Nue sous sa robe, elle sait que le Taureau appréciera l'hommage, il n'en sera que plus ardent. Ne lui a-t-il pas demandé de venir sans culotte assister au concert de la garde la semaine dernière ? La savoir disponible lui a presque fait oublier combien il détestait la musique militaire.

Lors des cérémonies officielles, le gouverneur Lamberto se flatte d'être accompagné par Yumna. Parmi les hommes politiques panaméens, aucun n'a de maîtresse aussi jeune. Le Taureau aime constater l'effet électrisant que produit Yumna sur ces hommes bedonnants au teint couperosé de grands buveurs. Il peut presque sentir leur pouls s'accélérer lorsqu'ils la détaillent, caressant ses courbes affolantes de leurs petits yeux porcins.

Tous les envieux ont des yeux porcins pour le gouverneur Lamberto.

Il sait que beaucoup d'entre eux fréquentent l'avenue Santa Clara. Que seule Madame peut leur fournir des filles aussi belles et aussi jeunes que Yumna. Des filles qu'ils doivent payer très cher et qu'ils ne peuvent montrer à leur bras, car ils sont tous mariés. Le gouverneur conserve le privilège de son statut de célibataire qui lui permet de se rendre aux soirées du plateau Del Sol en compagnie de sa concubine.

Le deuxième avantage qu'il en retire est l'effet stimulant que provoque Yumna sur les épouses des patriciens. Beaucoup ont été ses maîtresses cachées. Le voir si bien accompagné fouette le sang de ces femmes souvent malheureuses en ménage, plus jeunes que leur époux, dont les désirs encore ardents cherchent sans cesse de nouvelles proies parmi les attachés d'ambassade ou les secrétaires d'hommes d'affaires. Certaines ne dédaignent pas les chauffeurs, les masseurs, ou autres soldats de la garde, pour peu qu'ils sachent rester discrets.

Depuis qu'il est avec Yumna, le Taureau a diminué ses frasques. S'il reçoit encore de belles visiteuses dans son bureau, il hésite malgré tout à les honorer et préfère remonter plusieurs fois dans l'après-midi dans la chambre de Yumna, afin d'apaiser ses érections intempestives. Le plaisir de la posséder plusieurs fois par jour, certes rapidement, et chaque nuit plus longuement, calme ses anciens démons. Au grand regret des épouses du plateau Del Sol qui, désormais guéries grâce aux bons soins du docteur Portillo-Lopez, se languissent des assauts du Taureau, s'interrogeant sur sa nouvelle passion pour cette juvénile hétaïre.

Doña Sposito-Caballo, surtout, regarde cette jeune femelle avec fort peu d'aménité. Doña Sposito-Caballo est une superbe femme de quarante-trois ans qui voit s'approcher la cinquantaine avec une certaine frayeur. En son temps, elle fut le joyau du plateau Del Sol. Elle a épousé Emilio Sposito-Caballo, l'héritier des aciéries ayant participé à la construction du canal. Hautes de vingt-cinq mètres, composées de deux panneaux de dix-neuf mètres de large, pesant six cent soixante tonnes, les portes des écluses font la fierté de la famille. Les aciéries Sposito-Caballo étaient déjà à pied d'œuvre en 1850 lors de la construction de la première ligne de chemin de fer transcontinentale reliant Panamá et Colón. Une des plus vieilles dynasties de San Perdido, dans laquelle doña Sposito-Caballo est entrée en 1936 au bras d'un époux de trente et un ans son aîné.

Aujourd'hui, doña Sposito-Caballo regarde son ex-amant – à qui elle doit une blennorragie, mais aussi de multiples orgasmes – parader auprès d'une petite dinde qu'on dit sortie de Lágrima, tandis que devant elle s'ouvre un avenir pierreux à l'ombre d'un vieillard de plus de soixante-dix ans atteint de calculs.

Au Panamá, et à San Perdido en particulier, la vie est un fleuve d'amertume.

Yumna, inconsciente des jalousies qu'elle suscite, jouit pour l'instant de son image dans la haute glace en pied de sa chambre, charmée par le rayonnement sexuel qui émane de son corps drapé de mousseline jaune. La porte s'ouvre et se referme avec fracas, et le gouverneur Lamberto entre au pas de charge. L'œil brillant, il arbore un sourire carnassier. Yumna ne peut ignorer la protubérance qui déforme le pantalon du gouverneur. Le Taureau est en rut.

— Je n'ai pas beaucoup de temps, ma gazelle ! gronde-t-il en s'approchant de Yumna.

Elle sourit à son tour et pose sa main sur la braguette du gouverneur.

— *Gobernador*[1] ! Tu as besoin d'un conseil ? demande-t-elle, mutine, en faisant glisser la fermeture Éclair.

— *Creo que sí, mi belleza*[2] ! souffle Lamberto en retournant Yumna contre la glace.

Il froisse la mousseline sur les hanches offertes de la jeune femme.

1. « Gouverneur ! »
2. « Je crois que oui, ma beauté ! »

— *Dios mío !* s'exclame-t-il en découvrant les fesses rondes et chaudes de Yumna. Tu m'attendais !

— *Creo que sí, mi toro*[1] *!* glousse Yumna en se cambrant.

Elle s'appuie sur le cadre du miroir et ferme les yeux en gémissant sous l'assaut. Bien que le gouverneur ait craché dans sa main pour lubrifier son membre, le hurlement que pousse Yumna lorsqu'il la pénètre le glace.

— Qu'y a-t-il, ma colombe ?

Yumna a le souffle coupé. Elle a la sensation que son vagin s'est déchiré. Une onde brûlante la secoue. Elle sent le membre à moitié introduit du gouverneur palpiter en elle et des éclairs lancinants la parcourent. Elle sanglote et se dégage d'un mouvement instinctif.

— J'ai trop mal !

Elle glisse au sol et plaque sa main entre ses cuisses. Le membre turgescent dépassant de sa braguette, Lamberto s'agenouille près d'elle, une expression de stupéfaction sur le visage.

— Que se passe-t-il, *cariña*[2] ? interroge-t-il, caressant les cheveux de sa maîtresse.

— Je ne peux pas ! Ça fait trop mal ! souffle Yumna, en larmes. Pardonne-moi, je t'en prie !

1. « Je crois que oui, mon taureau ! »
2. « Ma chérie. »

9

— C'est une vaginite, Excellence, annonce le docteur Portillo-Lopez en passant d'un pied sur l'autre devant le visage sombre du gouverneur Lamberto.

Il vient de quitter la chambre dans laquelle il a examiné Yumna. La jeune femme, les traits encore gonflés par les larmes, a supporté bravement la consultation, attentive aux conseils que lui prodiguait le praticien. Il lui a prescrit un baume cicatrisant et l'application d'huile d'amande douce plusieurs fois par jour.

— Rien de grave en soi. Pas d'écoulement prurigineux ni de pertes blanches témoignant d'un dérèglement de la flore vaginale, aucun risque d'une maladie sexuellement transmissible. Il s'agit simplement d'une inflammation, explique le docteur.

— Mais due à quoi ?

Le docteur sait que la réponse ne plaira pas au gouverneur. Il a découvert une minuscule fissure du tissu vaginal, résultat d'une mauvaise lubrification lors du coït.

— J'ai bien peur que votre « appétit » n'en soit responsable, Excellence. Les rapports trop fréquents ont irrité et asséché la muqueuse.

— Trop fréquents ? répète le gouverneur, surpris par le diagnostic. Je ne le crois pas.

Pour le Taureau, il n'y a rien d'excessif dans sa sexualité. Le docteur comprend exactement ce qu'il en est.

— Pardonnez ma question, Excellence, mais combien de fois honorez-vous cette jeune femme, en moyenne ?

Le gouverneur hausse les épaules et lève les yeux au ciel. Il fait mentalement le compte des saillies quotidiennes.

— Je dirais… quatre, peut-être cinq fois…

— Par jour ? s'écrie le docteur qui ne peut masquer sa stupéfaction.

— Mais évidemment « par jour », vous ne voudriez tout de même pas que ce soit par mois.

Le docteur baisse les yeux et marque un temps.

— C'est beaucoup, Excellence, soupire-t-il.

— Pardon ?

— Mais oui !

C'est au tour du gouverneur de marquer un temps.

— Enfin, docteur, nous parlons d'une jeune femme en parfaite santé…

— Certainement !

— Et ardente, au demeurant ! s'écrit soudain le gouverneur.

— J'entends bien, Excellence, mais l'enthousiasme de cette jeune personne ne peut empêcher son corps d'atteindre ses limites.

— Enfin, docteur, voyons ! Cinq fois, est-ce vraiment déraisonnable ?

— Je ne porte aucun jugement, Excellence. Je constate seulement un fait : votre partenaire devra se reposer avant d'être à nouveau capable de vous accueillir.

— Mais combien de temps ?

— Cela dépendra de son rythme biologique. Je dirais au moins deux semaines avant de retrouver tous ses moyens.

— Quinze jours ! s'exclame le Taureau.

Il a déjà du mal à se contenir une journée, alors deux semaines ! Il secoue la tête, désespéré.

— N'y a-t-il aucun moyen d'accélérer la guérison ? Des soins particuliers…

— Je n'en vois pas, Excellence. Si l'on brusque la nature, on risque de lui infliger des blessures bien plus douloureuses.

— Bon, bon ! tempère le gouverneur qui malgré son impétuosité n'est pas un homme brutal avec la gent féminine.

Le silence s'éternise et « le diable passe », note une nouvelle fois le docteur.

— Certaines… caresses ne sont pas interdites, propose-t-il timidement sans trop savoir s'il peut se permettre ce genre d'allusion. Seule la pénétration vaginale est à éviter pendant quelque temps.

Et le chaste docteur se maudit intérieurement en s'entendant préconiser l'autre chemin. Bien qu'il soit abstinent, il est avant tout panaméen et parfaitement au courant des pratiques sexuelles de ses contemporains. La sodomie et la fellation font partie des rites amoureux les plus communs. En outre, il est au fait des divers objets, fruits ou légumes qu'utilisent parfois les amants imaginatifs. Durant son internat, il a dû effectuer de surprenantes récupérations dans le sphincter des patients.

Le gouverneur Lamberto lance un coup d'œil aigu au praticien. Il ne s'attendait certes pas à cette suggestion de sa part, mais se voit provisoirement soulagé qu'il lui en offre l'alternative. Il hoche la tête et sourit.

— Merci, docteur. Nous prendrons toutes les précautions avec cette jeune femme.

Le docteur Portillo-Lopez note le « nous » royal qui met fin à l'entretien et s'incline. En quittant les appartements privés du gouverneur, il songe que la vigueur du Taureau est stupéfiante. Il imagine à peine ce qu'elle devait être lorsqu'il était adolescent.

— Cinq fois par jour ! murmure-t-il en descendant le grand escalier. *Madre de Dios !*

Aussi étrange que cela puisse paraître, le gouverneur n'a jamais croisé Hissa. S'il a entendu parler de la jeune femme, il n'en a rien dit et les heures tardives auxquelles il se rend chez Madame expliquent qu'il ne l'ait jamais vue. Une fois qu'elle a emmené son client dans sa chambre, Hissa ne revient jamais au salon.

S'entourant de toutes les précautions pour ne pas ébruiter ses visites, Lamberto a l'habitude de venir en fin de soirée, à l'improviste, afin d'éviter de mauvaises rencontres. Mais cette nuit-là, le gouverneur s'est engouffré dans la voiture à peine son dîner achevé, prétextant une affaire urgente pour prévenir les soupçons de sa jeune maîtresse.

La semaine n'a pas été tout à fait platonique. Yumna s'est montrée inventive, a gratifié son amant de nombreuses caresses buccales et a accueilli avec enthousiasme les saillies anales. Le Taureau ne peut donc se plaindre, la vaginite n'est plus qu'un épiphénomène qui pimente leurs relations.

Pourtant, le voilà qui entre dans le salon de Madame.

Le gouverneur n'a pas pour habitude de pratiquer l'introspection, surtout en matière de sexualité. Son désir est un moteur qu'il ne tient pas à analyser davantage. Il a depuis longtemps fait une croix sur la morale et la religion. La fidélité est une notion qui ne fait pas partie de son vocabulaire amoureux. Et en ce qui concerne le sexe, la découverte a un parfum irrésistible pour le gouverneur. Il est vite lassé par les corps qui se succèdent entre ses bras, même la Gazelle commence à l'ennuyer. Voilà plusieurs mois qu'il se repaît de ses appas, certes magnifiques, mais qui n'ont plus l'attrait de la nouveauté.

C'est dans ces dispositions d'esprit qu'il prend place dans le salon de Madame en début de soirée. Les hommes qui entourent le gouverneur ont la sagesse de l'ignorer et leurs yeux glissent sur lui comme sur un parfait inconnu. Même si chacun sait qui il est, la prudence politique impose la discrétion dans le salon si particulier de l'avenue Santa Clara.

Lorsque Madame fait entrer Hissa en la tenant par la main, un silence admiratif s'installe.

— Certaines règles sont immuables, énonce calmement Madame. Hissa fera son choix elle-même et vous devrez le respecter. Un seul client par nuit. Chacun aura sa chance.

Madame libère Hissa qui commence sa ronde au milieu des invités. Elle sait déjà qu'elle devra choisir avec discernement, car juste avant de la lâcher, Madame a exercé une légère pression sur ses doigts.

Il y a longtemps que les choix d'Hissa ne sont plus libres. Certaines circonstances dictent ses pas. Madame est une fine stratège qui distribue ses faveurs à bon escient. Elle a fait de la jeune courtisane une pièce maîtresse de son échiquier. Les deux femmes exécutent chaque soir un numéro de magie digne d'un cabaret.

Tout l'art de ce numéro de transmission de pensée tient dans le fait que chaque client n'a d'yeux que pour Hissa. Suivant un scénario depuis longtemps élaboré, fait de suspense et de fausse pudeur, Hissa se laisse désirer, frôlant chacun, hésitant comme si elle cherchait son chemin parmi les riches prétendants qui lui sont offerts, touchée par leur muette invitation. Elle fait le tour, les approche, revient sur ses pas, répand son parfum et ses sourires avant de s'arrêter devant l'élu, qu'elle a dépassé un peu plus tôt et pour lequel Madame a baissé les paupières. C'est un signe imperceptible que n'importe qui pourrait interpréter comme une légère marque d'ennui.

Mais pas Hissa.

Elle sait qu'elle a fait le bon choix lorsqu'elle s'arrête devant l'homme âgé aux tempes argentées et à la silhouette athlétique. Elle lui sourit et lui abandonne sa main. Ravi, le gouverneur suit Hissa. Ils disparaissent derrière la lourde tenture verte tandis qu'un murmure d'envie les accompagne. C'est au tour de Madame de sourire, intérieurement. Elle sait que le gouverneur passera une nuit inoubliable et lui en sera reconnaissant. Depuis qu'Hissa travaille chez elle, Madame a presque doublé les bénéfices des filles. Pas une n'aurait l'idée de se plaindre de sa stratégie commerciale ni du fait que la jeune fille se donne moins qu'elles. Madame a su instaurer un esprit d'entreprise remarquable.

Abril n'a-t-elle pas convolé la semaine dernière avec un industriel du Costa Rica ? Et avant elle, Evelia a suivi un Latino-Américain jusqu'à Durango pour y vivre dans son hacienda. Rien que l'année précédente, ce sont trois pensionnaires qui ont quitté la maison pour épouser de riches clients séduits par leurs compétences et leur beauté. Les filles savent qu'un jour ou l'autre, la renommée et la distinction de l'avenue Santa Clara apporteront des opportunités de mariage qu'elles ne trouveront nulle part ailleurs. Leur passé sera oublié et elles pourront devenir qui elles veulent, ou du moins celle que veut leur époux.

Madame sort du salon pour se rendre dans l'entrée. Sur le palier, devant la porte, le garde du corps du gouverneur attend sagement sur une banquette. Madame lui fait servir du café et des friandises. Elle sait que ceux qui accompagnent ses clients sont susceptibles de devenir riches à leur tour. Un jour, peut-être pénètreront-ils dans son salon ? Ce jour-là, Madame veut être certaine qu'ils lui seront reconnaissants de ses attentions.

Ou pas. Depuis peu, Madame doute de tenir encore longtemps cette maison. Elle éprouve parfois de la lassitude en regardant ces visages rongés par le désir disparaître derrière la tenture verte. Elle s'ennuie un peu à manipuler tous ces hommes. Ils sont trop prévisibles et souvent stupides. Elle a créé cet endroit il y a quinze ans, lui donnant un éclat qui ne se trouve nulle part ailleurs. Même à Panamá City, où l'argent coule à flots, ou à Colón, où règne la corruption, il n'existe pas de salon comme le sien. Cela tient essentiellement à la ville de San Perdido, encore pleine de l'atmosphère des Caraïbes, mélangeant les cultures anciennes de la côte, le métissage de ses habitants et le progrès naissant. Il n'y a pas si longtemps, Port

Sangre n'était qu'un petit port de pêche où commerçaient les Kunas et que les pirates avaient fréquenté jusqu'au XVIIIe siècle. Son histoire est encore empreinte de l'esclavage, des envahisseurs espagnols ou anglais, de la révolte des Cimarrons, de la contrebande et du marché noir.

Par moments, Madame laisse son regard énigmatique dériver. Ses prunelles, dissimulées par leur pli épicanthique, retiennent pour elle seule ses pensées. Nul ne peut lire avec certitude sur son visage. Elle émet un discret soupir, une brise de regrets s'échappe de ses lèvres pleines. Comme un douloureux bouquet fané de sentiments contradictoires. Elle a l'espoir d'une autre vie sans en connaître la teneur exacte. Un espace temporel dans lequel elle pourrait dessiner une nouvelle trajectoire.

Le gouverneur s'endort épuisé vers 5 h 30 du matin. Il ignore l'âge exact d'Hissa, mais ne lui donne pas plus de quinze ans. Lui qui n'a jamais été particulièrement friand de jeunes filles, a été stupéfait par sa connaissance du plaisir masculin. C'était comme si elle savait à l'avance quels gestes faire pour décupler sa jouissance. En outre, bien qu'il ait honoré de nombreuses femmes – d'aucuns murmurent qu'il en a possédé mille – certaines caresses l'ont surpris. Hissa a pris l'initiative de les lui prodiguer avec un sens particulièrement affûté du timing. Qu'une si jeune fille alterne la douceur et la perversion avec autant d'ingénuité a balayé toutes ses réticences. Le naturel avec lequel elle s'est laissée aller aux plus vicieuses pratiques a enchanté le gouverneur.

Lorsqu'il s'est couché près d'elle, Yumna a soupiré. Dans un demi-sommeil, sa main s'est posée sur le membre du Taureau. C'est le geste habituel de possession de la Gazelle. Elle aime soupeser la force de son amant entre ses doigts. Elle a senti l'humidité de sa toison et tout de suite la lucidité a dissipé les brumes du sommeil. Pendant quelques instants, elle reste figée. Le gouverneur met moins d'une minute pour s'endormir profondément. Bientôt, sa respiration change et de longues expirations régulières rythment le silence de la chambre.

Yumna retire alors sa main et la porte à ses narines pour renifler ses doigts. Mais tout ce qu'elle parvient à détecter, c'est le parfum ambré du savon qu'utilise le gouverneur. Il ne se douche jamais avant de se coucher. Aussitôt, Yumna devient soupçonneuse. Pourquoi se laver sinon pour faire disparaître l'odeur d'une autre femme ?

Yumna se glisse lentement sous le drap et renifle chaque parcelle de la peau de son amant. Elle s'attarde un peu plus longtemps sur ses parties, flairant ses gonades. Mais elle ne distingue que l'effluve du savon.

Elle est parfaitement réveillée, à présent. La jalousie est un puissant vecteur d'énergie. Une sourde colère ronge son cœur, attisée par la respiration tranquille de son amant. Son insouciance est comme une gifle pour Yumna. Comment peut-il venir se coucher près d'elle après avoir honoré une autre femelle ? Il a filé dès la fin du dîner et sur le moment elle n'a pas relevé le fait, habituée aux nombreuses obligations qui rythment la vie du gouverneur. Cela n'avait rien d'extravagant, pas plus que son retour tardif.

Mais sa peau humide est un aveu criant. Il n'a pas voulu risquer que les parfums de l'amour le trahissent et a commis l'erreur de se laver. Yumna s'assoit au bord du lit. Le jour blanchit entre les persiennes et les premiers chants des passereaux bleus retentissent ; la résonance qui les accompagne ne fait que rendre plus concrète la solitude de Yumna qui se lève et sort de la chambre sans bruit. Elle rejoint le salon privé et pousse la porte-fenêtre pour s'avancer sur le balcon. Une brise légère agite les palmiers. La grande pelouse qui borde la piscine a l'allure désolée d'une piste de danse déserte. Où qu'elle porte les yeux, Yumna ne voit que la détresse d'une étendue luxueuse soigneusement entretenue, mais sans joie. Le palais lui-même, mille fois blanchi, n'est qu'une coque ripolinée, calfatée et vide. Un vaisseau de pierre échoué sur un océan de verdure.

Un couple d'alapis chasse des fourmis. Yumna y sent la marque ironique de son désarroi. Elle s'appuie sur la rambarde et enfouit son visage entre ses mains, étouffant un cri de rage.

En contrebas, Carlos Hierra avance entre les palmiers. Levé à 6 heures pour profiter de la piscine, il vient chaque jour nager pendant quarante-cinq minutes afin d'être dès 8 heures au service du gouverneur. Yumna ne l'a pas remarqué mais au moment où il va jeter sa serviette sur l'une des chaises longues alignées le long du bassin, Carlos aperçoit la silhouette nue et prostrée sur le balcon. Aussitôt, il se dissimule derrière un pin.

D'où il se trouve, le conseiller a une vue parfaite sur l'entrejambe de Yumna. Entre les balustres, sa toison pubienne fait une tache sombre dans l'écrin de ses longues cuisses dorées. Pendant un instant, il hésite. Doit-il se manifester ? Faire, comme au théâtre, une entrée bruyante pour alerter la jeune femme de son approche ? Il n'est pas certain qu'elle apprécierait d'être surprise dans un moment où visiblement elle se croit seule. Il jette un œil par-dessus son épaule. La piscine est protégée par les palmiers, les pins et une haie d'érythrines rouges, mais là où il se trouve, Carlos est parfaitement visible et sa position, en retrait, est tout à fait significative de celle d'un voyeur pour qui emprunterait l'allée.

Sur sa gauche, la haie fait un coude devant lequel il sera à l'abri. Carlos s'accroupit et progresse jambes fléchies. En quelques pas, il se réfugie derrière un palmier.

Yumna se redresse à cet instant et s'étire. Elle se passe nerveusement les doigts dans les cheveux. C'est un geste machinal, obsessionnel. Elle semble perdue. Sa lourde poitrine, dont les mamelons bruns se dressent fièrement dans le soleil naissant, se gonfle tandis qu'elle se masse la nuque et ferme les yeux.

En contrebas, Carlos se repaît du spectacle. Depuis sept mois qu'elle vit au palais, jamais il n'a eu l'occasion d'accéder à cette proximité. Contempler nue, en plein soleil, la maîtresse du gouverneur est un privilège rare. C'est aussi l'intimité de Lamberto qu'il détaille. Ce à quoi il a droit chaque jour, ce dont il jouit chaque nuit sans retenue. Que ce vieillard en rut profite à ce point de son prestige dégoûte Hierra. Il n'a que mépris pour cet homme abrupt, arrogant, à qui tout est dû. Durant ces années passées à son service, la jalousie et le ressentiment se sont transformés en haine. Qu'un être aussi abject ait autant de pouvoir révolte le conseiller. Pour Hierra, qui le connaît bien, l'esprit de Lamberto est limité. Il n'a qu'une intelligence de caste, dont la réflexion est le fruit d'habitudes ancrées depuis l'enfance et qui vise avant tout à perpétuer le pouvoir d'une élite.

Hierra vient de la plèbe. Il a dû conquérir sa place dans la meilleure université du Panamá en travaillant plus que les autres. Fils d'un soldat de la garde nationale, il a pu profiter de l'enseignement d'exception des élèves officiers grâce à la dérogation accordée à son père pour services rendus. Services dont il n'a jamais connu la teneur exacte, mais qui ont évoqué pour lui le résultat d'exactions liées au régime. Son géniteur, homme violent et sans scrupule, a toujours soutenu le pouvoir en place. Carlos a suivi une voie différente. Choisissant la manipulation plutôt que la force brute, il est entré en politique par opportunisme, non par conviction. Préférant l'ombre à la lumière pour apprendre au plus près de ceux qui gouvernent. Mais il n'est pas qu'un calculateur. S'il possède le détachement qui permet de décider sans crainte des conséquences, il conserve un sang chaud qu'il doit sans cesse contenir pour mieux dissimuler, ce qui l'épuise nerveusement.

Et ce matin, au bord de la piscine, il contemple la beauté animale de Yumna comme un trophée usurpé. Le jour où le docteur Portillo-Lopez a présenté la jeune femme au gouverneur, Carlos a senti son cœur s'ouvrir et se déchirer en même temps. Il a vu la concupiscence allumer les yeux du Taureau, il a su immédiatement qu'elle serait le dérivatif idéal d'une soirée protocolaire ennuyeuse.

Pourtant, il a été surpris par la constance de l'appétit du gouverneur. Il ne s'attendait certes pas à ce qu'il installe au palais sa trop jeune concubine. Depuis sept mois qu'elle trône dans les soirées comme un animal de prix, il espérait une certaine lassitude chez le vieux bouc. Mais non. Et pire que tout, le satyre a sérieusement freiné sa consommation de chair plus ou moins fraîche.

La blennorragie n'est pas étrangère à ces restrictions. Pendant un instant, il a même songé que le docteur Portillo-Lopez intriguait auprès du gouverneur. Mais le dégoût manifeste qu'il a montré devant les allusions du conseiller a calmé ses craintes. Le docteur a péché par imprudence. Il en est certain aujourd'hui.

Carlos sait également que cette jeune hétaïre, malgré son entrain pour la vie luxueuse du palais, n'en connaît pas les usages. C'est pourquoi il prend le temps de l'observer attentivement.

Yumna s'est mise à arpenter le balcon. Elle fait des allers-retours, les bras croisés sur sa voluptueuse poitrine, donnant des coups de talons rageurs sur le sol. Carlos ne peut s'empêcher d'admirer les frémissements qui parcourent sa croupe lorsqu'elle marche. Elle a tout d'une pouliche de race aux flancs nerveux. Mais sa nudité n'est pas le seul attrait qu'elle exerce sur Carlos. Il trouve sa colère intéressante. La jeune femme est plutôt coutumière des levers tardifs. Qu'elle soit déjà debout à 6 heures du matin révèle sa préoccupation. Même s'il ignore encore ce qui s'est passé dans les appartements du gouverneur,

Carlos est certain que son ressentiment pourrait se révéler utile.

Tandis qu'elle trépigne, Carlos s'impatiente. Il voit les minutes s'écouler et compromettre sa baignade. Le soleil s'élève doucement, chauffant le gazon dont le vert brille sous ses rayons. L'eau étale et bleutée de la piscine fait une flaque miroitante. Lorsqu'il aperçoit Nilda, la femme de chambre, remonter l'allée pour prendre son service, Carlos baisse la tête et souffre en silence. Il n'aura pas le temps de nager aujourd'hui. Il faudra bien qu'il quitte sa cachette pour rejoindre son appartement et se préparer, mais tant que la courtisane est sur le balcon, il est coincé près de la haie.

Yumna est tellement en colère qu'elle ne remarque pas Nilda qui s'arrête, interdite, devant le spectacle de cette nudité offerte. La femme de chambre hésite, la peur de déclencher les foudres de la jeune maîtresse la tient immobile. Elle regarde autour d'elle, comme pour chercher de l'aide, puis rentre la tête dans les épaules et poursuit son chemin d'un pas vif, les yeux baissés. Lorsqu'elle atteint l'entrée de service du palais, elle se précipite, faisant claquer la porte.

Yumna sursaute en entendant le bruit. Elle se penche par-dessus la balustrade. Carlos voit pigeonner ses seins sur la pierre. Le regard de la jeune femme parcourt l'étendue de gazon devant elle. Carlos baisse la tête et se tasse derrière le pin. Il demeure un long moment immobile, le souffle comprimé par sa position inconfortable. Enfin il risque un coup d'œil.

Le balcon est vide.

Hierra se redresse, expirant lentement ; il reste adossé contre le tronc, attendant que sa respiration se calme, puis, après avoir regardé autour de lui, contourne la haie et s'éloigne d'un pas tranquille.

Il n'a pas nagé, mais il n'a pas perdu son temps.

Stomper attend devant le bureau du gouverneur. Il est 10 heures. Le rendez-vous lui a été confirmé par Carlos Hierra, le conseiller de son Excellence, mais il patiente déjà depuis une heure. Il fait les cent pas, longeant les hautes fenêtres qui surplombent le parc de la résidence, trompant son ennui. Bien qu'il vive ici depuis longtemps, il a du mal avec les horaires panaméens, cette désagréable habitude des fonctionnaires de faire patienter au prorata de leur importance dans la hiérarchie. Autant dire que pour un gouverneur l'attente sera indéterminée. Malgré le fait qu'il ait été recommandé par un intermédiaire influent, Stomper est dans une situation inconfortable. Il n'a encore jamais rencontré le gouverneur Lamberto et celui-ci peut parfaitement décider de ne pas donner suite si son agenda le réclame. On dit que Lamberto est un homme versatile, néanmoins ouvert aux affaires. On murmure aussi que son oreille est particulièrement bienveillante aux voix féminines et que nombre d'arrivistes doivent la progression de leur carrière à la compréhension de leur épouse. Mais Stomper n'est pas marié. Le serait-il, il n'est pas certain que lui-même ferait preuve d'ouverture d'esprit. En revanche, s'il avait une maîtresse, la cause serait entendue rapidement. Stomper n'est pas jaloux dès qu'on sort du cadre familial. Les femmes qui l'accompagnent sont en général vénales et l'accès à leur compagnie ne porte donc pas à conséquence. Il commence à penser qu'il aurait dû venir avec une jolie Panaméenne. Pas trop voyante, si possible. Pas une de ces danseuses qu'on trouve sur les quais ou dans les boîtes de la place Dorée, et dont le corps voluptueux est trop découvert pour qu'on les laisse pénétrer sur le plateau Del Sol.

Stomper sort de sa poche son étui à cigarettes métallique et prélève une énième Turkish Tobacco. Il en fait une consommation compulsive depuis qu'il a découvert cette marque qu'on ne trouve qu'en Amérique centrale et dont il prise fortement le goût légèrement sucré. Il l'allume avec son vieux briquet Zippo, celui qu'il a conservé de ses années dans la marine américaine. Le métal cabossé, rayé, qui l'a accompagné pendant toute la guerre, réchauffe la paume de sa main. Il en aime l'odeur d'essence et le claquement sec lorsqu'il le referme d'un vif balayage du pouce. Il lui arrive encore de l'allumer d'un rapide aller-retour sur sa cuisse, comme naguère sur son treillis de camouflage. Bien que démobilisé depuis plus de dix ans, Stomper garde la nostalgie des années passées sous la bannière étoilée. Ces années durant lesquelles le chaos rendait possibles les lucratifs bénéfices du marché noir. C'est sans doute pour cela que malgré maintes occasions, Stomper n'a pas donné suite à des propositions d'embauche parfaitement honnêtes. Il n'a de goût que pour les tractations dans l'ombre, le trafic louche, l'interdit de la contrebande, qui seuls lui procurent la montée d'adrénaline et le profit spectaculaire. Depuis qu'il a retrouvé la vie civile, il a écumé les côtes nord et sud du Panamá, avec une nette préférence pour celles des Caraïbes où le canal a permis au pays de s'ouvrir à un capitalisme forcené. Avec l'armée américaine stationnée ici, les opportunités de Stomper ont crû de manière exponentielle.

Lorsque Carlos Hierra sort du bureau du gouverneur, Stomper sursaute et se retourne brusquement. Le petit homme pâle et fluet lui semble en mauvaise santé. La peau blanche, presque translucide, les cernes noirs sous les yeux sont autant de symptômes d'une nature nerveuse. Les pupilles de jais brûlent dans cette face blême et, lorsqu'elles se posent sur Stomper, celui-ci sent une lame incandescente le transpercer.

— Monsieur Stomper ? interroge le conseiller d'une voix douce que contredit son regard perçant.

Stomper, qui a l'habitude de frotter son cuir à toutes les espèces d'hommes, laisse un sourire jovial s'épanouir sur son visage poupin. C'est un viatique dont il use et abuse à longueur de journée, une entrée en matière qu'il pratique depuis tellement longtemps qu'elle masque ses sentiments plus sûrement que le mensonge. Partout, son sourire inspire immédiatement confiance, il est sa meilleure carte de visite.

— Lui-même, lance-t-il en tendant sa main vers son interlocuteur.

— Je suis le conseiller de son Excellence, ajoute Hierra.

La sécheresse de sa poignée de main surprend Stomper. Il ne s'attendait pas à une telle vigueur de la part du petit homme. Il lui a abandonné ses doigts avec négligence et a soudain la sensation d'être pris au piège.

— M. Estrales vous a chaleureusement recommandé, constate Hierra en lui lâchant la main.

— En effet, nous avons un projet commun, poursuit Stomper qui fait comme si de rien n'était et sourit toujours.

Carlos Hierra observe le visage joufflu et joyeux de l'Américain. L'homme dégage trop de franchise pour qu'il s'y laisse prendre.

— Je voudrais être certain que son Excellence puisse y donner suite…

Il marque une pause. Il peut augurer de la profondeur d'un interlocuteur en mesurant son temps de réaction.

— Je serais très heureux de vous en expliquer les grandes lignes.

Moins d'une demi-seconde pour comprendre et répondre. Carlos Hierra le juge plus alerte que ne le laisse supposer son physique enveloppé. Mais c'est aussi un piège qu'il vient de lui tendre. En montrant sa rapidité d'esprit, l'homme ne pourra plus faire croire à sa gentillesse un peu lente d'Américain moyen. Stomper jette un coup d'œil dans le couloir. À l'extrémité, deux gardes sont en faction devant l'escalier qui descend vers le hall d'entrée de la résidence.

Hierra tend le bras vers sa gauche, invitant l'Américain à le suivre. Il vient de laisser le gouverneur en compagnie de doña Sposito-Caballo. La chaude épouse tente un rapprochement avec le Taureau qui l'a trop souvent délaissée. Le secrétaire compte sur elle pour avoir le temps de sonder l'Américain.

Stomper accorde son pas à celui du petit conseiller dont Domenico lui a fait le portrait. Depuis des années, Hierra place ses pions autour du gouverneur. Le Taureau, gavé de pouvoir, étourdi par ses appétits, ne voit rien venir. Tout à ses plaisirs, il délègue les affaires courantes chaque fois qu'il le peut à son conseiller. Et Hierra s'immisce chaque jour davantage, se rendant indispensable. D'abord considéré comme une pâte molle, un passif petit assistant, il a su profiter du mépris du gouverneur en utilisant son intelligence de tacticien. Tout l'art de Hierra repose sur son talent à commettre de loin en loin la légère faute qui permet au gouverneur de se sentir plus fin que son conseiller.

— Seriez-vous de ces hommes qui ont toujours une nouvelle opportunité à offrir ? laisse tomber le secrétaire en lorgnant par la fenêtre la Packard Super Eight garée en contrebas.

— Seriez-vous de ces hommes qui savent en profiter ? assène Stomper du tac au tac.

Il a compris à qui il avait affaire. De son passé dans les marines, il a conservé des réflexes rapides qui surprennent toujours ceux qui s'arrêtent à son image superficielle de gros garçon simplet. Ce qui n'est pas le cas du conseiller.

Hierra sourit finement. Il n'aime pas perdre son temps.

— Sans doute… Encore faut-il savoir de quoi il s'agit.

Stomper jette un rapide coup d'œil sur le visage du conseiller toujours tourné vers la fenêtre, abîmé dans la contemplation du parc.

— Savez-vous combien consomme une Packard ? interroge Stomper dont le regard vient de tomber sur la splendide voiture garée le long du perron.

— Un peu plus de six litres.

Stomper hoche la tête.

— Le carburant est toujours trop cher, ajoute-t-il.

Hierra pousse un soupir. Stomper saisit la balle au bond.

— Supposons que j'aie l'occasion d'approvisionner la résidence du gouverneur à moindre coût.

— Seulement la résidence ? murmure Hierra du bout des lèvres.

La réponse de Stomper tient tout entière dans son sourire muet. C'est au tour du conseiller de hocher la tête.

— Toute la ville ?

— Et peut-être un peu plus, avoue Stomper.

Le silence qui s'installe ensuite apporte son lot de rêveries. Les deux hommes reportent leur attention au-delà du parc, vers la baie de Port Sangre. À cette heure matinale, les cargos s'alignent pour franchir les écluses. Des millions de tonnes de marchandises transitent entre les deux océans, parmi lesquelles les carburants : fioul, kérosène, gazole, essence, pétrole.

— Un million sept cent soixante-deux mille six cent quatre-vingts tonnes de produits pétroliers passent par le canal, énonce calmement Stomper.

Hierra ne peut s'empêcher de regarder l'Américain.

— Est-ce le chiffre exact ?

— C'était en tout cas celui de l'année dernière, poursuit Stomper. Maintenant, imaginez qu'un faible pourcentage soit prélevé sans que quiconque puisse s'en apercevoir.

Le conseiller ne quitte plus l'Américain des yeux.

— De quel pourcentage parlons-nous ?

— Deux pour cent. Environ trente-cinq mille tonnes.

— Qui disparaissent ?

— Qui sont détournées. Revendues à moitié prix du cours officiel.

— Un cours qui serait par exemple de combien ? demande-t-il doucement.

— Deux dollars soixante-dix-sept, soit un dollar trente-huit le baril. Ce qui génère un profit de deux cent quatre-vingt-neuf mille dollars par an.

Les yeux de Carlos Hierra s'élèvent au-dessus des épaules de Stomper et font le point sur la double porte fermée du bureau du gouverneur. Le conseiller apprécie de plus en plus les talents cachés de doña Sposito-Caballo ; ils lui permettent de prolonger cette intéressante conversation.

— Une somme conséquente, lâche-t-il enfin.

Stomper acquiesce.

— Une somme qu'il serait dommage de laisser filer.

— Mais en quoi le gouverneur pourrait-il être concerné ? demande le petit conseiller.

Stomper hausse les épaules avec nonchalance.

— Il suffit de contrôler le service des douanes. Quelques hommes pour veiller sur des conteneurs dont la cargaison est maquillée, et qui ne suivent pas le même itinéraire que les autres. Rien d'insurmontable lorsqu'on domine les voies officielles. Des bakchichs habilement distribués suffisent à faire tourner une économie parallèle.

Les yeux du conseiller ne lâchent pas ceux de l'Américain.

— Vous avez pris un gros risque en venant me parler.

Stomper offre une expression faussement fataliste.

— Domenico Estrales m'a assuré que le gouverneur saurait se montrer compréhensif.

— Il le connaît bien, en effet.

— Peut-être vous connaît-il encore mieux ?

Le visage de Hierra se ferme brusquement et pendant une seconde, Stomper croit avoir perdu la partie. Il a joué quitte ou double avec le conseiller, quelque chose dans le comportement du petit homme pâle lui en a inspiré l'idée. Les yeux de Hierra glissent sur le parc et s'arrêtent sur la Packard dont la carrosserie lustrée resplendit sous le soleil.

Il a tout à coup la vision d'une jeune femme sur la banquette arrière : Yumna entièrement nue, dont les hanches frémissantes se lovent sur le cuir chaud. Et Hierra revoit la toison pubienne, l'écrin sombre niché dans la soie dorée de sa peau, cette part du paradis auquel accède chaque jour le gouverneur.

— Domenico Estrales n'a pas menti, murmure le conseiller.

Stomper se détend et laisse filtrer une longue expiration muette. Il a décidément bien fait d'attendre. Sa matinée a été fructueuse.

10

Assise sur la banquette arrière de la Packard Super Eight, Yumna fume négligemment une Week-End. La boîte de carton bleue à bandes dorées, sur laquelle sont dessinées les lettres blanches de style années vingt, s'ouvre en deux parties, comme un coffret à bijoux. Les cigarettes sont protégées par des rabats de papier. Yumna trouve cela d'une classe folle. Elle songe qu'il lui faudrait un fume-cigarette pour s'accorder avec cette luxueuse image. Elle rejette la fumée de tabac virginien et ses délicates narines palpitent.

Yumna croise son reflet dans le rétroviseur. Ses longs cheveux noirs, son front lisse sur lequel ses minces sourcils tracent un arc parfait, ses hautes pommettes et ses lèvres pleines qui appellent les baisers, tout ce qui charme et excite la concupiscence des hommes lui semble aujourd'hui dérisoire. Lasse, elle abandonne son image et contemple la calme rue Ferdinando.

Les oreilles décollées du jeune chauffeur lui signalent qu'elle n'est pas seule. Bien qu'il demeure muet, elle sait qu'il ne peut s'empêcher de la caresser des yeux, elle a surpris plusieurs fois son regard dans le rétroviseur. Il s'appelle Carmelo et depuis qu'elle a laissé la main du gouverneur glisser sous sa jupe, il n'a plus jamais plaisanté avec elle.

Elle soupire.

La vie est tellement difficile ! Ce jeune homme avec qui elle devisait gaiement juste avant de faire la connaissance du gouverneur garde maintenant ses distances. Yumna sait qu'il y a plus que du respect dans cette attitude. La peur de déplaire au Taureau le paralyse, mais ses yeux parlent. Yumna y devine du désir, de la tristesse, et parfois aussi une pointe de dégoût qui la touche plus qu'elle ne le voudrait. Malgré son ambition dévorante, Yumna a des restes de lucidité dans ses moments de faiblesse.

Aujourd'hui en est un. Elle est dépassée. Son amant s'éloigne d'elle, elle le sent. Une autre femme occupe ses pensées – bien qu'en ce qui concerne le Taureau, l'expression soit exagérée, car son cerveau n'est pas l'organe avec lequel il pense le plus –, son intuition féminine est un petit radar auquel elle peut se fier. Voilà plusieurs semaines qu'il ne la possède plus comme avant.

Elle est maintenant complètement guérie, de nouveau prête à subir ses assauts. Le docteur Portillo-Lopez vient de l'examiner : la déchirure vaginale s'est résorbée.

En quittant le cabinet, Yumna est montée dans la voiture et a allumé une cigarette pour réfléchir. Carmelo attend, l'œil sur le rétroviseur, pour savoir où il doit emmener la Gazelle.

Le sobriquet a fuité dans les couloirs et tout le personnel s'en est emparé avec une jubilation communicative. Personne n'en connaît la source, mais la rumeur s'est propagée avec une rapidité stupéfiante. Pour certains il désigne les grands yeux en amande de Yumna, pour d'autres son corps aux flancs frémissants. Pour toute la garde, il est un surnom adéquat pour cette belle femelle qui arpente les couloirs de la résidence d'une cuisse nerveuse, et qui grimpe les escaliers en faisant tressauter sa généreuse poitrine. Les hommes ont en général un sourire rêveur lorsqu'elle passe devant eux.

Les doigts de Yumna viennent cueillir un brin de tabac sur le bout rose de sa langue. Elle exhale ensuite un long nuage de fumée. Carmelo admire malgré lui l'expression gourmande de sa bouche humide. Il se racle la gorge.

Ce qui suffit à interrompre le cours des pensées de Yumna. Elle surprend de nouveau le regard de Carmelo. Elle a tant besoin d'un ami aujourd'hui, d'une oreille attentive à qui confier ce qui la ronge. Mais depuis des mois, elle ne voit plus Tisha. Elles vivent à présent dans deux mondes séparés et la complicité qu'elles entretenaient lui manque horriblement.

Dans le rétroviseur, l'œil vigilant du chauffeur la touche plus qu'il ne devrait.

— Descendez vers le centre, demande-t-elle soudain.

— Bien, mademoiselle.

Carmelo met le contact. Le moteur émet un grondement sourd et ronfle aussitôt. Les pneus de la Packard glissent sur l'asphalte avec un chuintement caoutchouteux. Une brise s'engouffre bientôt par la fenêtre ouverte, faisant tournoyer les cheveux de Yumna en une longue traîne sombre. Elle tire sur sa cigarette, dont les braises attisées par le courant d'air s'échappent en grésillant. Carmelo regarde le nuage de fumée caresser les lèvres pulpeuses.

Il maintient une allure moyenne et la Packard survole la route en souplesse. Ils quittent l'avenue Palatina, puis la route des Négriers se déroule devant eux en un long serpent paresseux. Lorsqu'ils passent aux abords de Lágrima, Yumna ne peut s'empêcher de jeter un coup d'œil sur les ruelles enchevêtrées que bordent des toits de tôle et des murs de parpaings bruts. Elle a vécu toute son enfance dans ce bidonville et donnerait n'importe quoi pour ne pas y retourner. Une plainte sourde fait palpiter son ventre, la peur de sa déchéance prochaine, comme un rappel de cette vie imprévisible dont les infortunes planent sans cesse au-dessus d'elle.

Une longue carotte rougeoyante orne maintenant l'extrémité de son mégot. Yumna le jette par la fenêtre et il disparaît aussitôt, happé vers le paysage qui défile. La Packard dépasse l'entrée de la décharge. Yumna aperçoit brièvement le dos d'Efia, puis ceux de ses fils qui portent des sacs de papiers compactés qu'ils vont revendre aux chiffonniers un peu plus bas. Sur les bas-côtés de la route, des silhouettes, tremblantes dans l'air brûlant, adressent des signes aux chauffeurs des bus brinquebalants qui assurent la liaison entre Lágrima et Port Sangre.

Dans la fraîcheur de la voiture, bercée par les suspensions moelleuses, Yumna baisse la tête. Le cuir odorant de la banquette est un doux appui contre ses reins. Elle range la boîte de Week-End dans son petit sac à main qui contient une liasse de dollars, un briquet et un poudrier d'argent. Yumna a entre les doigts de quoi faire vivre une famille pendant plusieurs mois.

Carmelo reste silencieux. Aux abords de la place Dorée, il ralentit, espérant que la Gazelle saura où se rendre. Le centre-ville est proche et juste derrière, s'étendent les quais de Port Sangre. Le chauffeur appréhende de faire rouler la Super Eight au milieu des dockers et des camions de marchandises. Une aussi luxueuse voiture sans escorte est une provocation dans ce quartier populaire. Il cherche le regard de la Gazelle dans le rétroviseur.

— Arrêtez-vous, s'il vous plaît.

— Où cela, mademoiselle ? demande-t-il avec inquiétude.

— Là où vous pourrez.

Carmelo hoche la tête. Il fait encore quelques mètres avant de trouver un espace suffisamment large pour garer la Packard.

— Attendez-moi, lance Yumna en ouvrant la portière.

La Gazelle traverse la rue, ses hanches balancent avec impudence sous sa robe légère. Sur le trottoir d'en face, la *cantina Deliciosa* étale sa devanture. La jeune femme pénètre d'un pas vif à l'intérieur. Carmelo pousse un long soupir ennuyé. Combien de temps devra-t-il rester là ? Il est 11 heures du matin, le mois de mars est encore lourd, c'est la pleine saison sèche. Bien qu'il se soit garé à l'ombre, trente degrés deviennent vite irrespirables dans un véhicule à l'arrêt.

Carmelo ouvre la portière et descend de la voiture. Il jette un coup d'œil autour de lui tout en cherchant une cigarette dans la poche de sa vareuse. Il est attaché au service de la Gazelle depuis qu'elle vit au palais. Lorsque le gouverneur doit s'absenter dans la journée, il prend la Buick Kustom et se fait généralement conduire par Dino, le deuxième chauffeur. Le gouverneur n'utilise la Packard que pour les sorties officielles ; pour ses visites discrètes vers l'avenue Santa Clara, il demande à Carmelo de l'emmener avec la Buick, car il préfère que ce soit lui qui l'accompagne chez Madame. Cela n'enchante pas le jeune homme qui doit rester toute la nuit sur une banquette dans le hall. Ce qui ne lui laisse que quelques heures de sommeil avant que la Gazelle ne le fasse appeler en fin de matinée. Quand on lui abandonne les heures chaudes de l'après-midi, il en profite pour faire une sieste roborative avant les sorties nocturnes. Malgré sa robuste constitution, Carmelo accuse le coup. Depuis quelque temps, le gouverneur se rend pratiquement chaque soir chez Madame et ne rentre pas avant 3 heures. Le premier cycle de sommeil de Carmelo est donc de cinq heures et le second de trois. Il dort ainsi depuis le mois de février.

Carmelo glisse une cigarette entre ses lèvres et allume son briquet. Ses mains tremblent, la flamme danse devant sa bouche. Il donnerait n'importe quoi pour pouvoir s'allonger et dormir d'une traite. Ce matin, il n'a pris que quatre heures de repos à cause du rendez-vous de la Gazelle avec le docteur Portillo-Lopez. Après sa douche, il était tellement épuisé qu'il voyait double dans le miroir de sa salle de bains, ce qui lui a valu une coupure au menton en se rasant.

Mais la fatigue n'est pas le seul désagrément de ses journées. Depuis un mois, la jeune maîtresse l'interroge sur les sorties du gouverneur et Carmelo doit mentir, ce qui l'épuise nerveusement. Il assiste, impuissant, au naufrage du couple. Chaque nuit, il accompagne le Taureau dans ses visites et chaque matin, il voit le visage de la Gazelle s'assombrir un peu plus.

— *Maldita vida*[1], murmure-t-il pour lui-même.

Il fait une telle consommation de Pall Mall que par moments le tabac n'a plus aucun goût. Il recrache un épais nuage de fumée et s'accoude sur le toit de la Packard. Il a placé sa joue contre son poing et son autre main tambourine sur la carrosserie. C'est un rythme cubain, un air qu'il entend régulièrement chez Madame, une mélodie envoûtante qui lui procure des frissons dans les reins.

Chaque nuit, Madame lui fait porter du café et des pâtisseries : des *alfajores*, des cakes aux trois laits, des cornes de gazelle, des loukoums. Souvent, il aperçoit les hommes qui se glissent hors de l'appartement. Ils rejoignent la rue en descendant le grand escalier et passent la porte gardée par Amboise, le gigantesque Noir en costume dont la voix de basse résonne dans le hall lorsqu'il les salue.

Hormis Amalia qui lui apporte son plateau, Carmelo ne connaît aucune des filles qui travaillent dans la maison. Avant de la rencontrer, le chauffeur ignorait ce qu'il se passait derrière la porte du palier.

Carmelo ne sait quoi penser d'Amalia. Elle aime s'attarder près de lui, mais son espièglerie, ses moqueries le blessent. Il a de plus en plus la sensation de n'être qu'un jouet entre les mains de tous ces gens : la Gazelle, Amalia, le Taureau, sans oublier le conseiller Hierra qui ne manque jamais de le sonder. Tout cela le fatigue et l'irrite au plus haut point.

1. « Satanée vie. »

Il ne souhaite qu'une chose : fermer les yeux, s'enfoncer dans le sommeil comme dans les sables mouvants de l'oubli. Mais il sait qu'il ne pourra le faire avant longtemps, pas après ce qu'Amalia lui a révélé.

La jeune femme est bavarde. Elle lui a parlé d'Hissa, la courtisane préférée du Taureau, celle dont il ne peut se passer et qu'il rejoint chaque soir. Elle a divulgué à Carmelo la règle immuable de la maison, celle que Madame appliquait jusqu'à présent à la lettre : un seul client par nuit pour Hissa, selon son choix. Et depuis quelque temps, Hissa choisit systématiquement le gouverneur, au grand dam des autres clients qui ne peuvent s'insurger. Qui oserait se plaindre de l'homme le plus puissant de San Perdido ?

Bientôt, la Gazelle sort de la *cantina*, accompagnée d'une jeune femme. Toutes deux traversent la rue et montent dans la voiture. Carmelo lance sa Pall Mall et s'installe au volant, attendant les ordres. Il jette un œil dans le rétroviseur. Les deux filles se sont affalées en riant sur la banquette arrière. La Gazelle offre aussitôt une cigarette à son amie qu'elle appelle Tisha, une métisse au corps osseux et au visage marqué de petite vérole. Elle pouffe et commente avec effarement le luxe de la voiture. Par moments, ses yeux passent sur la nuque du chauffeur sans le voir vraiment, comme s'il n'était qu'un accessoire intérieur de la Packard. La Gazelle embrasse Tisha avec effusion, toute à la joie de la retrouver et de lui faire partager sa nouvelle situation. Les filles gloussent un long moment avant de se décider sur leur destination.

— Je t'emmène déjeuner, Tish' ! clame la Gazelle d'un ton sans réplique. Où veux-tu aller ?

— Je ne sais pas, je n'ai pas beaucoup de temps, je dois reprendre mon service dans…

— *Estúpida !* Ton patron ne dira rien, je lui ai payé ta journée !

— *Madre de Dios !* Tu as fait quoi ? s'exclame Tisha en ouvrant de grands yeux.

— J'ai loué tes services et il m'a remerciée. Il croit que tu vas travailler au palais, aujourd'hui, *este bastardo*[1] !

Les filles éclatent de rire et poussent des cris de joie.

— Je sais où je vais t'emmener ! clame soudain Yumna. Carmelo ?

— Mademoiselle ?

— Au *Palacio* !

— Bien, mademoiselle.

Amalia a vingt ans et est originaire de Colombie. Elle vit chez Madame depuis deux ans. Elle est venue remplacer Evelia quand celle-ci est partie avec son futur époux. Amalia ne regrette rien. Même à Bogotá, elle n'a jamais travaillé dans d'aussi bonnes conditions ni pour une aussi riche clientèle. À l'instar des médecins, des juges et des avocats, un cercle de patriciens peuple le salon. L'élite gouvernante de l'Amérique centrale et les dignitaires de nombreux pays d'Europe s'y arrêtent également lorsqu'ils visitent le Panamá.

Amalia a même fréquenté un prince russe, fort riche et ordurier, dont les largesses ont adouci le vice, mais dont elle ne regrette pas l'absence. Grâce à lui, et aux autres, Amalia a déjà de quoi acheter une petite maison lorsqu'elle partira. Cela lui permet d'envisager l'avenir avec beaucoup d'optimisme.

Peut-être est-ce pour cela qu'elle apprécie la compagnie de Carmelo, le séduisant chauffeur dont la timidité la distrait. Elle passe un peu plus de temps avec lui chaque soir, s'accordant une pause entre deux clients. Sa stupéfaction la fait rire lorsqu'elle lui raconte, à mots couverts, ce qu'il se passe

1. « Ce bâtard. »

dans la grande maison. Les jeux sexuels dont elle lui fait parfois le récit lui arrachent des grimaces de dégoût. Amalia le quitte toujours avec une sensation de gaieté au ventre tant il montre d'ingénuité, et aussi avec un peu d'attendrissement. Avec lui, faire l'amour serait tellement rafraîchissant !

Yael est devant la porte du bureau du conseiller Hierra. Il hésite depuis vingt minutes à frapper. Il tient le registre comptable du palais contre sa poitrine et repasse mentalement les colonnes de chiffres dans sa tête. Il les connaît par cœur : les salaires du personnel, la solde de la garde, les diverses réparations, les frais de bouche et de représentation, l'entretien du parc, celui de la piscine, des voitures. Tout est scrupuleusement consigné et pointé chaque jour. Jusqu'aux frais du gouverneur Lamberto.

Et c'est là que le bât blesse.

Les dépenses du mois en cours atteignent un niveau record, même pour un gouverneur. Ce sont des sommes prélevées chaque semaine sur la caisse du palais, en liquide et sans aucun justificatif.

Yael a servi sous deux gouvernances, son père en a traversé cinq. La famille Ermolando tient à jour les registres de San Perdido depuis plus de cent ans. Avant même le premier chantier du canal par les Français ! Une longévité et une stabilité qui ne s'observent malheureusement pas chez les gouverneurs, dont l'espérance de vie est souvent courte. La « fièvre jaune » en a décimé plus d'un.

En examinant les doubles comptabilités – elles sont malheureusement inhérentes à la fonction – dont les registres demeurent cachés dans une partie secrète de la salle des archives, Yael n'a jamais retrouvé de telles dépenses non justifiées !

Et pourtant le gouverneur Esperanza était une poche percée qui lui causait souvent des sueurs froides. Mais rien de comparable au gouverneur Lamberto.

Yael baisse la tête et expire longuement avant de frapper à la porte du conseiller. La voix sèche aboie un « entrez » qui claque derrière l'huis comme un coup de fouet.

Yael pousse la porte et prend le temps de bien la refermer. Cela lui fait gagner une seconde, une toute petite respiration, puis il s'approche du bureau. En trois enjambées, il est devant le conseiller. Contrairement au bureau du gouverneur qui mesure soixante mètres carrés, celui de Hierra semble minuscule. Il fait pourtant trois fois la taille de celui de Yael et possède deux fenêtres. Mais aujourd'hui, le comptable souhaiterait plus de distance entre eux pour annoncer sa nouvelle. Il garde le silence pendant encore une longue seconde.

— Oui, Yael, qu'y a-t-il ? demande Hierra en tournant les pages d'un rapport qu'il lit avec attention.

Yael se racle la gorge.

— C'est au sujet d'un poste de dépenses particulier, commence-t-il d'une voix qu'il trouve un peu voilée.

— Eh bien ? laisse tomber Hierra en tournant une nouvelle page.

— Si je puis me permettre, dit doucement Yael en contournant le bureau pour s'approcher.

Hierra lève alors la tête et jette un coup d'œil étonné sur le comptable qui pose devant lui avec précaution le registre des comptes de la gouvernance.

— Que dois-je regarder ? interroge-t-il en se penchant vers les colonnes de chiffres qui emplissent les deux pages.

L'écriture cursive régulière indiquant la nomenclature, les chiffres arrondis parfaitement alignés, tout cela forme un ensemble clair à la précision presque militaire. Mais pour Hierra, c'est une lecture indigeste et fastidieuse.

— Expliquez-moi, monsieur le comptable, murmure-t-il en serrant les lèvres.

— Puis-je me permettre d'attirer votre attention sur ces deux colonnes, monsieur le conseiller ? Voyez : ici, le total du mois de février…

— Deux mille balboas, oui, eh bien ?
— Et là, celui du mois de mars...
— Sept mille cinq cents balboas ? Une grosse somme en effet. Et qui correspond à quoi ?
Yael prend une inspiration.
— Ce sont les dépenses personnelles du gouverneur, dit-il rapidement.
Hierra reste un instant perplexe. Ses yeux reviennent sur la page du registre qu'il parcourt de nouveau, puis il soupire.
— Que voulez-vous Yael, il s'agit du train de vie du gouverneur...
— Vous ne m'avez pas entendu, monsieur le conseiller, ces dépenses-là sont déjà répertoriées. Ce que vous voyez ici est le total des sommes allouées au gouverneur en plus du reste.
— Sept mille cinq cents balboas de dépenses...
— Personnelles, oui ! Somme retirée en liquide pour laquelle je n'ai aucun justificatif. Et le mois de mars n'est pas terminé.
Cette fois, Hierra se penche sur le registre avec une attention soutenue.
— Jusqu'en février, c'est encore raisonnable, constate-t-il.
— En effet.
Hierra réfléchit un instant. Ses yeux sautent d'une colonne à l'autre.
— La somme a-t-elle été retirée en une seule fois ?
— Non. Voyez : le gouverneur fait retirer environ mille balboas tous les quatre jours.
— Par qui ?
— C'est sa secrétaire, Mlle Hermina, qui vient à la trésorerie chercher les enveloppes.
Le conseiller Hierra abandonne le registre et s'appuie contre le dossier de son fauteuil. Il regarde pensivement devant lui. À ses côtés, le comptable baisse la tête, respectant son silence.

Lentement, Hierra referme le livre et le tend à Yael.

— Je vous remercie d'avoir porté cela à mon attention, monsieur le comptable.

Yael comprend que l'entretien est terminé. Il s'incline avec déférence et s'éloigne vers la porte.

— Yael ?

— Monsieur le conseiller ?

— Si les retraits continuent, j'aimerais que vous m'en informiez immédiatement.

— Entendu, monsieur le conseiller, murmure Yael en refermant la porte sur lui.

« Depuis début mars », songe Hierra. Il se place devant l'une des hautes fenêtres qui surplombent le parc. En contrebas, les jardiniers s'affairent autour des haies et sur le gazon. Un peu plus loin, la Packard rutilante luit au soleil en compagnie de la Buick Kustom. Le regard du conseiller se fige soudain. Pourquoi n'a-t-il pas songé à cela plus tôt ?

Carmelo vient d'achever son repas. Il a quitté le réfectoire et remonte lentement l'allée en fumant une énième Pall Mall. Il s'est réveillé très tard, juste avant le deuxième service de la garde à 20 heures. Il n'a eu que le temps de se ruer au réfectoire pour y avaler quelques boulettes de viande arrosées de café. Bien qu'il ait dormi six heures, il se sent encore vaseux. Il tire une longue bouffée et se frotte les yeux. À la pensée de la nuit qui s'annonce sur la banquette de l'avenue Santa Clara, il bâille de désespoir. Seule Amalia viendra le voir, deux ou trois fois, selon l'importance de la clientèle. Ils bavarderont encore et il écoutera les détails croustillants sur les habitudes sexuelles des visiteurs tout en grignotant des pâtisseries.

— Bonsoir, Carmelo !

La voix sèche et précise stoppe net les pensées du chauffeur qui se fige. Le conseiller Hierra est devant lui, dans l'allée.

Manifestement, il l'attendait. Carmelo ne peut masquer le mouvement de lassitude qui voûte soudain ses épaules. Il exhale un long soupir qui n'échappe pas au conseiller.

— Je sais, mon garçon ! lance-t-il avec un sourire froid. Tes journées et tes nuits sont exténuantes. On te demande beaucoup…

Le conseiller pose une main nerveuse sur la nuque de Carmelo qui se redresse instinctivement.

— Mais sache qu'il te sera aussi beaucoup donné si tu te montres habile.

Les yeux du conseiller plongent dans ceux de Carmelo qui parvient à ne pas ciller.

— Es-tu intelligent, Carmelo ?

Carmelo juge prudent de garder le silence. Le conseiller sourit de nouveau.

— Oui, je crois que tu l'es ! Tu viens de comprendre que ma question n'est que rhétorique et qu'elle n'appelle pas de réponse particulière.

La main de Hierra quitte l'épaule de Carmelo et ses yeux survolent l'allée.

— Tu accompagnes chaque soir le gouverneur avenue Santa Clara, n'est-ce pas ?

Carmelo sent un désagréable frisson courir le long de son échine.

— Cette fois, il va falloir me répondre, ajoute doucement le conseiller.

Carmelo secoue la cendre qui s'accumule maintenant à l'extrémité de sa Pall Mall.

— Oui, murmure-t-il.

— Bien.

Le conseiller remonte l'allée d'un pas lent. Carmelo se voit obligé de le suivre.

— Que penses-tu de la Gazelle ?

La question est tellement brutale qu'elle arrête le pas du chauffeur.

— Allons, Carmelo, tout le monde l'appelle ainsi ! Entre nous, je crois que c'est le gouverneur lui-même qui lui a donné ce délicieux surnom. Eh bien, comment la trouves-tu ?

— C'est une… très belle femme, bredouille le chauffeur en baissant la tête.

— Une femelle comme on en rencontre rarement dans sa vie, murmure le conseiller à l'oreille du chauffeur.

Le qualificatif ordurier met immédiatement Carmelo mal à l'aise. Il n'a aucune envie de partager cette virile intimité avec le conseiller.

— Une telle pouliche contenterait n'importe quel homme, non ?

Carmelo hoche la tête malgré lui. Il tire une longue bouffée de sa cigarette avant de la jeter et d'écraser le mégot sous sa chaussure. Comme il aimerait écraser la bouche du conseiller.

La main de Hierra vient enserrer le coude du chauffeur, le forçant à reprendre la marche.

— C'est un peu osé de ma part, convient-il, mais, franchement, pour quelle raison le gouverneur irait-il avenue Santa Clara alors qu'il a ici une telle merveille à sa disposition ?

— Je l'ignore, monsieur…

— Tss ! Tss ! Tu sais forcément quelque chose. Ou si tu ne le sais pas encore, tu es capable de m'apporter la réponse… très vite. Parce que tu es un garçon intelligent, Carmelo.

Hierra sourit.

— Demain matin, par exemple.

Le sourire du conseiller s'efface brusquement et ses yeux deviennent deux glaçons. Il tourne les talons et s'éloigne, traversant la pelouse d'un pas rapide, abandonnant Carmelo au milieu de l'allée.

Le chauffeur tâte la poche de poitrine de sa vareuse, sa main tremble tandis qu'il sort une nouvelle Pall Mall du paquet froissé.

Teo regarde la mer des Caraïbes. Dans son dos résonnent les cris des singes capucins. Il est à l'extrémité est de San Perdido, le coin qu'on appelle Plaza de Besos : un promontoire herbeux planté d'arbres qui surplombe la baie de Port Sangre comme une antichambre de la forêt. Un endroit calme qui n'est plus tout à fait la ville mais pas encore la jungle. Si romantique sous la lune que les amoureux ne peuvent s'empêcher de s'y bécoter.

Bien qu'il n'ait que dix ans, Teo sait ce que bécoter veut dire. Contrairement à ses camarades que l'idée même d'embrasser une fille fait grimacer d'un mélange d'appréhension et d'excitation, Teo sait très précisément ce qu'on ressent au contact des lèvres de quelqu'un d'autre. Et cela n'a rien à voir avec ce que montrent les photos qui ornent le hall d'entrée de l'*Ambassador* : le visage alangui d'Ingrid Bergman dans les bras de Cary Grant, les yeux mi-clos de Vivien Leigh tandis que Clark Gable se penche sur elle.

Non, rien à voir avec une quelconque extase.

Surtout lorsqu'il s'agit du baiser d'un homme âgé comme le père Ugo.

Le dégoût submerge Teo et lui tord les intestins. Un frisson le parcourt, son front s'humidifie. Il ferme les yeux, laissant couler de grosses larmes sur ses joues. Depuis des mois, il ne dort plus. Des cauchemars le réveillent dans lesquels la porte de sa chambre s'ouvre sur la haute stature du père Ugo. Il sent l'odeur rance de sa soutane poussiéreuse, son souffle épais dans son cou, son haleine chargée, et la vicieuse douceur de ses caresses partout sur lui. Chaque semaine, il voit arriver le cours de catéchisme avec une horreur toujours plus grande. Chaque jeudi, il espère s'échapper de la sacristie dans laquelle le père Ugo le fait rester après le goûter.

Parfois, profitant de ce que le prêtre tourne le dos, il réussit à se glisser sans bruit par la porte juste avant que ne soient désignés ceux qui vont aider à ranger. Il traverse l'église en courant sous le regard désapprobateur de quelques bigotes en pleine génuflexion. Ces jours-là, il se sent fautif en pensant à celui qui le remplacera dans la sacristie.

Moins coupable cependant qu'à l'idée que sa mère puisse apprendre ce qu'il fait avec le père Ugo. Chaque fois qu'elle l'embrasse, le cajole, l'appelle son « *gatito*[1] » en lui ébouriffant les cheveux avec tendresse, il se sent rougir de honte et l'envie de pleurer le submerge. Il serre les dents et fuit, terrifié à l'idée qu'elle découvre son vrai visage et le regarde un jour avec dégoût.

Et Teo sait que ce n'est qu'une question de temps. Un soir, on frappera à la porte ou bien le téléphone sonnera et ce sera Mme Solis qui révélera l'horrible chose à sa mère. Elle la tiendra de Mme Gomez qui vient toujours babiller au salon de coiffure et colporte tous les potins de la ville. Et elle dira : « Carmina, ma chérie, c'est affreux, mais écoute ce que j'ai découvert sur ton fils… »

Et c'en sera fini de la fierté dans les yeux de sa mère. Plus jamais elle ne l'accueillera avec cette joie claire, ces sourires débordants d'amour lorsqu'il rentrera de l'école.

Plus jamais.

Teo s'approche du bord rocheux qui domine la mer. Ses épaules secouées par de longs sanglots le font tituber comme s'il était ivre. Mais la seule ivresse qui le submerge est celle du désespoir. Il ne voit pas d'échappatoires. Il a bien essayé à plusieurs reprises de sécher le catéchisme mais il y a quelques jours, sa mère est rentrée de son travail à l'hôpital le visage fermé. Elle l'a regardé attentivement en secouant tristement la tête. Elle ne croyait pas, lui a-t-elle dit, qu'elle verrait un jour son fils capable de lui mentir.

1. « Chaton. »

Teo a senti le sol s'ouvrir sous ses pieds. Il aurait voulu disparaître et s'enfoncer sous la maison pour ne pas entendre la suite, mais il ne pouvait bouger, pétrifié par la peur grandissante de ce que sa mère avait découvert.

— Voilà trois semaines que tu ne vas plus au catéchisme !

— C'est pas vrai…

— Ne me mens pas davantage, Teo ! a coupé sa mère d'une voix dure. Le père Ugo m'attendait devant l'hôpital, il m'a dit que tu ne venais plus. Pourquoi ? Est-ce que tu traînes, toi aussi, avec les voyous de la place Dorée ?

— Non, maman…

— Alors quoi ?

Teo a baissé la tête. Il ne supportait pas de voir la désillusion envahir les yeux de sa mère.

— Combien de temps aurais-tu continué à me mentir si le père Ugo n'était pas venu me parler ? Il s'inquiétait pour toi, avait peur que tu n'aies de mauvaises fréquentations. Il m'a dit qu'il avait beaucoup d'affection pour toi, que tu étais un gentil garçon et que je ne devais pas te gronder. Mais la vérité, Teo, c'est que tu me fais trop de peine pour que je sois en colère. Je te faisais confiance et si quelqu'un d'autre que le père Ugo était venu me raconter tout ça, je ne l'aurais pas cru.

Plus que son emportement, c'est la tristesse de sa mère qui a terrifié Teo. Il a senti son cœur se serrer en regardant son visage se voiler. Il a eu beau chercher quoi dire, quelle réaction appropriée avoir, rien d'autre ne lui venait que la honte d'avoir déçu la personne qu'il aime le plus au monde.

Et le désespoir l'a gagné.

Il ne voit plus désormais que le piège qui se referme sur lui et la longue suite des jeudis à venir. La certitude que chaque fois qu'il lui échappera, le père Ugo trouvera le moyen de le rattraper. Toutes les familles lui confient leurs enfants depuis sa nomination dans la paroisse de San Perdido voici trente ans. Personne ne le croirait s'il racontait ce qui se passe dans la sacristie.

Teo fait un pas. Devant lui, la mer des Caraïbes scintille dans l'air encore frais du matin. Les cormorans rasent la surface puis remontent, portés par les vents ascendants. Il y a bien une cinquantaine de mètres sous ses pieds. Un peu plus bas sur sa gauche, le port déroule ses quais d'un gris bleuté. En se penchant, il pourrait même apercevoir les camions de marchandises et les dockers qui s'agitent.

Mais Teo ne veut pas se pencher, il veut éviter tout ce qui pourrait le faire hésiter. Il ne veut voir que la plaque argentée qui ondule au bout de sa sandale et la crête mousseuse des vagues qui se brisent. Il veut entendre les appels des cormorans.

Il ouvre les bras, comme pour s'envoler lui aussi, et ferme les yeux. La brise marine sèche ses larmes sur ses joues. Il prend une grande inspiration d'air iodé à laquelle se mêle l'haleine de la forêt, un arrière-goût subtil de fruits pourrissants et de verdure moite. Il se laisse doucement basculer dans le vide. Il a la sensation de poser tout son corps sur le souffle du vent, de rejoindre les cormorans qu'il sent presque tournoyer autour de lui.

Pendant une seconde, il croit voler…

Puis quelque chose l'agrippe solidement par la ceinture.

Sous le choc, sa tête bascule en arrière et ses bras fouettent l'air, ébauchant le battement d'ailes d'un oisillon qui peine à quitter le nid. Il ouvre les yeux, en apesanteur au-dessus de la mer. Figé dans son élan, il se tourne pour voir ce qui le retient, mais son champ de vision est limité.

Doucement, il est éloigné du bord sans pouvoir résister. Devant lui se tient un grand Noir aux yeux d'un bleu si clair que Teo a la sensation de se noyer en eux. Sa main puissante couvre son épaule, diffusant sa chaleur.

Il l'observe avec patience. Quand il perçoit que Teo s'est ressaisi, il le lâche et l'enfant sent le froid de l'air marin passer sur son cou, comme s'il était nu.

Et ils restent tous les deux face à face. L'enfant, le visage levé vers celui du grand Noir, absorbé dans la contemplation de son regard minéral, cherche dans les traits réguliers ce qu'il doit faire à présent.

Autour d'eux, le silence. Les singes se sont tus. À peine entend-on les cris des cormorans qui plongent vers la mer, cinquante mètres plus bas. Puis, le grand Noir s'assied dans l'herbe. Sa main monte vers le front de l'enfant et lui recouvre les yeux.

Teo ne bouge pas. Il se sent en sécurité sous la large paume qui lui fait un casque sur la tête. Il pousse un long soupir, avec lequel s'échappent les images nauséabondes qui l'oppressaient jusqu'à présent. Son cœur émerge d'un nuage noir, lavé, apaisé.

La main glisse, emportant avec elle la peur de Teo. Lorsqu'il ouvre les yeux, c'est pour voir naître, dans la suie du visage, comme un lever de rideau sur la blancheur éclatante de ses dents, le sourire juvénile plein de confiance du grand Noir au regard clair. Un frisson de chaleur envahit Teo qui se met alors à parler.

— Elle s'appelle Hissa, murmure Carmelo d'une voix rauque, fatiguée par le tabac.

Il est 11 heures, le bureau de Carlos Hierra est éclaboussé par la pleine lumière du matin. Carmelo, qui n'a eu que cinq heures de sommeil, tangue sur place, les yeux rougis, éblouis par le soleil. Comme convenu, il vient de faire son rapport au conseiller. Il a répété absolument tout ce que lui a révélé Amalia la veille. Ce qui semble satisfaire Hierra.

— Et c'est elle que le gouverneur voit chaque nuit ?

— Oui, monsieur.

— Comment en es-tu si sûr ?

— Je le sais par Amalia. Depuis une semaine, Hissa ne vient plus au salon. Madame a dit aux clients qu'elle s'était absentée pour un voyage avec une personnalité.

— Ce qui est vrai, d'une certaine façon, constate froidement le conseiller avec un ricanement métallique.

— On fait passer le gouverneur par une porte dérobée, ce qui lui évite de traverser le salon pour atteindre la chambre, poursuit Carmelo d'un ton monocorde.

— Une précaution qui doit flatter sa vanité ! Je suppose qu'il sort par le même chemin ?

— Oui, monsieur.

Hierra fait quelques pas devant les fenêtres. Dans son costume de lin impeccable, rasé de près, les cheveux gominés, le conseiller incarne à la perfection l'efficacité glacée du palais.

Ainsi qu'une élégante cruauté.

Il n'a pas eu besoin de menacer Carmelo pour obtenir ces confidences. Il n'avait qu'à les exiger. Hierra a suffisamment de pouvoir pour rendre impossible la vie d'un chauffeur. Il lui vient peu à peu à l'esprit que s'il l'apprenait, le gouverneur pourrait juger l'ingérence de son conseiller comme une trahison, tout comme la conduite de son chauffeur.

Et qui sait ce qui pourrait s'ensuivre ?

Carmelo dissimule un bâillement, ce qui a pour effet simultané de le détendre et d'embuer ses yeux. Il se sent maintenant sur un fil, prêt à tomber, au propre comme au figuré. Il comprend que les questions du conseiller ont un but précis qui lui échappe.

Comme il aimerait s'allonger !

— Merci, Carmelo. Prends le reste de ta journée, tu es libre jusqu'à ce soir, poursuit Hierra comme s'il avait lu dans ses pensées.

— Mais si le gouverneur ou mademoiselle…

— J'informerai son Excellence. Il y a d'autres chauffeurs au palais. Je crois que le gouverneur préférera te réserver pour ses sorties nocturnes. Quelle chance ! Tu vas revoir Amalia.

En disant cela, le conseiller plante ses yeux dans ceux de Carmelo qui comprend parfaitement le message.

— Bien, monsieur.

Carmelo quitte le bureau, soulagé et comblé : enfin, il va pouvoir s'allonger et ne plus penser à rien. Mais cette nuit, il devra continuer de sonder la jeune femme.

Il est 8 heures lorsque Talia pousse la lourde porte de l'église. Comme chaque matin, elle trempe le bout de ses doigts dans le bénitier de pierre et se signe, avant de remonter la travée pour rejoindre la sacristie. Elle a juste le temps de préparer le petit déjeuner du père Ugo avant la messe de 9 heures. Ensuite, elle fera le ménage de sa chambre, celui de la sacristie, et prendra le linge sale du prêtre qu'elle lavera chez elle avant de le rapporter dans quelques jours, repassé et plié.

Depuis la mort de son mari, emporté par une cirrhose, et le départ de son fils Manuel à Panamá City, Talia a éprouvé le besoin de se dévouer. Non que son métier d'infirmière lui laisse beaucoup de temps libre, mais lorsqu'elle quitte l'hôpital San Liguori, sa maison ne lui offre que le vide comme seconde alternative. À quarante-sept ans, même si elle apprécie de dormir dans un lit plus large, elle ne peut se résoudre à ne mettre qu'un seul couvert sur la table. Le plus souvent, elle mange debout sur le coin de l'évier : une poignée d'olives, un morceau de pain accompagné de fromage.

Aussi a-t-elle choisi de cuisiner pour quelqu'un d'autre. Quoi de plus évident, pour une fervente catholique, que d'aider le prêtre de sa paroisse ? Le père Ugo ayant besoin qu'on le soulage des tâches ménagères, Talia vient chaque matin, après son service de nuit. De cette manière, elle est certaine de dormir d'une traite lorsqu'elle se couche vers 11 heures, dans le silence pesant de sa maison.

Talia pousse la porte de la sacristie. La pièce sent bon le bois massif et l'encaustique qu'elle passe amoureusement une fois par mois ; l'air y est frais, une belle lumière jaune traverse la fenêtre, égayant les carreaux de ciment peints qui décorent le sol.

Talia pénètre dans le petit logement du père Ugo et s'arrête. Le lit n'est pas défait. La chambre semble n'avoir pas été habitée depuis qu'elle l'a faite la veille. Aucun vêtement n'est suspendu sur le dossier de la chaise, le panier à linge est vide.

Elle passe dans la minuscule cuisine. La table du dîner est encore dressée et le plat de poulet qu'elle avait apporté est toujours sur la gazinière. Le père Ugo n'y a pas touché.

Sans doute a-t-il été appelé hier soir au chevet de quelqu'un. La vieille Mme Gimenez est, paraît-il, au plus mal depuis quelques jours, tout le quartier ne parle que de sa fin prochaine. Talia sourit. Le père Ugo est vraiment un brave homme, il n'a pu se résoudre à abandonner une paroissienne dans ses derniers instants, et sans doute est-il encore près d'elle ce matin. Il ne reviendra que pour la messe.

« Il aura faim, le pauvre ! » songe Talia.

Elle débarrasse la table de la vaisselle du dîner et prépare le petit déjeuner : des œufs, du café (bien fort, il en aura besoin), de belles tranches de pain bis. Elle sort le bol de faïence bleue qu'affectionne le père Ugo, une petite assiette, dispose à côté le couteau, la fourchette et la boîte de sucre roux.

Là, tout est prêt. L'eau chante dans la bouilloire. Talia arrose doucement la mouture qui libère son arôme, puis elle traverse le couloir et retourne dans la sacristie.

C'est seulement à cet instant qu'elle le voit.

Le corps est pendu très haut à une poutre, derrière la porte encore ouverte. C'est la raison pour laquelle elle ne l'a pas découvert en entrant. Talia pousse un cri, elle réalise qu'elle est passée juste à côté du cadavre. Il aurait suffi qu'elle referme l'huis pour faire face aux pieds du pendu.

Dans la lumière chaude du matin, le père Ugo est immobile. Sa langue noire pointe entre ses lèvres et une proéminence grotesque déforme sa soutane au niveau du bas-ventre.

11

Dans les premiers jours de l'année 1957, une grève éclate sur les docks, paralysant Port Sangre pendant plusieurs semaines. Le bras de fer qui oppose les dockers à l'administration maritime porte sur le salaire journalier, insuffisant selon eux pour vivre décemment : six balboas pour douze heures de travail. Cinquante centesimos de l'heure. C'est un salaire à peine plus élevé que celui des Antillais qui œuvrèrent à la construction du canal de Panamá en 1904.

Une hausse de dix centesimos en quarante-trois ans !

L'administration commence par répondre un non catégorique à la revendication des dockers. Mais la fermeté que lui procure l'impunité d'être l'unique employeur sur les quais tombe mal. La saison des pluies vient tout juste de s'achever. Huit mois de précipitations continues n'ont fait qu'aggraver la colère des hommes. Dans l'humidité ambiante, le tissu et le bois pourrissant, le métal devient glissant, les accidents sont nombreux. Les dockers doivent travailler malgré tout et lorsqu'ils font leurs comptes en fin de semaine, ils ont à peine de quoi se nourrir et se loger.

Sur la zone du canal, dont l'administration dépend entièrement des Américains, le droit de grève est interdit. On ne reconnaît que celui de la libre association. Voyant là une mesure sagace, les autorités portuaires de San Perdido l'appliquent à Port Sangre avec intransigeance.

Face à cette fermeté, les dockers comprennent très vite que le dialogue est impossible et lancent la première grève massive sur le port. Mais l'administration est sous l'autorité du gouverneur. Le Taureau n'est pas prêt à se laisser dicter sa conduite par une poignée d'agitateurs.

Le 20 janvier au matin, après quinze jours de débrayage, tous les dockers sont officiellement licenciés. Des briseurs de grève, acheminés par bateau depuis Colón, investissent Port Sangre et se mettent au travail. Les marchandises reprennent leur incessant va-et-vient sur les quais et les cargos peuvent enfin repartir.

Le 21 janvier, Amadeo, le chef des dockers, rassemble ses hommes qui investissent le port, jetant à la mer les briseurs de grève.

Le soir même, la garde du palais lance l'assaut et expulse les dockers. Plusieurs hommes sont tués. Les soldats ceinturent le quai, rétablissant les briseurs de grève à leur poste.

Amadeo sait que la garde ne pourra pas rester ad vitam aeternam à Port Sangre. Il suffit d'être patient. Le gouverneur Lamberto le sait aussi. Il compte sur l'épuisement des ressources des dockers, qui ne sont plus payés depuis quinze jours, pour les amener à reprendre le travail aux anciennes conditions. Il sait également qu'Amadeo a rassemblé les dockers dans un vieil immeuble au 36 de la rue Barberia où beaucoup ont une chambre. Situé juste derrière les quais, à proximité de la place Dorée, c'est un endroit stratégique avec vue sur port. Mais le Taureau n'est pas un homme à qui on peut forcer la main.

Augusto et Emilio sont en train de boire des bières à la *cantina Deliciosa*. La journée exténuante qu'ils ont passée sur le chantier de la rue Palomas Tristes leur a empli la bouche et le nez de poussière. Emilio ne cesse de s'éponger avec le carré de coton jaunâtre et déchiré qui lui sert de mouchoir, et avec lequel il essuie à peu près tout, y compris ses outils. Malgré un débarbouillage sous le robinet, du plâtre demeure incrusté dans les sillons de ses rides, lui donnant l'aspect d'une statue mal dégrossie. Augusto n'est pas en meilleur état, mais son visage lisse évoque davantage un masque de Pierrot.

Lorsque la première explosion retentit, ils sursautent tous les deux. Dans la *cantina*, les clients se regardent avec inquiétude. Les jours qui viennent de s'écouler ont eu leur lot de déflagrations. De nombreux coups de feu ont claqué sur le port. Mais cette fois, il ne s'agit pas d'une décharge de fusil et le son ne vient pas du quai. Une deuxième explosion retentit, aussitôt suivie d'une troisième, accompagnée d'un grondement sourd. L'impact est suffisamment puissant pour faire vibrer l'air et les clients se précipitent dehors.

Dans la rue del Cáñamo, les passants s'arrêtent, le regard tourné vers l'ouest, cherchant à apercevoir quelque chose au-dessus des toits. Une épaisse fumée s'élève dans le ciel, juste derrière le pâté de maisons.

— C'est tout proche ! dit Emilio.

— Rue Barberia ! répond Augusto.

En quelques minutes, une foule afflue. Augusto se fraie un chemin entre les gens, les bousculant sans ménagement.

— Augusto, attends ! crie Emilio absorbé par la cohue.

Mais Augusto ne l'entend plus. Il court maintenant vers l'épais brouillard de poussière qui noie la rue. Il ferme à demi les yeux et se couvre la bouche pour ne pas avaler les particules qui se collent sur son visage, s'accrochent à ses cheveux. Autour de lui, des ombres se meuvent dans tous les sens. Le nuage dense roule sur lui-même en volutes épaisses, noyant les maisons dans un fleuve de cendres grises.

Augusto suffoque. Des cris, des appels retentissent, puis un long hurlement repris en chœur par de multiples gorges. Un corps heurte violemment Augusto, le projetant sur le sol.

Le grondement cesse d'un seul coup tandis que passe le nuage opaque de poussière et que tombe en crépitant une pluie de fragments. Désorienté, les oreilles bourdonnantes, Augusto tente de bouger mais le corps pèse sur lui. Il le repousse, ses mains s'enfoncent dans une masse molle et poisseuse qu'il fait basculer sur le côté. Crachant et toussant, les yeux noyés de larmes, il parvient à se relever.

Le nuage poursuit sa course, envahissant la rue, léchant les façades avec un crissement continu de particules de ciment. Autour d'Augusto, des hommes émergent, cherchant eux aussi à distinguer quelque chose. L'air épais et saturé étouffe les sons. Des ombres passent, effacées par l'atmosphère poudreuse que perce une faible lueur jaunâtre. Çà et là, des halos apparaissent, disputant la clarté à la nuit cendrée. Par intermittence, des fragments métalliques de balcons accrochent la lumière terne d'un lampadaire noyé de brume sale.

Soudain les sons claquent, les appels recouvrent leurs tonalités, déchirant le voile cotonneux. Augusto tourne sur lui-même. Il ne reconnaît pas la partie de la rue à laquelle il fait face, lui qui pourtant habite ici depuis trois ans. À ses côtés, une foule d'ombres poussiéreuses se rassemble. Les visages hébétés se révèlent. Une brise plus claire emporte des lambeaux d'un brouillard blanchâtre, et les façades des maisons émergent. Deux hauts pignons se dressent face à face dans un amoncellement de blocs de ciment, de poutres et de métal. Une fenêtre demeure, accrochée à un pan de mur. Retenue par quelques moellons, elle n'est plus qu'un œil ouvert sur le vide. Alors Augusto reconnaît l'espace dans lequel se dressait son immeuble.

Le numéro 36 de la rue Barberia a entièrement disparu, laissant une trouée sur la rue Ecuatorial qui se trouve derrière lui. Une main se pose sur l'épaule d'Augusto.

— *Madre de Dios*, murmure Emilio dont l'haleine chargée de houblon devient pour Augusto un signe rassurant dans de ce cauchemar.

Le bloc d'une porte est encore visible au milieu des gravats. Un cri d'épouvante retentit lorsqu'elle se soulève et qu'un homme s'en extrait péniblement. Dans son visage noyé de sang, le blanc des yeux ressort avec une pureté irréelle.

Aussitôt, la foule semble se réveiller, électrisée par le regard douloureux du blessé qui titube et s'affale sur un tas de briques. On se précipite pour lui porter assistance.

— Il y en a sûrement d'autres, dit alors Augusto qui s'élance, suivi par Emilio.

Une chaîne se crée peu à peu, dégageant les gravats et appelant au milieu des décombres. De loin en loin, des cris se font entendre auxquels on répond avec énergie tandis que les premiers corps sont évacués. D'autres rescapés apparaissent, les os brisés, la peau déchirée. Un peu partout, le sol se soulève, repoussé par les mains ensanglantées de ceux qui se trouvaient dans les étages supérieurs et que des parties du bâtiment ont miraculeusement protégés pendant l'effondrement.

Augusto et Emilio se sont enfoncés dans ce qui était, il y a encore quelques minutes, la cage d'escalier de l'immeuble. Ils sondent le sol, déplaçant des fragments de marches et de meubles compactés, écrasés. Un matelas éventré, un lit métallique tordu font une sorte de cahute encastrée sous un amas de charpentes. Un bras s'agite mollement.

Augusto lance un appel.

— Par ici, vite !

Il se met à plat ventre et empoigne le bras de l'homme, lui parlant doucement.

— On va te sortir de là !

Emilio et Tadeo, le boulanger de la rue Ecuatorial, s'approchent aussitôt. L'homme gémit et respire difficilement.

L'une des tiges de la tête de lit, brisée, est enfoncée dans sa cage thoracique. Augusto se faufile auprès de lui. Emilio et Tadeo le soulèvent délicatement, tandis qu'Augusto retient la tige d'une main et soutient le torse de l'autre pour accompagner le mouvement. Le blessé pousse un cri de souffrance et tous se figent.

— Il faut faire vite, murmure Emilio, sinon il va mourir là.

Augusto et Tadeo hochent la tête. Il n'y a pas d'autre solution. Aucun médecin ne pourra ôter la tige de métal sous cet amoncellement de gravats instables.

— Courage ! dit-il au blessé dont le visage douloureux a pris une teinte cireuse. Ça ne va pas durer longtemps.

Les trois hommes se redressent et le soulèvent. Augusto soutient son buste du mieux qu'il peut, mais il sent la tige bouger dans la chair lorsqu'ils enjambent les gravats. Le blessé pousse un hurlement.

Autour d'eux, les gens s'activent, déplaçant des amoncellements de briques et de ciment pour leur faire un chemin. Les trois hommes progressent avec lenteur. Ils se rapprochent de l'endroit où se dressait la porte d'entrée. Comme ils la franchissent, un craquement retentit. Augusto lève les yeux. Il a juste le temps de voir le pan de mur percé d'une fenêtre se détacher du pignon droit.

— Ça tombe ! hurle-t-il en accélérant le mouvement.

Emilio et Tadeo tentent de suivre Augusto. Pas assez vite cependant. Le mur les fauche en atteignant le sol. Une clameur monte de la foule et un nuage de poussière se répand.

Lorsqu'il se dissipe, Augusto est le seul encore debout, miraculeusement épargné par le cadre de la fenêtre. Tadeo a disparu sous un amas de pierres et le buste d'Emilio dépasse d'un bloc de ciment. Augusto baisse les yeux : la tête du blessé a été écrasée par un moellon. La tige de métal n'a pas bougé de sa poitrine et dresse toujours vers le ciel sa pointe cuivrée.

Augusto enjambe le cadre de la fenêtre et s'agenouille près d'Emilio.

— Ça va, je ne sens rien, dit celui-ci en souriant faiblement.

Plusieurs personnes aident Augusto à dégager les blocs qui pèsent sur le maçon. Ce qu'ils découvrent n'est pas beau. Ses deux cuisses sont écrasées. Pendant tout le temps où on tente de le libérer, Emilio n'émet pas une plainte. Pour Augusto, cela ne présage rien de bon.

Soudain, dans la clarté des réverbères, Yerbo se dresse devant eux, recouvert d'une poussière blanche, tel un spectre, les vêtements déchirés. Il tient à la main la porte par laquelle est sorti le premier survivant. Une longue entaille sanguinolente traverse son torse. Augusto se demande aussitôt comment il a réussi à émerger seul des décombres. Yerbo se penche vers Emilio dont la taille est encore prise sous la masse de ciment. Il saisit le bloc qui se fragmente entre ses doigts. Les hommes qui sont venus porter secours à Emilio observent avec stupeur les puissantes mains qui rejettent au loin les morceaux, comme si elles déchiraient du pain. En quelques secondes le corps d'Emilio est entièrement dégagé. Le grand Noir le saisit par les épaules puis il attend, regardant Augusto de ses yeux clairs. Tous comprennent ce qu'il veut et soulèvent Emilio qui ne semble pas souffrir, mais fixe Yerbo avec incrédulité.

On installe le blessé sur la porte et on l'emporte avec cette civière improvisée sous le porche d'une maison tenant lieu d'infirmerie. Des femmes s'affairent à donner les premiers soins aux rescapés, nettoyant leurs plaies, offrant du café bien chaud. Au loin, les sirènes des ambulances de San Liguori lancent leur plainte modulée. Yerbo regarde Augusto, puis Emilio.

— Merci, dit simplement Augusto.

Yerbo hoche la tête puis s'éloigne vers les décombres.

— Cet homme ferait un ouvrier fantastique, murmure Emilio, je n'ai jamais vu des mains pareilles !

Et malgré la situation, ils éclatent tous les deux de rire.

C'est dans la nuit du 25 au 26 janvier que l'immeuble de la rue Barberia s'est effondré. Dans les heures qui ont suivi, aucun des soldats de la garde qui protègent l'accès aux quais n'a bougé pour venir en aide aux victimes. Seuls la population, les pompiers et les infirmiers se sont mobilisés pour dégager les survivants des décombres. Plus de la moitié des dockers ont péri.

Même si l'immeuble était vétuste – le quartier Barberia est le plus vieux de la ville – rien ne laissait présager qu'il s'écroulerait de la sorte. Pour beaucoup, ce n'est pas dû au hasard, tous ont entendu les déflagrations qui ont précédé sa chute.

Le lendemain, le journal *La Ultima* explique dans une édition spéciale que des conduites de gaz mal entretenues ont explosé, provoquant cette terrible tragédie : « Le gouverneur Lamberto, ému par le sort des malheureux, pointe du doigt l'administration du gouverneur Esperanza qui a manqué à sa charge. “Il aurait dû depuis longtemps veiller au remplacement des canalisations de la ville, pour lequel un budget avait été voté, mais évidemment, les fonds ont été utilisés pour autre chose !” a déclaré son Excellence, promettant de faire la lumière sur toute cette affaire. »

— Voilà qui vous dédouane complètement, gouverneur ! s'exclame Stomper en posant le journal sur la table basse.

— Il faudra remercier ce journaliste… Comment s'appelle-t-il ? interroge le Taureau.

— Ruben Olivado, précise Hierra. Le poste de rédacteur en chef lui conviendrait parfaitement, Excellence.

— Je le pense aussi. Il est temps de mettre Ricardo Rumi à la retraite, approuve Lamberto.

— Quant à lui, c'est le conseil d'administration de *La Ultima* qu'il vise, précise Hierra.

— Et c'est ce qu'il aura. Il faut savoir récompenser le talent.

Les trois hommes prennent le café dans le bureau du gouverneur, en cette belle et chaude journée du 27 janvier 1957. Stomper est satisfait. Très satisfait. Les trois hommes qu'il a fait venir de Colón ont fait du bon travail. La destruction de l'immeuble de la rue Barberia n'a provoqué aucun dommage collatéral. De part et d'autre, aucune maison n'a été touchée. Les charges d'explosifs ont été disposées avec précision. C'est l'avantage d'utiliser le savoir-faire d'anciens militaires. Les hommes étaient repartis le soir même sans laisser aucune trace de leur passage.

— Vous allez pouvoir construire votre hôtel, monsieur Stomper ! lance le gouverneur avec un sourire.

— Dès que les fonds seront débloqués par les assurances.

— Cela ne devrait pas prendre trop longtemps, n'est-ce pas, Hierra ?

Le conseiller s'incline.

— Nous avons une excellente couverture pour tous les bâtiments appartenant à la ville.

— N'est-ce pas merveilleux, monsieur Stomper ? Vous allez gérer un petit hôtel qui ne vous aura rien coûté.

— Pas plus qu'à vous, réplique Hierra.

— C'est la beauté de la chose, confirme Lamberto. Verriez-vous un inconvénient, messieurs, à boire un breuvage un peu plus fort que ce café ? Après tout, nous venons de mettre brillamment fin à un conflit !

Comme beaucoup d'enfants, Teo a rejoint la rue Barberia dès qu'il a pu échapper à la vigilance de sa mère. Cela n'a pas été difficile, tout le personnel de l'hôpital San Liguori étant d'astreinte pour réceptionner les blessés.

Lorsqu'il arrive devant les ruines de l'immeuble le lendemain matin, les hommes sont exténués. Partout, ce sont des visages blanchis par la poussière, des yeux éteints par la fatigue et des cadavres dissimulés par des bâches de fortune, de vieilles couvertures ou des draps. Les ambulances font la navette vers l'hôpital et la morgue. Beaucoup des dockers étaient des hommes sans famille, personne ne réclamera leur corps.

Des camions de chantier réquisitionnés sur ordre du gouverneur emportent peu à peu les gravats. Depuis la veille, ils font des allers et retours vers la décharge. Les pompiers accueillent la relève avec soulagement. Pour les habitants de San Perdido, les tonnes de décombres qui restent encore à sonder livreront peut-être des survivants.

Teo se glisse dans la cage d'escalier d'un petit immeuble. Par la fenêtre il a une vue plongeante sur les ruines. Une centaine de personnes s'activent, faisant la chaîne pour déplacer les gravats qu'ils entassent dans les bennes des camions. Tout à coup, le cœur de Teo se met à battre plus vite. Parmi la foule, un homme attire son attention. D'où il est, Teo distingue parfaitement son tee-shirt déchiré et la blessure sanglante qui court sur sa poitrine. Il connaît ce regard d'un bleu pâle, deux fenêtres claires trouant son visage foncé.

Voici trois semaines que le grand Noir l'a empêché de se jeter dans le vide depuis la Plaza de Besos. Trois semaines au cours desquelles sa vie a basculé. Sa mère l'a emmené au catéchisme le jeudi suivant leur triste conversation ; elle ne lui faisait plus confiance, disait-elle, et voulait être sûre qu'il n'irait pas faire Dieu sait quoi dans les rues.

Teo est entré dans l'église la tête basse, le cœur lourd de désespoir. Il a remonté la travée, refusant de se signer, car Dieu l'avait abandonné dans sa propre maison à l'enfer du vieux prêtre. Il a poussé la porte de la sacristie qu'il n'avait jamais trouvée aussi pesante et s'est arrêté sur le seuil, interdit.

Au bout de la table, à la place du père Ugo, une jolie jeune fille distribuait les livres aux enfants déjà installés.

— *Hola !* a-t-elle lancé d'une voix joyeuse lorsque Teo les a rejoints. Je m'appelle Paola et désormais, c'est moi qui vous ferai le catéchisme.

Plus tard, Omar, son camarade de classe, lui a révélé que le père Ugo était mort. On disait même qu'il s'était pendu. Alors, le poids qui pesait sur les épaules de Teo a disparu. Pendant toute la durée du catéchisme, il a contemplé Paola, ses grands yeux noirs, sa peau dorée, la croix qui pendait au bout d'une chaîne argentée entre ses seins. Il a écouté sa voix douce et patiente sans faire attention à ce qu'elle disait. La seule chose qu'il a retenue, c'est que plus jamais le père Ugo ne glisserait la main dans son pantalon.

Ce jeudi-là a été le deuxième jour le plus important de sa vie.

Le premier est celui qui a placé le grand Noir entre le vide et lui.

Maintenant, Teo le regarde soulever les pierres, les poutres, débarrasser les lavabos brisés, déplacer les portes défoncées et parfois, porter délicatement les corps sans vie qui sont découverts. Le grand Noir semble infatigable. Il bouge avec souplesse, sans jamais s'agiter inutilement comme le font les autres hommes. À plusieurs reprises, Teo se rend compte qu'il est exactement là où on a besoin de lui, comme s'il savait constamment ce qu'il se passe dans les ruines et ce que chacun y fait.

À un moment, une femme s'approche du grand Noir pour lui offrir du café. Elle lui parle, attendant visiblement une réponse, mais il se contente de la fixer. Près d'eux, un gros homme se lève et touche le bras de la femme. Il lui murmure quelques mots et celle-ci, surprise, regarde de nouveau le grand Noir, puis elle hoche la tête, en signe d'excuse, et s'éloigne.

Le gros homme tapote l'épaule du grand Noir et Teo a l'impression qu'il cherche à le réconforter. Mais le grand Noir n'en a visiblement pas besoin. Il observe son interlocuteur tout en buvant son café à petites gorgées. Enfin, il acquiesce et le gros homme, soulagé, lui prend sa tasse vide et la pose sur le rebord d'une fenêtre. Tous les deux s'éloignent d'un pas tranquille vers la rue Ecuatorial.

Teo n'hésite pas une seconde. Il descend l'escalier en trois bonds et fonce à l'extérieur. Les deux hommes sont déjà au bout de la rue Ecuatorial et s'engagent dans celle qui commence Pescador et finit Algas. Teo les suit à distance. Au milieu des badauds il passe inaperçu, mais il prend soin malgré tout de laisser plusieurs personnes entre lui et le grand Noir.

Dans la rue Algas, le gros homme monte un petit escalier qui dessert la galerie extérieure d'une maison. Teo s'arrête près d'un vendeur de journaux dans le renfoncement d'un mur. Le gros homme a sorti une clef de sa poche et ouvre une porte. Les deux hommes entrent. Teo hésite. Il ne sait pas trop ce qu'il comptait faire en les suivant. Parler au grand Noir ? Découvrir où il loge ? Sans doute un peu des deux. Il voudrait mieux connaître celui qui l'a sauvé. Il a partagé avec lui la honte qui le rongeait et qu'il ne pouvait avouer à sa mère. Et puis, son sourire lui a donné une soudaine confiance, comme une promesse muette, la certitude que tout allait s'arranger.

Et enfin, il y a la mort du père Ugo…

Au fond, Teo sait pourquoi il a suivi le grand Noir, il ignore simplement s'il aura le courage de le faire.

Amadeo a posé la clef de la chambre sur la table. Il se tourne vers Yerbo dont les yeux pâles balaient la pièce. Le lit, le lavabo avec sa glace au tain écaillé, la petite fenêtre donnant sur la galerie, qu'un rideau de coton protège des regards, diffusant une lueur orangée sur les murs passés à la chaux, la chaise de paille.

— Ce n'est pas très grand, concède-t-il, croyant comprendre ce que ressent Yerbo, mais tu seras mieux ici que dans le hangar du dock 5. C'est Tulio qui logeait là...

Il s'interrompt et secoue la tête au souvenir du corps broyé qu'ils ont sorti tous les deux des décombres, dont le visage avait été miraculeusement épargné. Tulio ne reviendra pas.

— J'ai mis ses affaires dans la cantine qui est sous le lit. Tu trouveras peut-être quelque chose qui t'intéressera. Tulio n'avait personne à qui les donner, alors...

Amadeo n'achève pas cette phrase-là non plus. Depuis l'explosion de l'immeuble, il ne parvient plus à suivre ses pensées suffisamment longtemps pour poser des mots dessus. Trop d'images se substituent à eux, plus précises que toutes les subtilités de la langue. Des images avec lesquelles il devra vivre, désormais.

— Le propriétaire est d'accord pour que tu occupes la chambre gratuitement jusqu'à la fin du mois. Tulio avait versé le loyer d'avance. Après il faudra payer.

Sur le sol traîne encore une cigarette : une Lucky qui a dû tomber d'un paquet. Amadeo la ramasse. Tulio les grillait à la chaîne, même en travaillant il en avait toujours une au coin des lèvres. Lorsqu'ils ont dégagé son corps, Amadeo s'attendait presque à lui voir un mégot planté dans la bouche. Mais le visage de Tulio était étrangement détendu. Il n'avait plus cette contraction des lèvres autour du filtre qui lui donnait l'air perpétuellement renfrogné.

Amadeo ne fume que la pipe et il sait que Yerbo n'est pas fumeur, alors il glisse la cigarette derrière son oreille. Peut-être trouvera-t-il un survivant à qui l'offrir ? Il jette encore un regard dans la chambre, comme pour vérifier qu'il n'a rien oublié.

— Tu devrais te reposer, à présent. Tu es debout depuis plus de quarante-huit heures.

Yerbo s'approche de lui. Ses grands yeux bleus se plantent dans ceux d'Amadeo et sa puissante main vient se refermer sur la sienne, la pressant doucement, avec délicatesse. Il hoche la tête.

Amadeo comprend qu'il le remercie de lui offrir un endroit où dormir. Que cet homme, qui lui a sauvé la vie en le tirant des décombres de la rue Barberia, puisse éprouver de la gratitude pour cette pauvre pièce lui brise le cœur. Tout ce qu'il a enduré depuis le début de la grève remonte d'un seul coup. La tension provoquée par l'horreur des deux derniers jours le submerge.

Le chef des dockers ignore que lorsqu'il était enfant, Yerbo vivait dans un trou sur la décharge, et que la chambre qu'il lui offre est pour lui le comble du luxe.

Teo est toujours dans le renfoncement du mur lorsque le gros homme redescend l'escalier de la galerie. Il marche avec lenteur et son visage est rouge, comme s'il avait pleuré. Mais les hommes ne pleurent pas, songe Teo. Du moins, c'est ce que répète M. Gacia, son instituteur, chaque fois qu'on vient à lui en geignant. Le gros homme s'éloigne vers la rue Pescador. De dos, son pas semble incertain, comme s'il ignorait sa destination. Teo le suit des yeux un moment, puis son attention se reporte sur la chambre dans laquelle se trouve le grand Noir.

Teo hésite encore un peu puis il rassemble son courage et monte l'escalier. Dans la galerie, il longe les portes et s'arrête devant la cinquième. De nouveau, il hésite. Il ne sait pas s'il peut frapper sans déranger le grand Noir. Peut-être est-il occupé à faire sa toilette ?

Il est encore à s'interroger lorsque la porte s'ouvre. Le grand Noir le regarde. Teo est avalé par les iris bleus au milieu desquels les cercles des pupilles font deux taches sombres comme des gouffres. Teo se sent comme un papillon transpercé par des épingles sur une plaque de liège.

Le grand Noir attend calmement. Teo a brusquement la certitude que l'homme savait qu'il était là. Il s'écarte pour le laisser entrer. Teo fait quelques pas puis se retourne soudain avec une pointe d'appréhension. Et s'il se passait la même chose qu'avec le père Ugo ? Lui aussi était amical au début. Il a usé de patience avec Teo, l'amenant peu à peu à se confier, à accepter des gestes d'affection anodins, puis…

Comme s'il lisait dans ses pensées, le grand Noir s'éloigne et va s'installer sur le lit. Il laisse délibérément la chaise pour Teo, près de la porte qui reste grande ouverte. En deux pas, l'enfant peut s'enfuir s'il le souhaite.

Teo s'approche mais ne s'assoit pas tout de suite. Il se place derrière la chaise et pose ses mains sur le dossier. Il a soudain conscience qu'il agit comme M. Gacia lorsqu'il s'apprête à faire un long exposé à la classe. Il retire ses mains du dossier, mais comme elles l'embarrassent, il les met dans ses poches.

— Pourquoi tu ne parles pas ? demande-t-il.

En même temps qu'il pose la question, il se rend compte du ton abrupt de sa voix. N'importe quel adulte lui ferait remarquer l'insolence de son comportement.

Mais pas le grand Noir qui continue de le regarder avec…

Teo ne trouve pas le mot. Il l'observe attentivement à son tour, cherchant à décrypter ce qui se dégage de l'homme en face de lui. Il ne voit rien d'autre que de la patience. Et même de la bienveillance. Comme sa mère lorsqu'il vient de dire une bêtise sans réfléchir. Elle l'observe avec un petit sourire en coin, attendant qu'il se rende compte de l'énormité de ses paroles. En général, Teo baisse la tête et hausse les épaules, se corrigeant tout seul.

— Tu es muet ? C'est ça ?

C'est davantage une affirmation, qu'une question. Teo vient de se rappeler comment la femme, qui interrogeait le grand Noir sur les ruines de la rue Barberia, s'est ensuite excusée lorsque le gros homme est intervenu.

— Oui, c'est ça ! Tu es muet. Mais tu peux entendre, hein ? Et tu sais écrire ?

Les coins de la bouche du grand Noir se relèvent imperceptiblement. Teo sourit à son tour.

— Je m'appelle Teo, et toi ?

Le grand Noir se lève et va au lavabo. Il fait couler un peu d'eau sur son doigt puis trace les lettres sur la table.

« YERBO »

Teo éclate de rire.

— Tu vas devoir remplir le lavabo pour qu'on parle, alors.

Un beau sourire éclaire le visage de Yerbo. Aux coins de ses yeux, de petites rides dessinent des soleils. Une vague de chaleur monte dans la poitrine de Teo. Jusqu'à présent, le seul sourire qui le remplissait de joie était celui de sa mère, mais là, dans cette petite chambre réduite à l'essentiel, il sent une bienveillante complicité l'unir à cet homme.

Teo s'assied sur la chaise et Yerbo retourne sur le lit. Entre eux, la porte est toujours ouverte. La rumeur de la rue effleure la galerie, créant un brouhaha réconfortant.

Teo fixe ses pieds et s'agite un peu sur son siège. Il ne sait par où commencer pour poser la question qui lui brûle les lèvres. Finalement, après un long silence il dit :

— Qu'est-ce qui est arrivé au père Ugo ?

Il relève la tête et son regard rencontre celui de Yerbo. Le grand Noir a repris l'habituelle expression neutre qui masque son visage. Le sourire a disparu et l'éclat bleu de ses yeux semble avoir foncé. Teo reste un instant le souffle coupé devant la lame froide qui passe dans son regard.

Lentement, le doigt de Yerbo vient barrer sa bouche tandis que de ses lèvres s'échappe un long chuintement.

— Chut !

Depuis l'une des fenêtres de *La Linea Azul*, Rafat contemple la trouée qui s'ouvre à présent sur la rue Escurial. Les décombres de la rue Barberia témoignent de la violence du gouverneur. Ils disent à tous qu'on ne brave pas impunément sa loi. Rafat soupire. Il voulait empêcher que cette répression n'éclate, mais le temps a manqué. Yerbo n'était qu'un enfant lorsque Lamberto a pris les commandes de la ville. Tout va se jouer maintenant. Dans les deux années qui viennent, les forces en présence vont s'affronter et le plan qu'il a concocté révélera si oui ou non, Rafat sait lire l'avenir avec autant de justesse que le prétend la rumeur du palenque.

12

Carlos Hierra regarde la Buick Kustom s'éloigner dans l'allée et franchir le poste de garde. En reconnaissant Carmelo derrière le volant, les hommes se précipitent pour ouvrir les lourdes grilles qui ferment l'enceinte du palais. Ils savent que le gouverneur sort, comme chaque soir depuis près d'un mois. Ils laissent passer la Buick, la saluant au passage avec une raideur toute militaire, puis repoussent les battants de la grille et verrouillent la serrure.

Sur le balcon, Carlos voit leur dos se détendre et leur maintien changer lorsque la voiture disparaît sur la voie Palatina. Certains allument même une cigarette.

Il est 21 heures. L'air est encore lourd.

Carlos entend une porte claquer avec violence à l'étage, puis un cliquetis nerveux de talons percute le dallage de l'escalier. Carlos sourit. Il rejoint le grand corridor et se plante devant les fenêtres qui donnent sur l'arrière du palais.

Son poste d'observation préféré.

Une autre porte se referme avec fracas, au rez-de-chaussée cette fois, et Yumna longe la piscine à grandes enjambées, vêtue d'un maillot de bain rouge tendu à craquer sur ses formes voluptueuses. Elle se débarrasse de ses mules d'un coup de jarret, les envoyant voler sur le gazon, lance sa serviette par-dessus son épaule et pousse un hurlement de colère.

La Gazelle est dans une rage démentielle. Elle marche de long en large, distribuant des coups de pied dans les chaises longues, faisant voler les coussins qu'elle piétine. Elle attrape la petite desserte et la brise en la frappant contre le dallage.

— *Cabrón ! Conchatumadre*[1] *!* crie-t-elle, jetant les morceaux dans les pins. *Hijo de la chingada ! Púdrete*[2] *!*

Malgré la fenêtre fermée, Carlos entend distinctement les injures qui s'adressent au Taureau, parant sa dignité d'une foule d'images colorées. La Gazelle renverse le grand parasol, déchirant le tissu et tordant les côtes, puis elle brise le pôle central en sautant à pieds joints sur la base.

Le conseiller contemple l'ouragan qui balaie le parc. Il apprécie en connaisseur la qualité de la colère qui en décuple la force, admirant au passage la sensualité féline qui fait onduler les hanches de la Gazelle, l'animalité qui se dégage de ses cuisses lorsqu'elle les contracte, les frémissements qui, comme une onde électrique, parcourent ses reins balayés par ses longs cheveux. Sa somptueuse poitrine se gonfle, menaçant de jaillir hors du maillot.

Lorsque le tour de la piscine ne ressemble plus qu'à un champ de ruine jonché de fragments et de coussins épars, la Gazelle se griffe le visage et pousse encore un cri rauque.

— *Puta de mierda*[3] *!*

Puis, ne trouvant rien d'autre pour calmer sa fièvre, elle plonge dans la piscine.

Pour Carlos il est temps d'entrer en scène. Il émet un long rire métallique en descendant l'escalier. Rien ne l'amuse plus que de jouer avec les sentiments exacerbés des autres, de les manipuler et de prendre le contrôle de la situation. Pas une seconde il ne songe au risque. Que serait la vie sans cette pointe d'incertitude où tout peut basculer à votre désavantage ?

---

1. « Enculé de ta mère ! »
2. « Fils de chienne ! Va pourrir ! »
3. « Sale pute ! »

— À vaincre sans péril, on triomphe sans gloire, murmure-t-il pour lui-même, citant Corneille.

La Gazelle est une grenade dégoupillée avec laquelle il a hâte de jouer.

Yumna fait huit longueurs de piscine avant de sentir son cœur sur le point d'exploser. Le souffle court, elle s'appuie contre le rebord. D'une main, elle rejette en arrière la masse gorgée d'eau de sa chevelure, se frotte le visage puis croise les bras et y pose son front. L'eau clapote contre ses flancs tandis qu'elle agite mollement les jambes. Les reins cambrés, elle s'abandonne un moment, bercée par le courant qu'elle entretient par petits battements souples.

Lorsqu'enfin elle sort du bassin, c'est pour découvrir Carlos Hierra à l'extrémité opposée de la piscine. Impeccable dans un costume de lin beige, il se tient debout derrière une chaise longue qu'il a manifestement remise en place et sur laquelle il a disposé les coussins. Il attend, une cigarette à la main, rejetant un nuage de fumée qui se délite paresseusement dans l'air tiède.

Yumna prend le temps de rassembler ses cheveux, les tord pour en exprimer l'eau qui cascade en crépitant sur le dallage, puis marche vers Hierra. Indifférente à son regard, elle retrouve son maintien, avançant au milieu des morceaux de parasol et des chaises renversées. Sa colère n'est pas loin, mais elle ne la submerge plus. Yumna la sent encore palpiter sous sa peau rafraîchie par le bain, tapie au fond d'elle.

Quand elle arrive près de lui, Hierra déploie négligemment une serviette. Yumna se tourne, lui offrant son dos pour qu'il l'enveloppe. Le conseiller s'exécute, tout en prenant garde de ne pas poser ses mains sur la peau de la Gazelle. Elle attrape les pans du tissu pour les nouer sur ses seins et s'allonge sur la chaise.

Ils n'ont pas échangé un mot.

L'odeur du tabac lui fait soudain envie et elle réalise qu'elle a oublié ses cigarettes dans la suite. « *Estúpida !* » songe-t-elle avec humeur.

Hierra sort un paquet de Week-End de sa poche et l'ouvre devant elle. Yumna a une hésitation. Comment diable a-t-il pu se douter que c'était exactement ce qu'elle voulait ?

Elle prend néanmoins une cigarette et aussitôt, Hierra se penche pour la lui allumer. Le briquet d'or Dunhill claque en se refermant. Le conseiller se tient toujours derrière la chaise longue, regardant la piscine dont la surface redevient étale.

Le silence se déploie.

Yumna tire de puissantes bouffées qu'elle recrache avec délice dans la lumière rougeâtre déclinante. Autour d'eux, les alapis émettent un chant presque tendre, dissimulés dans les pins. La Gazelle laisse négligemment tomber les cendres sur les dalles. Elle ferme les yeux. Son cerveau ne lui envoie aucune image pour l'instant. Son corps se libère et l'adrénaline nourrie par sa colère reflue telle une vague mourante absorbée par le sable.

À côté d'elle, Hierra reçoit les effluves de sa peau. Un mélange de vanille, de mandarine et de chlore se disperse dans l'air tiède. Il distingue aussi une autre note, plus lourde, celle de sa chevelure mouillée qui, en séchant, libère son arôme boisé. De loin le parfum qu'il préfère et qu'il attribue à sa senteur intime, la quintessence de Lágrima. Un assemblage extrêmement séduisant de vulgarité, de sensualité et de violence. Une entité brute sous l'enveloppe satinée d'un corps parfait.

La Gazelle laisse tomber son mégot sur le sol. Le velours de ses paupières bordées de longs cils masque toujours ses yeux en amande. Elle semble s'assoupir. Hierra avance le pied et écrase le filtre fumant sous la pointe de sa chaussure en daim, laissant une trace brune sur la dalle.

— Parlez-moi ! lâche soudain la Gazelle avec exaspération.

— Je pensais que vous dormiez, répond doucement Hierra.

— Vous savez bien que non, soupire-t-elle tristement. Ce soir encore je ne dormirai pas !

— En effet.

La Gazelle se retourne vers Hierra, les sourcils froncés, soupçonnant l'insolence dans sa réponse. Mais le visage du conseiller ne reflète que l'évidence d'un état de fait.

— Et puis, ne restez pas derrière moi comme ça !

Hierra va chercher une chaise longue et s'installe face à elle.

— Est-ce mieux ?

— Oui.

— Une autre ? interroge Hierra en sortant la boîte cartonnée de sa poche.

Yumna se sert. Après avoir allumé sa cigarette, Hierra laisse la boîte ouverte et son briquet sur le repose-pieds de sa chaise longue, à portée de main de la Gazelle.

— Allez-vous me dire où il est ? demande-t-elle en recrachant un long nuage de fumée.

— Le voulez-vous vraiment ?

— Bien sûr que je le veux ! Je ne suis pas une de ces *marujas*[1] du plateau Del Sol !

Hierra prend le temps d'observer attentivement le visage de la Gazelle. Elle le laisse faire avec un air de défi.

— Non...

La Gazelle sourit.

— Vous n'êtes pas du plateau Del Sol !

— *Cabròn !* lâche-t-elle avec humeur.

Hierra éclate de rire.

1. « Bobonnes. »

— L'humour n'est pas votre fort, on dirait.

— Bien sûr que si. Je peux être très drôle, figurez-vous !

Yumna lance un sourire espiègle au conseiller.

— Mais le voulez-vous vraiment ? ajoute-t-elle d'une voix sucrée.

— Touché ! concède Hierra avec élégance.

La Gazelle croise les bras, attendant visiblement que le conseiller parle. Hierra prend encore une bouffée de sa Week-End, recrachant lentement la fumée par les narines. Il ne peut s'empêcher d'exaspérer son impatience, son plaisir est là. Mais la Gazelle continue de l'observer avec calme.

— Connaissez-vous l'avenue Santa Clara ? finit-il par demander.

— Oui… enfin, pas vraiment. Je sais qu'elle est quelque part sur le plateau, dit-elle en laissant l'une de ses mains voltiger au hasard.

Un geste qui charme Hierra malgré lui.

— C'est cela même. Et sur cette avenue se trouve une maison d'excellente réputation… uniquement fréquentée par des personnes fortunées…

Yumna observe le conseiller avec acuité. Elle penche la tête pour l'inviter à poursuivre.

— La propriétaire de cette maison particulière, dont la renommée dépasse nos frontières, se fait appeler Madame.

La Gazelle est à présent concentrée sur les mots qui s'échappent de la bouche du petit homme. Des mots sur lesquels elle met des images précises.

— Elle propose à une clientèle exigeante un menu qui, s'il n'est pas très original, est néanmoins tout à fait exceptionnel par la qualité de sa marchandise et la discrétion de ses services…

— *Putas*, souffle la Gazelle en fermant les yeux.

— C'est exact, techniquement… mais tout le monde préfère appeler ces dames des courtisanes…

— *A tomar por el culo, gobernador*[1] *!* hurle soudain la Gazelle en bondissant de son siège.

Son mouvement est tellement brutal que Hierra sursaute. La serviette se détache et tombe aux pieds de Yumna. Dans son maillot de bain rouge, elle incendie le parc. Hierra avale sa salive en contemplant sa magnifique chute de reins. Son cœur s'accélère. Il reporte son attention sur l'étendue miroitante de la piscine pour faire baisser la pression.

— Qu'a-t-il besoin de ces *putas* ? Il peut tout faire avec moi, tout ! lance-t-elle avec un air de défi.

Et Hierra ne peut qu'acquiescer en son for intérieur. Il n'a aucun mal à imaginer ce qu'il ferait, lui, à la Gazelle.

— *Te voy a meter mas largo que coyo tiene un pavo, gobernador*[2] *!* gronde-t-elle.

L'obscénité de la phrase est renforcée par les lèvres pulpeuses qui la prononcent. Hierra a l'impression de voir les dents blanches de la Gazelle déchiqueter le cou du gouverneur.

— Qu'est-ce qu'elles ont de plus que moi, ces *guarras*[3] ?

Les mamelons pointant sous le fin tissu du maillot, l'œil brillant de rage, Yumna représente ce que tout homme normalement constitué rêve de posséder. On ne peut qu'avoir envie de palper cette peau mate, de s'enfoncer entre ces cuisses musclées, d'agripper ces hanches qu'on devine nerveuses et souples.

— En fait, il n'y en a qu'une…

— Quoi ?

La Gazelle s'est figée. Stoppée net dans sa colère, elle darde ses prunelles sur le conseiller qui se régale de voir l'efficacité d'une phrase lancée à point nommé.

---

1. « Va te faire enculer, gouverneur ! »

2. « Je vais t'en mettre une aussi large que le cou d'un paon, gouverneur ! »

3. « Cochonnes. »

— Le gouverneur ne se rend avenue Santa Clara que pour une seule femme.

— Qui ?

Hierra semble hésiter.

— Je ne devrais pas avoir cette conversation avec vous, dit-il en faisant mine de se lever.

Les mains de la Gazelle le repoussent, le plaquant contre la chaise.

— *Háblame*[1] !

Elle est penchée au-dessus du conseiller, son visage à seulement quelques centimètres du sien. Hierra voit ses fines narines palpiter, ses lèvres se contracter sans pour autant l'enlaidir. Au contraire, la colère la rend d'autant plus désirable. Le poids de son corps, la chaleur de ses mains sur ses épaules, le parfum capiteux de sa chevelure, tout cela le submerge. Il résiste à l'envie de saisir ses hanches rondes.

Il baisse les yeux et pousse un douloureux soupir.

— Elle s'appelle Hissa, murmure-t-il, faussement vaincu.

Yumna l'abandonne et fait quelques pas. Son silence devient assourdissant. Immobile, elle semble perdue au bord du bassin. Dans la nuit qui se répand autour d'eux, la façade du palais prend une teinte cendrée.

« Il n'y a plus qu'à attendre », songe le conseiller en faisant claquer avec délice son petit briquet Dunhill.

Les filles se sont engouffrées dans la voiture en riant. Leurs joyeuses exclamations font sourire Tiago, le chauffeur. Amalia, Tania, Hissa et Salomé se roulent sur les banquettes de la Delahaye Coach 135 dans un nuage de parfums épicés et de bracelets cliquetants. Elles parlent toutes en même temps, comme chaque fois qu'elles sortent

1. « Parle ! »

faire des courses en ville. Tiago, tout en conduisant, écoute leurs commentaires. C'est un mélange de candeur et de crudité, de métaphores colorées et de remarques ingénues qui le surprennent toujours. Les pensionnaires de Madame sont des enfants dans des corps de femmes.

Lorsqu'il lance le moteur de la Delahaye et s'éloigne de l'hôtel particulier, il rit tellement qu'il ne voit pas la Buick Kustom démarrer dans son sillage. Sur la voie Palatina, en cette fin de matinée, les voitures ne cessent de monter et de descendre du plateau Del Sol. La Buick se fond dans la circulation, restant à bonne distance.

Les filles sont tout à la joie des emplettes qu'elles vont faire, chacune a sa liste, chacune veut également prendre soin d'elle et l'on parle de coiffeur, d'esthétique, de parures, de massages ou de confiseries. Elles ont ouvert les vitres et allumé des cigarettes, elles font des remarques coquines et sollicitent l'avis de Tiago, s'appuyant sur ses réponses pour se défier amicalement. Il est le seul homme à partager leur complicité, l'intimité facétieuse qui révèle leur vraie nature. Devant lui, elles ne sont plus des courtisanes, mais d'insouciantes jeunes femmes.

Quand la Delahaye se range aux abords de la place Dorée, la Buick Kustom continue quelques mètres avant de tourner dans la rue Las Luces. Tiago est descendu ouvrir les portières. Les filles lui ont donné rendez-vous en fin d'après-midi, il a devant lui tout le temps nécessaire pour baguenauder au hasard des rues. Il allume une Camel et marche vers le port.

Carmelo n'aime pas ça. Quand on l'a fait appeler pour qu'il se mette à disposition de la Gazelle, il ne se doutait de rien. Comme d'habitude, il a vérifié les pneus, fait le plein, vidé les cendriers et nettoyé la voiture, intérieur et extérieur. En fin de matinée, il attendait en bas de l'escalier principal et lorsque Yumna est apparue, il lui a ouvert la portière, la saluant avec respect.

Elle n'a rien dit. Juste hoché la tête. Cela aurait dû attirer son attention. Elle portait une robe crème délicieusement ajustée et de grandes lunettes de soleil sous un chapeau de paille noire dont les bords dissimulaient son beau visage, mettant l'accent sur sa bouche sensuelle qu'une touche légère de rouge à lèvres mandarine rehaussait.

Elle lui a demandé de la conduire avenue Santa Clara puis n'a plus prononcé un mot. Le malaise de Carmelo a commencé à cet instant. Emmener la Gazelle là où se rend le gouverneur presque chaque nuit ne présageait rien de bon.

Ils sont restés près d'une heure dans la voiture, heureusement garée à l'ombre d'un zapatero. La Gazelle, mutique, fumait cigarette sur cigarette sur la banquette arrière. Carmelo contemplait la rue déserte, avec ses façades à la blancheur de sucre, ses balcons et ses hautes fenêtres dont les volets entrouverts préservaient la fraîcheur de l'intérieur. Habituellement, il ne la voyait que de nuit, brièvement. Dans la clarté du matin, elle se montrait dans toute son aristocratique prétention : large, aérée, parfaitement entretenue, d'une tranquillité toute patricienne. L'air même semblait y être différent, plus riche en oxygène, plus pur que dans la ville basse.

Quand la Delahaye est sortie de la cour pour se ranger devant la marquise, la Gazelle s'est redressée. Elle a regardé les quatre jeunes femmes monter en riant dans la somptueuse voiture. Carmelo a reconnu Amalia. Elle portait une robe de crêpe bleue et ses cheveux étaient rassemblés en un chignon qui ne parvenait pas à tempérer l'expression espiègle de son petit visage.

— Suivez discrètement, a laissé tomber la Gazelle.

La froideur de cette injonction réduite au minimum lui ressemblait tellement peu que Carmelo n'a pu s'empêcher de jeter un coup d'œil sur elle dans le rétroviseur. Elle était tendue, la mâchoire serrée.

Carmelo n'a rien dit. Il a mis le contact, a attendu que la Delahaye s'éloigne et s'est engagé derrière elle à bonne distance. En chemin, il a veillé à laisser une ou deux voitures entre la Buick et la Delahaye dont le gris métallisé lançait des éclairs sous le soleil.

La Gazelle était toujours silencieuse.

La tension gagnait Carmelo. Le fait qu'Amalia soit devant eux lui donnait une désagréable sensation de voyeur. Il a commencé à comprendre que la Gazelle avait une idée derrière la tête. La jalousie qu'elle montrait depuis plusieurs semaines, les questions qu'elle lui posait chaque fois qu'il la conduisait trouvaient tout à coup leurs réponses. Elle savait maintenant où se rendait chaque nuit le gouverneur, ce qu'il venait y faire. Carmelo a senti le froid envahir sa nuque. Il s'est revu dans le bureau du conseiller Hierra. Lui seul avait pu révéler tous ces détails à la Gazelle. La raison lui en échappait. Qu'avait-il à gagner en entretenant la jalousie maladive de la maîtresse du gouverneur ?

Lorsque la Delahaye s'est garée, la Gazelle lui a ordonné d'en faire autant un peu plus loin. Tandis qu'il manœuvrait, elle s'est penchée vers la lunette arrière, surveillant la direction que prenaient les filles après être descendues.

— Attendez ici ! lui a-t-elle enjoint en ouvrant la portière.

En quelques enjambées, elle a remonté la rue Las Luces et pris sur la droite. Carmelo a aussitôt décidé de la suivre. Le danger était palpable.

À présent, le voilà derrière la Gazelle. Le balancement de ses hanches est comme un fanion au milieu de la foule de badauds, beaucoup d'hommes tournent la tête pour la suivre des yeux. Malgré son chapeau et ses lunettes, elle déclenche un remous de testostérone dans son sillage. À une vingtaine de mètres devant elle, le groupe des filles de Madame entre sur la place Dorée. C'est jour de marché. Les étals occupent entièrement l'espace. On débite de la viande, du poisson, on vend des fruits, des légumes et des épices, des tissus bariolés pendent, des colifichets, des boîtes à bijoux s'étalent sur des plateaux de bois brut.

Les filles déambulent en poussant des cris de ravissement. Elles achètent des mangues qu'elles font découper et qu'elles dégustent, se drapent dans des étoffes bigarrées en pouffant. Un peu en retrait, la Gazelle s'attarde, coupant court aux avances des petits vendeurs ambulants de cigarettes de contrebande ou des docteurs mobiles qui proposent de l'aspirine, des sirops pour la toux ou de la pénicilline.

Et derrière Yumna, Carmelo suit le mouvement. Il garde un œil sur Amalia, dont la robe bleue l'aide à se repérer. Les hommes sourient aux courtisanes de Madame, les plus belles sur le marché. Les femmes regardent avec méfiance ces créatures ravissantes, trop bien habillées. Une vieille, assise à son étal de poissons, crache par terre en les apercevant. Elle sait que tant de beauté ne peut conduire qu'au plus vieux métier du monde. Avec un sourire édenté, une expression mielleuse, elle leur propose des têtes de bars couvertes de mouches. Les filles ignorent l'insulte et passent leur chemin. La vieille éclate de rire et enflamme une allumette d'un pouce arthritique, avant de tirer sur un méchant cigare noir.

Le petit groupe se rassemble bientôt devant un bijoutier.

— Hissa ! Hissa ! Regarde ce collier ! s'écrie Salomé.

En entendant ce nom, la Gazelle s'est figée. Carmelo, qui est à une vingtaine de mètres, la voit s'approcher de l'étal et piocher d'une main négligente dans le présentoir de bagues ornées de pierres semi-précieuses. Elle se tient juste derrière Tania qui ne l'a pas remarquée. Le bijoutier ne sait plus où donner de la tête, entouré par ces femmes splendides qui se parent de pendentifs et essaient des tours de cou en poussant des cris de joie.

La Gazelle se glisse entre Amalia et Salomé avec un grand sourire. Carmelo hâte le pas, une boule au fond du ventre. Il vient de dépasser l'étal de la vieille lorsqu'il entend la voix de Yumna.

— Ces bijoux te vont très bien, tu es ravissante, Hissa, dit-elle.

Carmelo ne l'a jamais vue, il ne sait que ce que lui a raconté Amalia, mais aussitôt que ses yeux se posent sur elle, il comprend la passion du gouverneur. C'est une Africaine, descendante des ouvriers qui vinrent en nombre sur le chantier du canal. Elle semble si jeune que Carmelo ne lui donne pas plus de seize ans. Les nattes ornées de perles qui entourent son visage forment un écrin autour de ses traits fins et réguliers, faisant ressortir ses grands yeux en amande. Elle a un corps souple et harmonieux, des courbes parfaites, les membres longs et déliés. Sous le soleil, sa peau a une teinte d'un brun caramélisé.

Amalia lui sourit et se penche vers elle.

— Tu la connais ? demande-t-elle à Hissa.

Hissa secoue la tête, faisant cliqueter ses perles. Ses dents blanches, bordées par des gencives d'un rose foncé, offrent un spectacle charmant de candeur. Elle accueille aimablement cette femme élégante dont les lunettes et le grand chapeau incliné avec grâce dissimulent le visage.

Avec une brutalité animale, la Gazelle saisit la gorge d'Hissa, la couchant sur l'étal du bijoutier. Carmelo voit alors briller un éclat métallique dans sa main. Il se met à courir.

Trop tard.

Le rasoir entame la lèvre d'Hissa et remonte jusqu'à sa pommette. D'un geste rageur, la Gazelle a lacéré le visage de sa rivale, tellement vite que les autres filles n'ont pas eu le temps de réagir.

— *Puta de mierda !* Essaie encore de plaire, maintenant ! hurle-t-elle.

Carmelo ceinture Yumna et lui arrache le rasoir avant qu'il ne dessine une deuxième estafilade. Le visage d'Hissa ruisselle de sang. Les filles hurlent. La Gazelle donne des coups de pied pour se dégager tandis que Carmelo l'entraîne, sous le regard horrifié d'Amalia.

Autour d'elles, des cris retentissent, on accourt pour aider Hissa. Salomé déchire un morceau de sa robe et tente de comprimer la plaie. La vieille femme grimpe sur son étal pour mieux voir le spectacle. Elle crache un long jet de salive.

— Voilà le prix de vos vies, *putas* ! crie-t-elle en tirant sur son petit cigare noir.

— *Cállate, vieja idiota*[1] *!* lance le bijoutier.

Tania attrape une éponge de mer sur un étal et Amalia saisit du linge de table sur un autre. Salomé jette aux deux boutiquiers une poignée de dollars. Les filles entreprennent de fabriquer un pansement de fortune qu'elles posent sur la plaie, enroulant la tête d'Hissa dans le linge. Des hommes se proposent pour porter la jeune femme qui s'est évanouie. On l'emmène ; une pluie de gouttelettes pourpres étoile le pavé de la place, dessinant une trace sinistre dans le soleil de midi.

— Et où est-elle, maintenant ? demande Hierra à Carmelo.

Les deux hommes sont dans le bureau du conseiller. Il est 13 heures, le soleil cuit les persiennes rabattues. Le chauffeur a le visage défait, la manche droite de sa veste est maculée par le sang qui a coulé lorsqu'il a arraché le rasoir des mains de la Gazelle.

— Dans les appartements du gouverneur. Elle dort. Les femmes de chambre lui ont administré du laudanum pour calmer sa crise d'hystérie.

---

1. « Ta gueule, vieille folle ! »

Au souvenir des rires de démente qui secouaient Yumna lorsqu'il l'a sortie de la voiture, Carmelo sent un frisson le parcourir. Jamais il n'avait été témoin d'une telle rage meurtrière chez une femme. Elle aurait découpé Hissa sans son intervention. Quand il l'a accompagnée dans sa chambre, elle chantait à pleins poumons des chansons salaces, de celles qu'on entend parfois à Lágrima ou sur le port, reprises en chœur par des marins.

— Elle est complètement folle ! murmure-t-il devant le conseiller.

— Tenez-vous ! cingle la voix métallique de Hierra.

L'effet est immédiat. Le visage cireux de Carmelo se fige.

— Le gouverneur ne rentrera pas avant ce soir, il est à Panamá City, poursuit le conseiller avec une douceur soudaine.

Son calme effraie le chauffeur. Lorsqu'il l'a mis au courant des faits, Hierra est resté de marbre. On aurait dit qu'il s'y attendait.

— Vous avez magnifiquement réagi en protégeant la vie d'Hissa, constate le conseiller.

— Je ne suis pas certain que le gouverneur voie les choses de cette façon, murmure Carmelo.

— Plaît-il ?

— Il pourrait penser que je n'ai pas su empêcher cette tragédie…

— Comment l'auriez-vous pu, ignorant ce qui se tramait ?

Carmelo hoche la tête. « En effet, songe-t-il, le seul qui pouvait anticiper ce désastre, c'était vous. »

— Croyez-moi, nul ne vous reprochera quoi que ce soit, conclut Hierra. Et nous allons continuer dans cette voie.

— Que voulez-vous dire ?

— Pas un mot au gouverneur.

— C'est impossible, monsieur…

Hierra s'approche de Carmelo et pose la main sur son épaule.

— Réfléchissez une minute : vous avez évité un meurtre, mais si jamais le gouverneur apprend ce qu'a fait la Gazelle, que croyez-vous qu'il se passera ? Il la fera disparaître et je n'ose imaginer dans quelles circonstances affreuses ! Nous devons protéger cette jeune femme.

— Mais Amalia m'a reconnu sur le marché.

— Et alors ? Vous avez courageusement sauvé son amie d'une mort certaine, on vous en saura gré. L'essentiel est qu'elle n'ait pas reconnu la Gazelle !

— Et si ce n'est pas le cas ?

Le conseiller marque un temps.

— Nous aviserons.

13

La blessure est profonde, mais nette. Le rasoir a entamé le coin droit de la lèvre supérieure, découpant la pulpe. En remontant, le geste a été dévié par la pommette, perdant de la force, s'arrêtant sous l'œil. Sans doute un mouvement de retrait instinctif de la victime lui a-t-il évité d'être éborgnée. L'incision fait une dizaine de centimètres, avec une encoche en fin de course, comme une cédille.

Le premier réflexe de Madame a été de faire transporter Hissa chez le docteur Portillo-Lopez. Le docteur lui a aussitôt administré une dose de chloroforme et a soigneusement nettoyé la plaie, sous le regard attentif de Madame. Il a choisi ensuite du fil synthétique, une aiguille droite, et s'est attelé à la suture. Il n'a pas opté pour la facilité. Il fera un point de surjet simple.

La beauté d'Hissa exige au moins cela.

Outre le fait qu'il soigne depuis vingt ans les dockers et les ouvriers de tous les chantiers de San Perdido, le docteur Portillo-Lopez a montré durant ses études de médecine une exceptionnelle dextérité. Les heures passées à s'entraîner sur des pieds de cochons ont porté leurs fruits. Il a, depuis, recousu à peu près toutes les parties externes du corps humain.

Il place le point d'entrée du fil au niveau de la lèvre, dans l'alignement de l'incision, et passe en sous-cutané d'un côté après l'autre. Prenant garde que les berges de la plaie soient parfaitement affrontées, sans chevauchement ni débordement, et surtout sans tiraillement. Il veille à ce que chaque passage soit le plus court et le plus proche possible des bords. Régulièrement, il resserre le fil et vérifie qu'il coulisse bien sur toute la longueur. Pour le fixer, le docteur Portillo-Lopez utilise du sparadrap qu'il découpe lui-même en de très fines lanières.

La suture va lui demander trente-deux minutes, pendant lesquelles aucun mot ne sera échangé avec Madame. L'Eurasienne veillera simplement, à plusieurs reprises, à éponger le front du praticien avec de la gaze. Tout à son travail, le docteur Portillo-Lopez ne se trouble même pas de ce geste. À peine murmure-t-il un « merci ». Lui qui est si impressionné par l'autorité naturelle de cette femme énigmatique retrouve dans l'exercice de la médecine la concentration et le sang-froid qui lui font défaut le reste du temps.

Lorsqu'il termine son pansement, Hissa est toujours endormie.

— Je vais demander à Esmeralda de préparer la chambre d'amis, murmure-t-il. Il vaut mieux que cette jeune fille demeure ici, pour le moment. Il sera plus facile de lui dispenser les soins appropriés.

Madame acquiesce. Ses yeux bridés fixent le docteur dont elle découvre en ce moment la force de caractère.

— Je vous remercie de vous occuper d'elle.

Il est 14 heures, le soleil est à son zénith, mais la maison de la rue Ferdinando reste fraîche. Le docteur donne ses ordres à Esmeralda qui monte aussitôt s'affairer à l'étage.

— Il vaudrait mieux qu'on ignore qu'Hissa est chez vous, précise Madame.

Bien qu'il fasse peu de cas des circonstances de l'agression, le docteur comprend et s'incline. Il a l'habitude qu'on ne lui révèle que l'essentiel.

— Esmeralda ne dira rien, elle sait que ce qui se passe au cabinet doit y rester.

Son regard se porte sur l'ombre du chauffeur derrière la porte vitrée de la salle d'attente.

— Tiago est un homme de confiance, assure Madame.

— En ce cas…

— Je reviendrai demain.

Le docteur acquiesce. L'Eurasienne sort et traverse le jardin, précédée par son chauffeur qui lui ouvre toutes les portes. Lorsque la Delahaye s'éloigne, le docteur songe qu'il n'a toujours pas changé sa traction.

Madame a eu tout l'après-midi pour réfléchir. Dès son retour, elle a convoqué les filles qui étaient au marché avec Hissa. Elle les a interrogées séparément, écoutant patiemment leur histoire. La femme au grand chapeau décrite par ses pensionnaires était trop belle et surtout trop jeune pour être l'épouse délaissée d'un patricien du plateau Del Sol. En outre, aucune femme de la haute société ne risquerait un scandale en plein marché sur la place Dorée. Ces dames ont d'autres manières de se venger, peu d'entre elles veulent réellement secouer le joug d'une caste dont elles savent profiter avec habileté. Et Hissa ne recevait plus que le Taureau, célibataire invétéré.

C'est lorsqu'Amalia lui a avoué l'intervention du chauffeur du gouverneur que son attention a été attirée et qu'une image plus précise s'est dessinée. Madame poursuit l'entretien, apprenant tout des moments passés auprès de Carmelo et du contenu de leurs conversations. Et surtout, elle découvre qui est Yumna. Ses déductions l'amènent à une certitude : ce n'est certes pas le Taureau qui a révélé le nom d'Hissa à sa maîtresse. Mais son chauffeur peut l'avoir fait.

— Non, madame ! s'écrie Amalia. Malgré toutes les questions qu'elle lui posait, il ne lui a jamais rien dit !

— Quelqu'un lui a pourtant parlé, quelqu'un qui savait que vous descendiez ce matin à San Perdido.

— Sans doute. Mais ce n'est pas Carmelo.

Madame reste un instant silencieuse. Pour affronter le gouverneur, il faut une armure solide et visiblement, quelqu'un a jugé bon de déclencher une offensive. Mais dans quel but ?

— Que les filles tiennent leur langue, sinon vous le paierez toutes les trois.

Amalia secoue la tête et s'éclipse.

La situation dans laquelle se trouve sa maison apparaît avec une évidence cruelle à Madame. Parce qu'elle a dérogé à la règle qu'elle-même avait édictée, elle se sent responsable de ce qui est arrivé à Hissa. En donnant un passe-droit au gouverneur, elle a semé les germes d'une situation dangereuse. Même si l'idée semblait séduisante au début, le mensonge dont elle a couvert cette relation si particulière a débouché sur une impasse. Dans un premier temps, l'effet a été salutaire. Financièrement tout au moins. La beauté des autres pensionnaires de la maison, leurs talents amoureux avaient fidélisé les clients. Tous étaient satisfaits : les uns parce qu'ils attendaient patiemment le retour d'Hissa, le gouverneur parce qu'il en jouissait discrètement en payant le prix fort. Mais la violence qui s'est déchaînée aujourd'hui est la preuve qu'elle a fait un mauvais calcul.

C'est dans son bureau que Madame reçoit le gouverneur Lamberto le soir même. Il ne s'attendait pas à se retrouver là. Habitué à se glisser discrètement par la porte dérobée pour rejoindre Hissa dans sa chambre, il est décontenancé lorsque l'Eurasienne l'invite à descendre au premier étage où se trouve son appartement.

— Hissa ne peut pas vous recevoir, Excellence.

La voix grave de Madame est comme une douche glacée pour le Taureau. Debout devant elle, la dominant d'une tête, le gouverneur se sent pourtant comme un enfant pris en faute à qui on refuse sa confiture. Il reste un instant interloqué.

— Pourquoi ?

C'est tout ce qu'il parvient à articuler. Les yeux de l'Eurasienne ne cillent pas.

— Elle n'est pas en état, annonce-t-elle froidement.

Pendant une seconde, le Taureau imagine que c'est une allusion polie à un embarras féminin. Il esquisse un sourire qui se veut compréhensif.

— Voyons, voyons, ce n'est pas si grave…

— Au contraire ! tranche l'Eurasienne avec sécheresse.

Et d'une voix atrocement calme, elle décrit au gouverneur la vilaine blessure qui défigure Hissa.

Carmelo se lève de la banquette dès que le gouverneur sort sur le palier. Dans la voiture il a réussi à sauver les apparences, mais lorsque le Taureau s'est engouffré dans l'hôtel en courant, un tremblement a commencé à le parcourir.

Le gouverneur Lamberto est défait. Il ne semble pas voir son chauffeur. Il s'appuie sur la rampe, fixant le vide de l'escalier, et reste immobile un long moment. La gorge sèche, Carmelo n'ose prononcer un mot. Il observe attentivement le visage dévasté du gouverneur, espérant trouver un indice sur son propre avenir, si toutefois il en a encore un. Mais rien d'autre ne transparaît que la douleur, une tension horrible faite de froideur et de tristesse qui vieillit le Taureau.

— Allons-y ! lance-t-il sèchement, avant de descendre les marches.

Carmelo s'engage à sa suite, réglant son pas sur le sien, accompagnant le balancement lourd des pieds qui n'ont plus rien de conquérant. C'est une démarche hésitante qui semble devoir s'interrompre à chaque degré et qui pourtant se poursuit jusqu'en bas. La main du gouverneur n'a pas lâché la rampe, glissant dans une longue caresse douloureuse sur le bois verni. Dans le hall d'entrée, lorsqu'il passe la porte que lui ouvre Amboise, la lumière jaunâtre du réverbère de la rue donne à sa peau un aspect maladif. Il s'installe sans un mot dans la Buick et ferme les yeux en soupirant.

Carmelo referme la portière sur lui et monte à son tour. Il a une hésitation après avoir mis le contact, mais ne se résout pas à demander de précision. Il laisse la voiture glisser dans la nuit vers le palais.

Contrairement à Carmelo, Carlos Hierra n'éprouve aucune appréhension lorsqu'il frappe le lendemain matin à la porte de la suite du gouverneur Lamberto. Il n'est pas homme à trembler. Une certaine allégresse le fait se tenir bien droit et son costume grège tombe impeccablement sur ses chaussures de daim couleur praline. Il en possède une quinzaine de paires, toutes de couleurs différentes, mais d'une même élégance, chacune assortie à l'un des quinze costumes dont le fin tissu, parfaitement coupé, confère à sa silhouette mince une félinité de bon aloi. Il ne sait à quoi s'attendre et cela le réjouit. Carlos Hierra aime le risque, c'est sa drogue, ce qui le maintient en vie. Et c'est ce qui le tuera – il le devine –, mais pas tout de suite.

Carlos Hierra jouit d'une confiance en lui illimitée. Depuis quinze ans qu'il rôde dans les couloirs du pouvoir, il connaît tout de la manipulation et de l'hypocrisie. Du mensonge à la menace, de la violence à la flatterie, il a usé de tous les détours qui font et défont une carrière. Il ignore les conséquences des évènements que lui-même a provoqués. Il n'en a cure.

Cela lui donne de la supériorité face à ceux qu'il affronte.

— Entrez !

La voix du Taureau résonne derrière l'huis. Carlos Hierra s'avance. « Il n'est pas encore mort ! » songe-t-il en découvrant le gouverneur Lamberto en peignoir, assis devant la table du petit déjeuner. Cela ne le surprend ni ne le déçoit. C'est un fait amusant, sans plus. Une péripétie qu'il va gérer, comme le reste, avec à-propos et sang-froid.

En entretenant la jalousie exacerbée de la Gazelle, en lui donnant toutes les informations nécessaires, il escomptait bien qu'elle servirait ses intérêts. Hissa figurait au nombre des victimes collatérales. Le but était non seulement de priver le gouverneur de cette coûteuse obsession – car le bougre était en passe d'engloutir une grosse partie du budget de la ville, s'il continuait à ce train –, mais aussi de faire place nette. Si vivre derrière cette braguette sur pattes était amusant les premières années, cela devenait chaque jour un peu plus harassant. Il faut suppléer aux manquements de cette baderne jouisseuse, tenir les comptes et gérer les opérations en cours. C'est un travail de tous les instants.

Lamberto se renverse sur le dossier de son fauteuil d'osier. Il s'essuie la bouche et repousse l'assiette dans laquelle sèche une traînée de jaune d'œuf. Il se sert ensuite un généreux café.

— Vous en voulez, Hierra ?

— Non, merci Excellence, je viens d'en boire un.

Cette manie horripilante de l'appeler par son nom de famille, comme dans un collège de jésuites ! Carlos sourit aimablement, attendant que le gouverneur ait fait descendre sa première gorgée.

— Eh bien, qu'y a-t-il ?

— C'est au sujet de votre voyage à Panamá City, Excellence, M. Stomper est impatient de commencer les travaux.

— Ha, oui ! Ce brave Stomper ! Que ferions-nous sans lui ? soupire le gouverneur en avalant une deuxième gorgée.

Carlos laisse son regard errer vers la porte de la chambre à coucher, grande ouverte sur un lit king-size en désordre.

— Rassurez-le. Tout est réglé : la compagnie d'assurances devrait nous remettre un chèque d'ici une quinzaine de jours.

— Aucune enquête ?

Le gouverneur pose un œil dédaigneux sur son conseiller.

— Pourquoi voudriez-vous qu'il y en ait une ? Une conduite de gaz a explosé, fin de la discussion. Notre ami Morales se fait une joie de nous rendre service. Le siège de la compagnie Atento lui fait toute confiance pour gérer ce genre de sinistre.

Une porte s'ouvre et Yumna sort de la salle de bains, enveloppée d'une serviette trop courte pour contenir ses formes. Les cheveux mouillés, elle traverse la chambre sans un regard vers le salon. Elle fouille dans une commode puis laisse négligemment tomber sa serviette pour enfiler une minuscule culotte blanche.

Les fesses somptueuses apparaissent, pleines, satinées, leur rondeur opulente contrastant avec la finesse de la taille, le creux des reins marqué par le sillon des muscles luisants.

Carlos détourne pudiquement les yeux. Devant lui, le visage étrangement indifférent, le gouverneur boit son café à petites gorgées. Aucune flamme de désir dans ses prunelles sombres.

— Autre chose, Hierra ? laisse-t-il tomber avec ennui.

— Non, Excellence.

Une fois dans le couloir, Carlos sourit finement. La froideur de l'ambiance ne lui a pas échappé. Mais ce calme apparent n'est qu'un statu quo temporaire. Chez une femme comme Yumna, le danger est latent. Le conseiller a parié sur elle. Il savait qu'elle se vengerait de sa rivale, mais il espère aussi qu'elle fera payer le gouverneur. Il lui suffit d'être patient.

La cicatrice a la forme d'un S allongé. Prenant naissance sur le bord ourlé de la lèvre supérieure, elle contourne la narine, puis s'étire jusqu'à la pommette pour s'achever en arrondi vers la tempe. Le tissu cicatriciel est rouge, mais sans protubérance, sans aucune tension, comme si on n'avait pas opéré.

Hissa est allongée sur la table d'examen, présentant son profil gauche sous la lampe. Le docteur Portillo-Lopez est penché au-dessus d'elle, sa main posée délicatement sur son front. À ses côtés, Madame observe attentivement le fin sillon rouge.

— C'est magnifique, murmure-t-elle.

Voilà quinze jours qu'Hissa est soignée. Tout l'art du docteur a été d'ôter le fil rapidement, trois jours seulement après l'avoir posé. Les berges de la plaie étaient jointes, mais pas soudées complètement. Le tissu cicatriciel était encore en pleine formation. Il l'a maintenu grâce aux petites lanières de sparadrap qu'il a placées à intervalles réguliers le long de la blessure. C'est une technique qu'il a mise au point lui-même et dont il est très fier. Il est convaincu que plus tard, la médecine pourra se passer de fil pour suturer certaines plaies, réduisant au maximum la taille de la cicatrice.

Le point délicat est l'asepsie. Les germes et les liquides ne peuvent s'écouler, là est la limite du point de surjet simple. En principe, il n'est possible que sur les blessures non traumatiques. Le docteur Portillo-Lopez l'a nettoyée chaque jour. Il a en outre interdit toute nourriture solide les premiers temps afin d'éviter que les mouvements de mastication ne tirent sur les fils et ne laissent de vilaines traces. Pour aider la jeune fille, il lui a administré des calmants pour qu'elle dorme le plus souvent possible et que son visage soit parfaitement détendu. Hissa a passé la première semaine dans un brouillard permanent.

— Comment te sens-tu ? interroge Madame de sa voix grave.

— Bien. Je n'ai pas mal, à part une légère démangeaison.

— C'est la cicatrisation. Pour l'instant, tout se déroule normalement, explique le docteur. Il faudra encore patienter plusieurs semaines.

Madame sourit à Hissa. Ses yeux bridés deviennent deux fentes sous ses longs cils.

— Repose-toi, dit-elle, caressant l'épaule de la jeune femme.

Le docteur éteint la lampe, aide Hissa à se redresser, puis l'accompagne jusqu'à la porte.

— Elle en gardera toujours la trace, n'est-ce pas ? demande Madame lorsqu'ils sont de nouveau seuls.

Le docteur Portillo-Lopez soupire.

— Hélas, oui. J'ai fait le maximum pour en réduire les effets, mais une telle blessure ne pardonne pas. Les peaux foncées cicatrisent moins bien, il restera toujours une décoloration du derme. Dans quelques jours je commencerai à lui appliquer une crème pour atténuer la marque, mais je ne pourrai jamais la faire disparaître.

— Merci pour tout, docteur, dit encore Madame, vous avez fait un travail remarquable.

Le docteur Portillo-Lopez sourit doucement, mais ses yeux demeurent tristes. La beauté saccagée de la jeune femme lui déchire le cœur. Madame ne fait aucun commentaire sur ce qu'elle lit dans son regard.

— À bientôt, dit-elle en descendant les marches vers le jardin.

Tiago l'attend devant la Delahaye. Il lui ouvre la portière.

Madame n'a pas tout raconté au gouverneur. Si elle a décrit avec une certaine cruauté – dont elle était parfaitement consciente – la plaie qui déchirait le beau visage de sa protégée, elle n'a rien dit sur l'identité de celle qui la lui avait infligée.

Pourtant, Madame n'a plus aucun doute désormais. Elle a mené son enquête et a trouvé ce qu'elle cherchait. Dans une vieille édition de *La Ultima* de l'année 1956, elle a découpé une photographie du gouverneur et de sa maîtresse lors d'une réception à l'ambassade américaine. Malgré le chapeau et les lunettes, Amalia a reconnu sans hésitation la « *puta loca*[1] » du marché, comme elle l'appelle.

Madame a une excellente raison de garder le silence. Lorsqu'il est arrivé chez elle le soir de l'agression, le gouverneur ignorait tout de l'évènement. Celui qui avait provoqué la rage de sa maîtresse voulait néanmoins la protéger et lui éviter la réaction du Taureau.

Madame a construit sa réputation et son commerce dans un monde d'hommes. S'imposer dans ces conditions lui a demandé de la patience et beaucoup d'intelligence. Du sang-froid, également. Elle a analysé la situation. Dénoncer sa maîtresse au gouverneur serait un très mauvais calcul. D'abord parce qu'elle risquerait de se faire un ennemi de l'homme en qui tous les pouvoirs de la ville sont concentrés, ensuite parce qu'elle ignore qui a piloté Yumna. Il n'est jamais bon de partir en guerre contre un ennemi qu'on ne connaît pas.

Et puis, le gouverneur a sombré devant elle en apprenant la nouvelle. Le fier Taureau n'était plus qu'un veau tendre et fragile amputé de sa part de bonheur lorsqu'il l'a quittée.

Madame repose sa tête contre la banquette et se laisse bercer par les amortisseurs de la Delahaye. Ne rien dire est aussi une façon d'envoyer un message à celui qui manipule : « J'ignore qui tu es, mais je sais ce que tu fais. »

1. « Tarée. »

Il sera intéressant de voir comment vont évoluer les choses dans les jours qui viennent.

Yumna écrase le morceau d'ananas frais sous ses molaires. Le jus sucré coule dans sa gorge. Rien n'est meilleur que ces petits déjeuners composés de fruits et de toasts qu'elle croque en admirant le parc. La vue est merveilleuse depuis la suite du gouverneur : des sapotiers, des palmiers et des pins, quelques guayacans éclatant en gerbes d'or, des frangipaniers dont le doux parfum monte jusqu'au balcon. Des massifs d'arums, des alocasias, des lantanas et des cannas offrent de flamboyants coloris.

Yumna se sert une tasse de café. Le puissant arôme de Boquete réveille son palais. Elle allume une Week-End tandis que les voilages des fenêtres ouvertes se gonflent et qu'une brise iodée se diffuse. La première cigarette de la journée est si particulière, tellement âcre et pourtant savoureuse.

On est en mars. La fin de la saison sèche est proche. Bientôt, les pluies reprendront, noyant les sols et saturant l'air d'une moiteur étouffante. Tout sera humide et les toits résonneront du crépitement des gouttes, lancinante mélopée rebondissant de mois en mois. Lorsqu'elle vivait à Lágrima, le bruit percussif sur la tôle ondulée la rendait folle. Le quartier n'était plus que boue et ciment détrempé.

Mais aujourd'hui, elle est ici et elle a encore toutes les cartes en main. Sa rivale n'est plus qu'un souvenir lointain. Le Taureau ne court plus ventre à terre chaque nuit pour la retrouver. Maintenant, il reste dans le lit de la Gazelle. Pourtant, Yumna a eu peur. Le premier soir, l'esprit encore embrumé par le laudanum, elle a craint pour sa vie. Que savait exactement le gouverneur ? Carmelo avait-il parlé ? Tandis qu'il se déshabillait, elle a observé son visage tendu, blanc, rongé. Elle a guetté le moindre de ses gestes, prête à bondir s'il devenait menaçant. Elle a senti le matelas s'affaisser et il s'est allongé près d'elle avec un soupir de désespoir. La lampe s'est éteinte.

Elle a écouté un long moment sa respiration. Il ne dormait pas et le temps s'étirait, chuintant comme une coulée de sable dans une cloche de verre. Le gouverneur tournait sur lui-même, cherchant la fraîcheur des draps chaque fois que sa peau les rendait brûlants.

Alors la Gazelle a empoigné son membre.

Il a eu un mouvement de surprise, presque une impulsion de retrait. Il a voulu parler, mais elle a posé une main sur ses lèvres pour le faire taire, tout en le caressant comme elle sait qu'il aime. Elle l'a vite senti durcir entre ses doigts, son souffle s'est accéléré. Elle s'est arrêtée puis, lui plaquant les épaules contre le matelas, elle l'a chevauché, se frottant contre lui. Lorsqu'il a tenté de saisir ses hanches, elle a repoussé ses mains et bloqué ses bras au-dessus de sa tête. Elle voulait contrôler le rythme. Elle s'est empalée sur lui, l'enfonçant progressivement en elle, faisant onduler son bassin. Elle a accéléré et pendant un moment, l'a laissé l'accompagner par des coups de reins puis a ralenti de nouveau, s'écartant, ne gardant que l'extrémité de sa verge en elle, ne lui donnant que d'infimes avancées du bassin.

Le Taureau avait saisi les montants du lit, s'abandonnant, mais il ne pouvait s'empêcher de chercher à la pénétrer davantage. Alors elle l'a giflé. Elle ne voyait pas son visage dans l'obscurité, mais elle l'a senti étouffer un juron. Elle l'a giflé de nouveau, attendant sa réaction. Il est demeuré silencieux et immobile. Stupéfait, il ne réalisait pas encore ce qu'elle avait fait, cherchait à comprendre. Doucement, elle l'a enfoncé un peu plus en elle. Il a eu un long soupir tandis qu'elle remuait ses hanches, augmentant la cadence. Bientôt, elle a donné de grands coups de reins, lui griffant le torse, accélérant toujours. Il commençait à ahaner et son souffle à elle s'est transformé en une plainte, elle le contrôlait aussi avec la voix, l'excitant par de petits cris. Les os de leur pubis se heurtaient à présent. Alors elle a serré ses mains autour de son cou, l'étranglant, mais gardant la cadence infernale. Elle le faisait pénétrer par de violents à-coups, laissant sa verge ressortir presque complètement avant de s'empaler plus profondément sur lui. Il suffoquait, mais malgré lui continuait de fouiller son ventre, allant au-devant d'elle, dur et brutal. Et plus elle serrait, plus il envoyait vers elle son bassin, cherchant à se libérer de son poids, mais quémandant en même temps une seconde de plus dans sa chair.

Lorsqu'elle l'a senti sur le point de jouir, elle a brusquement lâché son cou. Il a eu une inspiration rauque puis a crié en se répandant en elle. Elle a contracté son vagin, plusieurs fois de suite, comme pour le vider de sa semence, aspirer toute sa vitalité.

Le Taureau est resté étendu, les bras en croix, mort entre ses cuisses.

La Gazelle n'avait pas joui.

Le dominant toujours, elle s'est cambrée en arrière, s'appuyant d'une main sur le matelas, et s'est caressée face à lui. Dans la pénombre, elle ne distinguait que la forme vague de son visage tourné vers elle. Elle savait qu'il la regardait.

Lorsqu'elle a joui en criant, elle a senti la colère qui la dominait refluer enfin.

Aujourd'hui, elle ne craint plus personne. Mieux : aucune allusion n'a été faite devant elle sur quoi que ce soit concernant l'avenue Santa Clara ou le marché de la place Dorée. Depuis l'agression, elle est intouchable. Entre elle et le gouverneur, il y a désormais le fossé de cette nuit où elle l'a giflé et asservi.

14

Le gouverneur Lamberto tourne comme un lion en cage dans le petit bureau délicatement décoré. Madame s'est bornée à lui expliquer que la peur avait fait fuir Hissa. Elle utilise la même excuse que pour les autres clients ; l'ironie de la situation n'échappe pas au gouverneur, séparé de sa petite femelle préférée. Peu lui importe qu'elle soit défigurée. Il veut la voir, être près d'elle, sentir encore son corps souple contre le sien. Voilà deux mois qu'il patiente, attendant qu'elle se rétablisse. Il a fait livrer des fleurs, lui a envoyé des cadeaux. Pendant ce temps, Madame temporisait. L'énigmatique Eurasienne au regard impénétrable lui ment, il en est certain.

— Même moi, j'ignore où elle se cache, Excellence.

— Qui l'a soignée ?

— Le docteur Portillo-Lopez, bien sûr. Il l'a gardée quelque temps pour veiller sur elle, puis le mois dernier elle l'a quitté et a disparu.

C'est vrai. En partie. Madame a remis à Hissa les clefs d'une petite maison qu'elle possède sur les hauteurs, au-dessus du quartier de Lágrima. Personne ne sait qu'elle est à elle. Madame a investi son argent pour moitié dans l'immobilier, le reste dans quelques affaires lucratives dans lesquelles son nom n'apparaît jamais : une *cantina*, deux bars, la boîte de nuit du *Saint James* rattachée à l'hôtel *Astor*, et d'autres commerces plus opaques liés aux marchés parallèles.

Madame est riche. Et discrète. Ce qui la met à l'abri de la cupidité que pourraient manifester certains de ses concurrents directs, toujours prêts à conquérir de nouveaux marchés.

— Comment va-t-elle ? murmure le gouverneur avec lassitude.

Madame n'est pas certaine que la question s'adresse vraiment à elle. Il semble remuer des idées dans sa tête, penser à haute voix.

— Lorsqu'elle est partie, le docteur l'estimait guérie. Il aurait refusé qu'elle s'éloigne dans le cas contraire, dit-elle néanmoins.

Le gouverneur plante ses prunelles dans les yeux bridés de Madame, cherchant à lire en elle. Mais les paupières lisses n'entourent qu'un miroir sombre et vide. Il soupire et sa colère mal contenue fait vibrer son souffle.

— Vous ne me direz rien, assène-t-il d'une voix sourde.

— Au contraire, je vous révélerai tout, dès que je le saurai, laisse tomber Madame avec calme. Voulez-vous monter au salon ?

Elle a ajouté cela avec une grande douceur. Le gouverneur hésite un instant.

Elle le sent partagé. Quelque chose le retient.

— Si seulement je connaissais celui qui lui a fait ça, gronde-t-il, comme s'il n'avait pas entendu la proposition de son hôtesse.

— Cela ne lui rendrait pas son visage, constate froidement Madame.

— Non, sans doute. Mais je le ferai souffrir, bien plus qu'elle n'a souffert elle-même.

— On ignore de qui il s'agit. Mes filles font parfois des jaloux. La beauté est une malédiction.

Madame reste silencieuse. Il n'est pas encore temps de partager ce qu'elle sait avec le Taureau. Cela ne lui rapporterait rien. Les hommes et leurs stupides idées de vengeance ! Cette folie de l'action à tout prix ne les pousse qu'à des gestes vains. Une fois parvenus à leurs fins, ils constatent qu'aucun soulagement ne les apaise.

Un grondement sourd retentit dans le lointain. Presque immédiatement, l'eau crépite sur l'avenue Santa Clara. En quelques instants, un rideau liquide s'abat sur les façades.

La saison des pluies vient de commencer.

Madame ouvre un petit placard en dalbergia, révélant un bar. Elle sert deux verres de cognac et en offre un au gouverneur avant de prendre place dans un fauteuil à haut dossier.

— Vous pouvez fumer si vous le désirez, dit-elle doucement, poussant vers lui une boîte en laque de Chine.

Le gouverneur hoche la tête et se laisse tomber sur le siège qui lui fait face, portant machinalement le verre à ses lèvres. Il suspend son geste dès la première gorgée.

— Cognac Jean Frapin. Il vient de France, explique Madame.

Le gouverneur n'en a jamais bu d'aussi bon. Il trempe de nouveau ses lèvres dans le liquide cuivré, inspirant le bouquet de fleurs et d'épices. Une saveur ronde, pleine de finesse, lui emplit la bouche.

Il se renverse dans le fauteuil qui grince sous son poids. Devant lui, la boîte laquée, noire et délicatement ornée de feuilles d'or rouge, attend sa main. Il soulève le couvercle. Des cigares d'un brun chaud s'alignent. Il en saisit un, le coupe et l'allume. La saveur se marie merveilleusement avec celle du cognac.

Madame l'observe. Elle voit le corps musculeux se détendre, s'amollir. L'eau qui éclabousse la rue crée un fond sonore moelleux, une nappe liquide ondoyante. Les rides qui se sont creusées depuis quelques semaines dans le visage du gouverneur dessinent l'approche de la vieillesse. Sur ses tempes, la zone blanche s'est agrandie, s'étendant maintenant largement au-dessus des oreilles.

Madame allume une Ritz, du tabac blond portugais. Elle jette son allumette dans un petit cendrier rond en onyx.

La tranquillité de son bureau où personne ne viendra les déranger agit comme un baume lénifiant sur le gouverneur. Pour la première fois, il remarque la touche féminine qui l'environne : les deux paravents tendus de soie qui dissimulent une porte, les lampes en pâte de verre, les murs peints en vert amande, le plancher rouge aux reflets cirés, les orchidées trônant sur le bureau, jusqu'au léger parfum de myrrhe qu'il perçoit soudain.

Madame reste silencieuse pendant qu'il observe autour de lui. Peu d'hommes pénètrent dans cette pièce. Elle l'y a sciemment reçu, flattant son ego, lui donnant l'impression d'avoir atteint un palier.

Il est perdu. Le salon ne le tente pas, les filles lui sont tout à coup indifférentes. Il regarde le fond de son verre et soupire. Il n'a pas envie de rentrer. La dernière chose dont il a besoin est de se retrouver face à la Gazelle.

— Puis-je vous offrir un autre verre, Excellence ? demande Madame en se levant.

Elle a parfaitement compris que le gouverneur n'est pas encore prêt à partir. Il acquiesce en lui abandonnant son verre. Elle le sert généreusement, tandis que s'élève la fumée de son cigare. Au-dessus d'eux, aucun son ne parvient du salon pourtant fréquenté ce soir-là. Le gouverneur pourrait presque se croire seul chez Madame. Il se prend à rêver qu'il est dans son palais, passant un moment au calme avec une compagne raffinée et compréhensive.

Bercé par la mélopée de la pluie, comme dans une matrice liquide et chaude, le gouverneur lutte avec les images de ses nuits. Sa sexualité a changé depuis qu'il a perdu Hissa. La Gazelle a révélé une facette qu'il ne soupçonnait pas. La violence dont elle fait preuve désormais le submerge. Elle conduit le bal, usant de lui comme d'un objet, le prenant à sa guise avec un appétit féroce. Elle, qui se soumettait à ses caprices et l'accueillait avec une complicité sensuelle, s'est transformée en une dominatrice exigeante. Et insatiable. La façon qu'elle a de jouir devant lui en se caressant avec une obscénité sans cesse renouvelée le perturbe.

Elle lui a dévoilé un monde de sensations nouvelles. Mais ce qui le perturbe plus que tout, c'est qu'il apprécie au plus haut point les humiliations dont elle l'accable. Lui, le Taureau de San Perdido qui règne sur toute la ville, se couche aux pieds d'une petite femelle tyrannique des bas quartiers !

Le gouverneur avale une gorgée de cognac. Son cigare n'est qu'à moitié consumé. Madame a repris sa place dans le fauteuil, toujours silencieuse, buvant à petites gorgées. Elle perçoit le changement qui s'est opéré chez son invité. Elle n'est pas certaine que la perte d'Hissa en soit l'unique raison. Quelque chose s'est éteint en lui, elle devine de la culpabilité, presque de la honte. Elle ignore encore d'où lui vient cette sensation, mais elle en découvrira l'origine tôt ou tard. La patience de Madame est inépuisable.

Ce dont elle est certaine en revanche, c'est que la crise est passée. Hissa partie, le gouverneur a perdu de sa superbe et accepté son sort. Elle s'étonne de la facilité avec laquelle cette nouvelle situation s'est imposée. Son regard impassible glisse sur le vieux beau. Elle est rarement surprise par les hommes. Ils sont tellement décevants.

Assis derrière son bureau, le conseiller Hierra réfléchit. Il attendait une réaction de la part de Madame, mais rien ne s'est produit. Il a interrogé Carmelo sur Amalia. La jeune femme n'a rien dit. Un couvercle semble être retombé sur l'incident. Il a appris qu'Hissa a été soignée par le docteur Portillo-Lopez et qu'elle est restée chez lui durant de longues semaines. C'est avec étonnement qu'il découvre qu'elle a disparu, comme si l'on avait voulu l'éloigner du gouverneur. Avenue Santa Clara, nul ne sait ce qu'elle est devenue. Madame a annoncé son départ définitif à ses habitués. Aucune plainte n'a été déposée, l'affaire n'aura pas de suite.

D'une certaine façon, Hierra admire le sang-froid dont Madame a fait preuve. Elle n'ignore sans doute pas que c'est la maîtresse du gouverneur qui a défiguré Hissa, pourtant elle n'a rien dit au Taureau. C'est la cause de ce silence qui échappe à Hierra. Il aime savoir à qui il a affaire. Cette femme, qu'il n'a jamais rencontrée mais dont il connaît tout du commerce, est une énigme. Veut-elle simplement protéger sa pensionnaire ou est-ce pour une raison perverse qu'elle se tait ?

Pour Augusto, l'année 1958 est le point de départ d'un important changement de situation. Il passe du statut d'ouvrier à celui d'associé d'Emilio. Après l'accident de la rue Barberia, celui-ci est resté handicapé. Sa colonne vertébrale a été endommagée et il ne se déplace plus qu'en fauteuil roulant. Aussi a-t-il trouvé un arrangement avec Augusto. Il s'occupe de la gestion de l'entreprise Ribeiro y Compania, tandis que le jeune homme dirige les chantiers en cours. Pour un enfant de Lágrima qui dix ans plus tôt n'était qu'un apprenti engagé par charité, la progression est inespérée.

En juillet, moins de six mois après l'explosion de la rue Barberia, l'entreprise Ribeiro est choisie pour bâtir l'hôtel qui s'élèvera à l'emplacement de l'immeuble détruit. Par une ironie du destin, après avoir aidé à dégager les ruines, Augusto coule les nouvelles fondations.

Les assurances Atento ont débloqué les fonds quelques mois plus tôt, permettant à l'architecte de dessiner les plans et de sélectionner les entreprises. Augusto conduit les travaux et doit composer avec Stomper, cet Américain qu'il a déjà croisé à de nombreuses reprises dans la ville et dont il se méfie instinctivement. L'homme dégage un parfum de compromission, une aisance de beau parleur liée à un manque de scrupules évident.

Emilio est fier de son poulain. Chaque soir, les deux associés se retrouvent pour faire le point en éclusant des Soberana. Le chantier offre une année de travail et de substantielles rentrées d'argent. Augusto a même dû embaucher d'autres ouvriers. Les deux partenaires voient l'avenir avec plus d'enthousiasme que jamais. Emilio tient scrupuleusement les comptes et il sait que les travaux seront effectués selon les règles, car il a formé lui-même son successeur.

En octobre, juste avant la fin de la saison des pluies, Augusto rachète l'ancienne boutique d'un marchand de fruits qui déménage son fonds dans un endroit plus vaste. C'est une petite maison de deux étages, située dans la rue Ramon, une pente étroite, composée de paliers successifs qui la relient à la rue Espiritu Santo. Pour la payer, bien qu'elle ne soit pas chère, Augusto a dû s'endetter, mais c'est un sacrifice qui lui semble léger au regard de cette unique possession. Si petite soit-elle – elle n'est composée que de trois pièces –, sa maison est un palais pourvu d'un vrai toit. Quand il y dépose ses maigres affaires, c'est avec la certitude de ne jamais retourner à Lágrima.

Quelques jours plus tard, il pousse Emilio par la rue Espiritu Santo pour amener son fauteuil jusqu'à la pièce du rez-de-chaussée et lui faire visiter la maison. Il parvient, non sans peine, à le monter à l'étage, le portant sur son dos.

— Pose-moi quelque part, implore Emilio qui n'a jamais été maigre, en entendant le souffle haché d'Augusto tandis qu'il le porte dans chacune des pièces.

Augusto finit par l'installer sur une vieille caisse retournée qui lui sert de table.

— Voilà, ici c'est bien. J'ai pu me faire une idée, lance Emilio. Tu vas devoir faire des travaux et tu n'as pas le temps !

Augusto éclate de rire.

— J'ai tout mon temps, au contraire, je n'ai que vingt-deux ans !

Emilio hausse les épaules.

— Combien tu l'as payée, hein ?

— Huit mille dollars.

Emilio sursaute.

— *Dios mío !* Je n'aurais jamais dû te laisser acheter tout seul ! Tu ne sais pas négocier ! s'exclame Emilio, atterré.

— Je crois que si, il en voulait dix mille.

Emilio secoue la tête.

— Quel voleur ! Tu sais ce que tu devrais faire ? Mettre Santos sur les plâtres, il te ferait ça en une semaine.

— Je ne peux pas, on a besoin de lui sur le chantier Barberia.

— Tu vas me faire croire qu'on ne peut pas s'en passer une semaine ? Personne ne s'en apercevra. En plus, ça lui fera des vacances, il sera ravi !

Mais Augusto, têtu, secoue la tête.

— Et ton ami, celui qui a des mains magiques, il ne veut pas travailler dans le bâtiment ? propose soudain Emilio.

Cela faisait longtemps qu'ils n'avaient pas parlé de Yerbo. Après son sauvetage, Emilio l'avait bombardé de questions sur le grand Noir aux yeux clairs. Augusto avait dû raconter tout ce qu'il savait – pas grand-chose, finalement –, Emilio l'avait écouté, subjugué. Ce qu'il avait préféré, c'était l'épisode de l'agression devant chez Tonino. Il se claquait les cuisses de ses grosses mains calleuses.

— *Ajà !* Imagine à quelle vitesse irait le chantier avec un homme comme lui !

Augusto n'a plus revu Yerbo depuis l'explosion dans la rue Barberia. Il ignore même s'il travaille toujours sur les docks. Il éprouve un sentiment ambivalent à son égard, fait de crainte et de fascination.

Dans les mois qui suivent, tandis que s'élève l'hôtel *Barberian*[1], ainsi que l'a baptisé Stomper avec cynisme, Augusto travaille comme un forcené. Dirigeant le chantier pendant la semaine, il s'attelle à la réfection de sa maison pendant les week-ends. Il passe les murs à la chaux, installe une petite salle de bains et achète quelques meubles. La pièce du bas tient lieu de salon et donne sur une cuisine sommaire, dans laquelle Augusto pose un évier et une antique cuisinière à bois récupérée sur un chantier. Pour un enfant de Lágrima, avoir l'eau courante et l'électricité est un luxe inouï.

Lorsque vers la fin de l'année 1958 la charpente recouvre enfin l'hôtel *Barberian*, Augusto est épuisé, mais la restauration de sa maison est achevée. Un vendredi soir, après être passé boire une Soberana avec Emilio et avoir préparé le chantier de la semaine suivante, pour la première fois il ne sait plus quoi faire. Emilio le regarde en riant sous cape.

— Il est temps de t'occuper un peu de toi, *idiota* !

Le *Saint James* fait partie de l'hôtel *Astor*, vestige d'une lointaine colonisation américaine qui a tenté de recréer à San Perdido un ersatz du splendide *Astoria* de New York. L'*Astor* n'est qu'un succédané sans éclat, confortable et bourgeois, de son homologue américain. C'est malgré tout un excellent établissement. On y accède par une grille gardée par des vigiles. Toute la nuit, ils patrouillent dans les jardins et autour de la piscine. Ils veillent sur le repos

1. Jeu de mots entre le nom de la rue, *Barberia*, et *barbarian*, terme anglais pour « barbare ».

et les distractions de clients aisés que les remous des bas quartiers ne doivent pas atteindre. Et à quoi peuvent bien s'occuper ces clients dans une ville qu'on leur déconseille fortement de parcourir la nuit, sinon à la danse et aux femmes ?

Il y a dix ans, Augusto rêvait de pouvoir se payer une bière et un repas dans la même journée. Ce soir il a les moyens d'entrer au *Saint James*. Il a dans la poche une liasse de dollars qu'il a décidé d'utiliser pour s'offrir ce qu'il veut. Comme l'a dit Emilio, il est temps qu'il s'occupe un peu de lui !

L'orchestre de Célestin Boukondza joue une salsa, et malgré les ventilateurs, l'atmosphère est saturée de fumée. Au loin, Augusto aperçoit un homme se faire happer par une jolie métisse trop maquillée. Il se dégage en souriant, et la fille envoie dans l'air des baisers de ses lèvres violettes. C'est le grand marché de la chair. L'endroit est si électrique qu'on dirait un harem en folie. Les filles, tellement directes que les hommes demeurent circonspects, portent ce qu'elles ont de plus suggestif. Fesses moulées dans de minuscules robes blanches, épaules rehaussées de dentelle, fourreaux, nattes africaines parées de perles, bracelets de cuivre et bagues argentées, elles sont perchées sur des talons plus ou moins discrets qui rendent leurs jambes affolantes.

Une serveuse s'avance bientôt vers une table avec des consommations, se faufilant avec aisance entre les danseurs. À chacune des inclinaisons de son buste, les clients font de louables efforts pour ne fixer que ses grands yeux noirs d'antilope. Une fois servis, ils la regardent s'éloigner à regret.

Augusto sourit, car en quelques secondes, cinq autres filles s'installent à la table avec une joyeuse détermination. À des degrés divers, les hommes ont tous la même réaction. Après un bonsoir poli, ils se retranchent dans une indifférence prudente, laissant les filles faire les frais de la conversation. Chacune, ayant choisi son partenaire, s'occupe exclusivement de lui. Augusto connaît la musique. La seule qu'on entend à San Perdido où, depuis le règne de la toute-puissante armée américaine, des générations de prostituées se succèdent dans les bars, les hôtels et le long des rues de la ville. Elles arrivent en début de soirée et ne repartent qu'à l'aube. Tant qu'il reste une chance de faire un client, elles patientent. En entrant aux premières lueurs du jour dans le hall d'un hôtel, on en trouve encore luttant contre le sommeil dans un fauteuil, le teint chiffonné, l'œil rouge et la robe froissée, un verre vidé depuis longtemps à leurs pieds.

Les prostituées ont toujours intrigué Augusto, sans qu'il sache vraiment pourquoi car il ne monte jamais avec elle. Il éprouve une véritable fascination pour cet univers mercantile et sexuel. Il les regarde choisir leurs clients avec un instinct infaillible. Elles sentent le fumet de l'homme tenté. Elles se font admirer, l'air de rien, puis elles l'abordent avec la certitude de l'emmener se soulager. Elles savent aussi lire dans les yeux, différencier la curiosité amusée de l'envie inavouée. Elles peuvent rester de longs moments sans bouger, laissant glisser sur elles les pupilles des mâles timides. Puis, doucement, elles lancent des sourires qui traversent l'obscurité comme des promesses.

Cette nuit-là est particulière. Augusto a devant lui deux jours de repos dont il ne sait que faire et réalise que depuis des années il n'a eu qu'une seule obsession : le travail.

Il observe les hommes, empêtrés dans la gentillesse des filles qui les dévorent des yeux comme s'ils étaient des apollons. Difficile de rejeter ces créatures charmeuses, caressantes comme des chattes. Augusto sent quelqu'un s'asseoir près de lui. La rondeur chaude d'une hanche se presse contre la sienne. Il saisit son verre et boit une gorgée de bière.

— Bonsoir…

Augusto tourne la tête. Longues nattes perlées, grands yeux en amande, une bouche admirablement dessinée que ne parvient pas à enlaidir une cicatrice. Un trait fin et clair sur la peau brune, qui naît sur sa lèvre supérieure et contourne une narine délicate. Une blessure en forme de S allongé dont la violence semble s'être brusquement arrêtée en atteignant la pommette. Impossible de ne pas y voir le sillon net et franc d'un rasoir. Le coup a été porté avec la volonté évidente de saccager la beauté du visage. Sans y parvenir car elle demeure bouleversante. Bien plus, cette blessure pare sa peau comme une scarification, lui conférant une étrange élégance.

— Bonsoir, répond Augusto, sachant que s'il ne lui demande pas de s'éloigner immédiatement, il est perdu. Il plonge le nez vers sa bière pour éviter de la dévisager.

La fille aurait pu user de maquillage pour dissimuler ou au moins estomper sa cicatrice, mais elle n'en a rien fait. Elle porte sans honte le stigmate de la violence. Augusto ne lui donne pas plus de dix-huit ans.

— Comment tu t'appelles ?

— Augusto.

— *Hola* Augusto.

Sa voix rauque, un peu éraillée, a quelque chose de troublant. Une note plus mûre de sensualité qui la vieillit tout à coup. Il est saisi par le contraste entre la beauté juvénile des traits et ce timbre qui trahit la femme d'expérience.

Il se force à observer la salle. Une Africaine longiligne est assise sur les genoux d'un pâle maigrichon. Un géant aux cheveux noir danse, la tête au-dessus de la mêlée, ses grands bras frôlant dangereusement les projecteurs du plafond. Les filles se croisent, discutent entre elles en swahili puis reviennent à l'attaque, se blottissant contre leur proie. Il est inutile de chercher ce qu'elles se racontent en dialecte : elles s'informent des progrès de leur soirée, se donnant des tuyaux sur les possibilités financières de leurs clients.

L'une d'elles, une petite métisse aux cheveux courts, se penche vers la voisine d'Augusto. Le débit est rapide, elle la mitraille de renseignements. La métisse observe Augusto en souriant, murmure quelques mots à l'oreille de sa camarade, puis éclate de rire.

— Tu as de la chance, lance-t-elle à Augusto, H est nouvelle !

— « Hache » ? répète Augusto en se tournant vers sa compagne.

Elle regarde devant elle, un sourire énigmatique accentue le dessin ourlé de sa lèvre. L'intérêt d'Augusto est soudain éveillé par ce surnom étrange. Elle plonge son doigt dans sa bière et trace un H sur la table. Son empreinte humide reflète la lumière.

— Tu le prononces et j'arrive, fait-elle sans regarder Augusto, coupant court à ses questions.

— C'est tout ? Aucun nom ?

— Ça suffit.

La petite métisse scrute Augusto.

— C'est vrai ! Tout le monde l'appelle comme ça.

— D'accord.

La petite métisse se penche et colle ses lèvres contre l'oreille d'Augusto.

— Avec H c'est meilleur qu'avec ta femme.

— Je ne suis pas marié.

H assène une phrase sèche en swahili. La métisse éclate de rire et avec un sourire enjôleur à Augusto répond quelques mots rapides avant de s'éloigner.

— Qu'est-ce qu'elle a dit ?

H regarde l'orchestre en souriant.

— Elle dit que tu as de beaux cheveux.

Augusto parierait cent balboas qu'elle ment. Le géant a cessé de danser. Revenu s'asseoir, il est maintenant accompagné : perchée sur l'une de ses larges cuisses, la petite métisse rit aux éclats.

Augusto décide de prendre le taureau par les cornes.

— Écoute, tu devrais peut-être chercher quelqu'un d'autre.

H le regarde calmement. Un fin sourire retrousse les coins de sa bouche.

— Je ne paye jamais pour faire l'amour, poursuit Augusto.

— Je n'ai pas parlé d'argent, pourquoi le fais-tu ?

Augusto soupire.

— Ça va, je sais comment ça se passe, dit-il en levant son verre.

— Je t'ai vu arriver. Tu es seul, alors je viens, dit-elle en haussant les épaules, faisant s'entrechoquer les perles de ses tresses.

Ses grands yeux de gazelle sont posés sur Augusto avec candeur.

— Il vaut mieux que tu trouves quelqu'un d'autre.

Les traits de H se durcissent, son sourire disparaît comme le soleil s'engloutit dans un marécage.

— Qui te dit que je travaille ?

D'un bond elle l'abandonne pour se mêler à la foule. La piste ne désemplit pas. Mambos, sambas s'enchaînent avec rage. Un nuage dense de fumée mêlée de condensation plane au-dessus de la foule et on s'attend à le voir crever d'un instant à l'autre dans une pluie de sueur âcre.

H est au bord de la piste. Elle danse en affectant de l'ignorer, souriant aux étoiles électriques. Elle bouge bien et malgré lui, Augusto admire le mouvement qui fait onduler chacune des parties de son corps. Ses mains volettent au-dessus de sa tête, gracieux papillons brun et rose, ses nattes fouettent ses épaules, son dos se cambre, ses hanches roulent et Augusto imagine ce que pourrait être la nuit contre elles.

Un client est aux prises avec deux filles qui se disputent ses faveurs en dialecte. La première n'ayant pas réussi à le convaincre, une seconde s'est immiscée et cherche à l'accaparer. La première invective durement la nouvelle venue, lui attrape le bras et la repousse. Exaspéré, l'homme les abandonne pour retourner danser. L'intruse s'éloigne, décochant au passage une œillade racoleuse à un grand brun maussade.

— Je connais cette fille, avec elle c'est toujours des problèmes.

H est revenue près d'Augusto. Machinalement, il prend son verre, il est vide. H lui tend le sien.

— Non, merci.

Elle hausse les épaules.

— Ma bière, ta bière, c'est pareil.

Après tout, les choses sont peut-être plus simples. Elle offre, il reçoit. Rien de compliqué. La soirée file et il s'aperçoit que H va peut-être réussir à l'emmener là où il refusait d'aller. Il écoute la musique. Il aime le morceau que joue l'orchestre et se met à bouger doucement sur place. Il commande deux autres bières à une serveuse. Les lumières baissent soudain et la salle est dans la pénombre. H lui prend la main.

— Viens.

En passant devant une table, il surprend les regards admiratifs des hommes. Sur la piste, H se colle contre lui. Son bassin soudé au sien, elle se frotte, imprimant à son ventre de doux mouvements rotatifs. Malgré lui, Augusto la serre davantage. Sa joue glisse et il sent la bouche de H au coin de ses lèvres. Augusto pose ses mains sur ses reins. Une onde le parcourt, comme si son énergie le traversait. Quelque chose d'animal l'électrise et le berce en même temps. H est sûre de la sensualité qu'elle fait jaillir à volonté. Elle a voulu danser pour le convaincre. En avoir conscience n'empêche pas Augusto d'y succomber.

Lorsque les lumières reviennent, H le guide vers les banquettes. Les bières fraîches sont sur la table. Le goût est divin, crépitant sur sa langue.

— Pourquoi « H » ? demande soudain Augusto.

— Pourquoi pas ? répond-elle aussitôt.

— Qu'est-ce que ça signifie, pour toi ?

Il ne pose la question que pour la faire parler, écouter encore cette voix troublante.

— C'est l'initiale de mon prénom.

— Qui est ?

Elle sourit.

— Peut-être qu'un jour je te le dirai.

— Mais pas ce soir.

— Non, pas ce soir.

Plus Augusto la regarde, plus il la trouve surprenante. Elle n'a rien à voir avec les autres filles qui hantent le *Saint James*. Elle affiche un détachement et une confiance en elle qui l'intriguent. Le rasoir n'a pas entamé sa beauté.

Assis, le géant s'agite face à un serveur. Bien qu'il soit debout, l'homme ne parvient pas à le dominer.

— J'veux bien payer ce prix-là pour un cocktail, mais pas pour une bière !

Le géant reste fermement campé sur sa position. Le serveur s'éloigne puis revient quelques minutes plus tard, accompagné du gérant, mais celui-ci n'est pas plus persuasif et cède devant la détermination du colosse. Augusto soupire. À San Perdido comme ailleurs, on est toujours plus conciliant avec un type de deux mètres. Le géant éclate de rire et serre contre lui une fille aux bras chargés de bracelets.

Augusto a soudain envie de changer d'air. Il se lève, murmurant une vague excuse, et sort. Dans la rue, des filles excitées s'apostrophent ; à la grille, un vigile bavarde avec un client. La nuit est fraîche et calme à côté de l'atmosphère du *Saint James*. Augusto prend une cigarette et, constatant que son briquet est vide, s'approche d'un petit vendeur ambulant pour lui acheter des allumettes. C'est un jeune garçon qui ne doit pas avoir plus de quatorze ans. Il a déjà perdu toutes ses dents. Sa chemise sale et déchirée laisse voir ses côtes.

— Tu n'as pas trouvé de femme, patron ? demande-t-il en souriant. Moi je t'en amène une belle qui fera ce que tu veux, d'accord ?

— Non, merci.

Augusto lui met un billet dans la main et s'éloigne.

— Oh ! Merci, patron ! Si tu as besoin d'un service, mon nom c'est Roselito ! Tu te rappelleras ? Roselito, je connais tout le monde, mon ami !

Augusto vient de lui donner le prix de trois paquets de cigarettes. Avec un peu de chance, Roselito pourra manger correctement. S'il parvient à dissimuler le billet lorsqu'il ramènera son panier au chef local qui contrôle les petits vendeurs du quartier. Mais Augusto sait que rien n'est moins sûr. Les plus forts exploitent les plus faibles. À San Perdido plus qu'ailleurs, cette loi est fermement appliquée.

— Où vas-tu ?

Augusto se retourne. Le visage de H exprime de la déception.

— Nulle part. J'ai simplement besoin de me dégourdir les jambes.

Mais tous deux savent que c'est faux. Il a voulu s'éloigner de H pour n'être plus sous son charme.

— Tu partais.

Augusto se sent pitoyable.

— Je suis encore là, ment-il du mieux qu'il peut.

Elle s'approche et glisse son bras sous le sien.

— Je te l'ai dit, ce soir je ne travaille pas.

Ses grands yeux noirs rivés aux siens, elle le défie. Augusto détourne le regard. À quelques pas d'eux, le petit vendeur ambulant lève son pouce en l'air et hoche vigoureusement la tête. H se retourne.

— Tu vois ? Même lui est d'accord, dit-elle fièrement.

Augusto sourit à son tour et enlace la taille de H.

— Viens, dit-il simplement, et son cœur accélère.

Il est 3 heures. Dans le hall de l'hôtel *Astor*, le réceptionniste dort sur l'un des profonds canapés de cuir. Un homme lave le sol. H s'avance directement jusqu'à l'ascenseur et fait mine de vérifier son maquillage devant la glace murale. Ce comportement de professionnelle blesse Augusto. Il dit à tous qu'il n'est qu'un client de plus. Que fait-il dans cet hôtel, dérogeant à tous ses principes ? Lui, le petit contremaître, s'offre une nuit dans cet endroit jusqu'alors interdit. L'enfant de Lágrima veut sa revanche.

Après avoir été secoué par l'employé de ménage, le réceptionniste rejoint le comptoir, traînant les pieds et bâillant.

— Monsieur ?

— Une chambre, s'il vous plaît.

Il décroche un large porte-clefs noir à chiffres dorés qu'il pousse devant Augusto.

— Bonne nuit, monsieur.

Augusto examine son visage, cherchant vainement de l'ironie dans ses yeux injectés de sang, témoignage du profond sommeil dont il vient d'émerger. Mais il ne voit que de l'indifférence.

— Merci ! À vous aussi.

L'homme hoche douloureusement la tête.

Dans la chambre 307, claire et fraîche, mais impersonnelle malgré le couvre-lit bariolé et les masques de bois peint accrochés aux murs, Augusto tire les rideaux. H s'approche. Sa main se pose sur sa nuque. C'est un geste tendre, sans volonté. Il comprend qu'inconsciemment, il a espéré en arriver là dès que ses yeux se sont posés sur la jeune femme. Elle a un sourire timide.

Augusto se penche sur son visage. La cicatrice emplit son champ de vision et devient le fil ravissant qui mène à ses lèvres. Il a si peu l'habitude des filles que pendant une fraction de seconde il s'immobilise, s'attendant à ce qu'elle refuse de l'embrasser. Mais elle l'enlace à son tour et sa bouche s'ouvre à la sienne. C'est un baiser doux et profond, la fraîcheur de sa langue lui donne le vertige. Ses sens énervés se relâchent, son corps s'équilibre de lui-même avec la nuit, trouvant sa place dans l'air qui l'entoure. Augusto savoure cette sérénité qui l'envahit. Bien que H ne se prépare à lui accorder que ce qu'elle vend à tous les hommes, jamais aucune femme ne lui donnera par la suite la sensation si concrète d'obtenir un cadeau. Ses mains pétrissent ses épaules, son ventre appelle le sien. H bascule en arrière, entraînant Augusto avec elle sur le lit. Dans le silence de la nuit, il écoute sa voix. Basse, rauque, vibrante elle râpe délicieusement ses oreilles. Tandis qu'elle ondule sous lui, elle plante ses dents dans son cou et gémit.

Sur le mur, un rectangle lumineux grandit, n'accrochant encore que le pied du lit. H est couchée sur le ventre, la joue d'Augusto au creux de ses reins. Jusque dans le sommeil, il a craint qu'elle ne disparaisse. Il a posé ses lèvres sur le velours musqué de sa peau, blotti dans les fossettes de sa croupe, nourri par la chaleur moite qu'irradient ses hanches, son bras enserrant ses cuisses.

Doucement il quitte le lit. Des draps de neige froissés, émerge une déesse brune. De son visage masqué par les nattes, Augusto ne voit que le front et l'arc parfait de ses sourcils. Il s'approche de la fenêtre et, à travers la fente des rideaux, observe la piscine en contrebas. Il y a du monde, les serveurs s'affairent autour des chaises longues. Les chairs blanches et molles d'Européens cuisent au soleil. Le colosse s'ébroue dans l'eau, sa peau laiteuse rosissant déjà aux épaules. À l'abri sous un chapeau de paille trop grand pour lui, un petit blond bedonnant sirote un jus de fruits, tentant d'ignorer les éclaboussures délibérées du géant hilare.

H respire doucement. Le rectangle lumineux accroche maintenant ses jambes, leur donnant une teinte de caramel chaud qui tranche sur le coton blanc. Augusto sent qu'elle lui est déjà indispensable. Il voudrait se confiner dans cette chambre, en murer porte et fenêtre, pour jouir chaque matin du sommeil de H. Plus la douce pénombre cède devant le jour, plus s'approche l'imminence de son réveil.

Il revient vers le lit et se coule contre H. Elle se cambre instinctivement lorsque ses mâchoires se referment sur sa nuque. Il la pénètre lentement, avec d'infinies précautions, et un sourire naît sur les lèvres de H. Les yeux fermés, elle soupire langoureusement, ondulant sous sa pesée.

— Fais durer, murmure-t-elle.

Ses mains s'accrochent aux siennes, bientôt Augusto retrouve avec délice son parfum musqué. Cris mêlés, chevillés l'un à l'autre, ils repoussent la fin du parcours.

Il fait nuit. Augusto allume la lumière. La lampe de chevet gît sur le sol. L'ampoule a éclaté et l'abat-jour est froissé. Il le redresse tant bien que mal puis enfile ses vêtements. H sort bientôt de la salle de bains, n'ayant conservé aucune trace de leurs heures voluptueuses. Elle s'habille avec une grâce tranquille, ses gestes sont souples, habiles. Quand elle est prête, elle se tourne vers lui.

— Maintenant je vais m'en aller, dit-elle simplement.

Augusto allume une cigarette.

— Tu peux rester encore… si tu veux.

— Je dois partir.

Augusto garde le silence quelques secondes. H l'observe avec un calme qui le met mal à l'aise. Elle semble trop lisse, tellement en accord avec elle-même qu'il se sent impuissant.

— Bien.

C'est le seul mot qu'il réussit à articuler.

— Tu viens avec moi jusqu'à l'ascenseur ? demande-t-elle en faisant un pas vers lui.

Augusto hoche la tête et lui prend la main. Le couloir est vide, quelque part, une radio nasillarde diffuse du cha-cha-cha. La porte de la chambre claque dans leur dos et ils marchent jusqu'à l'ascenseur. H se tourne vers lui. Il l'embrasse, caresse sa joue dont la douceur duvetée le trouble instantanément. Il y a un bruit métallique et le panneau de bois coulisse, révélant la cabine. H entre et ses yeux de gazelle ne quittent pas Augusto. Il croit y deviner l'attente de quelque chose, mais tout de suite après il voit passer un voile de déception et le panneau glisse, effaçant H comme si elle n'avait jamais existé.

15

Lorsque Teo voit arriver Pepito en salle de classe ce matin-là, il remarque immédiatement son teint cireux. Pepito laisse tomber son cartable sur le sol et s'appuie d'une main sur son pupitre, gardant son bras gauche raide le long de son corps. Il s'assied avec précaution, fléchissant les jambes avec lenteur pour se glisser entre le banc et la table, comme s'il était un objet fragile. Teo l'entend respirer avec difficulté.

Pepito ouvre ensuite son cartable pour en sortir son cahier et sa trousse. Son bras gauche immobilisé dans son giron, il n'utilise que sa main droite. Chaque mouvement lui arrache une expiration sourde. Son front est moite, et Teo voit perler une goutte de sueur sur sa tempe.

M. Gacia frappe dans ses mains pour réclamer le silence et la leçon commence. Aujourd'hui, ils abordent le chapitre huit de *L'Histoire du Panamá* : « La révolte des Cimarrons[1] ».

— Au XVIe siècle, il existait deux principales colonies espagnoles sur l'isthme du Panamá, dit M. Gacia de sa voix aiguë, celle qu'il prend lorsqu'il va se lancer dans un long exposé.

1. Les informations concernant les Cimarrons mentionnées dans ce chapitre proviennent de l'article « Black Rebels : The Cimarrons of Sixteenth Century Panamá », de Ruth Pike. *The Americas*, vol. 64, n° 2, octobre 2017, Cambridge University Press. Traduction de Gilles Renaud pour la revue *Dial*, www.alterinfos.org/spip.php?article5492.

Tout en écoutant d'une oreille, Teo garde un œil sur Pepito, assis sur sa gauche, devant lui. D'où il est, il voit parfaitement son profil, son buste légèrement penché, ses paupières fermées, son visage contracté. Sur sa lèvre supérieure, de petites gouttes de sueur s'accumulent.

— Cette région fut le théâtre de groupes armés composés d'esclaves noirs en fuite qui n'acceptaient pas leur état de servitude et se réfugiaient dans les montagnes, où ils menaient une vie libre inspirée des coutumes tribales d'Afrique. On les appelait Cimarrons...

Tout le monde écoute attentivement M. Gacia parce que chacun sait que le moindre bruit est une offense personnelle qui déclenche une punition immédiate. Et aussi parce qu'après la lecture, plus ou moins longue, arrive toujours le moment des questions. M. Gacia interroge au hasard et malheur à celui qui ne connaît pas la réponse.

La voix de l'instituteur redescend peu à peu dans son médium.

— Ces colonies de Noirs libres, appelées palenques, existaient dans de nombreuses parties de l'Amérique hispanique. Elles constituaient un danger permanent pour les établissements espagnols parce que leurs habitants venaient en bandes armées attaquer les villes et les villages.

Teo n'écoute déjà plus. La tête de Pepito penche de plus en plus vers le pupitre et Teo voit distinctement des larmes couler sur les pages de son cahier.

— Les Cimarrons panaméens étaient dirigés par des hommes intrépides prêts à prendre des risques importants et à s'allier avec les pirates.

La tête de Pepito repose maintenant sur son cahier. Teo jette un coup d'œil sur M. Gacia. Imperturbable, certain d'avoir capté son auditoire, il poursuit sa lecture d'une voix ferme.

— La soumission des Cimarrons de Vallano, en 1582, mit un terme à cette lutte avec un accord de paix qui leur reconnaissait leur liberté. À partir de cette date, le mouvement cimarron organisé disparut de l'isthme de Panamá, mais la résistance des esclaves et les Cimarrons continuèrent d'exister.

À cet instant, Pepito glisse de son banc et s'écroule dans la travée. L'attention religieuse qui accompagnait la lecture cesse brutalement. Plusieurs exclamations étouffées retentissent. Les têtes se retournent, on s'agite derrière les pupitres.

M. Gacia lève les yeux de son livre d'histoire. Ses prunelles foudroient la classe. Lorsqu'il avait dix-huit ans, il rêvait d'être comédien. Trop pauvre pour se payer les cours d'une école prestigieuse, il a dû renoncer pour entrer dans l'enseignement, dont le salaire régulier lui assurait une existence paisible, mais monotone. Heureusement, il a trouvé une compensation. Désormais, chaque jour de classe est l'occasion d'être en représentation. M. Gacia considère ses élèves comme son public. En tant que tel, il ne leur autorise qu'une marge de manœuvre limitée, ne les exonérant que des applaudissements lorsque retentit la cloche de fin.

— Qu'est-ce que c'est que ça ? interroge-t-il, donnant à sa voix une note pincée lourde de menaces.

Pepito est recroquevillé sur le sol. Les larmes et la transpiration ont humidifié son cahier qui est resté collé à son front dans sa chute. Teo s'approche de lui.

— Je n'ai pas autorisé qu'on se lève, Teo ! clame M. Gacia d'une voix cinglante.

— Il s'est évanoui, dit Teo.

— Comment ?

Désarçonné, l'instituteur ne sait plus comment réagir.

— Je crois qu'il est très malade, précise Teo en se penchant vers son camarade inanimé.

M. Gacia jette son livre sur son bureau et descend la travée au pas de charge. Autour de lui, on chuchote, on se lève. Ceux du fond de la classe se rapprochent pour mieux voir.

Teo retire délicatement le cahier du visage de Pepito. M. Gacia se penche. Il passe sa main sur le front moite de l'enfant.

— Il faut l'emmener à l'infirmerie, déclare-t-il brusquement. Sa voix distille une inquiétude que la classe ne lui a jamais entendue.

M. Gacia prend Pepito dans ses bras, Teo le précède pour lui ouvrir la porte. Des exclamations accompagnent cette sortie.

— Silvio, tu surveilles pendant mon absence, lance l'instituteur en passant le seuil, Teo sur ses talons.

À peine ont-ils disparu dans le couloir que les boulettes de papier commencent à voler.

Alejandro Penula-Consido remonte sa braguette avec satisfaction. Il s'éponge le front en le tamponnant avec sa pochette de soie bleue qu'il replie d'un geste souple du poignet et place dans sa poche de poitrine, laissant les deux pointes dépasser avec une élégance négligée du plus bel effet.

Il sort ensuite de la buanderie sans un regard pour Selva.

La jeune fille est allongée sur la table au milieu du linge froissé. Sa robe est remontée sur ses hanches, sa culotte est encore accrochée à ses chevilles, ses cheveux sont répandus devant ses yeux. Sa barrette a sauté lorsqu'il l'a agrippée par la nuque, la renversant sur la pile de chemises qu'elle venait de repasser.

Il y a maintenant sept mois que Selva travaille comme lingère de doña Penula-Consido, et six mois qu'elle est régulièrement visitée par son mari dans la buanderie. Quatre semaines, c'est le temps qu'il a pu se retenir et pendant lequel il ne lui a pas adressé plus d'une dizaine de phrases. C'est à peine s'il la saluait lorsqu'il la croisait dans les couloirs. Aujourd'hui, c'est à peine s'il lui a dit bonjour lorsqu'il est entré dans la buanderie, avant de la pousser nerveusement contre les meubles et de soulever sa robe.

Selva remonte sa culotte le long de ses jambes et descend sa robe, la lissant avec soin. Elle rassemble les chemises éparses, cherchant sa barrette, avant de l'apercevoir au pied de la table. Si au moins il lui avait laissé le temps de pousser la pile de chemises, elle ne serait pas obligée de les repasser de nouveau. Encore heureux qu'il ne les ait pas tachées comme les taies d'oreiller, la dernière fois. Elle avait dû les relaver.

Elle rassemble ses cheveux, les entortille d'un mouvement preste et fixe la barrette. Le petit claquement métallique qu'elle émet en se refermant lui serre le cœur. Comme une serrure. Elle vérifie son apparence dans la vitre de la fenêtre. Doña Penula-Consido ne tolère pas qu'on soit négligé pendant le service. Son col n'est pas froissé, c'est déjà ça. La première fois, elle avait résisté et il avait déchiré la fine dentelle en la maintenant de force contre le rayonnage, le visage enfoui dans les sous-vêtements de sa femme. Elle avait cru étouffer.

Par chance, Monsieur est un rapide. Le coït ne lui prend que quelques minutes.

Elle fermerait bien la porte, mais il n'y a pas de verrou. Qui songerait à s'enfermer dans une buanderie ? Il le sait et c'est pour cela qu'il la coince ici. Dans le reste de la maison, elle parvient toujours à lui échapper, se réfugiant chez sa femme sous des prétextes divers, ou disparaissant dans les nombreuses pièces de la gigantesque demeure. Mais il est rusé. Il la guette, la traque, cela ne fait qu'augmenter son excitation. Il joue avec elle comme avec le gibier. Monsieur est un grand chasseur, un pêcheur au gros, un trousseur invétéré. Parmi le personnel, on dit que seul le Taureau le surpasse.

Toutes les employées le craignent. Enfin, celles qui sont encore désirables. Susana, la cuisinière, est une matrone de cinquante-huit ans qui n'a plus rien à redouter. Lorsqu'elle était jeune, elle a dû subir aussi ses assauts, mais avec l'âge il a fini par se désintéresser d'elle. Elle assure que ce n'est pas son poids qui l'a mise à l'abri, car elle était grosse bien avant d'être vieille et cela ne le gênait pas.

— Il me disait en riant : « faute de grives, on chasse la dinde », raconte Susana. Chez Monsieur, seuls les vêtements ont de l'élégance !

Ce n'est pas pour rassurer Selva qui comprend que son tourment ne cessera jamais, à moins de quitter la place. Mais elle a besoin de l'argent. Sur les hauteurs du plateau Del Sol, on paye bien mieux que dans les *cantinas* de Port Sangre.

Elle ne sait pas combien de temps encore elle pourra tenir face aux assauts de ce vieux bouc. Personne ne peut l'aider. Tous ceux qui travaillent ici sont, comme elle, victimes de la tyrannie domestique, et doña Penula-Consido est devenue indifférente avec le temps. Sancho, le majordome – que les patrons ont rebaptisé James par snobisme –, prétend qu'elle est ravie de ne plus subir elle-même les appétits sordides de son mari. C'est la raison pour laquelle elle embauche un personnel féminin jeune et séduisant. Un personnel qui ne reste pas et qu'elle doit renouveler tous les deux ans. Si pauvres soient-elles, les femmes de chambre ne supportent pas longtemps leur infamante condition.

Selva se prend à rêver de n'être qu'au service de doña Penula-Consido. Mais comment faire ? D'autant que M. Alejandro est dans une forme éblouissante pour ses soixante ans. À tel point qu'il ne se contente pas de chasser seulement sur ses terres. On murmure qu'il fréquente aussi une maison aristocratique du plateau Del Sol qui offre un service d'une extrême qualité.

Selva allume le fer. Elle asperge d'eau les chemises froissées et répare les dégâts, faisant une pile bien propre qu'elle range vite sur le rayonnage. Elle les portera dans la chambre de M. Alejandro lorsqu'il sera absent, en tout cas pas aujourd'hui. Elle regarde la porte de la buanderie avec appréhension.

L'idée lui vient d'un seul coup.

Elle débranche le fer, s'assure que personne ne la guette dans le couloir et descend l'escalier de service à toute vitesse. Dans le parc, elle s'approche des dépendances, longe la grange pour rejoindre les écuries. Comment n'y a-t-elle pas pensé plus tôt ? C'est si simple…

Yumna passe la lime à petits coups rapides, d'un côté et de l'autre, toujours dans le même sens, taillant l'extrémité de ses ongles. Elle est assise sur le balcon, sa trousse de manucure ouverte devant elle ; une Week-End achève de se consumer dans le cendrier.

Un discret raclement de gorge retentit. Yumna sursaute et se retourne. Carlos Hierra se tient dans l'encadrement de la porte-fenêtre.

— J'ai frappé plusieurs fois, mais vous ne sembliez pas entendre. Je comprends pourquoi, énonce-t-il en désignant la trousse sur la table. C'est un travail minutieux qui requiert toute votre concentration.

— Qu'est-ce que vous faites là, Hierra ? lance Yumna en continuant de limer ses ongles.

Le conseiller tique. Il déteste toujours autant qu'on utilise son nom sans mettre « monsieur » devant. Il est obligé de le supporter de la part du gouverneur, mais n'admet pas que d'autres se le permettent.

— « Monsieur » Hierra.

— Pardon ?

— Vous voudrez bien dire « monsieur Hierra », je ne suis pas votre femme de chambre.

— En effet, Nilda n'a pas à se raser tous les matins, elle !

— Ceci étant, vous pouvez aussi m'appeler Carlos.

— Nous ne sommes pas intimes.

Carlos Hierra vient s'appuyer contre la rambarde, face à Yumna.

— Vraiment ?

La Gazelle s'interrompt et le regarde froidement.

— À moins que quelque chose m'ait échappé.

Le conseiller sourit.

— On le dirait bien.

La Gazelle jette la lime sur la table et allume une nouvelle cigarette.

— Qu'est-ce que vous voulez, Hierra ?

Le bras du conseiller se détend brusquement, balayant la cigarette des lèvres de Yumna. La Gazelle est tellement surprise par la rapidité du geste qu'elle reste interloquée. Mais elle se reprend et se dresse d'un bond. La main du conseiller la repousse violemment sur la chaise longue.

— Assise !

— *Cabrón !* Je n'ai qu'un mot à dire au gouverneur...

— Silence !

Le timbre métallique de sa voix l'a giflée plus sûrement que sa main. Jamais la jeune femme ne lui a vu une telle expression. Le visage de Carlos Hierra s'est fermé. Dans ses yeux scintille une lueur dangereuse. Bien que de petite taille, son corps nerveux semble receler tout à coup une extrême violence. Pour la première fois, Yumna a peur de lui. À trois mètres d'elle, sa cigarette se consume, faisant une trace brune sur le sol.

— Bien. J'ai votre attention, je crois, reprend-il doucement.

Il a retrouvé si vite sa maîtrise que Yumna prend conscience tout à coup de la menace qu'il représente. Il sort son paquet de cigarettes et l'ouvre obligeamment devant elle. Après une légère hésitation, elle se sert et allume une Week-End d'une main tremblante.

— Savez-vous pourquoi vous êtes encore en vie ? demande Hierra.

Yumna secoue la tête, recrachant un mince filet de fumée.

— Parce que le gouverneur ignore que c'est vous qui avez balafré Hissa. Son Excellence l'aime beaucoup. Pas seulement parce qu'elle est très belle, mais pour ses « compétences » particulières. Compétences qu'apparemment vous ne possédez pas et qu'il payait très cher. Que croyez-vous qu'il se passerait s'il apprenait que vous avez détruit cette beauté pour l'empêcher d'en jouir ?

Devant le regard froid du conseiller, Yumna baisse les yeux.

— J'ai gardé cette information pour moi et ce faisant je vous ai sauvé la vie. Grâce à moi vous pouvez encore profiter d'une existence luxueuse au palais et de tous les autres avantages liés à la compagnie du gouverneur Lamberto. Alors, quoi que vous pensiez, je crois pouvoir affirmer sans l'ombre d'un doute que nous sommes maintenant « intimes ».

Yumna sert instinctivement son peignoir autour d'elle. Elle a beau être étendue sur la chaise longue, elle ne parvient pas à se détendre. Carlos est conscient de sa peur, c'est une petite satisfaction pour le dédommager de supporter encore le Taureau. Il comptait sur la jalousie de la jeune femme pour que la situation du couple s'envenime, mais le calme semble s'être installé entre eux. Le gouverneur ne reçoit plus de visiteuses dans son bureau et s'il va désormais chez Madame, ce n'est plus pour lutiner ses pensionnaires. Carmelo lui en a donné l'assurance. Selon Amalia, il ne fréquente aucune fille. Le Taureau assagi, rangé ? C'est un rebondissement que le conseiller n'a pas su anticiper et cela l'exaspère.

— Qu'est-ce que vous attendez de moi ? demande la Gazelle d'une voix blanche.

— Rien que vous ne fassiez déjà. Continuez de vous occuper du gouverneur comme d'habitude et le Taureau aura droit à une fin de vie réjouissante.

Yumna fronce les sourcils.

— Que voulez-vous dire ?

— Les gouverneurs ne sont pas éternels. Tant qu'il est en vie, je garde votre secret, après… Ma foi, je pense que son successeur n'aura aucun intérêt pour le passé. Vous serez libre.

— Et avant cela ? demande Yumna soudain soupçonneuse.

— Nous aurons vous et moi des relations amicales.

Yumna observe avec intensité le visage du conseiller, cherchant à deviner un sous-entendu.

— Rien que vous ne fassiez déjà, répète-t-il en souriant.

Le conseiller Hierra s'éloigne d'un pas nonchalant. Ce n'est que lorsqu'elle entend se refermer la porte de la suite que Yumna se rend compte à quel point ses abdominaux étaient contractés. Elle expire, appuyant sa nuque sur le coussin de la chaise longue.

Selva est en train de repasser lorsqu'un choc sourd retentit dans son dos. Elle sourit et tourne la tête. La porte de la buanderie est secouée plusieurs fois, mais sans succès.

Selva est tranquille, le battant ne s'ouvrira pas. Le coin de métal qu'elle a placé dessous le maintient solidement. Elle entend une exclamation étouffée dans laquelle toute la frustration d'Alejandro Penula-Consido transparaît. Il donne encore quelques coups rageurs, puis le couloir redevient silencieux.

Selva poursuit son repassage. Elle regarde les paniers de linge avec reconnaissance : elle en a au moins pour deux bonnes heures avant de les vider. Deux heures de calme et de tranquillité dans une pièce claire, propre et bien rangée. Deux heures pendant lesquelles le seul souffle rauque qu'elle entendra près de son oreille sera celui de la vapeur s'échappant du fer.

Il y a quelques jours, elle s'est souvenue que lorsqu'ils voulaient maintenir les portes des stalles ouvertes, les palefreniers les bloquaient avec des coins de métal dont ils glissaient l'extrémité aplatie sous le battant.

Très efficace. Et imparable, comme vient de le constater M. Alejandro !

Mais ce n'est qu'un répit. Il reviendra à la charge et trouvera un endroit où la surprendre. Dans une maison de vingt-huit pièces, les guets-apens sont aisés. Elle devra céder et se laisser faire. Jusqu'à ce qu'il se lasse d'elle et reporte son choix sur une autre. Avant de la reprendre plus tard, car c'est toujours ainsi que cela se passe.

Selva ne le supporte plus.

Elle songe alors à son oncle Miguel. Si seulement elle parvenait à le convaincre de la laisser travailler pour lui, elle pourrait quitter le plateau Del Sol et rester en ville. Ne plus jamais sentir les mains d'Alejandro la pétrir, ne plus être renversée sur les tables.

Parce que la mère de Selva, fervente catholique, désapprouvait les débits de boissons, elle a fait jurer à son frère sur son lit de mort de ne jamais employer sa nièce dans son commerce. Par respect pour la mémoire de sa sœur et comme il avait donné sa parole, Miguel a déployé toute son énergie et son réseau de connaissances pour que Selva soit embauchée sur les hauteurs.

S'il savait ce que lui coûte sa droiture !

Croyait-il qu'elle serait à l'abri des mauvaises fréquentations ? Contrairement à ce qu'imaginait sa mère, aucun des clients de Miguel ne se risquerait à culbuter sa nièce sur les tables. En tout cas, pas s'il voulait garder ses *pelotas*[1] en état de fonctionner.

Alors qu'Alejandro Penula-Consido, protégé par sa fortune, peut en toute impunité user de ses employées comme de putains avec la bénédiction de son épouse.

---

1. « Boules », « testicules ».

Teo est devant la porte de la chambre de Yerbo. Il sait que le grand Noir est là. Caché à côté du marchand de journaux, il l'a guetté depuis la sortie des classes et l'a vu enfin arriver chez lui vers 19 heures. Sa mère ne sera pas contente qu'il ne soit pas rentré directement à la maison, mais lorsqu'il lui aura expliqué pourquoi elle ne pourra lui en vouloir.

À l'infirmerie de l'école, Mme Teresa a examiné Pepito. Outre les nombreux bleus qui marbraient son corps, il avait quatre côtes fêlées et l'épaule déboîtée. C'est à cause de la douleur que Pepito s'est évanoui en classe. Et aussi parce qu'il ne parvenait pas à respirer normalement.

— *Dios mío !* s'est exclamée l'infirmière après lui avoir enlevé sa chemisette. Comment est-ce arrivé ?

Mais Pepito n'a rien voulu dire. Malgré sa voix douce, Mme Teresa n'a rien pu obtenir de lui. Il gardait le silence et les larmes coulaient sur ses joues.

M. Gacia est retourné en classe pour achever son cours. Il a repris la lecture du chapitre sur les Cimarrons de sa voix énergique, mais Teo voyait bien qu'il était préoccupé. À plusieurs reprises, il a laissé un temps de silence s'installer après un point et on sentait qu'il avait du mal à se concentrer. Pour la première fois, la classe a découvert que M. Gacia aussi avait un cœur.

Pendant la récréation, Teo est passé à l'infirmerie pour prendre des nouvelles de Pepito. Mme Teresa était au téléphone et Pepito semblait aller un peu mieux. L'infirmière lui avait remis l'épaule en place et lui avait bandé le torse.

— Ton père va venir te chercher, Pepito, a-t-elle lancé en rentrant dans la salle d'examens.

Pepito a pris la main de Teo.

— Empêche-le de m'emmener, a-t-il chuchoté pour qu'elle ne l'entende pas, en lui serrant les doigts très fort.

Il transpirait toujours et tremblait. Alors Teo a compris. Il sait depuis longtemps que les adultes peuvent être un danger pour les enfants.

— C'est lui qui t'a fait ça ?

Pepito a hoché la tête.

Mais que pouvait faire Teo ? Il n'est qu'un enfant. Le père de Pepito est arrivé quelques minutes plus tard. C'est un gros homme chauve à l'air dur. Il a fait signe à son fils de se lever et de le suivre, sans un mot pour Mme Teresa. Teo a vu qu'à ce moment-là, elle aussi a compris. Son visage est devenu pâle, elle s'est assise, le front dans les mains.

La cloche a sonné et Teo a dû retourner en classe. La leçon d'algèbre et de géométrie s'est écoulée sans qu'il puisse se rappeler sur quoi elle portait. Heureusement, M. Gacia n'a posé aucune question. Il était visiblement préoccupé. Le cours était très calme, les enfants avaient senti eux aussi que quelque chose de grave se passait.

C'est plus tard, pendant la leçon de géographie, que Teo a su comment il pouvait aider Pepito.

Et maintenant, il est devant la porte du grand Noir aux yeux bleus. Elle s'ouvre avant qu'il n'ait frappé. Teo constate qu'il a emballé toutes ses affaires et qu'il s'apprête à quitter la chambre. Yerbo le regarde, un sourire sur les lèvres. Mais lorsque Teo commence à parler, le sourire disparaît.

Cayetano Muñoz, le père de Pepito, avait changé après la mort de sa femme. On avait retrouvé Alba Muñoz étranglée dans une ruelle près du port. En découvrant son corps à la morgue pour l'identification, Cayetano avait appris qu'elle avait un amant, un marin qui s'était enfui à bord du *Papeete*. On lui avait remis les vêtements qu'elle portait le soir de sa mort : des chaussures à talons, sa plus belle robe et le petit sac qu'elle n'utilisait que les jours de fête.

On l'avait vue avec le marin au *Loro Rojo*. Il était évident qu'ils étaient tous les deux très proches. Elle avait dit à Cayetano qu'elle rendait visite à sa sœur à Portobelo et devait rentrer le lendemain soir.

À partir de ce jour-là, Cayetano avait douté que Pepito soit réellement son fils. Les circonstances de la mort de son épouse ne furent jamais élucidées et le marin demeura introuvable, mais Cayetano était convaincu qu'elle n'en était probablement pas à son coup d'essai. Il avait un bon emploi aux chemins de fer, ce qui pour une femme comme Alba représentait la sécurité. Ils s'étaient mariés lorsqu'elle était tombée enceinte de Pepito. Peu à peu, il prit en grippe cet enfant qui lui ressemblait si peu.

Maintenant, les coups pleuvent.

— Et ne t'avise pas de te plaindre ou ce sera pire ! lance-t-il à Pepito chaque fois qu'il le corrige.

Ce qui arrive bien trop souvent.

En se couchant ce soir-là, Cayetano songe combien il aurait préféré que sa femme meure avant de mettre au monde ce bâtard dont il a maintenant la charge.

Vers 4 heures du matin, il s'éveille. Il ne sait pas ce qui l'a tiré du sommeil. Il ne garde le souvenir d'aucun bruit anormal dans le calme de la nuit. Il laisse ses yeux s'habituer à l'obscurité qui règne dans la chambre. Rien ne bouge. Par la fenêtre ouverte, la brise du large apporte le parfum d'iode et de vanille si particulier de la côte des Caraïbes.

Le regard de Cayetano glisse sur les meubles familiers : l'armoire, la table bancale, ses vêtements sur le fauteuil, la chaise près de son chevet…

Sur laquelle se découpe une forme imposante.

Cayetano a un sursaut, mais immédiatement une main se pose sur sa bouche et un coup violent lui enfonce les côtes, lui coupant la respiration. Il tente de se protéger en levant le bras. Il sent quelque chose le happer et le retourner. La tête de son humérus saute presque immédiatement de la glène, déchirant les tendons. La douleur est telle que Cayetano s'évanouit.

Il ne reprend connaissance que quatre heures plus tard. Le soleil entre dans la chambre. Dès qu'il tente de bouger, Cayetano hurle. Son épaule est inutilisable et chaque respiration le fait souffrir.

À cet instant, il découvre la photo posée sur la table de chevet. C'est un cliché d'école de Pepito. Appuyé contre l'abat-jour de la lampe, le petit bâtard le regarde en souriant.

Il n'a rien vu ni rien entendu, c'est ce qui terrifie le plus Cayetano. Qu'on puisse s'introduire dans sa maison pendant son sommeil, qu'on l'agresse sans qu'il soit capable d'apercevoir autre chose qu'une ombre, lui fait éprouver un sentiment de fragilité insoutenable.

Et il a fallu fouiller pour trouver cette photo de son fils qu'il avait décrochée, ne supportant plus de la voir sur le mur du salon. Elle lui rappelait trop sa « *puta* » de femme.

Cayetano reste couché pendant une vingtaine de minutes, le cœur battant, la sueur imprégnant sa peau, avant de rassembler son courage et d'accepter l'idée de souffrir de nouveau, ne serait-ce que pour se lever.

Le poing de Miguel s'abat sur le comptoir.

— *Cabeza de picha ! Voy a matarlo*[1] *!*

Une bouteille de rhum vole à travers la salle et s'écrase contre le mur du fond, avec une telle force qu'un tesson reste enfoncé dans le plâtre dégoulinant d'alcool. Par chance, aucun client ne se trouve sur la trajectoire ; à cette heure matinale, le *Loro Rojo* n'est pas encore ouvert.

Selva baisse la tête. La colère de son oncle, aussi spectaculaire soit-elle, ne fait que traduire son impuissance à protéger sa nièce. Il s'en veut avant tout à lui-même.

---

1. « Tête de bite ! Je vais le tuer ! »

Il attrape Selva dans ses bras et la serre contre lui.

— Pardonne-moi ! Je t'en prie ! murmure-t-il contre son oreille.

Selva fond en larmes.

— Tu n'y es pour rien, *mi tío* !

Miguel l'embrasse, claquant sur ses joues de grosses bises sonores. Lorsqu'il relâche son étreinte, Selva s'aperçoit que ses yeux sont embués.

— Cela n'arrivera plus, tu m'entends ? *Por Dios ! Te lo prometo*[1] !

Selva hoche la tête et sourit bravement à son oncle, bien qu'elle sache parfaitement qu'il lui sera impossible de venir à son secours chaque fois qu'elle quittera la buanderie. Hier matin, Alejandro Penula-Consido l'attendait, caché dans le placard de sa chambre. Lorsqu'elle y est entrée pour ranger ses chemises, il a bondi et l'a couchée sur le lit, sans même prendre le temps de baisser sa culotte qu'il a déchirée pour la pénétrer plus vite.

— *Hijo de perra !* lance encore Miguel en essuyant ses yeux avec le torchon du bar.

Vers 15 heures, pendant l'heure chaude de l'après-midi, le petit homme sec à la chemise jaune entre au *Loro Rojo*. Il s'approche du bar et, posant ses avant-bras desséchés, se penche pour coller son oreille contre les lèvres du patron.

Ce jour-là, c'est Miguel qui parle. Sa demande est très précise. Le petit homme hoche la tête en l'écoutant puis se recule et sort. Miguel a confiance en Saul, il sait que son message parviendra à la bonne personne et qu'il aura bientôt des nouvelles. Saul est toujours entendu lorsqu'il fait une demande. Il est la voix de San Perdido, le lien qui transmet les informations confidentielles dans

1. « Bon Dieu ! Je te le promets ! »

l'organisation obscure régissant la ville basse. Elle existe depuis longtemps. Quand les laissés-pour-compte de la côte caribéenne ont compris qu'il leur fallait survivre face au pouvoir du gouverneur, ils ont créé la « Chaîne », un réseau de confiance leur permettant de se fournir de l'aide entre eux. C'est un vieux système de services hérité de la piraterie.

Le soir même, alors que le bar ne désemplit pas et que dans la cour les combats de coqs font rage, un docker s'approche du comptoir et pose un dollar d'argent devant lui sur le zinc. Miguel attrape la pièce, la met dans sa poche et invite l'homme à le suivre jusqu'à une table à l'écart.

— Saul dit que tu cherches un travailleur ? murmure l'homme.

Miguel hoche la tête.

— Je connais quelqu'un, dit le docker.

— Fiable ?

— Il ne dira jamais rien.

— Combien ?

— Il ne veut pas d'argent.

Miguel hausse les sourcils. Aucun travail n'est jamais gratuit.

— Alors quoi ?

— Il a besoin d'un endroit discret pour l'accueillir.

Miguel réfléchit tout en regardant le docker. Il possède une pièce au-dessus de sa remise, donnant sur la rue Suspiros. On y accède par un escalier extérieur que n'éclaire jamais la lumière de la rue.

— C'est possible, dit-il.

— Bien.

— Quand est-ce que je le rencontrerai ?

— Il est déjà chez toi. Il t'attend.

Miguel reste sans voix.

— Comment est-ce que…

— Il bouge sans qu'on le voie. Et crois-moi, c'est un avantage.

Le docker hoche la tête et sort du bar.

Miguel fait signe à Isia, l'une de ses serveuses.

— Je monte un moment.

Elle acquiesce et rejoint aussitôt le comptoir.

Lorsque Miguel entre chez lui tout est dans l'obscurité, seule la lueur de l'escalier pénètre dans son salon, accrochant le bord de son vieux divan et quelques exemplaires de *La Ultima* qui traînent sur le sol. Il tend le bras vers l'interrupteur, mais une main se referme doucement sur la sienne.

Miguel se fige. La pression des doigts sur son poignet est apaisante et il saisit le message. Il n'allumera pas. La main quitte son bras. Un craquement du plancher lui indique que l'homme a bougé. Il s'est placé juste en retrait de la lumière et Miguel peut apercevoir le contour de ses larges épaules. Il se tient immobile et attend. Miguel comprend que c'est à lui de parler. Il fait sa demande, puis donne un nom et une adresse.

16

Augusto passe les jours qui suivent à essayer de se persuader que rien n'est arrivé, que H ne reparaîtra jamais dans sa vie et qu'il lui faut l'oublier. Il va travailler sur le chantier de la rue Barberia, supporte les exigences de Stomper, remet de l'ordre dans sa maison. Un soir, après une douche, une fois vêtu de linge frais, il décide de sortir.

C'est un jeudi.

Il a dans l'idée de s'installer à une terrasse de la place Dorée et de regarder la population s'agiter. C'est ce qu'il se répète en descendant la rue Esteban Punto. Mais c'est devant l'hôtel *Astor* qu'il se retrouve. Passant la grille que lui ouvre un vigile, il pénètre au *Saint James* comme s'il s'agissait d'un rendez-vous d'affaires important.

Durant tout le trajet, il n'a pensé qu'à des choses insignifiantes. La tête vide de toute préoccupation majeure, il a laissé ses pieds décider de la route et ses yeux ont glissé sans les voir sur les lumières de la côte.

L'orchestre de Célestin Boukondza joue toujours de la rumba mais la salle est à moitié vide. En semaine, la fréquentation baisse. Augusto commande une bière et va s'asseoir dans un coin obscur avec le vague sentiment de honte qu'accompagne la découverte d'une motivation secrète. Ainsi, il est revenu ! Cette constatation l'anéantit pendant un moment, d'autant qu'il aperçoit Stomper. Vêtu d'un éblouissant costume blanc, sa peau rose de bébé joufflu accrochant la lumière, il parade entre deux jolies filles un peu grasses. Il a dû monter là avec sa Manessius, et probablement repartira-t-il en la faisant klaxonner afin que nul n'oublie de l'admirer. Stomper est le genre d'homme qu'Augusto déteste instinctivement tout en ne pouvant éviter de faire des affaires avec lui.

Augusto constate avec un désagréable pincement au cœur que H n'est nulle part.

— Bonsoir.

Il lève les yeux avec lassitude, sachant déjà ce qu'il va découvrir. La fille est petite, mince, porte les cheveux courts et a des seins pigeonnants. Il hoche la tête froidement, mais elle doit prendre son attitude pour de la timidité, car elle se glisse contre lui sur la banquette.

— Je m'appelle Mireya, et toi ?

— Augusto.

— *Hola*, Augusto.

Puis il redevient muet. À ses côtés, Mireya respecte son silence, soucieuse de ne pas le brusquer. Elle a toute la soirée, car il n'est que 22 heures, moment où San Perdido commence seulement à s'ébrouer. Célestin Boukondza engage la conversation avec la salle, mêlant quelques phrases en swahili, qui font hurler les filles, à un anglais approximatif et à de l'espagnol. Il plaisante avec les danseurs comme s'il les connaissait depuis toujours, chauffant le public avec brio jusqu'à ce que celui-ci envahisse la piste. Derrière lui, les musiciens répètent en sourdine les deux mêmes mesures avec des hochements de tête entendus et une aisance de vieux routiers. Célestin est un bon leader et son orchestre se produit partout, des bas quartiers jusqu'à certaines soirées privées des hauteurs. Il a choisi une fois pour toutes de jouer où on le demande, toute la nuit si cela s'avère nécessaire. Il sait baisser ses tarifs pour les plus démunis et les augmenter honteusement lorsque ses employeurs en ont les moyens. Cette attitude lui vaut l'affection du public populaire de la ville basse et celle de ses musiciens qui jouent sans se soucier de la fatigue, en échange de quoi ils travaillent toute l'année. Pour beaucoup de débutants, Célestin représente une forme de réussite et ils rêvent tous d'entrer un jour dans son orchestre.

— Tu ne danses pas ?

— Pas envie. Vas-y, toi.

— Je reviens, murmure-t-elle à son oreille avant de se mêler aux danseurs.

Stomper a lui aussi envoyé ses deux compagnes sur la piste. Assis sur un tabouret de bar, il frappe dans ses mains, se tortillant de façon grotesque, poussant des cris en suivant les évolutions vaguement érotiques de ses deux grâces qui se caressent gentiment en lui lançant des clins d'œil.

Augusto allume une Pall Mall, la première de la journée, et emplit ses poumons de sa saveur généreuse. Il n'a pas encore touché à sa bière, dont la mousse tiède s'affaisse à peine, quand il voit H. Elle s'appuie sur l'épaule d'un type musclé aux cheveux visiblement teints, car ils sont d'un noir mat trop dur pour sa carnation. Augusto se sent pâlir en la regardant évoluer. Qu'est-il donc venu faire ici ? Il n'a rien à attendre d'une prostituée qui travaille sur les hauteurs. En l'observant, il ressent une bouffée de rage, car ses sourires ont la même spontanéité que ceux qu'elle lui a adressés la dernière fois. La même tendresse sensuelle se dégage de ses gestes et l'homme massif contre lequel elle se frotte a sans doute la certitude de lui plaire. Augusto boit une longue gorgée, vidant la moitié de son verre, mais la bière n'est plus assez fraîche et trop âcre pour le désaltérer.

Mireya revient s'asseoir à ses côtés.

— J'ai soif.

Augusto pousse son verre devant elle et lève la main pour appeler la serveuse. Mireya boit en s'appuyant sur son épaule et lorsqu'elle a fini son bras reste naturellement autour de son cou. H a quitté son quinquagénaire athlétique et parle avec les filles de Stomper.

— Tu sais qui est cette fille ?

— Laquelle ? demande Mireya avec empressement, ravie qu'il lui adresse la parole.

— Celle avec la robe blanche.

— Oh, H ? Tout le monde la connaît ! Tu as bon goût, elle est belle. Mais ce soir, elle est avec le type au bar. Tu veux lui parler ?

— Pas la peine.

Mireya l'observe un instant.

— Tu as couché avec elle, hein ?

Ce n'est pas une question. Son œil l'a percé à jour avec une foudroyante rapidité. Augusto tente de biaiser.

— Qui t'a dit ça ?

— Ça se voit ! affirme-t-elle avec superbe.

Brusquement, elle se colle contre lui. Ses seins sont extraordinairement fermes. Elle lui caresse la joue et murmure :

— Puisque tu l'as déjà fait avec elle, fais-le avec moi !

Puis elle éclate de rire, ravie de la stupéfaction d'Augusto.

— Je ne paye jamais, fait-il gravement lorsqu'elle a retrouvé son calme.

Mais Mireya glousse de nouveau comme s'il s'agissait d'une plaisanterie.

— Alors, tu veux l'amour gratuit ?

Augusto a un geste de dénégation. Il se fatigue déjà de répéter son discours. S'il refuse de payer, que fait-il dans les endroits où la plupart des femmes se monnayent ? L'hypocrisie de son comportement lui éclate soudain au visage.

— Et avec H, c'était gratuit ?

— Va lui demander, répond-il sans sourciller.

— Inutile, fait-elle avec gravité, sans qu'Augusto puisse savoir si ne pas payer H est une absurdité ou non.

— Excuse-moi un instant, lance-t-il en se levant, mû par une impulsion subite.

Il s'approche de H et de la fille de Stomper. H le regarde et son visage se ferme aussitôt.

— Je voulais juste te saluer, dit-il en la gratifiant de son plus beau sourire. Mais il sent ses lèvres se figer en une grimace vaine.

— Bonsoir, se contente-t-elle de répondre sans enthousiasme.

Tout le corps d'Augusto s'est raidi. La compagne de Stomper l'examine des pieds à la tête. Le trouble de H l'ayant suffisamment renseigné, Augusto retourne s'asseoir. La serveuse apporte les bières. Augusto la règle et offre une Pall Mall à Mireya qui regarde le bar d'un air rêveur, tirant sur sa cigarette à petits coups précipités. Soudain, elle se penche vers Augusto.

— Écoute, je viens avec toi pour rien, mais personne ne doit savoir.

— Ce n'est pas la peine, dit-il pour éviter de s'engager.

Il est désarçonné par la proposition, mais pas assez naïf pour ne pas deviner que son charme ne la justifie pas. H traîne toujours au bord de la piste, la fille de Stomper a disparu. Visiblement, la présence d'Augusto gêne H dans son travail. La nuit qu'elle lui a offerte ne sera pas renouvelée, les affaires reprennent. Mais Augusto ne parvient pas à chasser le souvenir de son visage lorsque les portes de l'ascenseur se sont refermées. L'attente puis la déception restent pour lui une énigme. L'explication la plus prosaïque est que, en dépit de ses protestations, elle comptait sur sa générosité ; ce qu'on appelle ici « payer le taxi » et qui, sans égaler le tarif d'une passe, est considéré comme un cadeau. Sans doute son ingratitude l'a-t-elle blessée. La froideur qu'elle lui témoigne est une fin de non-recevoir dont il goûte amèrement l'ironie. Il se traite mentalement d'imbécile et malgré la pointe douloureuse qui le taraude à l'idée d'avoir perdu définitivement H, il s'interdit de retourner la voir.

— Tu n'étais pas obligé, remarque Mireya en désignant les boissons sur la table.

— Tu avais soif, non ? rétorque-t-il.

Il apprend la courtoisie particulière liée au commerce des filles : la bière qu'il paye à Mireya, celle que H lui tendait généreusement. H lance un regard dans sa direction. Elle tarde à rejoindre son client.

— Tu n'aurais pas un chewing-gum ? demande-t-il soudain à Mireya.

Le tabac ne parvient pas à calmer son énervement.

— Je reviens, dit-elle en quittant précipitamment la banquette.

Il ne faut que quelques secondes à H pour s'approcher. Sans un mot, elle s'assied de l'autre côté de la table, prenant garde de ne pas utiliser la place de Mireya. Elle garde le silence, le regard perdu sur la piste, puis :

— Tu ne peux pas aller avec cette fille, assène-t-elle d'un ton glacial.

Sa voix est plus rauque que d'habitude.

— Pourquoi ?

— Parce que.

— Le type au bar est avec toi, non ? remarque Augusto en désignant du menton l'homme aux cheveux teints.

— Lui, c'est rien, c'est un ami, fait H en balayant l'image du quinquagénaire d'une main désinvolte.

— Tu me prends pour un con ?

— C'est vrai !

— Qu'est-ce que tu cherches exactement ?

— Tu ne peux pas aller avec cette fille ! répète-t-elle avec obstination.

— Est-ce que tu essaies de me dire que tu es jalouse ? Tu n'avais pourtant pas l'air heureuse de me voir, tout à l'heure.

— Je ne veux pas d'histoires, c'est tout.

Quelque chose préoccupe H. Elle fait tourner son briquet entre ses doigts et garde les yeux baissés. Tout à coup, elle pose sa main sur le bras d'Augusto et s'éloigne. Elle a aperçu Mireya. Celle-ci s'installe, ouvre un paquet de chewing-gums et tend une tablette à Augusto. Elle pousse ensuite le paquet devant lui et il comprend qu'elle est sortie l'acheter à Roselito uniquement pour lui faire plaisir.

— Qu'est-ce qu'elle voulait ? demande-t-elle en prenant une gorgée de bière.

— Rien, répond Augusto prudemment.

— Maintenant, tu dois choisir ! lance-t-elle, visiblement enchantée de la situation.

H s'est installée contre un pilier non loin d'eux. Elle entretient une conversation de pure forme avec une fille sculpturale en robe rouge. L'expression fermée de son visage accentue le trait plus clair de sa cicatrice.

— Qu'est-ce que tu vas faire ? demande Mireya en promenant ses longs doigts dorés sur sa cuisse.

— Je ne sais pas… encore.

— H te commande, dit-elle avec une moue de dépit.

— Non.

— Alors, viens ! Je m'occuperai bien de toi.

Mais tout à coup, il est las de ce jeu.

— Je vais rentrer seul, dit-il en posant deux billets sur la table.

— Tu ne peux pas me laisser !

— Tu as de quoi t'amuser maintenant, dit-il en désignant l'argent.

— Ça ne compte pas ! Que vont dire les autres filles ? « Mireya, tu ne sais pas garder un homme ! » Elles se moqueront de moi !

— Il y a plein de clients ici, dit-il en se levant.

Puis il traverse la piste et franchit la porte. Dehors, Stomper est au volant de sa Manessius, les deux filles à ses côtés, gloussant comme des dindes. Roselito sourit à la voiture, montrant ses gencives désertées. Il agite la main lorsque Stomper lance un coup de klaxon et envoie des baisers aux filles.

Augusto remarque que la plupart de celles qui quittent le *Saint James* s'arrangent pour se faire offrir des cigarettes ou des bonbons par leur client. Le petit vendeur les connaît toutes. Il les appelle par leur prénom, plaisante en swahili avec elles.

— Les filles font ça pour l'aider à se payer un dentier. Il a eu le scorbut, murmure H à son oreille.

Augusto ne l'a pas entendue approcher. Elle sourit et son cœur s'accélère. Soudain, un cri retentit. Augusto tourne la tête. Mireya s'accroche à son bras.

— C'est avec moi qu'il ira ! dit-elle à H dont le visage se ferme instantanément.

Roselito, les gencives à l'air, rit aux éclats, lançant des clins d'œil et battant des mains.

Mais la voix de H gronde et les mots en swahili semblent gifler Mireya. Le débit rapide accentue la menace contenue. Augusto voit nettement la peur passer sur le visage de Mireya qui tourne les talons et rentre au *Saint James*.

Roselito applaudit. Augusto lui fait signe d'approcher.

— Combien te reste-t-il à payer pour ton dentier ?

— Beaucoup, patron.

— Combien ?

— La moitié ! Encore cent balboas.

Mais Augusto sait qu'il ment, c'est un dentier bas de gamme à cinquante balboas qu'il espère s'offrir. Une fortune pour un petit vendeur ambulant.

— Les dentistes sont des voleurs, patron ! ajoute-t-il en haussant les épaules avec fatalité.

— Appelle-moi un taxi, dit Augusto en glissant des billets dans sa main.

Roselito ouvre de grands yeux. Un sourire rose illumine son visage.

— Merci ! Tu es un homme bon, patron ! Un jour, Dieu fera un geste pour toi !

Puis il siffle entre ses doigts, modulant le son avec habileté pour en faire un motif harmonieux et puissant. À l'angle de la rue, des phares s'allument et bientôt une carrosserie verdâtre et brinquebalante stoppe devant eux. Roselito se précipite pour leur ouvrir la portière.

H observe Augusto.

— Pas à l'hôtel, dit-il simplement.

Pour toute réponse, H monte dans le taxi.

— Tu as fait le bon choix, patron ! lance Roselito, appuyant ses dires d'un vigoureux hochement de tête.

Augusto s'installe à son tour et Roselito ferme la portière. La voiture s'ébranle et tandis que s'éloigne le *Saint James*, H glisse sa main dans la sienne. Dans l'ombre, il croit voir ses lèvres esquisser un sourire.

Lorsqu'Augusto s'éveille le lendemain, H a disparu, mais son parfum flotte encore dans l'air. Il est partout, dans les draps, sur lui, intime, obsédant. Augusto reste couché, les yeux ouverts, s'enivrant de son odeur. La veille, quand elle est entrée chez lui, elle a passé un long moment à tout visiter avec une expression sérieuse, comme si découvrir qui était Augusto avait une extrême importance. Il l'a laissée faire, à la fois troublé par sa présence et flatté de son attention. Puis elle s'est enfermée dans la salle de bains. Augusto s'est déshabillé et a éteint les lampes.

Quand elle est sortie, elle s'est tenue dans l'encadrement de la porte, éclairée à contre-jour par la lumière. Longue silhouette noire suspendue dans un halo jaune. Puis elle s'est avancée de son pas souple, faisant onduler ses hanches. Ses perles ont bruissé quand elle s'est glissée dans le lit contre Augusto. Sa peau était fraîche, légèrement poivrée. Elle est restée silencieuse, son souffle caressant son visage, puis ses lèvres se sont posées sur les siennes, s'ouvrant doucement.

Il est midi. Le soleil donne en plein sur les fenêtres. Augusto met le ventilateur en marche. La rue gronde encore d'agitation avant les heures chaudes de la sieste. Augusto ferme les yeux.

— Je m'appelle Hissa, a-t-elle murmuré au creux de son oreille.

Mais Augusto n'est pas certain d'avoir bien entendu, car elle a dit cela pendant la nuit alors qu'il glissait dans le sommeil.

C'est au milieu de la saison sèche que disparaît Alejandro Penula-Consido. Sa femme, Talia, le remarque à peine pendant les deux premiers jours. Elle a l'habitude de ses absences. Elle sait que ce ne sont pas les affaires qui le retiennent. Dans la famille Penula-Consido, la prospérité est un robinet qui distribuera toujours de l'argent. La fortune s'est transmise de génération en génération sans qu'il soit nécessaire d'œuvrer pour cela. Il suffisait de la faire fructifier en cultivant ses relations. Et des relations, quand on est un Penula-Consido, on en a jusqu'au Costa Rica et en Colombie.

Le troisième jour cependant, Talia commence à ressentir non pas de l'inquiétude – cela serait inapproprié concernant son mari –, mais de l'incertitude. Et elle n'aime pas cela. Depuis vingt ans, elle vit dans un univers maîtrisé où chaque problème a sa solution. Cette éthique lui permet de jouir de la vie et de ne rendre de comptes à personne.

Une existence parfaite dans un monde imparfait.

Au bout de quatre jours, l'incertitude se mue en légère irritation. Après cinq jours, Talia déteste ce qu'elle éprouve : elle est déstabilisée, ce qui l'agace encore plus. Ne pas donner de nouvelle est une incorrection qu'elle ne peut pardonner. Pas après ce qu'elle a enduré toutes ces années auprès d'Alejandro.

Son mari est un homme mal éduqué dans l'intimité – c'est la raison pour laquelle Talia n'en a aucune avec lui depuis plus de quinze ans –, mais jusqu'à présent il a toujours respecté l'étiquette. Leur mariage est un arrangement de pure forme fait d'élégantes dispositions pour l'agrément des deux parties. Il n'y a jamais dérogé.

Voilà pourquoi le sixième jour, Talia est soulagée d'apprendre qu'un cargo a signalé le bateau de son époux dérivant au large de Porto Viejo. Mais elle est surprise quand on lui précise qu'il est vide.

Son mari adore son voilier, l'*Imperator* – un nom qu'elle a toujours trouvé stupide –, et il lui arrive fréquemment de le sortir en mer. Il s'entoure en général de quelques hommes d'équipage, surtout lorsqu'il embarque avec des femmes. L'*Imperator* est un sloop de quarante-quatre mètres équipé de cabines luxueuses pouvant recevoir jusqu'à six invités.

Pourtant, une fois ramené à Port Sangre, l'*Imperator* n'a subi aucune avarie. La police maritime conclut qu'Alejandro Penula-Consido, parti seul, est tombé à l'eau et n'a pu rejoindre son voilier.

Malgré ses liens avec le gouverneur Lamberto et l'offre de celui-ci de faire des recherches, Talia décline poliment et fait montre d'une dignité exemplaire dans son deuil. Il faut dire qu'elle hérite une fortune considérable et une liberté totale.

Lorsqu'elle apprend la triste nouvelle, Selva sait que désormais elle pourra laisser la buanderie grande ouverte. Le soir même, Miguel pousse la porte de la pièce au-dessus de sa remise. C'est la première fois qu'il voit le grand Noir aux yeux bleus en pleine lumière.

— Restez aussi longtemps que vous voudrez, lui dit-il.

Yerbo hoche la tête, mais ne prononce pas un seul mot. En redescendant l'escalier extérieur, Miguel songe qu'il aurait aimé savoir ce qu'il est arrivé exactement à Penula-Consido, mais il se sent étrangement calme.

Yerbo observe les allées et venues devant l'entrée du *Saint James* : le petit vendeur de cigarettes édenté qui court vers les clients et hèle les taxis, les marchandes d'œillets noirs, les filles maquillées dont les rires résonnent dans toute la rue, les promeneurs élégants. Ce sont des voyageurs, des hommes d'affaires qui logent à l'*Astor* et profitent des distractions de San Perdido. Malgré la lumière que dispensent les réverbères, Yerbo est invisible sous la galerie extérieure qui longe la maison. Il est assis depuis un moment sur le mur de soubassement lorsqu'Hissa sort du *Saint James*. Elle allume une cigarette et envoie un baiser au petit vendeur édenté qui la salue joyeusement.

Yerbo se lève et émerge de l'ombre. Il se tient devant Hissa, de l'autre côté de la rue, et attend. La jeune femme échange quelques mots avec une fille. Elle semble absente, écoutant d'une oreille distraite ce qu'on lui raconte. Soudain, elle aperçoit le grand Noir dans son costume couleur rouille. Ses yeux passent sur lui une première fois sans s'attarder. Yerbo ne fait pas un geste, se contentant d'attendre, immobile, les mains dans les poches. Le regard d'Hissa revient sur cet inconnu élégant tandis qu'elle répond machinalement à sa compagne. Elle semble gênée par l'homme qui la fixe et le détaille à son tour.

Alors Yerbo fait un pas et la lumière éclaire son visage, soulignant son regard clair. Hissa se fige. Elle pose la main sur le bras de la fille à ses côtés pour la faire patienter et marche vers le grand Noir qui lui fait face. Elle traverse lentement tandis que la fille hausse les épaules.

Lorsqu'elle est près de lui, Hissa plonge ses yeux dans ceux de Yerbo et son cœur s'accélère. Jamais elle n'a oublié ce regard. Dans les iris bleus, elle retrouve l'enfant qui suivait l'agitation de Port Sangre sous le palmier de la place Estival. Qu'ils soient face à face douze ans plus tard la stupéfie. Elle n'ose croire que le hasard seul l'ait ramené devant le *Saint James*. Ses vêtements bien coupés donnent une image tellement éloignée de l'enfant en haillons qu'elle a rencontré sur le port.

Yerbo se détourne et descend la rue. Comme jadis, Hissa lui emboîte le pas, mais cette fois elle est à ses côtés. Rien n'est plus étrange que cette longue marche qu'ils font tous les deux en cette soirée de 1958. Hissa n'éprouve pas le besoin de parler. Elle se laisse porter par le rythme de l'homme silencieux, goûtant une nouvelle fois avec lui la saveur de la nuit panaméenne. De temps en temps, des taxis passent devant eux sans qu'ils ressentent le besoin d'en arrêter un. Hissa aime ignorer leur destination. Elle accorde son pas à celui du grand Noir avec la certitude qu'il sait où il va.

À aucun moment, il ne pose la main sur elle. Après s'être engagés dans un étroit passage, ils débouchent sur la place des Ladrones et Yerbo s'arrête devant la petite fontaine au pied de l'église San-Cristobal. Il se penche et prend quelques gorgées d'eau au bec de fonte. Hissa boit à son tour puis s'assied sur la margelle. C'est seulement à cet instant qu'elle ressent la fatigue de leur longue marche.

— Je ne sais pas ton nom.

Yerbo trempe son index dans l'eau et trace de grandes lettres sur la pierre en souriant.

— Je m'appelle Hissa, dit-elle après avoir lu.

Yerbo hoche la tête.

— Tu n'es pas bavard, Yerbo, remarque-t-elle gaiement.

Yerbo promène son doigt en travers de sa propre gorge. Hissa cesse de rire aussitôt, comprenant d'un seul coup la raison de son silence. Mais le sourire éclatant de Yerbo revient sur ses lèvres et comme douze ans plus tôt, un frisson court dans le dos d'Hissa.

Les jours qui suivent, Augusto vaque à ses occupations, s'étourdissant de travail. Il est plus taciturne que d'habitude et Emilio s'en étonne.

— Tu n'aimes plus la bière ? demande-t-il en voyant la bouteille pleine qui se réchauffe entre les mains d'Augusto.

Le jeune homme hausse les épaules. L'entreprise Ribeiro y Compania n'a jamais aussi bien fonctionné que depuis leur association. Augusto est un maître d'œuvre hors pair et les contrats pleuvent. Ils ont une vingtaine d'ouvriers qui tournent sur plusieurs chantiers en même temps. Pourtant, le jeune homme semble absent.

Emilio pousse un long soupir.

— Qu'est-ce qu'il y a, Gusto ? Tu es amoureux ou quoi ?

Augusto lève la tête.

— Tu es amoureux ! *Madre de Dios !* constate Emilio.

Le soir même, Augusto reprend le chemin du *Saint James*. Devant la grille, Roselito lui adresse un chaleureux sourire, ses gencives roses luisent dans l'obscurité.

— Ça marche le commerce, Roselito ?

— C'est une bonne nuit, patron !

Il y a du monde, en effet. Les corps sont humides et le bar tourne à plein régime. La piste ressemble à un énorme tas mouvant et compact. Toutes les banquettes sont prises. Augusto a quelques difficultés à se faire une place au comptoir. Il fouille la salle du regard, avide d'apercevoir H. L'excitation le fait trembler. Les minutes passent. Sa bière est terminée depuis longtemps, son verre est chaud, H n'est nulle part. Il a déjà éconduit plusieurs filles et son amertume grandit chaque fois que la porte s'ouvre sur des visages inconnus. Une main se pose sur son épaule et il se tourne d'un bond. Sa déception doit être éloquente, car Mireya éclate de rire.

— Ce n'est pas moi que tu espérais !

Elle est très gaie, sans doute un peu ivre. L'altercation avec H n'est plus qu'un souvenir. Elle lui parle à l'oreille, car l'orchestre joue plus fort que d'habitude pour couvrir la foule.

— Tu ne la trouveras pas ici, dit Mireya avec malice.

— Où est-elle ?

— Envolée !

Mireya l'observe d'un œil ironique, faisant durer le plaisir. Sa colère contre H n'est peut-être pas aussi lointaine qu'il l'a cru. Il allume une Pall Mall et attend, le plus calmement possible, que Mireya daigne en dire plus. Elle profite de la situation.

— Donne-moi une cigarette.

Augusto lui offre son paquet ouvert et la flamme de son briquet. Elle aspire une profonde bouffée et l'observe.

— Je boirais bien quelque chose…

Augusto tend le bras pour attirer l'attention du barman, mais elle l'arrête.

— Une vodka orange plutôt qu'une bière.

Elle se détourne pendant qu'il commande, appuyant son dos contre le bar. Elle regarde les danseurs, hochant la tête au rythme de la musique. Augusto se retient de lui poser la moindre question, sachant qu'elle n'attend que cela. Il boit une autre bière tandis que le sucre qui ourle la vodka orange de Mireya fond lentement.

— Tu l'aimes, hein ? demande-t-elle soudain, les yeux toujours fixés sur la piste.

— Je ne sais pas.

Elle le dévisage. Il a marqué un temps avant de répondre. « Amour » n'est pas le terme qui lui vient à l'esprit en ce qui concerne Hissa. Trop faible, trop galvaudé.

— Menteur, dit-elle en souriant.

— Non.

C'est à son tour de ralentir la conversation. Il regarde sa bière. La musique prend soudain de l'ampleur. Au bout de ses doigts, sa Pall Mall devient un serpent de cendre. Mireya l'observe sans ciller.

— Tu ne serais pas le premier.

Augusto écrase sa cigarette.

— À plus tard, dit-il en quittant son tabouret.

Il se dirige vers la sortie, Mireya sur les talons.

Dans l'allée quatre filles fument du hasch. L'un des vigiles écoute leur conversation en riant.

— Tu ne veux pas savoir où elle est ? lance la voix de Mireya derrière lui.

Augusto se retourne et hausse les épaules. Elle fait quelques pas, regardant le sol avec précaution.

— *El Loro Rojo*, laisse-t-elle tomber simplement.

Qu'Hissa en soit réduite à écumer la ville basse lui paraît le comble du mensonge.

— Vraiment ?

— Vas-y, si tu ne me crois pas.

Mireya semble ravie de ses doutes. Sa rivale chute de son piédestal. Augusto fait signe à Roselito qui siffle immédiatement un taxi. Mireya a un petit haussement d'épaules comme pour souligner la fatalité du destin. Augusto abandonne un billet dans la main de Roselito qui referme la portière sur lui. La voiture démarre et Augusto voit Mireya rentrer d'un pas triomphant au *Saint James*.

Au centre de la place Dorée, au cœur même de San Perdido, près du port et des docks, les vendeurs circulent dans les rues, proposant des fleurs, des cigarettes, des confiseries, des lunettes américaines, des fruits qu'ils pèlent et coupent avec dextérité, de l'alcool de contrebande, du haschich ou tout simplement leur sœur. Ici, entre 22 heures et l'aube, tout fait l'objet d'un commerce. Le long de la rue chantent les guitares et les bandonéons. On danse sur les trottoirs et aux terrasses, on fume sur les toits en regardant les étoiles et en crachant dans la mer.

Partout se dressent des échoppes, on mange du pain au piment, au poulet, à l'oignon frit, au poisson mariné. On boit du rhum, de la bière et du vin de palme. Que l'on soit en amont ou en aval de la rue, un cliquetis continu résonne jusqu'à la mer. Celui des rideaux de perles qui pendent devant chaque porte. Ceux des bordels ne cessent jamais de bruire. Là est la véritable pulsation de San Perdido, comme des centaines de maracas elle fait vibrer les rues.

À la terrasse du *Loro Rojo*, métis, Indiens et Africains s'entassent, les yeux tournés vers l'avenue qui charrie un flot humain bourdonnant. À l'intérieur, les tables disparaissent sous les bouteilles, la salle est noyée par un épais brouillard de fumée qui rend imprécis les contours des clients.

Augusto prend place au fond, dans l'angle d'un mur où deux tables vides n'ont pas trouvé grâce aux yeux des consommateurs. Sous le renfoncement que crée la montée de l'escalier vers l'étage, l'obscurité tombe comme un voile. De là, on est invisible depuis le reste de la salle. Entre les deux tables s'ouvre un passage vers la cour. On entend les cris d'excitation qui accompagnent les combats de coqs.

Augusto commande une bière qu'une serveuse apporte en souriant. Puis il voit Miguel s'approcher et déposer un verre de porto blanc sur l'autre table vide. Il faut un certain temps à Augusto pour découvrir Hissa. Elle est au bar, entre un docker et Stomper en costume d'un ton crème douteux. Le visage d'Hissa est fermé. D'où il se trouve, Augusto peut percevoir la tension que trahit sa posture. Elle se tient droite, mais en retrait, comme pour effacer sa présence. Ses yeux fixent la salle bien au-dessus des regards pour éviter toute tentative de lier contact. Elle semble éteinte, comme un automate dont on n'a pas remonté le mécanisme.

Que Stomper fréquente autant les endroits de la nuit, où manifestement il se sent à l'aise, ne laisse pas d'étonner Augusto. D'abord au *Saint James*, maintenant ici. Il commence à avoir une image très différente de celui qu'il côtoie presque chaque jour. Il regarde cet Américain qui sera bientôt le propriétaire du *Barberian*. Qui est-il exactement ? Emilio dit que c'est un homme d'affaires qui travaille avec le gouverneur.

Augusto cherche l'éventuel compagnon d'Hissa. Peut-être est-il dans la cour, pariant sur les coqs. Ou bien à l'extérieur, devisant avec un comparse, ou encore à une autre table occupée par une de ses connaissances. Mais aucun des hommes présents ne correspond à un client potentiel de la belle Africaine. Aucun ne semble avoir les moyens de s'offrir l'une des prostituées du *Saint James*. Leurs vêtements sont sales, élimés, certains sont pieds nus, d'autres portent de mauvaises sandales, leurs cheveux gras sont trop longs, leurs barbes ont quatre jours et ils tirent sur de petits cigares noirs, les moins chers qu'on peut trouver chez les vendeurs ambulants, et qui produisent une fumée aigre, contribuant à créer un brouillard crépusculaire. Ils boivent de la bière bon marché et du rhum de contrebande dont on dit qu'il rend aveugle. Lorsqu'ils rient, ils montrent des dentitions jaunies par le tabac, avec de larges trous. Leurs mains sont puissantes et crevassées, avec des ongles noirs et déchirés par les filets de pêche ou les caisses des docks manipulées douze heures par jour.

Augusto se rencogne contre sa chaise. Machinalement, son regard balaye la place voisine de la sienne. Seule l'extrémité de la table émerge de l'ombre de l'escalier. La lumière dessine sur le bois un rai jaune, en lisière duquel Miguel a posé le verre de porto blanc sur une serviette en papier. Signe d'une attention particulière, car aucun autre consommateur n'a de sous-verre quelconque.

Or le verre n'est plus qu'à moitié plein.

Augusto n'a vu personne s'approcher de la table. Il plisse les yeux, cherchant à percer la pénombre. Rien ne bouge. Même la chaise est invisible. Augusto regarde le passage qui mène vers l'extérieur. C'est un boyau étroit au bout duquel la lumière d'un lampadaire inondant la cour indique le chemin. À présent, Augusto sent, plus qu'il ne voit, une présence à ses côtés. Ou peut-être est-ce son esprit qui l'imagine ? L'ombre et le verre à moitié plein entretiennent sa spéculation.

Augusto s'est figé ; à l'instar d'Hissa, il semble n'être plus qu'une poupée posée sur sa chaise. Stomper est en grande conversation avec le docker. À ses côtés, Hissa demeure obstinément immobile, mais Augusto a soudain la certitude qu'elle est avec lui. Stomper lui tourne le dos. Augusto ne voit que sa nuque aux cheveux courts d'un blond pâle que la transpiration fonce par endroits. Son coude s'agite, menaçant de heurter Hissa qui semble indifférente. De temps en temps, Stomper donne une tape du plat de la main sur l'épaule du docker, comme pour le défier. L'homme a le crâne chauve et luisant ; l'une de ses oreilles arbore un anneau doré. Il sourit et des gloussements secouent son large torse. Toute sa physionomie reflète une incrédulité joviale. Un Africain au visage scarifié se penche sur l'épaule massive du docker qui prête une oreille attentive à son intervention. Il est resté jusque-là en retrait, mais Augusto se rend compte qu'il a suivi la conversation depuis le début et que Stomper s'adresse à tous deux.

Pendant que l'Africain parle, Stomper se retourne et jette un rapide coup d'œil sur Hissa, perdue dans ses pensées. Augusto sait qu'il a vu juste. Elle l'accompagne, mais reste à l'écart de leur conversation. Il sent une lame froide pénétrer son cœur. Imaginer Hissa dans les bras de Stomper le déchire.

Augusto reporte son attention sur la table voisine. Le niveau du verre n'a pas bougé. Augusto demeure prostré dans l'ombre, guettant le couloir de la cour. Éclairé par les suspensions, le bar émerge du brouillard des cigares comme un vaisseau fantôme à la proue duquel trône Hissa. La rumeur vive du café et celle plus lointaine de la rue créent une cacophonie de voix que traverse par moments une exclamation ou un appel. Miguel quitte peu le bar. Deux filles de salle circulent entre les tables pour abreuver les clients. Ce sont deux métisses pulpeuses dont les hommes flattent parfois la croupe sans qu'elles se départissent d'une bonne humeur contagieuse.

Les yeux d'Augusto reviennent sur le verre de porto, dont le niveau reste inchangé. Posé sur son carré de papier que l'éclairage rend immaculé, il semble le narguer. Il trône sur le bois usé, strié de profondes nervures et de cicatrices creusées par des lames de couteau. Augusto distingue les jambes qu'a dessinées le liquide sur les parois du verre. Il demeure un long moment à le fixer, sans ciller, jusqu'à ce que la fumée ait tellement asséché ses yeux qu'il doive battre des paupières.

Alors, une main émerge lentement de l'obscurité.

Le geste est si surprenant qu'Augusto a presque un sursaut en voyant la main glisser vers la lumière. Des doigts noueux, mais soignés, sur lesquels tranche la nacre rose des ongles, saisissent délicatement le verre et se retirent, l'emportant dans l'obscurité où il est englouti. Augusto s'aperçoit alors qu'il a cessé de respirer devant l'apparition de la main brune.

Cette main anormalement large et puissante est celle de Yerbo. Il la reconnaîtrait entre toutes.

Et la main surgit de nouveau, reposant le verre vide à côté du carré de papier, avec une lenteur presque délibérée, comme pour confirmer ses soupçons et récompenser sa patience. Le mouvement est presque ironique.

La main rejoint doucement la pénombre.

Quelques instants plus tard, Miguel s'approche de la table et place un autre porto blanc sur la serviette en papier. Il emporte le verre vide sans qu'un mot soit prononcé.

Malgré lui, Augusto admire l'économie de la scène qui s'est déroulée. Pas de parole, peu de gestes. Le verre reposé à côté de la serviette signifie qu'on en attend un autre et Miguel s'empresse d'y remédier. Lui seul s'en charge. Aucune des deux métisses n'a fait mine d'approcher de la table.

La curiosité d'Augusto est piquée au plus haut point. Qu'est devenu Yerbo pour qu'on le serve avec tant de prévenance ? C'est une délicatesse qui n'a pas cours dans la ville basse où l'on se côtoie rudement.

Miguel est retourné derrière son bar et prépare les boissons que lui réclament les métisses d'une voix chantante. Hissa n'a pas bougé de son tabouret. Les clients qui l'entourent cessent bientôt de parler et regardent la table sur laquelle Miguel vient d'apporter la consommation. Augusto les imite.

La main reste invisible et le verre n'a pas été touché. Au bar, les hommes interrogent Miguel qui hausse les épaules. Hissa demeure obstinément tournée vers la salle. D'où il est, Augusto doute qu'elle l'ait aperçu et il peut observer à loisir son visage dont l'expression lui est inconnue. Ce n'est plus la belle Africaine qui a partagé son lit, mais un fantôme immobile qui ne révèle rien. Un être mutique.

Soudain, Stomper lui lance quelques mots avant de marcher vers l'escalier, suivi par le docker. Son compagnon, l'Africain scarifié, reste devant le bar et Augusto voit son regard se faire plus attentif. Miguel débouche les bouteilles de bière tout en jetant des coups d'œil à la table sur laquelle trône toujours le verre de porto blanc. Stomper s'approche et au mouvement de son buste légèrement incliné, il est évident qu'il cherche à percer l'obscurité qui règne sous l'escalier.

Augusto sourit. Bien que proche, lui-même ne pourrait dire si quelqu'un est assis ou non à la table. Les deux hommes sont maintenant devant le verre de porto et se tiennent à la lisière de la lumière, leurs visages encore parfaitement éclairés. Stomper hésite, mais le docker ne se départit pas d'un sourire goguenard. La situation l'amuse au plus haut point. Sa masse imposante aux muscles puissants lui confère l'allure d'un rocher qui occulte une bonne partie du café. Juste au-dessus de son épaule, à côté de l'anneau doré qui pend de son oreille, Augusto distingue encore Hissa. Elle est maintenant concentrée sur le verre qu'elle serre entre ses doigts. À ses côtés, l'Africain scarifié allume une cigarette roulée, dont les brins de tabac qui dépassent de l'extrémité s'enflamment, tombant en une pluie de braises sur son maillot. Il les balaye d'un geste négligent.

Dans la salle noyée d'un brouillard grisâtre, les clients boivent et s'apostrophent en riant. L'agitation contraste avec l'immobilité des deux hommes devant la table.

Une nouvelle fois, la main émerge de l'ombre. Paume tournée vers le haut en signe d'invitation. Aussitôt, les deux hommes s'avancent. Quittant la lumière, leurs silhouettes à contre-jour s'obscurcissent. Stomper tire une chaise. Il s'efface pour laisser le docker s'asseoir et reste derrière lui, la main sur son épaule, comme s'il tenait la laisse d'un molosse.

La main se pose à plat sur la table, à côté du verre de porto blanc. L'extrémité de la manche d'une veste brune s'arrête au-dessus du poignet. Les longs doigts noirs, légèrement écartés, sont parfaitement immobiles.

— Je veux savoir si vous êtes celui qu'il me faut, dit Stomper.

Augusto n'est qu'à deux mètres de la table et malgré le brouhaha environnant, la phrase lui parvient clairement. Il demeure immobile, spectateur privilégié caché dans le renfoncement obscur de son mur. Il y a une éternité qu'il n'a pas touché son verre de bière. Il aimerait rafraîchir sa gorge desséchée, mais la peur de signaler sa présence le retient.

Le silence s'étire après que Stomper a parlé. La main est toujours immobile, reposant sur le bois brut comme un animal étrange. Puis elle s'avance lentement, se retournant pour offrir sa paume dont la chair rose semble un fruit délicat. Le docker lance un regard à Stomper pour quêter son approbation. Celui-ci hoche la tête et fait un pas de côté dans l'attitude d'un spectateur attentif. Le docker hausse les épaules, se rapproche de la table d'un coup de reins et saisit la main offerte.

C'est à ce moment que quelque chose change dans l'atmosphère du *Loro Rojo*. Le brouhaha baisse peu à peu, les conversations se délitent. Le claquement des verres qui heurtent le bois en se reposant sur les tables se propage à travers la salle. Augusto voit les deux métisses suspendre leurs allées et venues, une expression inquiète sur le visage. Au bar, Miguel baisse la tête, essuyant avec application un verre déjà propre. Hissa tourne le dos, les coudes appuyés sur le comptoir. Elle et Miguel sont les seuls à ne pas regarder vers la table noyée d'ombre, près de laquelle Stomper se tient à l'affût.

Un épais couvercle de fumée stagne entre les murs, filtrant la lueur des suspensions. L'odeur lourde des cigares assèche l'air.

Augusto observe, fasciné, les deux mains étroitement enlacées. Le gros avant-bras du docker envahit la table, rendant minuscule le verre de porto blanc sur son carré de papier. Il a replié son autre bras, le poing reposant négligemment sur sa hanche dans une attitude pleine de confiance tranquille, comme s'il n'avait besoin de n'utiliser qu'une infime partie de sa force. Mais peu à peu, Augusto voit le muscle radial du docker se gonfler, prenant l'aspect d'un bloc granitique. Sur son poignet, une veine saille en bleuissant. Les longs doigts noirs semblent s'enrouler autour de la main blanche, comme pour mieux y pénétrer, les perles nacrées des ongles créant de petites dépressions dans la chair claire. Le biceps du docker se contracte, puis son deltoïde. Augusto voit distinctement les doigts noirs augmenter leur pression sur la main du docker qui blanchit de plus en plus, devenant blafarde, la circulation sanguine coupée.

La salle est maintenant silencieuse. Seul le ronronnement du gros ventilateur qui brasse l'air du plafond est perceptible. Les bocks reposent tous sur les tables. Miguel a cessé d'essuyer son verre, le tenant enveloppé dans son torchon contre sa poitrine, donnant l'impression de protéger un objet précieux.

Les doigts noirs serrent toujours et le sourire du docker s'est évanoui. Son poing ne s'appuie plus sur sa hanche. Soudain, son épaule s'affaisse vers la table et sa main libre agrippe le bord du plateau. Les doigts noirs serrent encore et les veines du cou du docker gonflent sous l'effort qu'il fait pour résister. Son visage rougit, ses yeux se plissent. Sa main prend une vilaine teinte d'un blanc cireux.

Et brusquement, un craquement retentit. Un son de brindilles froissées qui fait sursauter Augusto. Le docker émet une plainte et tout son torse s'affaisse sur la table. Le métacarpe de sa main vient de se briser sous la pression des doigts noirs qui s'ouvrent, le libérant. L'homme s'empresse de replier son bras mutilé contre son ventre, le couvrant de sa main valide.

Stomper a un hochement de tête appréciateur. Il aide le docker à se mettre debout et, l'enserrant d'un bras protecteur, lui fait traverser la salle comme un entraîneur accompagnant un boxeur sonné. En longeant le bar, il lance une poignée de billets sur le comptoir et adresse un signe de tête à Miguel. Hissa descend de son tabouret et se glisse dans leur sillage, disparaissant dans la rue.

Le brouhaha de la salle s'élève comme si rien ne s'était passé, couvrant le bruissement du ventilateur. Les deux métisses reprennent leur ballet entre les clients.

Sur la table voisine, le verre de porto vide repose sur un billet plié. Augusto comprend alors qu'il est seul dans la pénombre de l'escalier.

17

Depuis qu'il a quitté la décharge et Felicia, Yerbo a vécu dans les endroits les plus improbables : dans des remises, des entrepôts comme celui du dock 5 ou des greniers. Avant celle de Miguel, la chambre que lui fournit Amadeo rue Algas est une de ses adresses les plus confortables. Pourtant il n'y reste que quelques mois. Difficile de savoir ce qu'il cherche exactement. À l'instar de Teo, qui lui rend visite un soir, Amadeo découvre par hasard la chambre vide. La clef est sur la porte. Yerbo semble s'être évanoui dans l'air humide.

Augusto, Felicia ou Hissa croiseront sa route à intervalles plus ou moins réguliers au cours des années. Chaque fois, il leur apparaîtra sous un jour nouveau et pourtant fidèle à lui-même. Silencieux, impénétrable, seuls les vêtements qu'il porte témoignent d'une certaine progression sociale. Bien qu'à son égard on ne puisse parler en ces termes, car personne ne semble vivre aussi farouchement en marge de la société. Tout l'art de Yerbo est de se fondre dans la masse, disparaissant à volonté pour réapparaître aux endroits les plus improbables. Une ombre au milieu de l'agitation de la ville.

Même s'il s'y habitue avec le temps, Augusto ne peut s'empêcher d'éprouver de l'appréhension chaque fois que le hasard met Yerbo sur son chemin. Les circonstances sont toujours dangereuses, comme lors de l'agression devant chez Tonino, ou violentes, comme dans la rue Barberia et au *Loro Rojo*. Des hommes sont blessés ou meurent tandis que le grand Noir s'efface peu après dans la nuit. Indemne.

Pourtant, Augusto ne peut se départir d'une certaine fascination pour cet être qui semble tracer une route dont lui seul connaît l'itinéraire exact. C'est sans doute la raison pour laquelle il retourne un jour au *Loro Rojo*.

Miguel ne fait aucun commentaire en le voyant entrer. À peine hoche-t-il la tête en le reconnaissant. Augusto s'installe d'autorité sous l'escalier, à la place qu'il a déjà occupée. Il ne peut s'empêcher de jeter un œil sur la table voisine. Aucun verre de porto blanc ne s'y trouve. Dans la lumière de fin de journée, le coin sous l'escalier semble anodin. Les deux serveuses circulent lentement, car à cette heure le bar est encore à moitié vide. La soirée ne fait que commencer. L'une d'elles s'avance vers lui. Elle porte une jupe bleue et un chemisier blanc largement échancré qui laisse voir une orgueilleuse poitrine. Elle se penche en s'appuyant sur le rebord de la table, indifférente au coup d'œil qu'Augusto pourrait lancer sur ses formes. Mais il plante ses yeux dans les siens. Elle soutient son regard.

— Qu'est-ce que tu prendras ? demande-t-elle avec une pointe de défi.

— Mescal, s'il te plaît.

Augusto est fatigué de la bière. Il en a trop bu avec Emilio. La serveuse hoche la tête. Augusto fixe toujours son visage. Elle sourit et se détourne, faisant rouler ses hanches en s'éloignant, pour le narguer.

Lorsqu'elle revient avec son verre de mescal, Augusto l'arrête.

— Comment t'appelles-tu ?

— Toi d'abord.

— Augusto.

— *Hola*, Augusto ! Moi, c'est Isia.

Augusto hoche la tête.

— Tu viens de Colombie ?

— Ma mère. Moi, je suis née à El Copé.
— C'est un long chemin depuis la Cordillère.
— Trois heures de bus, fait-elle en haussant les épaules.
— C'est ce que je disais.
— Qu'est-ce que tu veux ? murmure-t-elle en se penchant davantage vers lui.

Augusto hésite. Elle tourne la tête sur le côté et lève les sourcils.

— J'ai d'autres clients, tu sais !
— Pourquoi cette table-là est-elle toujours vide ? demande Augusto en désignant l'ombre sous l'escalier.

Le visage d'Isia se ferme aussitôt. Elle jette un regard inquiet vers Miguel qui longe le bar avec une caisse de bières sur l'épaule.

— Elle est réservée, laisse tomber Isia, soudain pressée de partir.

Augusto lui attrape la main pour l'empêcher de s'éloigner.

— J'étais là, l'autre soir, il y avait quelqu'un.

Isia se dégage prestement, jetant un coup d'œil à Miguel.

— Celui à qui elle est réservée…
— Qui est-ce ?
— Laisse-moi, maintenant ! lance-t-elle brutalement en s'éloignant.

Augusto la regarde débarrasser les tables des bouteilles et des verres vides. Il craint un instant qu'elle ne se plaigne de son attitude à Miguel, mais Isia ne dit rien et continue à accueillir les clients comme si de rien n'était. Augusto ignore pourquoi Yerbo jouit d'une protection aussi inhabituelle.

Il se souvient également que seul Miguel le servait. Lui qui ne quitte pas le comptoir, laissant ses employées abreuver la salle, prenait la peine de se déplacer en personne pour apporter les verres de porto blanc. Qu'a fait Yerbo pour qu'en plein cœur de la ville basse, là où ne règne aucune règle de bienséance, on lui octroie une telle considération ? Même si à San Perdido les paris les plus stupides sont pris sur n'importe quoi, Augusto doute que la seule puissance de ses mains au jeu de la Mano lui vaille autant d'estime.

« Je veux savoir si vous êtes celui qu'il me faut », a dit Stomper. Et cette petite phrase n'en finit pas de trotter dans la tête d'Augusto. Que pourraient avoir à faire ensemble deux hommes aussi dissemblables que Stomper et Yerbo ?

La salle se remplit : les dockers de Port Sangre aux bras musculeux, les marins suédois de l'*Embla*, un cargo arrivé depuis peu, quelques habitués qui jouent à la manille, ainsi que les désœuvrés qui trouvent le bar d'en face, le *Cumbia*, un peu trop exigu. Isia a maintenant fort à faire. Elle ne revient pas voir Augusto et lorsque celui-ci lève son verre de mescal pour qu'on le remplisse, Isia envoie d'un regard Nubia, l'autre serveuse. Augusto remarque que Miguel ne se préoccupe pas de la table. Contrairement à la soirée précédente, il ignore le coin sous l'escalier.

Les clients frôlent Augusto pour se rendre dans la cour et parier sur les combats de coqs. Une vague rumeur monte du boyau qui mène vers la petite arène. Un moment tenté par le spectacle, Augusto renonce pourtant, préférant attendre au cas où Yerbo se glisserait dans l'ombre qui commence à descendre à ses côtés. Les marins de l'*Embla*, au visage mangé de barbe, affichent de la lassitude, leurs gestes lents tranchent avec l'agitation de la salle. Ils restent entre eux, ne semblent pas vouloir se lier aux autres. De temps en temps, l'un d'eux promène son regard sur les hanches de Nubia ou la poitrine d'Isia, mais aucun ne leur sourit ni ne tente d'engager la conversation. Les filles les servent avec le même empressement que les autres, sans pourtant s'attarder à leur table. On dirait qu'une ligne invisible isole leur territoire. Les hommes du Nord réfrigèrent les deux métis dont la nature ardente ne s'accommode pas de leur tristesse.

Dans son coin d'ombre, Augusto se sent soudain aussi seul que les marins suédois.

Ce matin-là, Hissa s'est réveillée de bonne heure. Contrairement à son habitude, elle n'est pas restée à paresser au lit en écoutant les alapis chanter dans les frangipaniers. Elle s'est préparé un café qu'elle a pris en regardant le soleil se lever. Elle ne comprend pas pourquoi le sommeil l'a abandonnée ni pourquoi l'aube naissante lui semble tellement importante qu'elle reste ainsi à la contempler. Elle voit le ciel se noyer de gris et les nuages s'amonceler à l'horizon, déroulant un tapis de brume translucide. Et soudain, il lui semble urgent de sortir avant que la pluie de l'après-midi ne s'abatte sur la ville. Elle fait une rapide toilette et quitte bientôt la petite maison que Madame lui a prêtée. Elle y vit seule depuis plusieurs mois. Madame lui rend parfois visite, lui donnant des nouvelles de l'avenue Santa Clara, apportant les cadeaux que dépose pour elle le gouverneur Lamberto. Toutes deux savent qu'il n'est plus question pour Hissa de revenir chez Madame. Aucun client ne paierait pour avoir une fille balafrée. Le rasoir a tiré un trait sur son ancienne vie, coupant le lien professionnel qui l'attachait à Madame. Hissa est cependant touchée que l'énigmatique Eurasienne ne l'ait pas abandonnée. Elle lui a fourni cette maison et lui a donné une place au *Saint James*. Elle est la seule personne qui se soit jamais inquiétée d'Hissa.

Elle descend la voie Palatina et rejoint la route des Négriers. L'air est encore frais, mais on sent que la moiteur s'approche. Hissa marche un moment avant qu'un car brinquebalant n'apparaisse. Elle fait signe au chauffeur et monte à bord. Il est à peine 7 heures, le bus est déjà chargé d'habitants de Lágrima qui descendent à San Perdido. Les femmes de ménage, les serveuses des *cantinas*, les dockers, les ouvriers, tous ceux qu'appelle une longue journée de travail et dont les yeux rougis, les visages tristes et somnolents oscillent en cadence dans le balancement du bus.

Lorsqu'il s'arrête au bas de la rue Escurial, Hissa descend elle aussi. Elle regarde autour d'elle, ne comprenant pas encore ce qu'elle fait là, cherchant une direction à donner à ses pas. Pendant un moment, elle erre sans but, prenant plaisir à marcher ainsi au hasard des ruelles tortueuses et des escaliers de pierre. Depuis longtemps, elle ne sort plus de bonne heure.

Et soudain, elle découvre devant elle un muret surmonté d'une rambarde de fer. Elle est sur la place Estival, derrière les quais de Port Sangre. Là même où Yerbo l'avait emmenée, le soir du feu d'artifice donné en l'honneur du nouveau gouverneur de San Perdido.

Elle monte la volée de marches et accède au petit promontoire sur lequel un banc est installé sous un palmier. D'ici, par les trouées des rues qui les rejoignent, on distingue une partie des docks en contrebas. Hissa s'assied. Elle songe soudain à la soirée qu'elle a passée avec Stomper, d'abord au *Saint James* puis au *Loro Rojo*. Elle a détesté cet endroit qui lui rappelait les clients à qui la vendait Esha lorsqu'elle était enfant. Plus tard, elle n'a pas aimé non plus les caresses de Stomper. Et peu à peu, le malaise monte en elle. Elle songe à ce qu'a été sa vie avant et après la rencontre de Yerbo, à ces hommes qui se sont succédé. Elle est lasse de tout cela et brusquement elle comprend pourquoi elle ne pouvait continuer à dormir ce matin. Elle ne veut plus de cette vie, elle ne veut plus de ces corps sur elle. Elle songe à la promenade qu'elle a faite avec Yerbo, à la question muette qu'elle lisait dans ses yeux clairs lorsqu'il regardait sa cicatrice. Elle réalise soudain que chaque rencontre avec lui marque un tournant dans sa vie. La première fois elle est entrée chez Madame et depuis la seconde, elle ne cesse de penser à Augusto.

Elle voudrait redevenir la petite fille à laquelle Yerbo a souri, sentir à nouveau la chaleur de son regard bleu l'envahir et avoir la certitude qu'elle ne craint plus rien.

Le chantier de la rue Barberia est achevé en mai 1959. L'hôtel *Barberian* ouvre ses portes en juin. C'est un endroit qui apporte un vernis nouveau à cette rue auparavant populaire. S'il en est le directeur, Stomper n'y apparaît qu'une fois par semaine, laissant la gérance à un homme de confiance nommé O'Heary dont le physique et le caractère trahissent un ancien militaire. Malgré un costume de bonne coupe, ses cheveux en brosse et son nez cassé détonnent. Il reste en lui une rudesse de manières qui le fait mener les employés avec une discipline directement inspirée de West Point[1].

Le *Barberian* est un hôtel qui, s'il n'atteint pas la classe du *Saint James*, est largement au-dessus de ceux du centre-ville et offre des prestations de qualité. Une cinquantaine de chambres spacieuses et un personnel qualifié, en grande partie panaméen, accueillent une clientèle internationale : d'anciens militaires, des membres éminents de la confrérie affairiste, mais aussi quelques hommes de la mafia dont les trafics exigent une certaine discrétion. C'est une enclave américaine offrant aux compatriotes en transit une situation de choix : la proximité des docks de Port Sangre. Certaines marchandises viennent directement de Colombie en traversant la forêt du Darién. Elles sont dissimulées dans des conteneurs qui sont mêlés à ceux de cargaisons tout à fait légales. Les cargos s'arrêtent avant de passer le canal, permettant au marché noir de proliférer. Port Sangre est la plaque tournante d'une contrebande lucrative.

Après sa rencontre avec Carlos Hierra et le gouverneur Lamberto, Stomper a mis en place un juteux marché noir

1. Prestigieuse académie militaire située au nord de New York.

essentiellement composé d'armes, de carburant et de drogue, sur lequel le gouverneur touche un pourcentage non négligeable pour un minimum d'investissement. Carlos et lui ont installé, à des postes clefs de la direction des docks, quelques hommes dont le mérite est de fermer les yeux sur certains conteneurs et d'en faciliter la circulation.

Le *Barberian* est devenu la pension de tous ceux venus participer à ce trafic. Le fonds est géré par Stomper, les murs appartiennent à la ville via une société d'investissement panaméenne, le Perdido Fondo.

La grève des dockers a été l'occasion inespérée de créer l'hôtel.

Mais si l'argent rentre à flot dans les poches du gouverneur Lamberto, Carlos ne reçoit quant à lui qu'une portion congrue des dividendes. Et depuis quelque temps, l'appétit du conseiller Hierra s'est aiguisé. Ne pouvant plus compter sur la jalousie de la Gazelle, il a décidé de passer à l'action.

La Manessius est garée face à la mer des Caraïbes, sur le surplomb de la Plaza de Besos. La nuit est claire et le ciel étoilé. La baie de Port Sangre dessine un cordon de lumières en contrebas.

Il est 1 heure du matin et la température est encore de vingt-cinq degrés.

Carlos Hierra tire une bouffée de sa Week-End. Le large dos de Stomper lui fait face tandis qu'il achève de vider sa vessie et referme sa braguette. Lorsqu'il se retourne, son visage joufflu d'Américain bon teint n'exprime qu'une intense satisfaction et une gaieté à toute épreuve.

Ce qui exaspère Hierra. Venir avec la Manessius était une erreur. Cette voiture est connue dans toute la ville. Il ne comprendra jamais la passion de l'Américain pour ce tacot de collection.

— Pourquoi lui avoir donné rendez-vous ici ? demande-t-il à Stomper.

— C'est lui qui l'a voulu.

Il regarde autour de lui et hausse les épaules.

— C'est plutôt un bon choix. Un endroit calme et peu fréquenté, note Stomper avec placidité.

— Qui s'appelle Plaza de Besos. Pourquoi, à votre avis ?

L'Américain lève un sourcil. L'acidité de la remarque ne lui échappe pas.

— Vous voyez beaucoup d'amoureux ici ? lâche-t-il avec désinvolture.

Hierra regarde sa montre.

— Il va finir par être en retard, commence-t-il.

Derrière eux, un bruissement se fait entendre. Une ombre émerge de la forêt et s'approche. Les deux hommes se retournent et contemplent le grand Noir qui s'arrête près de la voiture. Ses yeux clairs les détaillent calmement.

Hierra est soudain intéressé. L'homme se tient les bras le long du corps, sans afféterie. Il ne cherche pas à les impressionner comme le font souvent les mercenaires. Il porte un tee-shirt bleu nuit et un pantalon de treillis. Son visage est neutre, parfaitement détendu. Et son regard est fascinant.

— Marchons un peu, dit Hierra.

Le grand Noir lui emboîte le pas tandis que Stomper s'adosse à la Manessius. Il a rempli sa part du marché et ne tient pas particulièrement à connaître les détails de l'arrangement qui va être passé. Il sort de sa poche intérieure une flasque de whisky dont il prend une généreuse gorgée. La jambe en appui sur le marchepied, le bras reposant sur le toit, il observe le petit homme sec et le grand Noir. Difficile de faire plus dissemblables que ces deux-là. L'énergie du conseiller est palpable jusqu'au cœur de la nuit. En revanche, il ignore quoi penser de l'Africain. « Une énigme entourée d'un mensonge », songe-t-il en souriant. Mais du diable s'il sait comment il a pu briser aussi facilement la main de Bowen, l'autre soir. Il n'avait jamais vu le docker s'incliner à ce petit jeu-là et c'est l'un des hommes les plus forts qu'il connaisse. Pas le plus intelligent, sans doute, sinon il aurait abandonné avant de perdre l'usage de sa main. Mais ce genre de brute met un point d'honneur à ne jamais reculer. Un type précieux en temps de guerre, capable de faire des miracles. Stomper en a côtoyé des tas comme lui, qu'il a appris à utiliser depuis qu'ils sont démobilisés.

Stomper allume une Turkish Tobacco et exhale un long nuage de fumée. Jamais il n'avait goûté une nuit aussi calme. Pas un cri ne monte de la forêt. « Tous les singes sont couchés ! » songe-t-il.

Face au grand Noir, Hierra ne peut s'empêcher d'éprouver un mélange ambigu d'inquiétude et de totale confiance. En lui expliquant sa mission, il a l'impression de pouvoir tout dire sans craindre un quelconque jugement, mais sent avec clarté le danger extrême qui émane de lui. Ses yeux sont ceux d'un félin dans lesquels il n'est pas sûr de détecter une once d'humanité.

Ce qui s'avère essentiel pour le travail qu'il devra effectuer, mais pourrait poser un problème après. Il sera donc impératif de veiller à le faire disparaître. C'est pour cela qu'il a été choisi et recruté par Stomper. Il n'était pas question de sacrifier un des ex-militaires américains qui ont si bien servi leurs intérêts lors de la grève et continuent de gérer la contrebande. Un obscur petit malfrat panaméen est au contraire l'outil rêvé.

Hierra revient vers la Manessius et étale le plan du palais sur le capot. Il explique ensuite au grand Noir où se trouve l'appartement du gouverneur et quel est le service de sécurité qui l'entoure.

— Il ne veut pas d'argent ?

— Pas un dollar.

Le visage de Stomper reflète la plus totale stupéfaction. Les deux hommes sont dans le salon de la résidence de

Stomper, un peu à l'écart de la voie Palatina, au milieu des collines qui surplombent San Perdido. Ils dégustent un whisky de vingt ans d'âge, 2 heures viennent de sonner à la pendule.

— Alors qu'est-ce qu'il veut ? interroge Stomper.

Hierra sort un papier de sa poche. C'est une carte du Panamá sur laquelle un cercle noir entoure une portion de la jungle entre Portobelo et San Perdido.

— Il demande que cette partie soit déclarée propriété des Cimarrons, explique-t-il à Stomper, médusé.

— Des quoi ?

— Vous devriez vous renseigner un peu sur l'histoire du Panamá, Stomper, cela pourrait s'avérer utile.

— Éclairez ma lanterne, monsieur le conseiller, lance l'Américain en se renversant dans son fauteuil club.

Hierra laisse un petit sourire suffisant étirer ses lèvres.

— Les Cimarrons sont les esclaves noirs qui, au XVIe siècle, se rebellèrent contre les Espagnols, leur tendant des embuscades et les dépouillant.

— Eh bien, eh bien ! Ces gars-là ont su se faire entendre ! s'exclame Stomper.

— Comme vous dites. D'autant que certains ne rendirent jamais les armes et s'installèrent dans la jungle.

— Et donc ?

— Il semblerait que notre ami au regard bleu soit un descendant des Cimarrons.

— Bordel de Dieu ! Carlos, nous sommes en 1959 ! Croyez-vous sérieusement qu'une colonie de Cimarrons vive encore dans la forêt ?

— En tant que Panaméen pur souche, monsieur Stomper, je crois que beaucoup de choses sont possibles dans la jungle. En 1607, un groupe de quatre-vingt-quatorze Cimarrons s'est installé près de Portobelo. On murmurait que leur chef était capable de ressusciter.

Stomper reste interloqué par la réponse du conseiller puis un énorme rire le submerge. Hierra attend patiemment que son hilarité redescende, sirotant son whisky.

— Et vous comptez lui signer un titre de propriété ? interroge Stomper entre deux hoquets.

Hierra allume une Week-End.

— Pourquoi pas ?

Pour le coup, Stomper cesse immédiatement de ricaner.

— Remarquez, c'est une bonne opération pour vous. S'il fait ce que vous lui demandez pour un simple bout de papier…

— Je vois que vous comprenez enfin, acquiesce le conseiller. C'est en effet une excellente opération.

— D'autant qu'il ne profitera probablement pas longtemps de sa jungle, après ça.

— Hélas, non !

— Sauf s'il ressuscite.

Le coup d'œil que Hierra jette à Stomper est glacial.

L'homme qui a apporté l'enveloppe au *Loro Rojo* était américain, et Miguel est persuadé qu'il s'agissait d'un militaire en civil. L'inconnu n'a rien dit, mais il a posé la lettre sur la table sous l'escalier et Miguel a parfaitement compris. Il a attendu que l'homme soit sorti puis il a emprunté le boyau qui mène à la cour. À l'angle ouest, il a monté le petit escalier métallique qui se trouve dans un renfoncement. Il a glissé le courrier sous la porte et a rejoint le bar sans se retourner.

L'enveloppe contient un certificat en bonne et due forme décoré du blason de la ville de San Perdido, paraphé par le gouverneur Lamberto et reconnaissant la pleine propriété d'une partie de la forêt aux Cimarrons de Portobelo.

Carlos Hierra a pris un plaisir extrême à imiter la signature prétentieuse du Taureau. Il a même apposé un vigoureux coup de tampon du service du cadastre sur la carte.

Ensuite, il a allumé un petit cigare en regardant la Gazelle nager dans la piscine depuis la fenêtre de son observatoire. La vie lui a semblé tellement facile qu'il n'a pu réprimer un éclat de rire, attirant l'attention du soldat qui se trouvait en faction dans la galerie.

Il est très rare que le conseiller fasse étalage d'une quelconque gaieté. Son rire grinçant a fait courir un frisson désagréable dans le dos du garde qui s'est détourné, espérant qu'il n'avait pas été remarqué.

La chambre est paisible. Un rayon de lune se glisse entre les volets, couvrant d'une lumière bleutée les corps étendus côte à côte sur le lit. Seule la respiration des dormeurs trouble le silence. Deux souffles profonds, réguliers, qui se répondent et se mêlent dans la nuit.

Le bras d'Augusto repose au creux des reins d'Hissa. Elle est couchée sur le ventre, l'une de ses longues jambes est repliée, faisant un angle, l'autre est tendue, collée contre le flanc de son compagnon, donnant à sa posture l'image d'un saut figé par le sommeil. Son bras gauche est glissé sous sa joue, ses nattes se répandent sur l'oreiller.

L'ombre se penche au-dessus d'elle, légère, silencieuse.

La main de Yerbo vient se poser avec délicatesse sur le front d'Hissa, couvrant presque son crâne de sa paume puissante. Il la regarde attentivement. L'eau claire de ses yeux perce un instant la nuit, puis ses prunelles s'obscurcissent tandis qu'il absorbe les images qui stagnent sous les paupières de la jeune femme. Il aspire le brouillard de ses souvenirs, s'emplissant des mois écoulés, passant par le chemin de ses émotions dans lesquelles il peut à son tour voyager comme si elles étaient les siennes.

C'est ainsi qu'il voit la porte à laquelle a frappé Hissa quelques heures plus tôt. Sur le seuil se tient Augusto. Yerbo découvre la surprise puis le bonheur qui naissent sur son visage. Il sent le cœur d'Hissa s'accélérer lorsqu'elle se jette dans les bras d'Augusto.

Il remonte encore le temps. Observe le défilement des jours.

Pendant un long moment, il demeure penché sur elle. Dans son sommeil, Augusto se rapproche d'Hissa, la serre contre lui, elle soupire. La main de Yerbo abandonne son front et son index suit la cicatrice jusqu'à ses lèvres, comme pour l'effacer, puis ses prunelles s'éclaircissent.

L'ombre quitte le chevet des dormeurs. Hissa sourit dans son sommeil.

Comme presque chaque soir, le gouverneur a rendu visite à Madame. Leur rendez-vous est devenu une habitude. Ils s'assoient dans le bureau, boivent du cognac et fument. Pour le gouverneur Lamberto, ce moment est une bouffée de calme qu'il prise particulièrement. Pour Madame, c'est une parenthèse convenue, une pause obligatoire dans le déroulement de ses soirées. Elle la trouve néanmoins plus intéressante que ce à quoi elle s'attendait.

Ils parlent peu et presque jamais d'Hissa. Le gouverneur ne monte plus au deuxième étage, les filles le laissent indifférent. Ses tempes sont blanches désormais et les contours de son visage s'affaissent. Il a pris du poids, sa silhouette a perdu le maintien que lui donnait son énergie martiale. Il ne court plus en grimpant le grand escalier. Le Taureau a quitté l'arène.

Carmelo passe moins de temps avec Amalia. C'est à peine s'il boit un café sur la banquette du palier. Il voit bien que la jeune femme le regarde différemment depuis l'agression du marché. Même s'il s'est détendu à son contact, il ne parvient pas encore à exprimer clairement ses envies. Amalia est patiente, elle a une longue habitude des hommes et la prudence timide du soldat lui plaît. C'est une marque de respect qu'elle apprécie.

Ils n'ont plus évoqué l'incident, ce qui a donné un tour nouveau à leurs conversations. Entre eux, les anecdotes sur le fonctionnement du salon de Madame ne sont plus de mise. Amalia raconte son enfance à Bocas del Toro, Carmelo décrit la sienne à San Miguel. Ils refont connaissance, ce qui leur permet d'oublier l'endroit où ils se trouvent pendant une heure. Lorsque le gouverneur prend congé, Carmelo descend tranquillement l'escalier derrière lui et Amalia retourne au salon.

Ce soir-là, le gouverneur ne rejoint pas immédiatement sa chambre. Il n'a pas envie de partager les jeux sexuels de la Gazelle. Il enfile un maillot de bain, prend son peignoir et sort dans le parc.

Il fait encore vingt-six degrés.

L'éclairage autour du bassin donne à l'eau une teinte de jade. La nuit crée un mur ouaté dans lequel la piscine devient un miroir flottant dans un espace irréel. Le gouverneur quitte son peignoir et s'enfonce dans la fraîcheur liquide. Il fait quelques brasses puis se met sur le dos et se laisse porter, les bras en croix. Au-dessus de lui, la voûte céleste défile. Il n'a jamais su le nom des constellations. Il contemple la géométrie des points lumineux, dérivant avec elle dans un espace infini. Une étoile filante traverse le ciel, semant une traînée poudreuse de lueur mourante.

Quelque part dans le palais une porte claque. Par les fenêtres ouvertes lui parviennent des bribes de récrimination. Le gouverneur sourit. La Gazelle s'impatiente dans la chambre. Sentir sa colère lui fait goûter plus intensément la paix dont il jouit encore. Il a soudain envie de rester dans l'eau le plus longtemps possible, pour augmenter le ressentiment de son épuisante maîtresse, la tourmenter à son tour. Un plateau tombe avec fracas sur le sol. Le gouverneur sent un début d'érection. Il redevient le Taureau du seul fait de contrôler la situation de nouveau.

— Pas encore, ma belle, murmure-t-il pour lui-même. Tu vas devoir patienter un long, un très long moment !

Un bruit de vaisselle brisée retentit, comme une réponse fulminante de Yumna. Le Taureau éclate de rire, espérant qu'elle l'entendra. Elle sera vraiment hors d'elle tout à l'heure. Son érection est maintenant flamboyante, étranglée par le maillot de bain ; elle lui déclenche un frisson dans les reins. « Oh ! Oui, elle sera en rage ! Et qui sait ce qu'elle voudra me faire subir pour se venger ? »

Le gouverneur ferme les yeux, bercé par le tapis liquide. C'est à peine s'il bouge les pieds pour se maintenir. Il est en suspens dans une ondoyante humidité. Les senteurs du parc lui parviennent. Le parfum acidulé des hibiscus, celui, tenace, des iridacées et de la menthe poivrée renforcé par la fragrance piquante des flamboyants rouges.

Dans ses oreilles, le lent bourdonnement de sa circulation sanguine compose une mélopée lancinante. Il est de retour dans la matrice et se laisse happer par l'onde qui masse sa chair. Il n'est plus qu'un organisme en lévitation, un bloc de sensations brutes, un primate.

Lorsque des bras se referment brutalement sur lui, l'entraînant vers le fond, il perd une seconde avant de réagir, tellement absorbé par l'élément liquide qu'il ne pressent le danger que trop tard. Un étau puissant le maintient sous l'eau, l'empêchant de bouger, et quand enfin il tente de ruer pour rejoindre la surface, il ne fait que gaspiller le peu d'air qui emplissait encore ses poumons. Il donne de violents coups de reins mais c'est comme s'il s'appuyait sur le vide, il ne peut avancer. La lueur qui irise l'eau semble s'affaiblir et son champ visuel diminue, devenant peu à peu un diaphragme qui se referme. Il ouvre la bouche tandis que contre ses tempes cogne un tambour fou. Il lance encore un dernier coup de pied puis l'eau chlorée pénètre dans ses poumons et c'est comme si sa poitrine explosait.

Au-dessus de lui, la lumière s'éteint brusquement.

Yumna jette le cendrier contre le mur et se rue sur le balcon. Lamberto la fait attendre depuis trop longtemps.

— Cesse de barboter, *cabrón* ! hurle-t-elle. Remonte immédiatement !

Le Taureau flotte encore dans l'eau comme un gros cafard, affublé de son stupide maillot rouge et jaune.

— Tu m'entends, *culo* ?

C'est alors qu'elle remarque la parfaite immobilité du corps.

La Gazelle pousse un cri et fait demi-tour. Elle jaillit de la chambre et remonte la galerie en courant, seulement vêtue de sa culotte et d'un minuscule soutien-gorge. Elle descend l'escalier, ouvre la porte à la volée et se rue dans le parc.

Elle est aussitôt plaquée contre le mur, si violemment que sa tête heurte la façade. Le coup l'étourdit et pendant un bref instant le sol se dérobe sous ses pieds. Mais la main qui appuie sur sa trachée la maintient debout. Elle ouvre la bouche pour aspirer un peu d'air, la pression se relâche à peine, juste ce qu'il faut pour laisser entrer l'oxygène.

Elle s'immobilise, stupéfiée par ce qu'elle voit.

— La Langosta ? souffle-t-elle d'une voix blanche.

Le beau visage régulier du grand Noir est à quelques centimètres du sien. Le lac clair de ses yeux n'est qu'un courant glacé qui la transperce. Il lève la main et son doigt trace lentement une ligne légère en travers du visage de Yumna, descendant de son œil jusqu'à ses lèvres. Un sillon imaginaire qui la fait trembler de la tête aux pieds. Et pendant qu'il effectue ce geste, ses prunelles pâles ne la quittent pas.

Soudain, l'étau se desserre et Yumna glisse sur le sol. Elle porte sa main à sa gorge endolorie et tousse. Lorsqu'elle relève la tête, elle est seule. Devant elle, le corps du gouverneur Lamberto flotte dans l'eau.

18

Dans les jours qui suivent, le quotidien *La Ultima* sort une édition spéciale annonçant la mort du gouverneur Lamberto dans sa piscine. On attribue ce regrettable accident à un malaise qui lui aurait fait perdre connaissance. « Cet homme surmené se dévouait à la difficile tâche d'administrer San Perdido. Malgré les nombreuses mises en garde de ceux qui travaillaient à ses côtés et s'inquiétaient de voir ses forces diminuer, il refusait de s'arrêter et ne prenait que peu de repos. »

Cette citation est extraite de l'éloge que Carlos Hierra a fait devant les journalistes. Il en est particulièrement fier, le trouvant du plus bel effet et d'une hypocrisie qui le ravit. « Le vieux bouc est mort, vive le bouquetin ! » songe-t-il en relisant l'article. La photo qui l'accompagne montre le Taureau lors de son investiture treize ans plus tôt. Les petits yeux noirs scintillants et le sourire de loup sont bien loin du cadavre grassouillet à la peau fripée qui a été repêché dans la piscine.

Peu après la découverte du corps, il a fallu administrer du laudanum à la Gazelle. Elle faisait une crise d'hystérie. Ses cris et ses sanglots tapaient sur le système de Carlos qui ne comprenait rien à ses propos incohérents. On a fait venir le docteur Portillo-Lopez qui s'est chargé de la calmer, demeurant à son chevet jusqu'à ce qu'elle s'endorme.

Jamais Carlos n'aurait imaginé qu'elle puisse être à ce point affectée par la mort de son vieil amant. Elle reste enfermée dans la suite, jouant déjà le rôle de la veuve éplorée avant son grand final lors de la cérémonie funéraire programmée pour le lendemain. En attendant, le corps de l'ancien gouverneur est conservé dans les locaux des pompes funèbres. Embaumé, maquillé et habillé, il fera à n'en pas douter un cadavre très digne. Plus digne qu'il ne l'a jamais été de son vivant.

Pour l'instant, Carlos remplit les fonctions de gouverneur intérimaire. Mais il a d'autres inquiétudes que celles de sa charge. Juste après la mort de Lamberto, il a rencontré Stomper dans son bureau du palais. Les choses se sont un peu compliquées. Malgré l'étroite et discrète surveillance du *Loro Rojo* par les hommes de Stomper, personne n'a plus revu Yerbo.

— Il n'est pas surprenant qu'il ait disparu, constate Stomper. D'un autre côté il a fait un excellent boulot. Pas de trace et toutes les apparences d'un accident.

— Sans doute. Mais je n'aime pas l'idée d'être à sa merci.

— Une chose dont on peut être sûr, c'est qu'il ne parlera pas, s'esclaffe Stomper.

Hierra lui jette un regard glacial.

— Quoi ? Vous comptez fouiller la jungle ? poursuit l'Américain.

— Bien sûr que non ! Il y a trois siècles, les Espagnols s'y sont cassé les dents et ils disposaient d'une armée.

— Alors fin de la discussion. Il reparaîtra un jour ou l'autre. Nous aurons tout le loisir de nous en occuper.

— Cela vaudrait mieux, monsieur Stomper, pour notre tranquillité à tous les deux.

— Détendez-vous, vous allez désormais empocher une part complète des bénéfices sur nos petites affaires.

Hierra s'appuie contre le confortable dossier du fauteuil. À quarante ans, il est en passe de devenir le plus jeune gouverneur de San Perdido. À condition toutefois que le président du Panamá ne rejette pas sa candidature.

Et pour cela, il lui faudra le soutien des illustres familles du plateau Del Sol. Il a devant lui une campagne de séduction à mener. À peine la mort du grand homme annoncée, les coups de téléphone ont commencé. De part et d'autre de la voie Palatina, on s'inquiète de l'avenir des petits arrangements pris par Lamberto. Hierra passe son temps à rassurer et en profite pour tisser un réseau d'influence sur lequel il compte bien s'appuyer pour emporter la place.

Oui, tout est encore possible. Le voilà débarrassé à peu de frais d'un encombrant rival. Il songe au traité cédant une partie de la jungle aux Cimarrons. Même cela, il pourrait le désavouer si nécessaire. Après tout, ce n'est pas son nom qui y figure.

— Vous avez entièrement raison, monsieur Stomper, tout va pour le mieux, dit Hierra en affichant un large sourire.

La Gazelle porte bien mal son surnom, aujourd'hui. Elle a les cheveux gras et emmêlés, sa peau a une vilaine teinte blafarde. Elle a revêtu le peignoir du gouverneur qui la fait ressembler à une vieille Indienne enroulée dans une couverture et fume cigarette sur cigarette. Des paquets de Week-End vides traînent partout, les cendriers débordent. Le col du peignoir est maculé de taches brunes laissées par les cendres. Elle ne mange pratiquement rien depuis trois jours et dort très peu. Des cernes noirs marquent ses yeux agrandis par la peur. Un tic nerveux agite ses paupières, lui donnant l'air d'une chouette fatiguée. Ses lèvres sont pâles et desséchées, une vilaine déchirure y a formé une croûte sanglante.

Hierra observe la ruine qui n'en finit pas de s'écrouler devant lui. Elle a poussé des hurlements terribles lorsqu'un des jardiniers, un grand Noir, a longé la piscine. La femme de chambre est venue le chercher en catastrophe et Hierra a dû quitter son bureau immédiatement pour la suivre.

Lorsqu'il a pénétré dans la pièce, la première chose qu'a faite Hierra a été de gifler Yumna pour lui faire cesser ses cris. La deuxième a été de lui verser un fond de cognac.

Maintenant il attend.

— Si vous me disiez ce qu'il se passe, je pourrais faire quelque chose, dit-il doucement. Je ne demande qu'à vous aider.

Yumna le regarde. Ses pupilles dilatées lui font un œil vide, terrifiant. Elle a perdu tout contrôle d'elle-même. Incapable de réfléchir sainement, elle s'enferme dans une angoisse débilitante.

— Non ! Non, non ! répète-t-elle soudain.

— Pourquoi ne me faites-vous pas confiance, Yumna ?

Hierra l'appelle rarement par son prénom. Il le prononce presque tendrement, en s'agenouillant devant elle. Les yeux de Yumna roulent dans leur orbite, ils semblent balayer constamment tout ce qui l'entoure, guettant le moindre signe de danger.

— Vous ne pouvez rien faire contre lui, souffle-t-elle, agitant la tête.

— Qui ça ?

— La Langosta…

Hierra est soudain perdu. Il ignore ce que les homards viennent faire dans cette conversation.

— De quoi parlez-vous ?

— De lui !

— Qui « lui » ?

— La Langosta, *cabrón* ! hurle-t-elle brusquement.

Elle court jusqu'à la porte-fenêtre.

— Il est peut-être encore là ! crie-t-elle en désignant le parc désert avec des gestes désordonnés.

— Il n'y a personne, ici, Yumna ! Vous êtes en sécurité avec la garde du palais.

Elle éclate d'un rire hystérique. On dirait une hyène folle.

— En sécurité, hein ? Alors qu'est-ce qu'il foutait là pendant que l'autre flottait dans l'eau ?

Hierra se fige tout à coup. Yumna continue sa litanie :

— La garde ! Ça ne l'a pas empêché d'entrer, la dernière fois !

Hierra la prend dans ses bras et la secoue, la forçant à le regarder.

— De qui parlez-vous ?

— De La Langosta...

— Qui est La Langosta ? Décrivez-le-moi.

Yumna cesse de s'agiter.

— Le grand Noir... aux yeux bleus...

Hierra se raidit. Il vient enfin de comprendre et un frisson le parcourt.

— Le grand Noir ? Où ça ? Où était-il ?

— Vous ne m'écoutez pas, *puta* ! Il était là, il m'attendait près de la piscine. Il savait tout, il m'a montré ce que j'avais fait.

Hierra relâche son étreinte et s'avance sur le balcon. C'est une très mauvaise nouvelle que la Gazelle ait vu Yerbo.

— Il ne m'a jamais aimée ! Il va revenir pour me punir, je l'ai lu dans ses yeux, sanglote Yumna en se laissant tomber dans un fauteuil.

Hierra l'observe. Elle se frotte le visage, se balançant d'avant en arrière, comme une enfant terrorisée. Hierra la prend dans ses bras, la berçant doucement.

— Je vais vous aider, chuchote-t-il, dites-moi tout ce que vous savez sur lui.

Lorsque paraît l'article annonçant la mort du gouverneur Lamberto, Madame est encore au lit. C'est un de ses plaisirs que d'y prendre chaque matin le petit déjeuner en parcourant la dernière édition de *La Ultima*. Elle la lit plusieurs fois tandis que son esprit déchiffre entre les lignes une autre histoire que celle, officielle, adressée aux habitants de San Perdido.

Elle relie sans peine les évènements qui se sont déroulés récemment. Il y a encore trois jours, le gouverneur prenait un cognac en sa compagnie. Si elle s'est interrogée en ne le voyant pas les soirs suivants, rien ne l'a pourtant alarmée. Elle a reçu dans son salon ses clients habituels, a veillé sur ses pensionnaires. Seule Amalia s'est inquiétée ouvertement de ne pas retrouver Carmelo. Madame sait que la jeune femme éprouve une certaine attirance pour le chauffeur du palais. Rien de surprenant à cela. Les filles ont des tocades pour passer le temps et briser la monotonie de leur métier. Madame les tolère aisément. Même si elle ne partage pas ce besoin qu'elle juge futile, elle laisse une grande liberté à ses pensionnaires.

Elle se rappelle s'être dit que le gouverneur devait avoir une obligation à laquelle il ne pouvait déroger. Puis les nuits se sont écoulées et elle n'y a plus pensé. Mais ce matin, elle sourit dans son lit en se versant une troisième tasse de thé. Les pièces du puzzle s'emboîtent parfaitement, elle est certaine de savoir à présent qui a protégé la concubine du Taureau. Si elle ne se trompe pas, elle a eu raison de ne rien dire, car maintenant, le nouveau maître de San Perdido a les coudées franches et il est un client potentiel. Elle termine son thé et se lève. En passant dans la salle de bains, elle songe qu'elle doit avoir une conversation avec Amalia. Il est temps qu'elle en sache un peu plus sur le gouverneur intérimaire Carlos Hierra.

La chambre a été rangée et vidée. Debout sur le pas de la porte, Miguel regarde autour de lui. Rien ne subsiste de la venue de Yerbo. Le grand Noir s'est évaporé. Comme toute la population de San Perdido, Miguel a lu *La Ultima* : « Mardi soir, vers 22 h 30, le corps du gouverneur a été retrouvé sans vie dans sa piscine… »

Et il n'a pas revu Yerbo depuis lundi. C'est la dernière fois qu'il lui a servi un verre de porto blanc. Un peu plus tôt dans la soirée, il avait glissé sous sa porte l'enveloppe qu'on avait apportée.

Miguel est un homme qui entend beaucoup de rumeurs. Le réseau de ses informateurs fonctionne parfaitement et ses clients sont parfois aussi bavards que des pies lorsque l'alcool les tient. Il connaît les trafics qui gangrènent la ville. Il sait de quoi est capable Yerbo. Mais c'est bien la seule chose qu'il sache à son sujet.

Ça, et son prénom.

Miguel s'assied sur le lit dont la couverture est soigneusement repliée à l'extrémité du matelas, l'oreiller posé dessus. La fenêtre ouverte protégée par les volets rabattus a permis d'aérer la pièce sans qu'on puisse voir à l'intérieur. Ils sont demeurés fermés pendant tout le séjour de Yerbo. Miguel est de plus en plus persuadé que son locataire est impliqué d'une façon ou d'une autre dans la mort du gouverneur. Il sait que Stomper était lié au palais et sa rencontre avec Yerbo dans son bar renforce ses soupçons. Pour en être sûr, il doit interroger Saul.

Devant la fenêtre de *La Linea Azul*, Rafat lit l'édition de *La Ultima*. La mort de Lamberto est une confirmation, pas une surprise. Elle était programmée depuis longtemps. Depuis le jour où il a découvert Yerbo et ses talents si particuliers. Aujourd'hui, les murs de l'hôtel *Barberian* bouchent de nouveau la vue depuis la rue Escurial, et les dockers ont repris le travail sur le port au tarif à peine plus élevé de sept balboas et vingt centesimos par jour, soit une hausse de dix centesimos de l'heure. Une maigre consolation accordée avec un semblant de magnanimité par Lamberto, au lendemain de l'explosion. Une hypocrisie qui justifie à elle seule sa mort, selon Rafat. Autour de lui, les habitués commandent des Soberana et du rhum, oubliant qu'ils ont à peine de quoi boire quelques verres de plus depuis cette infamante augmentation payée avec le sang de ceux qui ont osé s'opposer à l'ex-gouverneur.

— *Necios*[1] *!* soupire Rafat.

Il n'a jamais compris pourquoi les hommes acceptaient cette vie sans se révolter. Pas plus qu'il ne s'explique comment ils peuvent supporter cette ville corrompue et violente. Il y a eu trop de morts. Ainsi qu'il l'avait prédit, le temps s'est malheureusement écoulé avant que Yerbo ne puisse atteindre le Taureau. Et d'autres suivront, car le travail ne s'achève pas avec sa disparition. Le plan est à long terme, il prévoit encore bien des étapes jusqu'à ce qu'une nouvelle ère puisse commencer. Et le pire est à venir.

Rafat pose une pièce sur la table à côté de son verre de mescal vide et abandonne le journal. Lorsqu'il ouvre la porte, l'air du quai est presque frais, mais il a hâte de retrouver la moiteur de la jungle et d'entendre les singes capucins pousser leurs cris. Là-bas, malgré la pénombre de la canopée, la vie est plus claire.

— Elle n'a rien vu d'autre ? demande Stomper avec inquiétude.

— Non, j'en suis certain. Elle est descendue chercher Lamberto et elle est tombée sur notre « ami » en passant la porte qui donne sur le parc.

Hierra se balance dans le fauteuil du gouverneur, envoyant de petits coups de pied pour le faire pivoter de droite à gauche.

— Il est étonnant qu'elle n'ait pas fait le lien, lance Stomper.

— Ce n'est pas ça qui est étonnant.

— Tiens donc !

1. « Imbéciles ! »

— Non. Ce qui me pose problème, c'est pourquoi il l'attendait.

— Comment ça ?

— Il avait tout le temps de disparaître une fois débarrassé de Lamberto, mais au lieu de ça il est resté.

— Et vous en concluez quoi ?

— Qu'il voulait qu'elle le voie !

Stomper garde le silence. Son visage aimable devient soudain soucieux. Hierra n'a pas tort, mais quelque chose lui échappe.

— Pourquoi aurait-il fait ça ?

Hierra prend une inspiration.

— Il sait ce qu'elle a fait sur le marché de la place Dorée.

Cette fois, Stomper laisse éclater sa stupéfaction.

— Mais en quoi est-ce que ça le concerne ?

— C'est toute la question. Quoi qu'il en soit, nous devons nous débarrasser de lui.

— Nous ne savons pas où il est.

— Exact. Mais nous savons comment le faire venir.

Stomper réfléchit un instant, puis son visage s'éclaire.

— À quoi pensez-vous ? demande-t-il.

Felicia est en train de boire son café du matin sur son perron lorsque le camion pénètre dans la décharge. Le fait n'a rien d'inhabituel, des véhicules viennent chaque jour vider leurs ordures sur le site. En revanche, la voiture de police qui accompagne celui-ci est plus inquiétante.

Felicia fronce les sourcils et pose sa tasse en métal cabossée au pied de son fauteuil. Elle se lève avec peine. Ses jambes la font de plus en plus souffrir, ces derniers temps. Elle a la sensation que ses genoux sont emplis de sable. Comme des ferrures rouillées, ils se coincent dès qu'elle s'assied. Elle parvient néanmoins à se mettre debout.

Les quatre policiers qui sont descendus observent la décharge avec une grimace de dégoût. Des chiens fouillent dans les détritus, jappant et grognant après de gros rats qui leur échappent. Une quarantaine d'hommes, de femmes et d'enfants retournent les ordures, triant inlassablement ce qu'ils trouvent.

L'un des policiers, un quinquagénaire ventripotent, s'approche de Felicia.

— Vous êtes Felicia N'gabe ?

— Oui monsieur, depuis bientôt quatre-vingts ans et ça ne changera plus, répond la grosse femme en riant.

Le policier hoche la tête. Ses lunettes de soleil font un miroir dans lequel Felicia se voit toute petite.

— Je suis le capitaine Gomez, señora N'gabe.

— Enchantée de vous rencontrer, capitaine, dit Felicia.

Le capitaine regarde autour de lui. Felicia a l'impression qu'il cherche à gagner du temps. Il remonte son ceinturon sur ses hanches et exhale un soupir. C'est un geste parfaitement inutile. Poussé par son ventre, le pantalon redescend lentement à sa place habituelle. Felicia fait mine de ne pas remarquer l'embarras de l'officier. Elle attend en souriant aimablement.

Le capitaine Gomez semble se décider. Il sort un papier de la poche arrière de son pantalon avec lequel il tapote le bout de ses doigts.

— J'ai ici un arrêté municipal qui vous concerne, dit-il après s'être raclé la gorge.

L'estomac de Felicia se noue instinctivement. Elle a rarement affaire à la police. Bien qu'elle soit respectueuse de la loi, elle entretient une certaine méfiance envers les autorités. À San Perdido plus qu'ailleurs, la justice est la chose qui lui semble la moins partagée.

— De quoi s'agit-il, capitaine ? demande-t-elle finalement.

Le capitaine Gomez hoche la tête en signe d'assentiment, comme s'il lisait dans ses pensées.

— Eh bien, le site étant insalubre, il a été décidé par mesure d'hygiène qu'aucune habitation n'y était plus tolérée.

Felicia acquiesce à son tour. Elle voudrait ne pas comprendre ce que signifie l'arrêté, mais malgré ses quatre-vingts ans, ses genoux douloureux et ses jambes gonflées, Felicia a l'esprit toujours aussi agile.

Le capitaine Gomez regarde maintenant ses pieds. Il tire encore une fois sur son ceinturon, tentant vainement de rentrer le ventre. Il laisse pudiquement du temps à la grosse femme pour digérer ses paroles. Felicia hoche la tête avec nervosité. Ses yeux survolent l'étendue de déchets qui a été son royaume pendant près de cinquante ans. Elle regarde la vieille porte de conteneur qui dissimule la cachette de La Langosta et qu'elle n'a pu se résoudre à reboucher depuis son départ. Pendant quatre ans, elle en a au contraire soigné les abords, gardant l'endroit aussi dégagé que possible au cas où il reviendrait.

Le capitaine Gomez se racle la gorge. Un peu plus loin, ses hommes s'impatientent.

— Nous avons l'ordre de vous emmener pour vous reloger ailleurs, finit-il par expliquer.

Felicia tourne brusquement le visage vers lui.

— Où voulez-vous que j'aille ?

Le capitaine lève la main en signe d'apaisement.

— La mairie a pensé à tout. On vous a attribué une… habitation de l'autre côté de la route, un peu plus bas.

— Quoi ? Où ça ? s'affole Felicia qui connaît parfaitement les alentours.

— Juste… si vous voulez bien rassembler vos affaires, nous allons vous y emmener, explique-t-il.

— Maintenant ?

— L'arrêté est à effet immédiat. Ces hommes sont là pour vous aider à déménager.

Felicia prend soudain conscience que le plateau arrière du camion est vide. Les hommes qui en sont descendus attendent à proximité. Mais elle constate aussi qu'ils sont venus avec des outils. De grosses masses qu'ils ont posées à leurs pieds.

Le cœur de Felicia se serre et elle ravale un sanglot. Le capitaine Gomez met la main sur son épaule.

— Ne vous inquiétez pas, ce soir vous dormirez chez vous.

— C'est ici « chez moi » ! hurle Felicia, les yeux pleins de larmes.

Le capitaine Gomez hoche la tête.

— Ne rendez pas les choses difficiles, señora N'gabe.

Les autres policiers s'approchent en entendant le cri de Felicia. Ils ont senti venir la crise et veulent parer à tout débordement.

Le capitaine Gomez les arrête d'un geste.

— Rassemblez vos affaires, señora, mes hommes vont vous aider à les mettre dans le camion, dit-il d'une voix pleine d'empathie.

Felicia le regarde. Malgré son excellente vue, le visage du capitaine Gomez n'est plus qu'une image humide et vaporeuse, noyée par ses larmes. Elle se détourne et rentre dans sa maison.

En une vingtaine de minutes, ses affaires sont jetées à l'arrière du camion, faisant un tas bigarré de vaisselle ébréchée, de meubles branlants et de tissus bariolés qui n'occupent qu'un tiers du plateau. Puis, deux hommes hissent Felicia dans le camion. Lorsqu'il démarre, les premiers coups de masse sont donnés et les murs de la petite cabane s'écroulent. Comme ils passent l'entrée de la décharge, il ne reste déjà plus qu'un amas de planches et de tôles.

C'est une petite maison en parpaings barbouillés de ciment, entourée d'un champ en friche. Elle est située juste derrière l'entreprise de Tonino. Il voulait l'utiliser comme remise de jardin, mais il n'a jamais eu la main verte, et le terrain est resté à l'abandon, devenant un fouillis d'herbes hautes, d'épineux et d'arbres morts. Seul le pin parasol devant la masure semble encore vivant.

À l'intérieur, une unique pièce d'une quinzaine de mètres carrés, au sol de ciment, pourvue d'un minuscule évier dans un angle et d'une fenêtre au bois vermoulu. Le champ étant répertorié sur le cadastre comme appartenant toujours à la mairie, la baraque a été réquisitionnée sur ordre du gouverneur. Tonino n'a rien eu à dire. Il a haussé les épaules et a accepté de mauvaise grâce le fait qu'il aurait désormais une voisine. De toute façon, cette maison existait déjà lorsqu'il est venu s'installer ici, il n'a fait que l'annexer pour y stocker du matériel. Il l'a débarrassée la veille de l'arrivée de la locataire.

Et maintenant, Felicia regarde la route des Négriers qui borde son champ. Elle a troqué la vue sur la baie de San Perdido, où passaient les cargos et les voiliers, pour celle des bus et des voitures. Son seul gain est l'eau potable qui arrive chez elle. Pourtant elle n'en a cure. Pendant cinquante ans elle est allée en chercher à Lágrima, papotant avec les femmes du quartier. À qui pourrait-elle bien parler, désormais ? L'entreprise de Tonino est à une trentaine de mètres, elle n'en voit qu'un mur aveugle à moitié masqué par les herbes. Et comment fera-t-elle ses courses ? Elle se trouve à plus de deux kilomètres du marché de Lágrima et ne peut compter sur ses mauvaises jambes.

Il est 23 heures, la température est de vingt-deux degrés.

La petite lampe à huile qui éclaire la pièce donne une impression douillette, mais n'atteint que les bords de la table. Au-delà, l'ombre règne.

Bien que le capitaine Gomez ait veillé à ce que tout soit transporté avec soin, et qu'elle n'ait pas mis longtemps à installer son matelas sur les caisses de bois qui lui tiennent lieu de sommier, Felicia n'a pas eu le courage de poursuivre son emménagement. Ses affaires s'empilent encore en un tas désolé dans un coin. Elle n'a même pas eu envie de se préparer un bon café. Elle n'en aura bientôt plus de toute façon ; où pourrait-elle trouver des fonds de mouture, maintenant qu'elle a été chassée de la décharge ? Elle a perdu la manne que représentait son royaume de déchets. Elle ne sait même plus où elle a mis les baies qui lui donnent de si bons jus.

Malgré elle, ses yeux cherchent les vers luisants dans les friches. Ces petits points lumineux qui faisaient sa joie le soir venu. Mais ici tout semble mort. Il n'y a pas le lisier naturel et odorant que créent les ordures en décomposition et qui permet à la vie de circuler. Les lampyres se nourrissent de limaces, d'escargots, de larves et autres petits insectes, comment pourrait-il y en avoir sur ce terrain desséché ?

Felicia se lève de son vieux fauteuil bancal et passe le seuil. La lune est pleine, lumineuse, elle offre une vision féerique dans ce ciel parsemé d'éclats fluorescents. « Au moins, il me reste ça ! » songe Felicia en essuyant les larmes sur ses joues. Elle ne fait que pleurer et se déteste pour cela. Elle n'est qu'une vieille femme sanglotante attendant la mort.

Un bruissement léger attire soudain son attention. Elle cherche autour d'elle, fouillant du regard les buissons qui l'environnent. L'une des branches du pin parasol s'écarte et Yerbo apparaît. Il marche vers elle, ses yeux bleus perçant la nuit. De nouveau, elle pleure.

— Toi ? Comment tu as su ? demande-t-elle avec fièvre, oubliant un instant qu'il ne peut lui répondre.

Il s'approche et, posant la main sur son épaule, lui offre son sourire, ce merveilleux sourire qui la réchauffe d'un seul coup. Elle l'enlace. Il se laisse faire, refermant sur elle ses grands bras. Elle se berce de l'effluve de sa peau. Un parfum indéfinissable, sucré et légèrement piquant, une bonne odeur d'homme. Jamais il ne l'avait approchée, jamais elle ne l'avait tenu ainsi. Elle ne peut s'empêcher de palper ses fortes épaules, son dos cambré et musclé, de caresser son cou et sa joue. Elle entend une petite vibration contre son oreille. C'est le rire doux et bas qu'il laisse échapper, un son à peine perceptible, comme le grondement satisfait d'un félin.

— Comme tu es devenu grand et fort ! murmure-t-elle, admirative.

Puis elle le sent s'éloigner lentement d'elle. Il sourit toujours et dans ses prunelles claires elle lit que jamais il ne l'a oubliée. Il plonge la main dans la poche extérieure de son treillis et lui tend un paquet. C'est un gros sachet neuf de café de Boquete. Celui qu'elle adore.

— Viens, dit-elle en lui prenant le bras, je vais t'en préparer une tasse.

Elle se précipite à l'intérieur, soulève les vieux vêtements, retourne ses caisses de bois, bouscule les boîtes de conserve dans lesquelles elle range son petit bric-à-brac.

Yerbo s'éloigne un instant pendant qu'elle continue de farfouiller en maugréant, s'énervant de ne pas trouver ce qu'elle veut. Il revient avec une brassée de branches mortes qu'il casse et dont il fait un faisceau sur un lit d'herbes sèches devant la maison. Il craque bientôt une allumette et souffle doucement sur les braises. Il a placé deux pierres face à face de chaque côté du feu, sur lesquelles il pose la casserole noircie qu'elle lui tend après l'avoir remplie d'eau.

— Tu vois, j'ai de l'eau chez moi, maintenant ! lance-t-elle avec fierté.

Elle a enfin trouvé ses tasses. Elle verse la mouture et l'arrose avec l'eau frémissante. Ils attendent tous les deux que le mélange refroidisse et que la mouture descende au fond de la tasse. Felicia prépare le café très sucré. C'est une des rares choses que sa mère lui a transmises. Cette mère qu'elle a si peu connue, emportée par la dengue lorsqu'elle n'était qu'une petite fille.

Felicia regarde Yerbo. Il se tient accroupi, dans sa main la tasse n'est pas plus grosse qu'un dé à coudre. Felicia le couve des yeux. Par moments leurs regards se croisent et le sourire reparaît sur le visage de Yerbo. Elle retrouve dans ses traits d'homme l'enfant qu'il était lorsqu'il lui est apparu sur la décharge. Ce nez fin et régulier, ces yeux en amande, cette bouche aux lèvres épaisses, tout était là déjà, à peine atténué par les joues enfantines.

Ils restent tous les deux pendant un long moment, dans l'obscurité de la nuit trouée par les braises. Leur peau recueillant la fraîcheur nocturne, baignée par le silence. Felicia ne distingue que les yeux clairs de Yerbo. Il est appuyé contre le mur de la maison et regarde le ciel. Enfin, il se lève lentement. À l'instant où il passe devant le rectangle lumineux de la porte, un sifflement retentit et le grand Noir est projeté contre la façade. Une seconde, il demeure en suspens, comme un papillon épinglé, puis il glisse et s'effondre sur le sol.

Felicia hurle et se précipite vers lui. Elle tombe à genoux et peine à soulever Yerbo pour le tenir contre elle. Elle le traîne sous le pin parasol pour le mettre à l'abri, loin de la lumière de la maison. Elle sent l'humidité qui fait une large tache sur sa poitrine et ses mains deviennent poisseuses. Elle prend un pan de son boubou et le presse sur la blessure, murmurant des mots sans suite. Un frisson secoue Yerbo, puis il a une longue expiration et son corps se fait soudain plus lourd entre ses bras.

Felicia hurle et hurle encore en berçant contre elle le grand Noir dont les yeux clairs se sont fermés.

19

Dans le salon de l'hôtel *Barberian*, Stomper prend une gorgée de whisky. Il écoute attentivement l'ex-sergent de l'US Marine Corps David Reilly qui sirote une bière en face de lui.

— Vous en êtes certain ? demande Stomper.

— Affirmatif, monsieur. Cible atteinte, en plein cœur. J'ai vérifié.

D'ailleurs, à une distance de trois cents mètres, ce n'était pas un tir compliqué avec un fusil Springfield. La difficulté avait été de distinguer le grand Noir dans l'obscurité. Et aussi de ne pas tuer la femme qui se trouvait souvent devant la cible. Il avait dû attendre que l'homme passe devant le seuil éclairé de la maison.

— Je n'avais pas d'instruction pour la femme.

— Non, en effet, elle n'était pas prioritaire. Vous avez bien fait.

Stomper sort de sa poche une épaisse enveloppe qu'il pousse vers le sergent.

— Et vous êtes notre invité pendant votre séjour à l'hôtel. Profitez donc de la ville !

— J'en ai bien l'intention, monsieur. On dit que les femmes de San Perdido sont accueillantes.

— Comme nulle part ailleurs ! Amusez-vous, sergent, vous l'avez mérité.

Reilly hoche la tête. Il range l'enveloppe dans la poche de son blouson et serre la main de Stomper avant de s'éloigner.

Stomper se lève aussitôt et entre dans l'une des cabines téléphoniques du hall.

— C'est fait, dit-il simplement lorsque Carlos Hierra décroche.

— Vous ne risquez plus rien.

La Gazelle se tourne brusquement vers Carlos. Elle observe son visage avec attention, traquant le mensonge. Mais le conseiller affiche un air impavide.

— Il est mort, ajoute-t-il négligemment

Yumna reste immobile, n'osant croire cette nouvelle. Ses traits douloureusement marqués par la peur et le manque de sommeil n'évoquent plus que le fantôme de sa beauté. Elle n'a plus rien d'attirant tant la maladie nerveuse la dévaste. Un frémissement continuel l'agite et le moindre bruit la fait sursauter. Elle s'enferme à double tour dans les appartements de l'ancien gouverneur et ne parvient à grappiller quelques heures de sommeil que grâce aux gardes devant sa porte et sous son balcon. Ils sont relayés toutes les deux heures pour garantir une vigilance maximale.

Hierra ouvre son étui à cigarettes et le tend à la Gazelle.

La main tremblante, elle doit s'y reprendre à plusieurs fois pour attraper une Week-End. Elle tire de petites bouffées rapides tout en mordillant ses lèvres gercées. Son peignoir taché et ses ongles noirs révèlent un manque d'hygiène flagrant. Elle se fait servir tous ses repas dans sa suite, mais ne les mange qu'à moitié. En quinze jours, elle a beaucoup maigri.

La femme de chambre a prévenu Hierra qu'elle consommait du laudanum en grande quantité.

— Comment c'est arrivé ? finit-elle par demander d'une voix rauque.

— Je m'en suis occupé. Vous savez que rien ne m'importe plus que votre sécurité…

— Comment ? crie-t-elle brusquement.

— Une balle. En plein cœur.

La Gazelle le regarde avec intensité. Elle a complètement oublié la cigarette qui se consume entre ses doigts jaunis par la nicotine. Un ruban de cendre tombe sur son peignoir, y laissant une traînée grise.

— Je veux le voir.

— Ce n'est pas possible…

— Je veux le voir ! crie-t-elle de nouveau, et sa voix se brise.

— Soyez raisonnable…

— Je veux être sûre ! On me raconte des conneries à longueur de journée !

— Je ne vous ai jamais menti, lance froidement Hierra dont la patience commence à fléchir.

— Vous…

Hierra la saisit par les épaules avec brutalité et la presse contre lui. Yumna renverse la tête en arrière, écarquillant les yeux.

— Regardez-moi ! Qu'est-ce que vous voyez ? ordonne-t-il.

— Je ne… je ne sais pas… je…

— Si je vous dis qu'il est mort, c'est qu'il l'est ! Il a été abattu comme un chien !

Brusquement il la relâche, se rendant compte qu'il est inutile de la rudoyer. Elle est incapable d'entendre raison. Il se détourne et fait quelques pas. Cette chambre est répugnante, il y flotte encore l'odeur du Taureau mêlée aux relents de peur et de crasse de Yumna.

— Je veux que vous preniez une douche, maintenant ! ordonne-t-il.

Yumna hoche la tête. Elle n'a plus la force de lui résister. Elle jette son mégot dans une tasse sale et se dirige vers la salle de bains, les épaules basses, flottant dans le peignoir du gouverneur dont la ceinture traîne par terre.

Felicia ne sait pas combien de temps elle est restée près du corps de Yerbo sous le pin parasol. Elle a vu les braises du feu s'éteindre progressivement. Dans sa maison, la lampe à huile brûlait toujours, dessinant un rectangle lumineux dans l'obscurité. Sur la route des Négriers, quelques voitures sont passées, leurs phares balayant les arbres et les buissons, projetant leurs silhouettes sur le mur de la maison. Chaque fois, elle voyait la trace du sang de Yerbo qui maculait le ciment. Une fraction de seconde, la violence jaillissait de l'ombre et la tache brunâtre faisait un flash dans ses rétines.

Le corps de Yerbo est tiède entre ses bras. Elle se rend compte que son poids lui fait du bien. Tant qu'elle peut le sentir, c'est comme s'il était encore en vie, endormi contre elle. Elle devrait sans doute s'occuper de lui, le laver et le préparer pour ses funérailles. C'est ainsi qu'il faut procéder lorsque meurt un proche. Mais elle a peur de le quitter, ne serait-ce qu'une seconde. Elle ne peut que s'accrocher à lui. Profiter encore de sa présence physique.

Alors elle se met à lui parler. Elle dévide la longue suite des souvenirs qu'ils ont en commun. Lui raconte tout ce qu'elle éprouvait lorsqu'il vivait près d'elle, lui fait part de ses inquiétudes pour lui quand il n'était qu'un petit garçon de dix ans qui poussait sa brouette à la roue voilée. Elle lui confie comme elle a été fière de lui lorsqu'il a grandi, suivant son propre chemin qui ne ressemblait à aucun autre. Elle le remercie de l'avoir aidée en portant son eau et en réparant sa maison. Elle lui avoue que si elle n'a jamais douté de lui lorsqu'il l'a quittée, elle a pourtant pleuré et souffert de son départ. Elle parle ainsi pendant que s'écoule la nuit et que s'éteignent une à une les étoiles. Elle se raconte à l'enfant qu'elle n'a jamais porté et qui, un matin de juin, est entré dans sa vie.

Ils apparaissent avant l'aube. Ils ont approché sans bruit, traversant les collines. Ils sont six et Felicia ne perçoit leur présence que graduellement. Elle ignore depuis combien de temps ils sont là, immobiles autour d'elle, l'observant avec attention. Felicia est si fatiguée par le chagrin que pendant un instant elle croit avoir une vision. Son corps est comme engourdi, sa pensée brumeuse et fuyante. Elle a tellement parlé que les mots se sont noyés dans sa gorge. Elle ignore si elle les prononce ou si elle les rêve.

Ils s'accroupissent bientôt autour d'elle. Glissant vers le sol, ils gardent une distance cependant, formant un demi-cercle dans lequel Felicia se sent apaisée. Ils attendent avec une patience qui la touche. Peu à peu, elle s'habitue et tout en tenant le corps contre son sein, elle les observe à son tour. Ils sont vêtus de shorts et de tee-shirts et portent de petits colliers constitués de trois rangs de perles blanches.

Le temps semble s'être arrêté pour Felicia. L'un d'eux s'approche lentement d'elle et pose sa main sur son épaule.

— Nous devons l'emmener, dit-il doucement.

À cet instant, Felicia constate la ressemblance entre lui et Yerbo. Un air de famille. Même finesse des traits, même corps long et musclé. Seuls les yeux diffèrent. Noirs, ils captent eux aussi l'attention par leur intensité. Il sourit et Felicia sent son cœur se briser tant elle croit voir sur ses lèvres le souvenir de Yerbo.

Felicia comprend qu'elle doit le laisser partir. Les Cimarrons saisissent délicatement le grand corps et l'enveloppent dans une longue pièce de tissu. Puis ils la soulèvent en la tenant par les extrémités. Felicia sent une douce pression sur son épaule tandis que les hommes s'éloignent, se fondant dans la végétation des collines. L'un d'eux est resté près d'elle. Plus âgé que les autres, son visage est couturé de rides épaisses et son regard a la fixité inquiétante que possédait celui de Yerbo.

— Tout ira bien pour vous, maintenant, dit-il.

— Où l'emmenez-vous ? demande Felicia.

— Chez lui, dans la forêt.

Il sourit, puis se détourne et disparaît dans les hautes herbes.

Un peu avant 6 heures, le mur de ciment devient pâle et la tache de sang réapparaît. Dans la maison, la lampe à huile s'est éteinte depuis longtemps. Felicia regarde le ciel blanchir, un reste du disque clair de la lune demeure suspendu. Au-delà de la route des Négriers, en suivant le flanc des collines droit devant soi, on arrive à l'orée de la forêt. Felicia sait que les six hommes ont déjà passé les premiers feuillages, s'enfonçant dans la jungle avec le corps. Elle est toujours assise sous le pin parasol. Alors seulement, elle s'appuie contre le tronc et ferme les yeux. « Tout ira bien pour vous, maintenant », a dit l'homme âgé. Et Felicia se sent étrangement apaisée.

Le cadavre de Yerbo repose au cœur de la jungle, sur un lit funéraire recouvert de feuilles de bananier fraîches. Il est entièrement nu. Sa peau est propre et luisante, d'une belle couleur sombre sous la lueur des torches. Sur sa poitrine, l'impact du calibre 30 a laissé un trou d'entrée net. Rafat a soigneusement lavé le corps puis il a récité la prière des Morts. Une prière qu'il n'a dite qu'une seule fois depuis qu'il l'a apprise trente-cinq ans plus tôt de sa mère. Elle-même la tenait de sa grand-mère : un legs fait de génération en génération depuis l'époque de Bayano, le Roi Noir. La coutume veut qu'il ne subsiste qu'un seul dépositaire à la fois. C'est donc au seuil de la mort qu'elle se transmet, dans le secret.

Rafat l'a murmurée à l'oreille de Yerbo, dans la nuit équatoriale emplie par les bruits des animaux. C'est de l'akkadien, la plus ancienne des langues sémitiques. Portée par l'air humide, la mélopée aux incantations chantantes coule sur le visage du mort. Rythmées par les consonnes fricatives, les voyelles ruissellent jusqu'à l'obsession. Rafat la répète trois fois, comme le veut la tradition. Une fois pour la chair, une fois pour l'esprit, la dernière pour dessiner le nouveau chemin. Lorsqu'il a terminé, Rafat plonge ses doigts dans un bol empli d'eau et asperge le corps de gouttelettes.

Il n'y a eu ni cris ni pleurs lorsque le meurtre a été annoncé au palenque. Rafat savait déjà que Yerbo était mort. Il avait senti s'éteindre en lui le rythme de sa pulsation cardiaque. C'est un signe qui ne trompe pas. Seuls ceux qui ont le pouvoir « d'écouter » le ressentent. Il a donc prévenu ses frères afin qu'ils se rendent à la maison de Felicia.

Le corps a été déposé dans un endroit éloigné pour que son esprit puisse voyager librement. Il sera veillé dans le silence pendant trois jours et trois nuits. Chacun viendra à son tour accompagner son départ vers une nouvelle vie et encourager son âme à s'élever tout en préservant sa chair de la profanation des animaux.

Au bout de trois jours, on enflammera les bûches sous le lit funéraire pour détruire à jamais les liens entre le corps et l'esprit de Yerbo Kwinton.

Madame ignore comment c'est arrivé. Elle en est la première surprise. Après la mort du gouverneur, elle a continué de prendre un moment pour elle dans son bureau du premier étage. Chaque soir, elle abandonne sans crainte ses clients dans le grand salon, les filles savent s'occuper d'eux. Elle ne fait rien, elle fume en silence, sirote le cognac et laisse ses pensées dériver. Elle ne songe à rien en particulier, elle se détache peu à peu de sa maison.

La bouteille de cognac a fortement diminué.

Un matin pourtant, alors que le docteur Portillo-Lopez termine sa visite médicale, elle demande :

— Êtes-vous libre ce soir ?

Elle a posé la question avec désinvolture, mais s'est sentie tout à coup stupéfaite de l'avoir fait. Le docteur Portillo-Lopez, quant à lui, n'a pu masquer sa surprise. Il y a une seconde de gêne entre eux, que le docteur dissipe très vite, pressentant que la laisser s'éterniser donnerait à cette demande anodine un sous-entendu qui pourrait paraître grossier ou présomptueux.

— Mais oui. Auriez-vous besoin de mes services ?

Toujours sous le coup de son audace incompréhensible, Madame ne peut que répondre de façon évasive.

— Peut-être, docteur.

Elle se maudit intérieurement de manquer à ce point d'à-propos. Elle parvient à ne pas rougir et à contenir son embarras.

— Bien. Quelle heure vous conviendrait ? demande avec obligeance le docteur.

— 22 heures ? Ce n'est pas trop tard ? s'enquit-elle à son tour.

— Entendu.

— Alors à ce soir, docteur. Bonne journée, dit-elle un peu sèchement.

— Mes hommages, madame, répond-il en se dirigeant vers la porte.

Elle écoute ses pas décroître dans le couloir puis le claquement de la porte du palier retentit. Elle s'assied devant son bureau. Son cœur bat plus vite que de coutume.

C'est ainsi que le docteur Portillo-Lopez remplace le gouverneur Lamberto. Leur premier rendez-vous est étrange pour le praticien qui comprend mal ce qu'il fait là. Il s'attendait à une consultation, mais après l'avoir accueilli avec obligeance Madame l'installe dans un fauteuil confortable, lui offre à boire et plonge dans un profond silence. Ils demeurent ainsi un très long moment. Au deuxième étage, la porte d'entrée s'ouvre et se ferme souvent. On pénètre dans le salon ou on quitte la maison en un va-et-vient sans heurt. Une vague de désirs assouvis, mais feutrés, traverse cet univers aristocratique, glissant au-dessus de leur tête.

Par délicatesse, le docteur évite d'interroger Madame, lui offrant l'opportunité de commencer leur entretien à sa guise. Il patiente donc en buvant du café. Il dédaigne les friandises qui sont disposées sur un plateau devant lui, car il a dîné avant de venir et n'est pas porté sur le sucre. Esmeralda lui prépare des plats qui le comblent. Il mange trop, il le sait, mais c'est là son seul plaisir. D'aucuns diraient que c'est un vice.

Le docteur soupire discrètement, espérant attirer l'attention de Madame sur le but de cette visite. L'Eurasienne semble perdue dans ses pensées. Elle fume les cigarettes à la chaîne et si elle vide plus lentement les verres de cognac c'est uniquement parce que l'excellence de la bouteille mérite qu'on la traite avec un minimum d'égard.

Le docteur observe donc en praticien la femme qui se tient devant lui. Ses yeux bridés sont loin d'offrir le reflet de l'âme qu'on a tant vanté en littérature. Madame demeure une énigme pour lui comme pour les autres. Pourtant, il perçoit quelque chose. Une impression subtile se dégage de la femme absente dont seul le corps est devant lui. Son immobilité même devient peu à peu éloquente. Le docteur a constaté à maintes reprises le grand empire que possédait Madame sur elle-même. C'est un contrôle total qui lui permet de dissimuler la moindre émotion jusqu'à faire disparaître l'éventualité qu'elle puisse en éprouver une. Mais le docteur est trop humaniste pour croire la chose possible. Il admire la force de caractère de cette femme d'affaires, son intelligence. Il sait aussi apprécier en esthète sa beauté froide. La pureté de ses traits, les lignes souples de son corps, si elles ne réveillent pas sa virilité endormie, le charment néanmoins.

Perdus chacun dans leurs pensées, ils ont tous les deux laissé le temps s'écouler et lorsque Madame sort de son apparente léthargie, il est un peu plus de 23 heures. L'énigmatique regard revient enfin sur le docteur, qui croit déceler alors un gouffre derrière l'image lisse de son visage de porcelaine.

Madame pose son verre sur la table en teck et se lève. Poliment, le docteur l'imite. Madame se dirige vers son bureau et ouvre un petit tiroir dont elle prélève un billet de vingt dollars. Le docteur a un sursaut lorsqu'elle le lui tend.

— Ce n'est pas nécessaire, dit-il aussitôt.

— Je ne veux pas vous faire perdre votre temps.

— Voyons, madame, je vous assure que vous ne me devez rien, insiste le docteur.

— Je vous attends demain à la même heure, murmure-t-elle de sa voix grave.

— Je ne sais pas…

— S'il vous plaît.

Pour la première fois, le docteur parvient à lire dans les yeux bridés. Ce qu'il voit le saisit tout à fait. Ce n'est pas un ordre, mais une prière.

Bijan veille le corps de Yerbo depuis deux heures. Il a relayé Mosi qui est retourné se coucher. Il a entretenu les deux feux qui encadrent le lit funéraire, rapportant du bois régulièrement. Maintenant, il se laisse bercer par les sons de la forêt : les bruissements de feuilles d'un tatou cherchant sa nourriture, les grattements des coléoptères, les croassements des crapauds-buffles. Il est assis entre les racines d'un ceiba. Juste au-dessus de lui, un kinkajou s'agite en mangeant des fruits.

Bijan appuie sa tête contre le tronc. Enveloppé dans une couverture, il ne se sent pas partir. Ses paupières se ferment et bientôt il sombre dans le sommeil. Lorsqu'il se réveille en sursaut, il ignore combien de temps il a dormi.

Les deux feux brûlent toujours et non loin de lui, sur sa gauche, un craquement se fait entendre dans les branches d'un guarumo. Bijan s'ébroue, se frottant le visage, puis laisse tomber sa couverture et se lève. Il fait quelques pas sur la litière humide et se fige. En face de lui, la couche de feuilles de bananier est vide.

Le corps n'est plus là.

Bijan fait le tour du bûcher. Pendant un instant, il croit qu'un jaguar est venu et a emporté le cadavre, mais il repousse l'idée. Jamais un félin ne se serait approché des deux feux. Aucune feuille de bananier ne traîne sur le sol et aucune bûche n'a été déplacée, ce qui n'aurait pas manqué de se produire si un animal avait tenté de s'approprier la dépouille en la tirant. Le lit funéraire est vide et aucune trace n'indique comment le mort s'est évaporé.

Bijan sent la honte l'envahir. C'est sa première nuit de garde auprès de Yerbo et il n'a pas été à la hauteur de sa tâche. Il réfléchit encore quelques secondes puis s'élance vers le palenque qui se trouve à une dizaine de minutes de marche. Il n'a pas de temps à perdre et doit réveiller Rafat.

Lorsqu'il entre dans sa cabane, hors d'haleine, le vieil homme est en train de boire un thé. Bijan s'accroupit près de lui.

— Le corps a disparu !

Rafat le regarde à peine et lui tend un petit bol.

— Bois.

— C'est ma faute, je me suis endormi, insiste Bijan.

— Je sais. Bois !

Le vieil homme est d'un tel calme que Bijan saisit machinalement le bol.

— Mais…

— Bois !

Bijan s'exécute malgré lui. Le thé noir est à bonne température, parfumé d'un soupçon de miel. Bijan le vide en deux gorgées.

— Maintenant, suis-moi, nous avons du travail, lance Rafat en passant le seuil de la porte.

Le vieil homme ne prononce pas un mot durant tout le trajet. Bijan voudrait parler, mais il sent qu'il ne sera pas écouté et garde donc lui aussi le silence, ce qui lui donne le temps de réfléchir au fait que Rafat n'était pas surpris par sa visite. Lorsqu'ils rejoignent la clairière, les feux sont en train de mourir, mais Rafat ne semble pas s'en soucier et s'approche du lit funéraire. Bijan observe le vieil homme qui reste un instant immobile.

— Cela a pris un peu plus de temps que prévu. Je m'attendais à ce que ce soit Mosi qui vienne me chercher, murmure Rafat pour lui-même.

Bijan regarde le vieil homme avec stupeur.

— Maintenant nous devons allumer le bûcher, dit Rafat en se penchant pour saisir une brindille rougeoyante. Aide-moi !

Dans la clairière silencieuse, les flammes s'élèvent bientôt, faisant se racornir les feuilles de bananier et crépiter les bûches.

Dans les semaines qui suivent la mort de Yerbo, Carlos Hierra, qui a déployé toute sa séduction auprès des familles du plateau Del Sol, est nommé gouverneur de San Perdido. Les affaires qu'il a en cours avec Stomper rapportent, et pour la première fois de sa vie Hierra découvre le luxe et la richesse. Il fait aussitôt redécorer la suite et remplacer les meubles afin que rien ne subsiste de l'ancien gouverneur, hormis le coffre de la Whity Grove Safes Company dans lequel le Taureau entassait l'argent de ses commissions sur les trafics de Stomper.

Et sa maîtresse, Yumna.

La Gazelle, que plus personne n'ose désormais nommer ainsi, est passée d'un homme au physique puissant et aux appétits démesurés à un petit être sec à l'énergie dangereuse. Elle n'a pas eu le choix. Après l'avoir tenue par la crainte de révéler ses agissements au Taureau, Hierra la garde maintenant à sa merci en menaçant de la renvoyer à Lágrima. Pour une femme qui a goûté à l'opulence du palais d'un gouverneur, une telle chute est inadmissible.

C'est grâce à Tisha que Yumna a appris la vérité. Celle-ci lui a raconté la destruction de la maison de Felicia et son déménagement à côté de l'entreprise de Tonino. Elle lui a aussi confirmé la mort de Yerbo, dont le corps a été récupéré et emmené dans la jungle par les Cimarrons de son clan. Tisha tenait toutes ces informations d'Efia qui continue, malgré le départ de ses fils, à sonder la décharge. Elle et Felicia sont restées très proches et se rendent souvent visite.

Si elle a retrouvé quelques couleurs et repris un peu de poids une fois convaincue de la mort de Yerbo, son tempérament de maîtresse dominatrice a fait place à la soumission. Elle n'a pas oublié le changement de visage dont elle a été témoin sur le balcon. Hierra a profité de sa faiblesse pour lui faire comprendre qu'elle avait intérêt à lui céder en tout.

Ainsi, la beauté qui arpentait les couloirs du palais d'une cuisse conquérante n'est plus. C'est un fantôme qui hante désormais les étages supérieurs. Une femme encore belle, mais éteinte, muselée, tenue en laisse par un petit homme froid.

Dissimulé dans les ramures d'un savonnier, Rafat observe le palais illuminé. Le nouveau gouverneur donne une fête pour célébrer sa nomination. Devant les grilles, l'attention des gardes est un peu relâchée. Les bouteilles de Soberana passent de main en main et les hommes rient, commentant les arrivées des berlines qui remontent l'allée centrale pour déposer les invités devant le majestueux perron. Toutes les grandes familles du plateau Del Sol se sont donné rendez-vous pour fêter l'élection de leur puissant allié. La température de vingt-cinq degrés est idéale. Les abords de la piscine ont été transformés en un gigantesque buffet que les serveurs veillent à approvisionner en boissons et en nourritures diverses. Le gouverneur a trouvé amusant de célébrer ses nouvelles prérogatives sur le lieu même de la mort de son prédécesseur. Nul ne songerait à évoquer la disparition du Taureau en cette circonstance festive si peu protocolaire.

Un sourire sibyllin étire les rides profondes du visage de Rafat. Le pire est derrière lui. Il voit se dessiner la conclusion de son plan. Les choses vont aller vite, à présent.

Leur rendez-vous est devenu quotidien. Arrivé à 22 heures, le docteur quitte Madame tous les soirs à 23 heures. Chaque fois, elle lui remet un billet de vingt dollars. Les premières séances sont décevantes pour le docteur Portillo-Lopez. Très peu de paroles échangées, d'une banalité confondante, mais il s'obstine, malgré tout. Il discerne chez cette femme une souffrance qu'il ne soupçonnait pas. Elle a visiblement besoin de s'habituer à lui avant de parler, et c'est l'unique raison pour laquelle le docteur fait preuve d'autant de patience. Chaque soir, il accepte le billet, mais une fois rentré, il le range dans une enveloppe qu'il conserve dans son secrétaire. Il n'est pas question qu'il dépense cet argent qu'il n'a pas la sensation d'avoir gagné.

Il lui faut attendre une semaine pour que Madame se décide enfin à lui dire pourquoi elle le retient ainsi. Les mots ne viennent pas facilement, ils sont comme des fleurs éparpillant un à un leurs pétales. Le docteur écoute, mais se garde de tirer la moindre conclusion sur ce qui est dit. Et encore moins de juger. Ce sont d'abord des bribes qui ne se raccrochent à rien de précis – des remarques semées de loin en loin, détachées de tout affect – puis ce sont des souvenirs, souvent liés à sa vie professionnelle. Anodins, ils ne révèlent pas vraiment sa personnalité, le docteur serait bien en peine de dresser un portrait de Madame, mais ils dessinent une trajectoire qu'il commence à trouver intéressante.

Au bout de quinze jours, Madame parle dès son arrivée. Le docteur peut désormais se raccrocher à un fil conducteur. Pourtant, ce ne sont encore que des faits qu'elle énonce, sans y mêler d'émotion. C'est cela qui l'interpelle : il constate l'effort que fait Madame pour dissimuler ses sentiments. Comme si les actes en eux-mêmes perdaient toute conséquence dès lors que l'affect en est absent.

Au fil des soirs, le docteur comprend qu'il a commis une erreur de jugement. Madame ne lui cache pas ses sensations, elle tente de ne pas les laisser la submerger tandis qu'elle dévide ses souvenirs. Le docteur Portillo-Lopez est passionné par ce qu'il entend. Non par les agissements de cette femme hors du commun mais par la personnalité passée qui surgit parfois au détour d'une phrase. Ce qu'elle lui donne à voir est une image en creux de ce qu'elle fut, et du temps qu'il lui a fallu pour détruire tout ce qu'elle considérait comme une faiblesse dans son caractère.

Un soir, Madame s'arrête en plein milieu d'une évocation. Elle ferme les yeux et le docteur voit sa poitrine se soulever plus rapidement. Un silence s'étire que le praticien se garde bien de troubler. Il retient son souffle. Pour la première fois, Madame laisse filtrer une émotion. Le docteur observe, fasciné, ce visage d'habitude si lisse que parcourt la tension. Les lèvres crispées par une moue douloureuse, Madame serre les accoudoirs. Elle raconte comment elle a trouvé Hissa alors âgée de onze ans et pourquoi elle l'a achetée. Mais elle ne semble pas disposée à poursuivre et dès que son souffle redevient plus égal, elle ouvre les yeux et se lève.

Le docteur quitte son fauteuil. Il espère qu'il est parvenu à ne rien laisser paraître et qu'il offre un visage neutre. Madame lui tend le billet de vingt dollars, il s'incline et sort.

Elle est dans une étrange situation. Elle qui a fait fortune en aidant des femmes à vendre leur corps, la voilà qui paye elle aussi pour de la compagnie. Et une compagnie tout à fait improbable. Il y a bien longtemps que plus personne n'a posé la main sur elle. Elle se rappelle la date : le 12 avril 1940. Ce jour-là, elle a quitté Bangkok et a commencé un épuisant voyage qui l'a menée au Panamá. Toute sa fortune tenait dans un petit sac de cuir. Un sac dans lequel se trouvaient les diamants qu'elle avait achetés patiemment pendant toutes ces années, avec l'argent qu'elle gagnait dans les bordels. Grâce à ces diamants, elle a payé la maison de l'avenue Santa Clara et a démarré sa nouvelle existence. En six ans, elle en a fait une institution.

Et aucun homme ne l'a jamais plus touchée.

Sans doute aurait-elle pu choisir une oreille compatissante et gratuite si elle avait voulu s'en donner la peine. Elle aurait aussi pu se rendre chez l'un de ces nouveaux analystes qui ouvrent leur cabinet à Panamá City. Mais elle n'aurait pu leur accorder sa confiance. Le docteur Portillo-Lopez est le seul homme avec lequel elle peut entreprendre ce périple. Elle ne cherche pas à faire un long et coûteux travail sur elle-même. Elle n'a besoin que d'une oreille pour déverser ses pensées et lui permettre d'y voir plus clair. Le docteur est parfait pour cela, car elle ne lui demandera jamais de formuler un avis. La délicatesse dont il fait preuve, son excessive discrétion et surtout son détachement en ce qui concerne la sexualité en font un allié de choix. Il a en outre une intuition toute féminine et sait admirablement écouter.

Stomper écrase le combiné du téléphone sur le socle. Reilly est introuvable. Il a contacté tous ceux qui travaillent pour lui, personne n'a croisé le sergent depuis trois jours. Sa chambre de l'hôtel *Barberian* est restée telle qu'elle était. Toutes ses affaires sont encore là, y compris son passeport rangé dans le coffre. Stomper a beau réfléchir, il ne voit pas qui aurait eu intérêt à s'en prendre au sergent Reilly. De plus, ses hommes, tous d'anciens militaires, ont le culte de la fratrie et se serrent les coudes. Le dernier étage de l'hôtel leur est réservé, ils le sécurisent par leur simple présence. Les trois autres étages sont dévolus à la clientèle. Le commerce avouable se traite en bas, le trafic en haut, les deux univers sont dissociés. La façade jouit d'une excellente réputation grâce au personnel trié sur le volet. Une armée de femmes de chambre, gouvernante, concierge, réceptionniste, cuisinier et commis garantit un service impeccable. L'hôtel *Barberian* est même bénéficiaire.

En cette année 1959, Stomper peut être fier du chemin parcouru. En treize ans, il a créé un réseau de marché noir protégé par le pouvoir en place, et dirige un hôtel flambant neuf qui ne lui a rien coûté. Le Panamá est son éden, son eldorado. En venant s'y installer à la fin de la guerre, il a eu une inspiration géniale.

Stomper n'est pas loin de penser que si les gouverneurs se succèdent, lui est en passe de résister et de survivre. Il a su prendre le vent en s'alliant à Carlos Hierra et les services qu'il lui a rendus ont cimenté une fructueuse collaboration. Ses hommes sont des professionnels sur lesquels il peut compter et rien ne semble devoir arrêter leur ascension.

Alors d'où lui vient cette inquiétude ?

20

Hissa vit désormais chez Augusto. Le *Saint James* n'est plus qu'un souvenir et la maison de Madame lui semble appartenir à un lointain passé. Près d'Augusto, elle découvre la douceur de se laisser vivre. Elle aime le baiser qu'il lui donne lorsqu'il quitte le lit le matin. Elle somnole en écoutant l'eau couler dans la salle de bains tandis qu'il prend sa douche. Elle aime l'odeur de savon qu'il dispense derrière lui quand il descend à la cuisine se faire son café.

Par-dessus tout, elle aime savoir que la journée s'écoulera sans qu'aucun autre homme ne s'étende sur elle.

Ce matin-là, lorsqu'il entre dans le petit salon sommaire qu'il a aménagé au rez-de-chaussée, Augusto marque un temps d'arrêt. Sur la table, une enveloppe est glissée sous un verre. Le symbole est tellement évident qu'il sent son cœur s'accélérer. Il ose à peine bouger. Augusto revoit la petite table dissimulée sous l'escalier et le verre de porto blanc posé sur une serviette en papier. Il est à présent certain que Yerbo sait qu'il était au *Loro Rojo*. Ainsi, le grand Noir s'est introduit chez lui pendant son sommeil pour lui laisser ce message.

L'attention d'Augusto est soudain attirée par ce qui est écrit sur l'enveloppe épaisse et tachée : *POUR FELICIA*.

L'enveloppe contient plusieurs liasses de billets. Augusto hésite, puis compte l'argent. Deux mille dollars. Une grosse somme. Augusto réfléchit à toute vitesse. Pourquoi Yerbo n'a-t-il pas donné lui-même cette enveloppe à Felicia, pourquoi le charger, lui, de s'acquitter de cette tâche ?

Sur le papier, on voit clairement l'empreinte brune d'un doigt et en observant attentivement, Augusto réalise que c'est du sang séché. Il sait qu'il devra se rendre aujourd'hui à la décharge. De toute façon, c'est sur sa route, il a un chantier sur la voie Palatina. Il glisse l'enveloppe sous sa chemise et passe dans la cuisine pour se faire du café. Il a juste le temps d'en avaler une tasse s'il veut faire cette visite avant d'aller travailler.

Pedro crache vers le ciel un trait de chique qui retombe avec un bruit humide. Quoi qu'il fasse, il revient toujours Plaza de Besos. Il s'effondre sur le tapis herbeux. Le sol semble se dérober sous ses pieds depuis qu'il est sorti de la *cantina Deliciosa*. La faute en est à ces verres de rhum qu'il a vidés avec inconséquence depuis le début de la soirée. Mais il a une excuse. Une excellente excuse !

Agostina vient de le quitter. Elle lui a jeté une pile d'assiettes au visage et les mots « *ojete* » et « *tarado* » ont résonné à ses oreilles. Elle a fait sa valise pour aller vivre chez sa sœur à Coclecito. Il n'y aura plus de séances de cinéma à l'*Ambassador* ni de renouvellement des vœux du mariage. Ils ne mangeront plus de boulettes de viande au balcon en regardant le dernier film de Tyrone Power – qu'adore Agostina – ou d'Ava Gardner – qu'apprécie tant Pedro.

Il a pourtant toujours fait ce que voulait son épouse ! Il quittait même le salon lorsqu'elle recevait ses amies du club Bellezas Rebeldes[1], des femmes pour qui les apparences étaient tellement importantes qu'elles se réunissaient chaque semaine pour disserter sur la dernière coiffure à la

1. « Beautés Rebelles. »

mode, le vernis, le maquillage indispensable ou l'ultime crème de jour !

Mais les années passant, Agostina a commencé à trouver Pedro commun puis vulgaire, et enfin insupportable. C'est pourquoi elle a pris le bus pour Coclecito ce matin, l'abandonnant à ses chantiers, ses bières et son tabac à chiquer.

Et maintenant, Pedro se retrouve ici en pleine nuit, aussi seul que le chien de Julio qui est mort de chagrin après l'enterrement de son maître. Pedro secoue la tête devant tant d'injustice et d'ingratitude. Il bascule sur le dos les bras en croix et pousse un cri de colère.

C'est là qu'il voit les pieds.

Il les observe pendant quelques secondes. Il lui faut attendre que l'image se stabilise, car les chaussures semblent bouger au-dessus de lui. Peu à peu, sa respiration se fait plus régulière et l'alcool qui emplit son cerveau cesse de clapoter contre son crâne. Il commence à voir plus distinctement les semelles de caoutchouc épais et dentelé, le cuir noir, les lacets croisés dans les œillets métalliques. Il remonte vers l'ourlet du pantalon puis vers les jambes qui le remplissent.

Enfin il découvre les mains.

Pedro roule brusquement sur le côté et se met à quatre pattes. Il prend une inspiration et parvient à se lever. Il a devant lui un homme encore jeune, assis contre un pin, la bouche obstruée par ce qui semble être un morceau de papier et les yeux grands ouverts.

Pedro n'aime pas du tout son regard vitreux et malgré le rhum qu'il a ingurgité, il réalise que c'est un cadavre qu'il contemple.

Augusto a enfin trouvé Felicia. Lorsqu'il est entré sur la décharge et a vu sa cabane réduite en un tas de planches, il a d'abord cru qu'elle était morte. Puis il a avisé Efia qui fouillait les ordures et elle l'a mis au courant des derniers évènements. C'est ainsi qu'il est descendu vers l'entreprise de récupération de Tonino. La petite maison située un peu en retrait de la route des Négriers lui semble offrir un bien meilleur confort et un environnement plus salubre que la décharge. Il constate qu'elle a l'eau courante et s'en trouve heureux pour Felicia. Mais quand elle sort sur le palier, Augusto est saisi par son état. La vieille femme a le visage défait. Ses joues, naguère rebondies et pleines, pendent sur ses mâchoires. Elle marche péniblement et sa forte silhouette s'est affaissée, la laissant courbée. Son regard est éteint, rougi par le chagrin.

C'est alors qu'il apprend la mort de Yerbo.

— On me l'a tué, dit-elle d'une voix faible. Pourquoi, Augusto ?

Augusto ne sait quoi répondre. Il écoute le récit des derniers moments de Yerbo, comment il s'est écroulé d'un seul coup et comment elle l'a veillé jusqu'à ce qu'arrivent ses frères, les Cimarrons de la forêt, qui l'ont emporté.

— C'est de là-bas qu'il venait et c'est là qu'il retournait souvent, explique Felicia. Je suis une vieille bête de ne pas l'avoir compris plus tôt.

Augusto sort l'enveloppe qui contient l'argent pour Felicia et la lui tend. Il sait à présent que ce n'est pas Yerbo qui a pénétré chez lui pour la déposer.

— On a laissé ça chez moi, cette nuit. Yerbo voulait qu'on te la remette.

Felicia regarde l'enveloppe.

— C'est son écriture, dit-elle.

Une larme roule sur sa joue. Elle a un sursaut en découvrant les liasses de dollars.

— *Jesús Maria !* Qu'est-ce que je vais faire de ça ? lance-t-elle effarée.

Augusto soupire.

— Tu as de quoi prendre soin de toi, à présent, dit-il.

— Où veux-tu que j'aille faire des courses ? Je ne peux même plus marcher !

— Il est peut-être temps de venir habiter en ville, dit-il.

Felicia hausse les épaules.

— Je ne sais pas.

— Tu ne peux pas rester ici toute seule, Felicia.

Elle secoue la tête, mais elle est vaincue. Elle doit dire adieu à tout ce qu'elle a connu, à sa vie passée, à ce qu'elle a construit de ses mains. Elle n'a plus de royaume.

— Tu peux venir chez moi, si tu veux, dit-il pour achever de la convaincre.

— Chez toi ?

Augusto acquiesce en souriant.

— Tu auras ta chambre.

Il n'avait pas vraiment prévu de lui proposer ça. Les mots sont sortis tous seuls.

— Si ça ne te convient pas, tu pourras toujours revenir ici ! ajoute-t-il en riant.

Felicia regarde le terrain désolé, les arbres morts, le pin parasol, le mur de la maison. Elle a eu beau asperger d'eau le ciment, le sang de Yerbo n'a pas disparu. Il reste encore une auréole foncée.

— Réfléchis. Je dois aller travailler sur le plateau, je repasserai ce soir et tu me diras ce que tu auras décidé.

Felicia hoche la tête. Augusto s'éloigne vers la route.

— Augusto ?

— Quoi ?

— Pourquoi ses frères ne sont-ils pas venus m'apporter l'argent directement ?

— Je ne sais pas, Felicia.

« Et c'est une excellente question », pense Augusto en remontant dans sa camionnette.

La nouvelle de la mort de Yerbo Kwinton circule à la vitesse du feu dans San Perdido. Lorsqu'il l'apprend de la bouche d'Augusto, Miguel s'assied avec lassitude à sa table. Il se passe la main dans les cheveux, se frottant la nuque pour évacuer la tristesse qui monte en lui. Il refuse d'y croire. Augusto lui a raconté les circonstances de l'assassinat et la présence de Felicia aux côtés du grand Noir quand on l'a abattu.

— Il n'y a aucun doute, il est mort dans ses bras, dit-il douloureusement. Ses frères sont venus le chercher et l'ont ramené dans la jungle.

Miguel le regarde sans comprendre.

— C'était un Cimarron, explique Augusto.

Alors Miguel réalise soudain pourquoi Yerbo lui semblait tellement différent. Il se rappelle comment il avait pénétré chez lui la première fois et sa façon d'apparaître à sa table sous l'escalier. Une ombre silencieuse.

— J'avais une dette envers lui, murmure Miguel.

Augusto hoche la tête, bien qu'il ignore à quoi le tenancier peut bien faire allusion.

— Il a aidé beaucoup de gens, tu sais, ajoute encore Miguel, posant sur Augusto un regard lourd de sens.

Mais Augusto est totalement perdu. Miguel baisse la voix.

— Tu le connaissais bien ? demande-t-il.

— On s'est rencontrés sur la décharge quand on était enfants. Mais je ne le croisais plus que de loin en loin.

Miguel soupire.

— Alors tu ne sais rien.

— Je sais qu'il a travaillé sur les docks.

— Mais tu ignores ce qu'il a fait après.

— La dernière fois que je l'ai vu, c'était à cette table, dit Augusto en désignant l'escalier.

— Son bureau, dit laconiquement Miguel.

Et devant l'expression stupéfaite d'Augusto, il poursuit :

— Il vivait là-haut, au-dessus de ma remise. Quand il venait dans la salle il se tenait toujours à cette table, sous l'escalier. Alors les gens savaient qu'ils pouvaient s'approcher.

— Pour lui dire quoi ?

— Tu as entendu parler de la « Mano » ? demande Miguel.

— Le jeu, oui.

— Ce n'était pas qu'un jeu. C'était aussi le surnom qu'on donnait à Yerbo. La main qui se tend lorsque plus personne ne peut vous aider. Certains soirs, des gens venaient ici pour réclamer son concours. Il résolvait leur problème.

Augusto regarde Miguel. Il a peur de saisir et tente de repousser l'idée qui se précise dans son esprit. Il n'a pas oublié comment La Langosta, encore enfant, tenait en respect une bande de petits malfrats devant l'entreprise de Tonino. Il le revoit des années plus tard, dans cette salle du *Loro Rojo*, affrontant un docker venu le défier pour Stomper. Il se souvient de ses mains dégageant Emilio écrasé par les gravats de la rue Barberia. Il sait que Miguel dit la vérité parce qu'il a toujours eu peur de Yerbo et de la puissance qui émanait de lui.

— Un tueur, murmure-t-il.

Miguel fronce les sourcils et son visage se ferme brusquement.

— Ne me fais pas regretter de t'avoir parlé, dit-il d'une voix dure. Tu connais cette ville, tu es de Lágrima. Alors tu sais que pour ceux qui vivent dans les bas quartiers il y a peu d'espoir. Leur vie est faite de douleur, de peur et d'asservissement. La loi ne protège que ceux du plateau Del Sol. La Mano équilibrait la balance.

— Qu'a-t-il fait pour toi ? demande soudain Augusto.

— Il a sauvé ma nièce lorsque j'en étais incapable.

Augusto comprend qu'il n'en saura pas davantage. Il se sent étourdi par ce qu'il vient de découvrir. Il songe à l'argent qu'il a porté à Felicia de la part de Yerbo et cela suffit à adoucir son indignation. Yerbo n'était peut-être pas qu'un assassin, après tout.

Miguel, lui, ne pense qu'à une chose : au départ de la Mano. Depuis sa conversation avec Saul, il est à présent certain que Yerbo était responsable de la mort du gouverneur Lamberto et qu'il a quitté sa chambre pour ne pas attirer les soupçons sur Miguel.

Selon les instructions de Stomper, le commissaire Dominguez a fait rapatrier le corps du sergent Reilly par avion en Oklahoma, où vit sa famille. Le menuisier charpentier qui l'a découvert Plaza de Besos était trop saoul pour donner des renseignements utiles à la police, mais le médecin qui a examiné le cadavre a confirmé une mort par asphyxie. On lui a bourré la gorge avec du papier et on lui a vraisemblablement bouché le nez pour l'étouffer.

Stomper a assez d'indices pour tirer lui-même ses propres conclusions : d'abord le fait qu'on ait retrouvé le sergent à proximité de la forêt, ensuite le papier qui emplissait sa gorge. C'était une partie du certificat de donation aux Cimarrons signé par l'ancien gouverneur. C'est une déclaration de guerre en bonne et due forme. Il semblerait que les Cimarrons n'aient pas apprécié qu'on élimine un des leurs.

Mais comment ont-ils pu remonter jusqu'au sergent Reilly ?

Lorsqu'il fait part de ses déductions à Hierra, celui-ci montre un visage glaçant.

— Quelqu'un a parlé, on dirait, laisse-t-il tomber.

— Mes hommes ignoraient la mission de Reilly. Tout a été cloisonné au maximum.

— Apparemment pas. Sans doute Reilly s'était-il confié à quelqu'un, coupe Hierra d'un ton abrupt.

— Il y a autre chose, annonce Stomper.

— Quoi ?

— Il ne s'agissait que de la moitié du traité. Ce qui signifie qu'ils prévoient de faire manger l'autre partie à l'un de nous deux, explique Stomper.

Hierra réfléchit un instant. Ce que dit l'Américain est logique. Un peu grandiloquent, mais tout à fait plausible de la part d'une bande de malades vivant encore en pleine forêt vierge au XXe siècle.

— C'est sans doute leur plan, en effet. Mais nous allons leur montrer qu'il sera impossible à exécuter.

— J'aimerais avoir votre confiance, lâche Stomper avec aigreur.

— J'habite dans un palais protégé par une garde armée et vous avez un hôtel plein de mercenaires prêts à en découdre, vous pensez vraiment que nous avons beaucoup à craindre de ces sauvages ?

— Le gouverneur Lamberto se croyait aussi à l'abri.

— Il avait des ennemis à l'intérieur, vous semblez l'avoir oublié.

Stomper ne peut que s'incliner devant l'argument. Mais il est loin d'éprouver les certitudes du nouveau gouverneur. Il doute que cette fois ils puissent tendre aux Cimarrons un piège aussi efficace que celui qui a eu raison de Yerbo.

Madame en est sûre à présent, tous ses rendez-vous avec le discret et patient docteur Portillo-Lopez ont porté leurs fruits. Elle sait maintenant pourquoi elle s'est adressée à lui et la raison pour laquelle elle s'est infligé cette thérapie si particulière. Elle a enfin pu voir clair en elle, redéfinir ses priorités et prendre une décision.

Son choix est excellent. Et surprenant.

Pour le docteur Portillo-Lopez, la fin des soirées en compagnie de Madame est une déception. Il s'est attaché peu à peu à cette femme. Sans prétendre la connaître ni avoir tissé avec elle un lien quelconque, il a pourtant l'impression de l'avoir davantage approchée que quiconque dans la maison. Le jour où elle lui annonce la fin de leurs rendez-vous, le docteur ne peut cacher sa surprise. Mais il se ressaisit très vite.

— Si j'ai pu vous être utile, j'en suis enchanté, déclare-t-il en se levant.

— Vous avez été précieux, docteur.

Il s'incline. C'est une figure qu'il exécute avec une parfaite aisance et qui a su lui assurer les bonnes grâces de sa clientèle. Du moins, celle qui attache autant de prix aux apparences qu'à ses soins. Mais Madame ne fait pas partie de cette caste de snobs. La froideur qu'elle montre en toute chose n'est due qu'au détachement qui lui permet d'aller toujours à l'essentiel.

— J'ai dit que nos rendez-vous étaient terminés, pas que nous ne devions plus nous revoir, laisse-t-elle tomber.

Le docteur, qui était sur le départ, interrompt son élégant mouvement vers la sortie. Il tourne vers Madame un visage interloqué. Puis il comprend soudain.

— Pour les visites de vos pensionnaires, bien entendu, où avais-je la tête ? dit-il gracieusement.

— Hélas, je pense que celles-ci vont rapidement cesser aussi. J'ai l'intention de me retirer des affaires et de fermer la maison. Ces dames iront travailler ailleurs.

Le docteur reste ébahi.

— Je croyais que vous aviez saisi pourquoi nous nous voyions…, reprend-elle.

— J'avais deviné que c'était une sorte d'analyse, mais vous ne m'aviez pas fait part de votre décision.

— C'est vrai, convient Madame, un fin sourire sur les lèvres.

— Puis-je d'ailleurs me permettre de vous signaler que je ne suis ni psychiatre ni analyste ?

— Mais vous êtes psychologue. Et le meilleur que je connaisse, ajoute Madame.

Le compliment touche le docteur.

— En ce cas, peut-être nous croiserons-nous dans d'autres occasions, dit-il.

— Cela ne dépend que de vous.

Le docteur ne sait comment interpréter ces mots.

— Je crois savoir que Mme Esmeralda cuisine divinement, précise Madame.

— Et je suis certain qu'elle serait enchantée de vous faire partager ce talent, conclut-il.

— Peut-être pourrais-je vous rendre visite ?

— Pourquoi pas demain, si cela vous convient ?

— Parfait, répond doucement Madame.

Le docteur s'incline encore une fois, pour cacher son trouble devant le divin sourire de Madame.

Il est 4 heures du matin et la température extérieure est de vingt-six degrés. Le ciel est nuageux, le vent souffle à quatorze kilomètres heure. Au dernier étage de l'hôtel *Barberian*, les hommes de Stomper sont endormis. Quelque part, dans l'une des chambres, une radio diffuse en sourdine une chanson de Sinatra. Dans le couloir, une ombre se faufile, répandant derrière elle un long filet d'essence, aspergeant les murs et les portes. L'ombre abandonne le jerricane devant la fenêtre ouverte puis elle enflamme une pochette d'allumettes qu'elle jette au sol et enjambe l'appui. Lorsqu'elle a rejoint la rue Barberia, le couloir est déjà un brasier. Il ne faut que quatre minutes au dernier étage pour générer une température qui atteint bientôt six cents degrés.

Le premier à se réveiller est l'ex-capitaine d'infanterie Howard. L'épaisse fumée qui envahit sa chambre le fait tousser. Il se lève et court vers la porte, mais sa main reste collée à la poignée brûlante. Il pousse un cri de douleur. Saisissant une serviette, il tourne la poignée et ouvre. L'appel d'air provoqué est tel qu'un mur de flammes pénètre la chambre d'un seul coup, grillant Howard sur le seuil. Dans le couloir, la température est maintenant de mille deux cents degrés.

Dans les autres pièces, certains hommes sont déjà morts, asphyxiés par le monoxyde de carbone. Le soldat Anderson parvient à se traîner hors de son lit, mais son système nerveux central est trop endommagé pour qu'il puisse atteindre la porte. Il rampe sur le sol où il bénéficie d'un reste d'oxygène pendant une minute, le temps de voir s'écrouler sur lui le plafond de la chambre. L'ex-lieutenant de l'US Marine Corps Reed réussit à se jeter par la fenêtre, mais la chute lui est fatale.

Aux étages inférieurs, le veilleur de nuit a déjà lancé l'alarme et permet l'évacuation de tous les clients en attendant l'arrivée des pompiers.

Les soldats Bell et Rivera, qui se sont réfugiés dans leurs salles de bains respectives, ne parviennent à survivre que le temps nécessaire aux cloisons pour s'embraser et s'écrouler sur eux. Dans les minutes qui suivent, le toit s'effondre.

Lorsque Stomper accède au *Barberian*, prévenu par le veilleur de nuit, il est 4 h 40 et le dernier étage de son hôtel n'est plus qu'un brasier. Au milieu de la foule de clients évacués qui emplit la rue, Stomper cherche désespérément ses hommes. Le corps de Reed gisant sur le trottoir est tout ce qu'il reste de son équipe.

Quand il s'arrête devant le poste de garde du palais, Stomper n'a plus le visage poupin et souriant qui inspire tant confiance. C'est un homme en proie à la peur que les soldats laissent passer. Il monte les étages quatre à quatre et frappe la porte des appartements du gouverneur à coups de poing.

Hierra lui ouvre de méchante humeur. Enveloppé d'un peignoir, les cheveux dressés sur le crâne, le gouverneur aboie sa mauvaise haleine.

— *Puta mierda !* Qu'est-ce qui vous prend ?

Il est 5 h 8 et Stomper n'a plus aucune raison d'être conciliant.

— Ils ont incendié mon hôtel ! hurle-t-il à son tour. Tous mes hommes sont morts !

Carlos Hierra retrouve instantanément son sang-froid. Il saisit Stomper par le revers et le projette dans l'appartement, claquant la porte derrière lui.

— Quoi ?

— Ces enfoirés de Cimarrons de merde ont foutu le feu au dernier étage de l'hôtel ! Ils savaient que toute mon équipe logeait là-haut ! C'était parfaitement ciblé. Aucun des autres clients n'a été touché.

Hierra se met à marcher de long en large, tout en lissant ses cheveux du plat de la main. Il s'approche d'une desserte et sert deux généreux verres de whisky. Il en tend un à Stomper puis l'invite à le suivre. Les deux hommes traversent le salon pour rejoindre un petit bureau.

— C'est mauvais, ça ! Très mauvais ! lance Hierra en avalant une gorgée d'alcool.

— Non, vous croyez ? persifle Stomper.

— Calmez-vous ! Un hôtel, ça se reconstruit, une équipe aussi ! Vous êtes vivant, c'est le principal.

— Mais pour combien de temps ?

— Pas longtemps, si vous continuez à paniquer comme une fillette !

La voix de Hierra claque, ses inflexions métalliques ont l'effet d'une gifle sur Stomper qui vide son verre d'un trait. Le gouverneur décroche son téléphone.

— Réveillez tous les hommes, je veux la garde en alerte maximale autour du palais, vous avez dix minutes ! lance-t-il dans le combiné avant de l'écraser sur son socle. Je leur promets bien du plaisir s'ils espèrent mettre le feu ici, ajoute-t-il d'une voix ferme.

— Vous avez tiré la sonnette, bien ! Mais qu'est-ce qu'on va faire d'autre ?

Hierra toise Stomper d'un œil glacial.

— Moi, je vais prendre une douche. Vous, vous m'attendez !

Hierra sort du bureau d'un pas rapide. Dans le salon, Yumna, ses longs cheveux crêpés par la nuit faisant un nuage vaporeux sur ses épaules, l'observe d'un œil anxieux.

— Va te coucher, *mi corazón*[1] ! murmure-t-il d'une voix tendre en passant devant elle.

— Si tu me disais ce qu'il se passe ?

Hierra s'arrête et se retourne.

— Pourquoi ? Tu as envie de nous faire une petite crise de nerfs ? lâche-t-il froidement avant de se diriger vers la salle de bains.

Yumna attend que la porte se referme et que coule l'eau pour entrer dans le bureau. Stomper, bien que soucieux, ne peut s'empêcher d'être distrait par le corps de Yumna. Elle ne porte qu'une courte chemise de soie et ses mamelons pointent sous le tissu. Sa cambrure s'accentue tandis qu'elle se tourne pour ouvrir le bar qui équipe un petit meuble. Elle remplit un verre de whisky.

— Ça vous tente ? demande-t-elle en buvant une gorgée.

Stomper est tout à coup sensible au double sens de sa question.

— Pourquoi pas ?

Il tend le bras vers la bouteille, mais Yumna arrête son geste.

— Vous me direz tout, n'est-ce pas ?

Elle tient sa main dans la sienne, caressant ses doigts de son pouce. Malgré lui, Stomper est troublé par la chaleur de sa peau. Il hoche la tête. Yumna abandonne sa main et s'éloigne du bar. Elle s'est placée devant la fenêtre. Les

1. « Mon cœur. »

contours de son corps sont dessinés par la lumière du jour naissant. Elle lui jette un coup d'œil par-dessus son épaule et Stomper baisse aussitôt la tête vers la bouteille pour se servir.

— Je vous écoute, dit-elle doucement.

L'Américain avale une bonne rasade puis commence le récit de la nuit.

Carlos Hierra entre dans la pièce à 5 h 45. Il est habillé de frais, coiffé, et porte un costume dont le vert olive se marie parfaitement avec sa paire de chaussures en daim de couleur prune. « Le petit fils de pute a même pris le temps de se raser ! » note Stomper en reniflant l'after-shave au vétiver qui l'accompagne. En voyant cette peau nette et tendue, nul ne pourrait imaginer que le gouverneur a si peu dormi.

Stomper se sent vaseux dans sa chemise poisseuse et son costume froissé de la veille. Ses joues râpeuses et son haleine chargée par trop de whisky l'incommodent. À côté du gouverneur, il a l'impression de n'être qu'un bœuf somnolent qu'on mène à l'abattoir.

Et cette idée le démoralise.

Yumna s'est éclipsée discrètement avant le retour de Hierra. Stomper rêve toujours de ses fesses sous la chemise de soie. Il songe au couple improbable que forment Hierra et la jeune femme : la volupté ardente liée à la sécheresse ! Son humeur baisse encore d'un cran. Bien que la Gazelle ait repris du poids et des couleurs, sa peur est palpable. Elle est toujours belle, mais une faille se dessine derrière sa sensualité.

— Vous voilà bien songeur, tout à coup, constate Hierra en raccrochant le téléphone.

Il vient de commander le petit déjeuner et observe Stomper de son œil d'aigle. L'Américain hausse les épaules. Rien ne l'intéresse moins que les remarques du petit homme.

— Nous allons manger, puis vous irez prendre un peu de repos.

Mais Stomper ne croit pas être capable de dormir. Il ne se sent pas en sécurité dans sa résidence. Hormis deux serviteurs panaméens, il n'a plus personne pour veiller sur lui.

— Nous allons vous donner une chambre au palais, explique Hierra comme s'il lisait dans ses pensées.

Surpris par tant de sollicitude, l'Américain esquisse un faible sourire. Mais pour le nouveau gouverneur de San Perdido, garder Stomper est surtout le moyen de s'assurer une monnaie d'échange au cas où les Cimarrons parviendraient jusqu'à lui.

— Vous savez que je n'ai pas encore de conseiller, note-t-il avec ingénuité. Nous pourrions peut-être vous attribuer le poste, qu'en dites-vous ?

La fatigue donne au visage poupin de Stomper l'allure d'un bébé prématurément vieilli. Une lueur d'étonnement passe dans ses yeux.

— Ce serait bénéfique pour la gestion de nos affaires, ne croyez-vous pas ? poursuit Hierra à qui la réaction de Stomper n'a pas échappé.

— Sans doute, murmure l'Américain.

Dans le salon, une femme de chambre pousse la table roulante du petit déjeuner.

Les hommes de la garde patrouillent jour et nuit. Trente-cinq soldats armés se relaient pour assurer la sécurité du gouverneur. Depuis l'incendie de l'hôtel *Barberian*, Stomper vit au palais, mais sa méfiance est accrue. Il n'est pas dupe de la proposition de Hierra. Depuis trois ans qu'il le côtoie, il a eu le loisir de se faire une idée précise du personnage et il sait que la sollicitude ne fait pas partie de ses impératifs.

Le voilà donc rendu au même point que le jour où il a rencontré pour la première fois le conseiller Hierra. Il a été dépouillé de son hôtel, de ses hommes, et ne possède plus que sa résidence à mi-chemin des hauteurs de San Perdido. Il a perdu la main sur le contrôle de son trafic et aujourd'hui, seuls les complices du gouverneur assurent la bonne marche des affaires.

En une nuit, ce que Stomper a mis des années à bâtir est parti en fumée.

Maintenant, qui pourrait empêcher Hierra de le faire expulser du Panamá et de se passer de lui ? Personne. Pire encore : l'Américain pourrait disparaître purement et simplement sans que nul ne s'en soucie. Il suffit de voir ce qui est arrivé à Lamberto.

Stomper regarde le soleil se coucher. Il occupe l'ancien appartement dévolu au conseiller du gouverneur. Deux petites pièces au bout d'un long couloir dont les fenêtres donnent sur les communs et le bâtiment de la garde. L'ironie de sa situation ne lui a pas échappé. Hierra a dû se réjouir en lui attribuant son ancien logement.

Mais Stomper n'a pas le choix. Face aux Cimarrons dont l'action est aussi résolue que meurtrière, le seul endroit où il a une chance de survivre est ici, au milieu de ce parc d'un hectare surplombant la baie de San Perdido. Un nid d'aigle d'où l'on peut voir venir n'importe qui.

L'Américain n'accorde aucune confiance au gouverneur, il lui faut donc un plan B – et si possible un plan C –, car il présume que tout va bouger très vite maintenant. Il nage en eau trouble depuis trop longtemps pour ne pas savoir qu'un ami se retourne rapidement contre vous lorsque l'intérêt l'exige. Ce n'est pas pour rien qu'il s'était entouré d'anciens militaires qui au moins le respectaient, parlaient le même langage, appliquaient le même code. Ce soir, il est seul au milieu de Panaméens avec lesquels il n'a aucun passé en commun.

Stomper a pris une douche et s'est changé. Ses costumes sont pendus dans l'armoire, mais le reste de ses affaires est encore dans les sacs qu'il a rapportés de chez lui. Et il a pris soin d'emporter aussi tout le liquide qu'il possédait dans le coffre de sa résidence ainsi que son passeport. Il veut être prêt à filer en quelques minutes si le besoin s'en fait sentir. Il a tout dissimulé dans le petit appartement, retrouvant les habitudes sécuritaires de ses errances passées. Il a toujours été doué pour ça.

Nilda n'a jamais aimé les habitants du palais. Elle n'apprécie ni leur arrogance ni le luxe dans lequel ils vivent. Elle supporte encore moins de savoir que sa famille croupit sous un toit de tôle à Lágrima, quand eux écrasent leur cigarette dans leur assiette à peine touchée, simplement parce qu'ils n'ont plus faim.

C'est pourquoi Nilda respecte scrupuleusement les instructions de Saul lorsqu'il les lui dicte. Jusqu'à ce soir-là, seule la peur de perdre son emploi l'avait retenue, mais les conditions ont changé et l'éventualité qu'on découvre ce qu'elle s'apprête à faire est minime, pour ne pas dire inexistante. Saul le sait lorsqu'il lui explique son plan. Il n'a aucune envie de lui faire courir un risque.

Depuis vingt ans, Nilda est femme de chambre au palais. Elle est le témoin muet de toutes les petites turpitudes des gouverneurs successifs, de leurs habitudes les moins ragoûtantes à leurs moindres caprices, ainsi que l'observatrice de tous ceux qui les accompagnent. Elle se plie à leurs exigences, devance leurs souhaits, respecte leurs règles de vie sans jamais se plaindre. Elle est invisible et efficace, parfaite en tout.

En 1959, le palais du gouverneur n'est équipé d'un ascenseur que depuis deux ans. Jusqu'alors, seuls les monte-charges permettaient au personnel de servir les plats depuis la cuisine ou de distribuer le linge de la buanderie dans les étages.

Vers 22 heures, le dîner est terminé, la vaisselle a été débarrassée et tout redescend par l'ascenseur. Nilda pousse la table roulante au rez-de-chaussée où sont situées les cuisines. Les commis et les officiers ont rangé les denrées, nettoyé les plats et n'attendent plus que la dernière fournée de vaisselle pour laver le sol. Le plongeur a rempli son bac d'une eau propre et mousseuse très chaude. Il s'occupe d'abord des verres qu'il rince dans le second bac, puis s'attaque à la pile d'assiettes et aux couverts. Un commis essuie et range la vaisselle au fur et à mesure. Le chef et les deux officiers fument dans la cour devant la cuisine. Leur service est terminé. Il ne reprendra qu'à 6 heures le lendemain matin.

Trois soldats de la garde remontent à pas lents l'allée qui passe devant les communs. Il y a des rondes toutes les trente minutes. Une rotation scrupuleusement respectée dans tout le parc. Le chef et les officiers saluent les soldats.

Nilda a gardé la nappe couvrant la table roulante. Elle doit se tenir prête à remonter dès qu'on l'appellera. Pour l'instant, le gouverneur et ses invités prennent le café et les digestifs sur la terrasse du deuxième étage. En tant que femme de chambre personnelle du gouverneur, c'est à elle qu'il incombe de laver toute vaisselle qu'elle redescendrait, afin que le chef retrouve une cuisine impeccable à son arrivée le lendemain.

À 22 h 30 le plongeur a fini, les commis ont nettoyé le sol. Ils éteignent les lumières, ne laissant qu'une veilleuse pour Nilda. Elle attend maintenant devant l'office en fumant elle aussi une cigarette. Le chef est les deux officiers ont rejoint leurs appartements respectifs au troisième étage où loge tout le personnel. Dans quelques minutes, un garde viendra se placer à l'entrée des communs dont la porte aura été fermée à clef par Nilda avant qu'elle ne quitte son service.

Vers 23 h 30, le téléphone sonne. Le veilleur de nuit demande à Nilda de monter débarrasser chez le gouverneur.

Sur le palier, deux gardes sont postés de chaque côté de la porte. Le plus âgé, Nereo, regarde venir vers lui la table roulante que recouvre une nappe à la blancheur immaculée dont les pans tombent presque jusqu'au sol, masquant les roues.

Nereo connaît bien Nilda. Il la croise sans cesse depuis que l'état d'alerte a été décrété. Voilà quinze jours qu'il est en faction devant la porte par créneaux horaires de quatre heures. Il a eu le temps de faire à peu près tous les quarts de la journée et ceux d'une bonne partie des nuits. Ce soir, il sera de garde jusqu'à minuit. Les soldats sont nerveux. Ils ignorent pourquoi une telle vigilance est exigée, mais se plient aux ordres. La tension est palpable chez les officiers qui la transmettent à leurs hommes.

Le deuxième garde, Modesto, ouvre les doubles portes de l'appartement et Nilda se prépare à entrer lorsque Nereo l'arrête en posant la main sur son épaule.

— Ça a l'air bien lourd ce que tu pousses, Nilda, dit-il en souriant.

— Ce sont les roues qui sont un peu dures, réplique Nilda.

Nereo hoche la tête.

— Voyons ce que tu as là-dessous, dit-il en pointant le canon de sa mitraillette Uzi vers la nappe.

Nilda observe tour à tour Nereo et Modesto, une expression d'incompréhension sur le visage.

— Vraiment ? Je passe à longueur de temps et c'est maintenant que tu regardes !

— Ne fais pas d'histoire, Nilda, dit doucement Nereo.

Nilda pousse un soupir d'agacement et soulève la nappe d'un geste sec.

Le deuxième plateau de la table est vide.

— Tu veux voir aussi sous ma robe ?

Nereo ne se donne pas la peine de répondre et lui fait signe d'entrer.

— Merci ! dit Nilda en passant la porte d'un coup de jarret nerveux.

— Qu'est-ce qui t'a pris ? demande Modesto en refermant le battant derrière Nilda.

Nereo hausse les épaules.

— Au cas où ! Tu oublies pourquoi on est là, on dirait.

— Ce serait difficile ! On n'a plus aucune permission depuis quinze jours !

Sur la terrasse, l'atmosphère est silencieuse. La « *puta* » des deux gouverneurs fume en regardant pensivement l'eau de la piscine. Le « *pequeña rata*[1] » et son ami l'« *Americano* » boivent du schnaps. Ils n'échangent pas une parole pendant que Nilda débarrasse les tasses, vide les cendriers et essuie la table basse.

Nilda attribue des surnoms à tous les résidents du palais. Elle les partage avec le reste du personnel qui se venge ainsi des humiliations quotidiennes dont il est victime. Yumna n'a pas bonne presse depuis qu'elle s'est donnée au nouveau gouverneur. Tout le monde la méprise et son arrivisme lui vaut un florilège de sobriquets qui circulent jusque dans la garde.

Nilda abandonne la table roulante devant la porte pour se diriger vers la chambre du gouverneur afin de préparer, comme chaque soir, la couverture. Elle vérifie qu'il y a suffisamment de serviettes propres dans la salle de bains. « Il en faut, pour laver toutes leurs cochonneries ! » murmure-t-elle. Puis elle avise la haute fenêtre à imposte qui se trouve entre le lavabo de marbre et la gigantesque baignoire. Le verre dépoli dont le tour est finement gravé d'un liseré offre une lumière douce et intime pendant la journée.

Nilda grimpe d'un bond sur le rebord de la baignoire et atteint l'imposte. Elle glisse une boulette de papier dans

1. « Petit rat. »

la gâche pour empêcher le pêne d'y entrer et de fermer le battant. Le geste ne lui prend pas plus de deux secondes. Puis elle saute sur le sol et essuie le rebord de la baignoire avec la petite éponge qui ne la quitte jamais.

Lorsqu'elle passe la porte de l'appartement, elle s'arrête et relève la nappe de la table roulante devant Nereo.

— Je ne vais pas t'empêcher de faire ton travail, dit-elle d'un air angélique.

Modesto éclate de rire. Nereo hausse les épaules.

— Ça suffit, Nilda ! lance-t-il.

— Je veux que vous vous penchiez tous les deux pour vérifier que je n'emporte rien !

Modesto se prête au jeu en pouffant.

— Arrête ça, maintenant, dit Nereo en soupirant.

— Non, non ! Je t'en prie, regarde bien, qu'on n'aille pas m'accuser après coup !

— Oui, c'est bien ! Allez, va ! lance Nereo agacé.

— Je vous souhaite une bonne nuit, messieurs, fait gracieusement Nilda en s'éloignant vers l'ascenseur.

Avant que les portes ne se ferment, elle a le temps d'apercevoir le volet du monte-charge : il n'est pas complètement baissé. Nilda ne peut s'empêcher de sourire en descendant vers la cuisine. Saul sera content d'elle.

21

Stomper a rejoint sa chambre vers minuit. Mais il ne dort pas. Assis dans l'obscurité, il observe le parc par la fenêtre ouverte. Il voit passer les gardes en contrebas qui font le tour des communs. Par intermittence, la pointe rougeoyante de sa cigarette révèle la présence du soldat en faction devant la porte de la cuisine. Stomper n'a mangé que légèrement, ce soir, et bu moins que d'ordinaire. Il se sent l'esprit alerte même s'il dort peu. Depuis l'incendie du *Barberian*, il sait que rien ne risque de se passer avant un certain temps, car l'un des préceptes contenus dans *L'Art de la guerre*, le traité de Sun Tzu, s'est déjà réalisé : « Prendre les possessions de l'adversaire en entier. »

Et il n'a plus rien, en effet, puisque même sa maison lui est désormais inutile tant sa sécurité y est menacée.

Maintenant, chaque jour qui passe les rapproche tous d'une autre attaque et les hommes s'épuisent à guetter l'ennemi. Fatalement, leur vigilance se relâchera. Suivant le conseil de Hierra, Stomper s'est documenté sur la révolte des Cimarrons. Il relit sans arrêt le chapitre qui leur est consacré dans *L'Histoire du Panamá*. Il y découvre comment les Espagnols ont été trompés et mis en échec pendant six années.

Jusqu'à ce qu'ils trompent les Cimarrons à leur tour.

Le général Ursua avait proposé une trêve au roi Bayano, qui dirigeait les Cimarrons de la côte atlantique. Il lui avait offert de scinder le Panamá en deux territoires indépendants : l'un pour les Espagnols, l'autre pour les Noirs, dans lequel le roi pourrait constituer son royaume et régner en paix. Bayano accepta et Ursua organisa une grande fête au cours de laquelle il drogua Bayano et le captura. La reddition du Roi Noir sonna le déclin de la lutte des Cimarrons.

Il fut ramené en Espagne où il demeura otage et mourut à Séville.

Stomper réfléchit aux évènements qui viennent de se dérouler à San Perdido. Qu'a fait le nouveau gouverneur sinon répéter les actes du général Ursua ? Il a trompé Yerbo à l'aide d'un faux traité puis l'a fait tuer. Mais apparemment, les Cimarrons du XXe siècle n'ont aucune envie d'accepter cet état de fait et contrairement à ceux qui se rendirent jadis aux Espagnols, ils poursuivent la lutte. Combien de temps durera-t-elle ?

C'est alors qu'une idée germe brusquement dans l'esprit de l'Américain.

À la différence du Roi Noir, c'est Yerbo qui a proposé cet accord en paiement de ses services. Or Yerbo connaissait parfaitement l'histoire de son peuple.

Cela veut-il dire qu'il s'attendait à être trompé et tué ?

Stomper n'aime pas du tout le chemin que prend son raisonnement. Car s'il le pousse davantage, c'est un piège orchestré depuis bien longtemps qui apparaît soudain. « Si tu ne connais ni ton adversaire ni toi-même, à chaque bataille, tu seras vaincu », a écrit Sun Tzu.

Et tout à coup, Stomper n'est plus certain que Hierra connaisse Yerbo, ni qu'il sache où il va. Il doute même que la garde qui entoure le palais puisse éviter quoi que ce soit.

Un autre précepte de Sun Tzu dit : « Ne laissez pas vos ennemis s'unir. »

C'est exactement ce qu'a fait Yerbo en débarrassant Hierra et Stomper de Lamberto. Tous deux croyaient l'utiliser alors qu'ils l'ont aidé à supprimer son ennemi potentiel. Bien plus, ils lui ont remis un plan du palais, lui ont fourni tous les renseignements sur le fonctionnement de la garde.

Stomper quitte brutalement son fauteuil et marche de long en large dans la pièce. Il réfléchit à toute vitesse sur les détails utiles qu'il connaît sur la résidence. Que ferait-il lui-même s'il devait s'introduire ici, quel serait le moment propice ?

Yumna retombe à plat ventre sur l'oreiller en soupirant. Derrière elle, les mains accrochées à ses hanches, Carlos reprend haleine. Yumna sent son membre palpiter en elle. Bien qu'il se soit généreusement répandu, sa virilité ne semble pas encore faiblir. Mais elle sait que le gouverneur ne va pas tarder à sombrer. Il a un petit appétit. N'est pas le Taureau qui veut ! Elle n'en a connu qu'un et il est mort.

Faire l'amour avec Hierra n'est pas désagréable, c'est juste un peu ennuyeux. Elle n'a pratiquement jamais d'orgasme. Contrairement au Taureau, le petit homme ne sait pas la prendre, elle est à peine en train qu'il a déjà terminé.

Bientôt, Hierra roule sur le côté et s'endort. Yumna se lève et entre dans la salle de bains. Elle n'aime pas garder sa semence en elle, elle se sent toujours un peu sale après, le bain la calme et l'aide à dormir. Elle fume, tout en rêvassant à la lueur des bougies. Elle adore l'atmosphère douce et humide de la luxueuse salle de bains. C'est peut-être la pièce qu'elle a le plus appréciée lorsqu'elle s'est installée au palais. À Lágrima, elle n'a jamais eu qu'une bassine pour se laver.

Elle ne remarque pas l'imposte entrebâillée au-dessus de sa tête. Elle ferme les yeux et se laisse bercer. Elle ne sort de l'eau que longtemps après et n'a aucune idée de l'heure qu'il peut être. Elle se couche dans la pénombre, à l'extrémité du lit, loin du corps de Hierra.

Elle s'éveille un peu plus tard en frissonnant. Sa peau est découverte, le drap tire-bouchonné à ses pieds. Les volets entrebâillés laissent entrer la brise. La place à ses côtés est vide.

Yumna se lève d'un bond et passe dans le salon désert et tranquille. Elle le traverse et pousse la porte du bureau. Vide, lui aussi. Elle retourne dans la chambre et allume. Le costume de Hierra est encore suspendu sur le valet, ses chaussures en daim près du pied. Elle enfile une chemise de nuit et se rue dans le vestibule pour ouvrir la grande porte. Les deux gardes gisent sur le sol, les yeux vitreux. Yumna enjambe les corps et remonte le couloir en courant. Ses pieds nus giflent les dalles tandis qu'elle suit le long corridor qui aboutit à l'appartement de fonction du conseiller. Elle frappe à la porte fermée, se retenant à grand-peine de crier.

— Qu'est-ce que c'est ? demande la voix de Stomper derrière l'huis.

— C'est moi ! Ouvre vite ! lance Yumna affolée.

Stomper entrebâille la porte, mais Yumna ne lui laisse pas le temps de voir quoi que ce soit et se rue aussitôt dans l'appartement, repoussant le battant avec une force insoupçonnée.

— Il a disparu ! crie-t-elle.

— Quoi ? Qui ça ?

— Hierra ! Les deux gardes sont morts !

— Bordel de merde ! Mais comment ?

— Je n'en sais rien. Je me suis réveillé et il n'était plus là.

Stomper prend son arme et se rue à l'extérieur de l'appartement, il remonte le corridor, Yumna sur ses talons. Lorsqu'il arrive devant la porte ouverte de la suite, il se penche sur les deux gardes et tâte leur pouls. Les corps sont déjà tièdes.

— Les salopards ! jure Stomper.

Il regarde sa montre : il est 3 h 50. La relève ne doit pas avoir lieu avant dix minutes. Les Cimarrons ont agi au début d'un quart pour disposer du maximum de temps. Mais comment ont-ils fait pour pénétrer jusqu'à l'étage et, surtout, pour kidnapper le gouverneur sans se faire remarquer ? À l'extérieur, les hommes patrouillent toutes les trente minutes et il y a un garde en faction devant chaque porte d'entrée du palais !

— Ils l'ont emmené sans vêtement, dit Yumna.

— Comment ça ?

— Son costume est toujours là. Ils l'ont pris nu comme un ver.

— Mais nom de Dieu, ça ne rime à rien du tout !

Stomper réfléchit à toute vitesse.

— Il faut donner l'alerte !

Il court vers le salon et décroche le téléphone.

— Secouez-vous, bordel ! Le gouverneur a disparu et deux gardes sont morts ! crie-t-il dans le combiné.

En quelques secondes, l'alarme retentit dans tout le palais et le parc s'illumine comme un sapin de Noël. Des éclats de voix se répercutent de loin en loin. Le lieutenant de la garde, Tirso Abril, arrive au pas de course en moins de quatre minutes, accompagné de six hommes. Ils fouillent la suite.

— Vous n'avez rien entendu, mademoiselle ? interroge le lieutenant.

— Non. Quand je me suis réveillée, il avait déjà disparu.

On emporte les cadavres des deux gardes. Le téléphone de la suite sonne. Le capitaine prend aussitôt l'appel.

— Le garde en faction devant les cuisines a disparu, dit-il en raccrochant.

— Comment se fait-il que la ronde ne s'en soit pas aperçue ? clame Stomper.

Hierra grelotte et ce n'est pas dû au seul fait qu'il soit nu. La peur le submerge. Ligoté, bâillonné et cagoulé, il gît dans l'herbe humide. Autour de lui, pas un bruit. La dernière chose dont il se souvient c'est de s'être endormi auprès de Yumna, merveilleusement détendu après avoir joui. Il s'est brusquement réveillé avec la sensation d'étouffer. Un poids énorme écrasait son torse tandis qu'on enfonçait une boule de tissu dans sa gorge. Puis un coup, formidable, sur sa tempe et le noir complet ensuite.

On vient de le sortir sans ménagement du coffre d'une voiture pour le jeter dans l'herbe.

Quelqu'un lui arrache brutalement sa cagoule et Hierra découvre, affolé, où il se trouve. Il reconnaît parfaitement l'endroit : Plaza de Besos, le petit promontoire qui surplombe la baie à l'orée de la forêt. Là où il a donné ses instructions à Yerbo avant l'assassinat de Lamberto.

Là où on a retrouvé le cadavre du sniper qui avait abattu Yerbo.

Les tremblements de Hierra s'intensifient brusquement et malgré la chair de poule qui hérisse sa peau, la sueur dégouline sur tout son corps. Il reconnaît la Buick Kustom sur le terre-plein. Rangée sous un pin parasol, ses phares éclairent les premiers palétuviers derrière lesquels s'étend le territoire des Cimarrons. Ce territoire qu'il avait promis de leur céder.

Soudain les feuillages s'écartent et Hierra voit des hommes sortir un à un de la forêt. Ils sont quatre. De grands Noirs, minces et musclés, vêtus de shorts et de tee-shirts. Ils ont tous des armes à la ceinture et l'un d'eux tient une machette. Hierra tourne la tête. L'homme qui est derrière lui est en train d'ôter son uniforme. Hierra comprend qu'il n'a jamais fait partie de la garde. Les Cimarrons attendent calmement en observant le gouverneur. Leur visage est impassible, ne montrant ni colère ni dédain particulier. C'est cela qui effraie Hierra plus que tout : l'absence d'empathie à son égard.

Son chauffeur a maintenant revêtu un short, lui aussi. Il fait un baluchon de son uniforme et de ses chaussures qu'il enfourne dans une besace de l'armée américaine, puis il coupe le contact de la voiture. Dans l'obscurité, il empoigne alors Hierra sous les aisselles et le met debout, aussi facilement que s'il n'était qu'un enfant.

— Tu n'es plus gouverneur, maintenant. En avant ! dit-il calmement.

Sa main enserre la nuque de Hierra, le dirigeant vers l'orée de la forêt. Sous son bâillon, l'ex-gouverneur lance une longue plainte sourde qui ne trouble même pas les singes dormant sous la canopée.

Le lieutenant de la garde écrase le combiné sur son socle avec rage.

— La Buick Kustom est sortie à 2 h 14.

Stomper et Yumna regardent le lieutenant Abril avec des yeux ronds. Puis Stomper soupire.

— Évidemment !

— Que voulez-vous dire ? demande Abril.

— Les cuisines sont situées juste en face des garages. C'était le point d'entrée idéal : un seul garde en faction et l'ascenseur direct vers la suite.

— Impossible ! Ils ne pouvaient prendre l'ascenseur sans tomber là-haut sur les gardes.

— Ils ne sont pas montés par l'ascenseur, murmure Yumna.

Abril et Stomper la regardent, interloqués.

Elle s'approche du monte-charge dont le volet est encore ouvert. On voit nettement une traînée poussiéreuse sur le montant et une autre au bas du mur. Abril hoche la tête.

— Ils sont venus par là et repartis par l'ascenseur avec le gouverneur ! Voilà pourquoi ils se sont débarrassés des gardes, dit-il.

— Ils n'avaient plus qu'à emprunter la Buick et à sortir par la grande porte, ajoute Stomper.

— Les gardes n'auraient jamais fait entrer un véhicule, mais en revanche laisser sortir celui du gouverneur était tout à fait logique, constate Abril, le visage défait.

— Ouais ! Un plan simple et efficace. On surveille ce qui entre, mais pas ce qui sort.

— On n'est pas dans une prison.

— Vous direz ça au gouverneur, raille Stomper. Si jamais on le retrouve !

Le lieutenant Abril regarde autour de lui, comme pour imprimer le plan de l'endroit dans sa mémoire.

— Le monte-charge est dans l'angle du couloir, invisible pour les gardes, note-t-il avec amertume.

— Vous voulez parier que le garde devant la cuisine était un comparse en uniforme ? lance Stomper d'une voix acide.

— Ils ont bénéficié d'une complicité à l'intérieur pour les faire entrer.

— Peut-être bien. Il serait urgent que vous fassiez le ménage dans la garde !

— Je réponds de mes hommes. En revanche, je ne suis pas sûr des habitants du palais.

Ses yeux se plantent dans ceux de Stomper.

— Vous rigolez ?

— Je n'en ai pas envie, monsieur Stomper.

— Je suis resté enfermé dans mon appartement toute la nuit, c'est d'ailleurs là que m'a trouvé mademoiselle lorsqu'elle a découvert l'absence du gouverneur.

— Justement. Je trouve un peu étrange que, partageant le lit du gouverneur, mademoiselle n'ait rien vu ni rien entendu, poursuit Abril.

— J'ai été pendant un long moment dans la salle de bains et je n'ai pas fait attention lorsque je suis allée me coucher.

— Vous voulez dire que vous ne prenez pas garde à qui se trouve dans votre lit en règle générale ? laisse froidement tomber Abril.

La main de Yumna vole vers la joue du lieutenant qui l'esquive sans peine, la repoussant doucement.

— *Bastardo !* crie-t-elle, haineuse. La chambre était éteinte lorsque je me suis couchée !

Stomper la retient avant qu'elle ne se jette de nouveau sur Abril.

— Calmez-vous ! Il ne fait que son métier, dit-il.

Le lieutenant les observe en silence.

— Venez, mademoiselle, lance-t-il en pénétrant dans la suite.

Il se dirige vers la salle de bains, suivi de Stomper et de Yumna encadrés par ses hommes.

— Vous étiez donc ici, n'est-ce pas ? Vous y êtes restée longtemps ?

— Je ne sais pas. Oui, répond Yumna de mauvaise grâce.

— Combien de temps ?

— J'ai pris un bain, alors je n'ai pas fait attention.

Abril observe la pièce : la vasque en marbre du lavabo, l'immense baignoire ronde, les placards, la fenêtre. Ses yeux se lèvent vers l'imposte encore entrebâillée.

— C'est par là que vous l'avez fait entrer ?

— Quoi ? De qui parlez-vous ? s'indigne Yumna, les yeux étincelants de colère.

— Voyons, lieutenant, cela n'a pas de sens, lâche Stomper en s'interposant.

— Au contraire, monsieur. Je dirais même que tout fait sens.

Il ouvre la fenêtre en grand et se penche à l'extérieur. Elle donne sur le parc, mais est aussi très proche de la fenêtre du couloir, juste en face du monte-charge. Stomper pâlit en le constatant. Bien qu'il ne croie pas à l'implication de Yumna dans l'enlèvement du gouverneur, il doit admettre que tous les éléments sont contre elle.

Sa réaction n'échappe pas au lieutenant.

— Vous êtes tous les deux consignés dans cet appartement jusqu'à nouvel ordre. Ces hommes resteront devant la porte. Cela vous laissera le temps de réfléchir à votre version des évènements, jette le lieutenant Abril en sortant.

La porte se referme en claquant. Yumna saisit un flacon de parfum et le lance contre le mur où il explose, projetant partout des éclats de verre.

— *Ojete !* hurle-t-elle.

Stomper regarde le liquide ambré couler sur le carrelage. Une lourde odeur de fleur de tiaré et de vanille emplit l'atmosphère. Il quitte la pièce et entre dans le salon où il s'assoit sur le canapé, écartant les bras sur le dossier et renversant la tête en arrière.

— Bordel ! souffle-t-il en fermant les yeux.

En quelques secondes, il vient de passer de la place de conseiller du gouverneur à celle de suspect numéro un. Le retournement de situation le laisse assommé.

Malgré le manque de sommeil, le lieutenant Abril garde les idées claires. L'adrénaline le maintient parfaitement éveillé. Il doit gérer l'enlèvement du gouverneur et la pensée qu'on puisse mettre en doute ses capacités le perturbe au plus haut point. Il commande un peloton de trente-cinq hommes, faire appel à la police ne lui semble pas un impératif. Malgré tout, il ne peut rester les bras croisés en attendant que le gouverneur réapparaisse, ou que ses ravisseurs dictent leurs conditions. Lorsque l'état d'alerte a été décrété, seuls son adjudant et lui ont été mis au courant de la menace d'une attaque fomentée par des Cimarrons.

Le gouverneur Hierra a été très clair là-dessus. Mais le lieutenant Abril n'a jamais accordé foi à cette croyance selon laquelle la forêt était encore le refuge de descendants d'esclaves noirs révoltés.

Pour lui, il s'agissait d'un écran de fumée qui dissimulait les véritables auteurs d'un possible attentat. Il ne doutait pas que la menace fût réelle, mais il sait aussi que les voies de la gouvernance sont impénétrables. Son devoir est de protéger le gouverneur ainsi que son palais, pas d'être au fait des manœuvres politiques.

Et le lieutenant Abril est un homme d'honneur.

Bien qu'il n'ait jamais été un admirateur du Taureau, dont il désapprouvait les frasques sexuelles, il n'a jamais cru que sa mort était accidentelle. Que cet homme en pleine forme, à l'énergie stupéfiante, se noie dans sa propre piscine lui a toujours paru suspect. Et lorsque son conseiller a été nommé gouverneur, que la Gazelle est passée du lit du Taureau à celui de Hierra, ses soupçons se sont confirmés. Quant à l'arrivée de Stomper – qu'il voyait depuis plusieurs années fréquenter le palais – à la place de conseiller, cela prouvait qu'un complot s'était tramé autour du Taureau et que les Cimarrons n'y étaient pas pour grand-chose.

Tout en remontant l'allée qui mène à la caserne, le lieutenant fume un petit cigare et réfléchit. Il est persuadé qu'il tient, sinon les auteurs, du moins les commanditaires de l'enlèvement. Pourtant, s'il se trompe et que l'Américain et la putain sont étrangers à tout cela, il y a fort à parier que sa carrière sera brisée. On l'accusera d'avoir perdu un temps précieux et de s'être acharné sur des innocents. Et personne ne comprendra qu'il n'ait pas alerté la police.

Le lieutenant Abril s'arrête. Il regarde le parc que sillonnent ses hommes. Les haies taillées, les arbres élagués, les parterres de fleurs exotiques, tout donne l'image d'un monde harmonieux, ordonné et protégé. « Rien n'est plus éloigné de la réalité », songe Abril. Il doit maintenant prendre une décision avant que les conséquences ne deviennent cauchemardesques pour lui.

Il n'a pas besoin de la police pour mener sa propre enquête, mais pour protéger ses arrières. Il doit être irréprochable. Il pousse un long soupir et accélère le pas vers son bureau. Lorsqu'il décroche le téléphone pour composer le numéro du commissariat de San Perdido, le gouverneur Hierra a disparu depuis deux heures et six minutes.

La Buick Kustom est retrouvée à 8 h 37. Le commissaire Dominguez appelle aussitôt le lieutenant Abril. La voiture a été inspectée, mais aucun indice n'a été relevé, hormis une forte odeur d'urine dans le coffre. Ce qui ne laisse pas de surprendre le lieutenant.

— Un signe de mépris de la part des ravisseurs ? demande Abril, interloqué.

— Eh bien, je pense plutôt que le… « la victime » s'est soulagée, explique Dominguez.

— Oh ! dit prosaïquement Abril.

— La peur, sans doute, poursuit le commissaire. Un enlèvement est une source de stress importante.

— Je comprends. Et où l'a-t-on retrouvée ?

— Plaza de Besos.

À 9 heures le commissaire Dominguez et ses hommes font le tour du palais et interrogent le personnel ainsi que Stomper et Yumna. Le commissaire a également un long entretien avec le lieutenant Abril.

— Je crois que grâce à vous j'ai une vue assez claire des évènements, à présent, confie-t-il au lieutenant.

Le commissaire est un gros homme à la moustache fournie et aux cheveux épais. Ses yeux sont dissimulés par les plis de ses paupières mi-closes, ce qui lui donne l'air d'être perpétuellement assoupi. Il bouge lentement, pose ses questions avec calme, montrant une grande patience vis-à-vis de ses interlocuteurs. Chacun est écouté avec la même attention.

— Pourquoi avoir attendu 4 h 20 pour nous appeler ? demande-t-il au lieutenant.

— C'était le temps nécessaire pour fouiller le palais ainsi que le parc, interroger les témoins et nous assurer que le gouverneur avait vraiment disparu. Il y avait aussi un risque potentiel, nous devions écarter tout danger.

Le commissaire semble se satisfaire de cette réponse. Tout au moins ne fait-il aucun commentaire. Stomper et Yumna sont sur des charbons ardents. Le conseiller parvient à dissimuler son trouble, mais Yumna ne cache pas sa colère.

— Vous croyez vraiment que j'aurais intérêt à faire enlever le gouverneur ?

— Je l'ignore, mademoiselle. C'est la raison pour laquelle vous n'êtes encore accusée de rien, explique calmement le commissaire. Je vous remercie cependant de vous tenir à notre disposition pour l'instant.

— *Cabrón !* maugrée la Gazelle une fois que tout le monde a quitté l'appartement.

Stomper et elle sont de nouveau seuls. Une femme de chambre se présente bientôt pour faire le ménage et ils sortent sur le balcon. Les restes du petit déjeuner sont encore sur la table, mais le café est froid. Stomper s'en sert malgré tout une tasse. Il a besoin d'un excitant pour se concentrer. Yumna s'est assise et massacre une mangue. Sa façon de la manger a tout d'un jeu cruel. Elle plonge sa cuillère avec force, puis tourne d'un mouvement sec du poignet pour extirper une bouchée de pulpe qu'elle enfourne aussitôt et mâche nerveusement.

Ils ont maintenant l'autorisation d'aller et venir dans le palais, mais ne peuvent le quitter. Stomper réfléchit. Il doute fortement que Hierra réapparaisse un jour. Pourtant, si les Cimarrons l'ont enlevé, ce qui était beaucoup plus difficile que de le tuer sur place, c'est qu'ils ont un projet pour lui. Mais lequel ? Et pourquoi est-il toujours vivant, lui aussi ? Il a participé au meurtre de Yerbo, il était facile de l'atteindre une fois dans le palais, son appartement étant au même étage que celui du gouverneur.

Cela n'a pas de sens !

Stomper allume une cigarette.

Il est certain qu'il y a une logique dans tout cela, mais il ne parvient pas à la décrypter. Il ne voit pas quel est le dessein des Cimarrons. Pas l'argent, il en est convaincu, ils n'ont rien exigé pour la mort de Lamberto, ni le pouvoir, car ils ne cherchent aucune alliance. Leur seule demande était qu'on les laisse en paix dans la jungle, ce qui était déjà le cas depuis longtemps. Personne ne se souciait d'eux. Pourquoi sortir brusquement de leur paradis vert et se mêler de San Perdido ?

Le lieutenant Abril regarde le coffre ouvert de la Buick Kustom. Le commissaire Dominguez a fait rapporter la voiture, prétextant qu'elle n'était d'aucune utilité pour l'enquête. Les empreintes des différents chauffeurs, du gouverneur, de Yumna et d'autres invités se superposent et n'offrent que peu d'intérêt.

— Ce qui est significatif, en revanche, c'est l'endroit où elle a été abandonnée, dit le commissaire.

— Plaza de Besos ? s'étonne le lieutenant.

Le commissaire hoche la tête.

— Il y a quelques semaines, on a retrouvé au même endroit le corps d'un ex-marine, le sergent Reilly.

— Je l'ignorais. En quoi est-ce intéressant ?

— Eh bien, le sergent Reilly avait dans la gorge un morceau de papier : un titre de propriété signé de la main du gouverneur Lamberto octroyant aux Cimarrons une partie de la forêt.

Le lieutenant Abril regarde soudain plus attentivement le commissaire.

— Le sergent Reilly occupait une chambre au *Barberian*. Quelques jours après sa mort, un incendie ravageait le dernier étage de l'hôtel. Vous ne trouvez pas étrange qu'on retrouve dans plusieurs affaires criminelles le même lieu, Plaza de Besos, et le gouverneur de San Perdido ?

Le lieutenant Abril reste silencieux, enregistrant les informations.

— Quel serait le lien ? finit-il par demander.

— C'est justement ce que je cherche, avoue le commissaire. D'autant que, parallèlement à ces deux affaires, nous avons changé de gouverneur.

— Pourquoi me dites-vous cela ?

Les yeux du commissaire ne sont que deux fentes boursouflées derrière lesquelles il est difficile de distinguer la couleur de ses pupilles.

— Parce que vous avez consigné dans l'appartement la maîtresse et le conseiller du gouverneur dès la découverte de sa disparition.

Le lieutenant reste silencieux une seconde.

— Je ne crois pas à cette histoire de Cimarrons, concède-t-il soudain.

— Pourtant, ils existent. Il y a un palenque très bien organisé dans la forêt. Ils en sortent souvent. Ce ne sont pas des sauvages chassant à la sarbacane. Ils parlent parfaitement l'espagnol et peuvent passer inaperçus au milieu de la population. Ils vivent simplement en marge de San Perdido et disparaissent dès qu'ils le souhaitent.

Le lieutenant hausse les épaules.

— Sans doute, mais…

— Mais vous pensez que d'autres personnes sont liées à tout cela.

Le lieutenant Abril hoche la tête.

— C'est aussi mon avis. Les Cimarrons ne sont dangereux que si l'on s'en prend à eux. S'ils sont responsables de la mort du sergent Reilly, de l'incendie du *Barberian* et de l'enlèvement du gouverneur, il a fallu que quelqu'un se les mette à dos. Et je détesterais voir tout cela dégénérer. Ce sont des experts dans l'art de la guérilla.

— Je sais, deux de mes hommes sont morts, convient Abril.

— Pourtant, vous soupçonnez le conseiller et la maîtresse du gouverneur d'en savoir bien plus qu'ils n'en ont dit.

— Si le gouverneur a disparu, c'est qu'il trempait dans quelque chose et la personne qui connaît le mieux ses affaires est son conseiller.

— Exactement. Voilà pourquoi nous avons cette conversation.

Les yeux du commissaire ne lâchent pas ceux du lieutenant. Deux fentes sombres desquelles émane pourtant un courant de sympathie.

— Il y a quinze jours, poursuit Abril, le gouverneur a décrété l'état d'alerte autour de la résidence. Il a expliqué qu'une source officieuse prévoyait une attaque des Cimarrons. Cela s'est produit au petit matin, le jour même de l'incendie du *Barberian*.

C'est au tour du commissaire de hocher la tête.

— Ce qui prouverait que dans l'esprit du gouverneur Hierra l'incendie était l'œuvre des Cimarrons.

— Quelques instants plus tôt, M. Stomper était arrivé au palais. Et d'après les gardes, il n'avait jamais monté les escaliers à une telle vitesse.

— Eh bien, je crois que nous aurions intérêt à continuer de mettre en commun nos informations, lieutenant.

— J'en suis convaincu, commissaire.

La prison se dresse à l'extrémité ouest de San Perdido. Bâtie en 1868 par l'architecte Esteban Matilla sur les ruines d'une forteresse érigée par les Espagnols en 1570. Surnommée El Banco de Hielo[1] par les prisonniers qui y purgeaient leur peine, l'appellation est restée. Vu de la

1. « La Banquise. »

mer, le bâtiment blanchi par l'air marin ressemble en effet à une croûte neigeuse sur la côte.

Bien que la prison surplombe l'océan, les courants et la force des vagues dissuadent bon nombre de prisonniers de tenter une évasion de ce côté. Les fugitifs seraient engloutis ou rejetés sur les rochers. L'originalité de l'endroit est de réunir la prison et le poste de police de San Perdido.

L'interrogatoire de Stomper a lieu dans le bureau du commissaire Dominguez, pendant que Yumna attend son tour dans celui d'à côté. Lorsqu'ils sont arrivés dans la Buick Kustom, il ne s'agissait que d'enregistrer leurs témoignages à propos de la nuit de l'enlèvement. Mais au fur et à mesure de l'audition, Stomper a senti le vent tourner. Les questions du commissaire ont dévié très vite vers d'autres sujets.

— Vous savez ce qu'est le Perdido Fondo[1], monsieur Stomper ?

Le commissaire est assis derrière son bureau, dans un fauteuil qui grince chaque fois qu'il se renverse contre le dossier. Les fentes de ses yeux ne quittent pas Stomper.

— Non. Je devrais ?

— Vous pourriez.

— Ça ne me dit rien, pourtant, dit Stomper d'un air complètement détaché.

Le commissaire se penche vers son bureau et ouvre le dossier qui se trouve devant lui. Il feuillette quelques pages.

— C'est une société panaméenne qui possède le *Barberian* ainsi que plusieurs hangars sur les docks, lit le commissaire Dominguez.

— Première nouvelle.

— Un nom assez amusant, vous ne trouvez pas ?

Stomper hausse les épaules.

— Vous étiez le gérant de l'hôtel, n'est-ce pas ?

1. Le Fonds Perdido, signifiant également « fonds perdu ».

— Pas exactement.
— Non ?
— En fait la direction était assurée par M. O'Heary…
— Sous votre contrôle.
— Disons que j'étais chargé de veiller au respect des règles.
— Pour le compte de qui ?
— Pour le gouverneur Lamberto.
Le commissaire abandonne la feuille sur son bureau et se renverse en arrière. Le dossier proteste en émettant un son aigrelet.
— Ah oui ? Expliquez-moi ça.
— Eh bien, en fait, l'hôtel appartenait à la ville de San Perdido…
— Par l'intermédiaire du Perdido Fondo ?
— Sans doute, j'ignore les détails. J'ai été mandaté par le gouverneur pour surveiller la gestion du *Barberian*.
— Vous étiez donc employé par le gouverneur ?
— Oui, d'une certaine façon…
— Vous touchiez un salaire ?
— Non.
Le commissaire croise les doigts devant sa bouche, les bras appuyés sur les accoudoirs.
— Vous travailliez pour rien ? s'étonne-t-il.
— Ce n'était pas vraiment un travail, je passais une fois par semaine pour jeter un œil sur les comptes et en informer le gouverneur.
Le commissaire laisse un long silence s'installer.
— De quoi vivez-vous exactement, monsieur Stomper ?
Stomper sourit largement. Il se renverse à son tour dans le fauteuil, mais son dossier à lui est plus petit, ce qui ne lui permet pas d'offrir une image aussi décontractée qu'il le voudrait.
— Je suis un intermédiaire. Mon travail consiste à mettre en relation des gens dont les compétences peuvent s'associer.

— Comme M. O'Heary et le gouverneur Lamberto ?
— Entre autres.
— En quoi les compétences de M. O'Heary pouvaient-elles être utiles au gouverneur ?
— Il fallait quelqu'un pour diriger ce tout nouvel hôtel.
— Et M. O'Heary était qualifié pour le diriger ?
Stomper laisse son sourire s'élargir davantage.
— En tant qu'ancien membre des forces armées américaines, le capitaine O'Heary était un homme de confiance.
Le commissaire hoche la tête.
— Tout comme le capitaine Howard ?
— Oui.
— Et le soldat Anderson ?
— En effet.
— Le lieutenant de l'US Marine Corps Reed, les soldats Bell et Rivera ?
Stomper sourit toujours. Son regard ne cille pas.
— Tous les militaires qui ont servi courageusement l'Amérique méritent un coup de pouce, une fois démobilisés. J'ai gardé le contact avec beaucoup d'entre eux et je mets un point d'honneur à les aider en priorité lorsque l'occasion se présente.
— Je vois. Le lieutenant Reed avait d'excellentes connaissances dans le maniement d'explosifs, le sergent Reilly était un tireur d'élite, les soldats Bell et Rivera maîtrisaient l'art du combat à mains nues, quant au capitaine O'Heary, il avait dirigé de nombreuses missions de sabotage. Autant de compétences en effet indispensables à l'hôtellerie panaméenne.
— Ce n'est évidemment pas pour cela qu'ils ont été embauchés, commissaire, énonce calmement Stomper.
Son sourire est toujours aussi chaleureux. Le commissaire Dominguez sourit à son tour.
— Bien entendu. Et c'est sans doute un hasard s'ils étaient tous rassemblés au dernier étage de l'hôtel et

que cette seule partie a brûlé. Aucun autre client n'a été blessé.

— Ce fut une tragédie, mais je me réjouis qu'elle n'ait pas fait davantage de victimes.

— Savez-vous ce que je crois, monsieur Stomper ?

— Dites-moi, je vous en prie.

— Je pense que vous avez réuni une équipe de mercenaires pour des opérations qui n'avaient rien à voir avec la gestion hôtelière. Une équipe qui a servi d'une façon ou d'une autre des projets auxquels le gouverneur était mêlé. J'ignore pour l'instant en quoi ils consistaient, mais ils ont dû être particulièrement violents pour que les Cimarrons sortent de la forêt et s'en prennent à vous et au gouverneur.

Le sourire de Stomper n'a pas bougé ce qui ne laisse pas d'étonner le commissaire.

— Vous avez votre théorie, on dirait…

— À votre place, je considérerais le fait que, n'ayant plus la protection du gouverneur ni celle de votre petite escouade privée, il va vous être difficile de survivre.

— J'en prends bonne note, énonce l'Américain.

C'est à peine si son sourire s'est figé, mais le commissaire l'a noté. C'est une confirmation suffisante.

— Restons-en là pour aujourd'hui, dit-il, indiquant la porte à Stomper.

Lorsque Yumna prend place dans le bureau, elle tourne entre ses doigts son paquet de Week-End et serre dans son autre main un joli briquet en or. Le commissaire laisse un long silence s'étirer. Il feuillette les pages du dossier posé devant lui, apparemment absorbé par sa lecture. Yumna ouvre le paquet de cigarettes.

— Je préférerais que vous vous absteniez, dit doucement le commissaire sans lever les yeux.

Yumna se fige, puis jette avec humeur le paquet et le briquet sur le bureau devant elle.

— C'est vous qui avez trouvé le corps du gouverneur Lamberto ? demande le commissaire comme s'il découvrait l'information dans le dossier.

— Oui.

Le commissaire regarde Yumna et hoche la tête.

— Et vous avez également signalé la disparition du gouverneur Hierra.

Cette fois c'est une affirmation.

— Oui, dit encore Yumna.

Elle porte une robe d'un blanc crémeux qui fait ressortir sa carnation. Elle n'est pas maquillée et contrairement à son habitude son décolleté est sage. C'est à peine s'il laisse voir la naissance de ses seins, il ne peut néanmoins en dissimuler ni la rondeur ni la taille. Le commissaire ne semble pas remarquer la beauté de la jeune femme, ce qui la déstabilise.

— Que vous inspire tout cela, mademoiselle ?

— Je ne comprends pas ce que vous voulez dire, laisse tomber Yumna avec sécheresse.

— Vos relations sentimentales sont compliquées. Comment l'expliquez-vous ?

— C'est pour parler de ma vie privée que vous m'avez fait venir ?

— Vous avez été la compagne de deux gouverneurs disparus prématurément, alors oui, il me semble difficile de faire l'impasse sur votre vie amoureuse.

Yumna soutient le regard du commissaire puis baisse les yeux. Elle se racle la gorge, mais garde le silence.

— Et donc ? poursuit le commissaire.

— Je… c'est comme ça, c'est tout ! dit-elle en haussant les épaules.

— L'un se noie dans la piscine, l'autre disparaît en pleine nuit et c'est… tout ? insiste le commissaire.

— Que voulez-vous que je vous dise ? Que j'ai noyé l'un et fait enlever l'autre ?

L'énervement de Yumna n'est pas une surprise pour le vieux policier. Il marque une pause pour lui laisser le temps de se reprendre.

— J'imagine..., commence-t-il.

— Je sais ce que vous pensez ! le coupe Yumna, les yeux brillants de colère.

— Je ne crois pas que vous le sachiez ! rétorque le commissaire d'un ton cinglant.

Il n'a pas eu à hausser la voix, il ne le fait jamais. Les plis qui masquent ses pupilles retiennent toute émotion particulière. Pour Yumna, il n'est qu'un bloc de granit, froid, imperturbable. Son épaisse moustache dissimule sa lèvre supérieure ce qui renforce l'apparence monolithique de son visage.

— Qu'est-ce que vous croyez ? Une fille comme moi n'a que son physique pour s'échapper de Lágrima. Alors oui, je m'en sers ! *Mierda !* Comme si j'avais le choix ! souffle-t-elle avec une rage contenue.

Elle se renverse brusquement sur son dossier et s'empoigne les cheveux à pleine main, laissant échapper un grondement d'exaspération.

Le commissaire ne bouge pas. Il attend qu'elle reprenne son calme.

— Vous n'êtes ni la première ni la dernière jolie fille à n'entrevoir que ce moyen-là. Mais ce que je pressens est plus complexe que ça.

Yumna se masse les tempes. Elle émet un son rauque et dédaigneux.

— Je pense que vous êtes terrifiée par quelque chose... ou quelqu'un, reprend-il, et que vous essayez de surnager dans toute cette histoire. Vous vous sentez également coupable.

Yumna laisse retomber ses mains. Ses grands yeux noirs se posent sur le commissaire. Sur son visage passent la surprise et la tristesse, comme deux ombres rapides.

— Coupable de quoi ? interroge le commissaire.

— De rien qui concerne les deux gouverneurs, en tout cas ! assène-t-elle, se redressant dans un mouvement de défi.

— Peut-être.

Le commissaire se renverse, faisant grincer son dossier. Ses yeux quittent Yumna pour se poser sur un point éloigné derrière elle. Il a passé une heure avec le conseiller. Il hésite sur la marche à suivre avec la jeune femme. Elle a attendu tout ce temps dans le bureau d'à côté, fumant cigarette sur cigarette, vidant probablement la carafe d'eau mise à sa disposition. Elle a dû se rendre aux toilettes pour se soulager une ou deux fois, se rafraîchir le visage et faire le point sur sa situation.

— Combien de temps allez-vous tenir ainsi ? interroge-t-il.

— Quoi ?

— Jusqu'à l'arrivée d'un nouveau gouverneur que vous tenterez de séduire aussi ?

— J'attends le retour de Hierra.

— Et s'il ne revient pas ?

Yumna lance un regard courroucé au commissaire.

— Vous n'allez pas essayer de le retrouver ? demande-t-elle.

Le commissaire soupire.

— San Perdido est une petite ville. Je n'ai pas assez d'hommes pour fouiller la forêt. La jungle est trop vaste et les Cimarrons ont appris à s'y cacher depuis de nombreuses générations.

Pendant un long moment, la jeune femme et le gros homme s'observent.

— Alors ils ont gagné !

— Il n'y a ni gagnant ni perdant ici, mademoiselle. Juste des hommes qui survivent comme ils peuvent. Mais vous êtes trop jeune pour le comprendre.

— Je suis de Lágrima et vous me parlez de survie ?

Le commissaire secoue la tête en signe de dénégation.

— Je vis ici depuis plus longtemps que vous.

Yumna hausse les épaules avec mépris.

— Avez-vous autre chose à ajouter concernant l'enlèvement du gouverneur Hierra ? enchaîne le commissaire.

— Non.

— Vous maintenez ne pas vous être aperçu de sa disparition jusqu'à votre réveil...

Il cherche la transcription sur l'une des pages du dossier.

— « Vers 3 h 30 » ?

— C'est ce qui s'est passé !

Le commissaire soupire.

— Racontez-moi cette soirée.

— Encore ?

— Racontez !

Yumna jette un regard désespéré sur le paquet de Week-End sur le bureau du commissaire. Elle avale sa salive et se passe la langue sur les lèvres.

— Vous fumerez après, concède le gros homme.

— On a dîné puis on est allés sur la terrasse prendre le café.

— À quelle heure ?

— Il devait être 23 heures.

— Qui était là ?

— Carlos, Stomper et moi.

— Personne d'autre ?

Yumna réfléchit.

— Si. La gouvernante qui a débarrassé.

— Elle est restée là toute la soirée ?

— Non. Elle nous a servis puis elle est redescendue. Elle n'est remontée que lorsque Carlos l'a fait demander par le service de nuit.

— Bien. Ensuite ?

— Elle est revenue chercher les tasses, a vidé les cendriers, a fait la couverture et est redescendue.

— Elle n'est plus remontée ?
— Non.
— Et après, qu'avez-vous fait ?
— Stomper est parti se coucher.
— Quelle heure était-il ?
— Minuit.
— Que s'est-il passé ensuite ?
— On est allés dans la chambre.
— Et ?

Yumna regarde le commissaire d'un air bravache.

— Carlos m'a fait l'amour.

Le commissaire marque une pause. Son visage est toujours impassible.

— Longtemps ? finit-il par demander.

Yumna sourit.

— Non, pas très. Avec lui ce n'est jamais très long.
— Combien de temps, à votre avis ?
— *Puta !* Qu'est-ce que ça peut vous faire ?
— Répondez !
— Je ne sais pas… un quart d'heure !
— Ensuite ?
— Ensuite, je suis allée me laver !

Les yeux du commissaire reviennent sur la page devant lui.

— Vous dites avoir pris un bain.
— Oui, j'aime prendre des bains ! J'aime me sentir propre…
— Combien de temps ?
— *Cabrón !* Vous avez un problème avec les montres ou quoi ?

Le commissaire ne répond rien, il laisse passer l'insulte. Il se contente de la fixer de ses yeux dissimulés par les plis de son visage. On dirait un bouddha, passif et pesant.

— Au moins une heure, lâche Yumna en soupirant.
— Continuez.
— Après je suis retournée au lit.

— Le gouverneur dormait ?
— J'en sais rien, je suppose. La lumière était éteinte.
— Vous ne lui avez pas parlé ?
— Non.
Yumna marque un temps.
— Je me suis couchée dans l'obscurité, sans faire de bruit…
— Pourquoi ?
— Je ne voulais pas le réveiller, voilà pourquoi !
— Quelle heure était-il, à votre avis ?
Nouveau soupir exaspéré de Yumna.
— Entre 1 h 30 et 2 heures du matin.
Le commissaire se redresse et pose les coudes sur son bureau. Il promène l'index sur sa moustache, les yeux rivés sur la page du dossier.
— Qu'est-ce qui vous a réveillée ? demande-t-il soudain.
— J'avais froid. Je dors nue, vous savez. J'ai dû me découvrir en bougeant.
Le commissaire ne semble pas sensible au sous-entendu vaguement excitant concernant l'intimité de Yumna. Il prend le paquet de Week-End sur son bureau et le tend à la jeune femme.
Yumna ouvre la boîte d'un doigt expert, faisant jaillir une cigarette. De son autre main elle allume le briquet.
— Qu'est-ce que vous voulez savoir d'autre ? demande-t-elle, soudain plus conciliante, en recrachant un long nuage de fumée.
— Rien. Nous avons fini… pour le moment.
Yumna hésite une seconde puis se lève et marche vers la porte. Elle s'arrête et se retourne vers le commissaire.
— Je hais cette ville ! dit-elle d'une voix douloureuse.
— Je sais.
Tandis qu'elle s'éloigne dans le couloir, laissant la porte grande ouverte, le commissaire suit, sans le voir vraiment, le souple roulis de ses hanches.

22

Stomper est dans le bureau de la suite du gouverneur. Il sirote un whisky de vingt ans d'âge. Pas le meilleur qu'il ait bu, loin s'en faut, mais tout à fait honorable. En face de lui se dresse le coffre dans lequel Hierra range son argent. Tout ce que lui rapportaient leurs trafics dort dans les flancs d'acier d'un Whity Grove, boulonné au sol et au mur.

Dont Stomper ne connaît pas la combinaison.

L'Américain avale la dernière gorgée de son verre et le remplit de nouveau. Lorsqu'il est rentré de la prison, il est allé s'allonger dans son appartement, mais il n'a pu trouver le calme. En désespoir de cause, il est retourné devant la suite du gouverneur. Il a eu beau frapper, personne ne lui a répondu. Il a fait jouer la serrure et la porte s'est ouverte. Yumna dormait dans la chambre. Allongée sur le lit, elle n'avait gardé que sa culotte et son soutien-gorge. Sans un bruit, Stomper a refermé et s'est dirigé vers le bureau. Il a retourné dans tous les sens son interrogatoire et pesé chacun des évènements ayant conduit à sa situation d'aujourd'hui.

Une position peu glorieuse.

Le commissaire Dominguez serait capable de découvrir ce qui s'est passé. Sa théorie est exacte dans les grandes lignes, il lui manque heureusement une bonne partie des éléments du puzzle. Il ignore tout de l'explosion de l'immeuble de la rue Barberia. Avoir dans sa poche l'agent de la compagnie d'assurances qui a fait les constatations était une des clefs de la réussite de cette opération. Il ne connaît pas Yerbo, seul témoin de la noyade du Taureau. La police a dû se résoudre à classer cette mort comme accidentelle. Stomper pourrait donc se sentir en sécurité, s'il n'y avait les Cimarrons.

Et cela, le commissaire l'a parfaitement compris lui aussi. Tout comme Stomper a saisi qu'il ne ferait rien ni pour retrouver le gouverneur disparu dans la jungle ni, a fortiori, pour protéger l'Américain.

Et Stomper se sent de moins en moins tranquille au palais.

C'est donc tout naturellement qu'il a décidé de quitter le Panamá le plus vite possible. Mais pas en laissant l'argent de Hierra dormir dans le coffre. Même s'il s'agit d'un Whity. Il s'en veut de n'avoir jamais cherché à en connaître la combinaison. Il faut dire à sa décharge qu'une certaine loyauté le liait au gouverneur et qu'il était loin de soupçonner que celui-ci disparaîtrait aussi vite.

« Imbécile ! » songe-t-il aujourd'hui. Il a dérogé à la sacro-sainte règle de la porte de sortie : « Toujours avoir une solution de repli », la règle de base des survivants. Et il se considère comme tel.

Stomper prend une généreuse lampée de whisky. L'alcool descend dans son estomac comme de la lave. Il n'a rien mangé depuis son petit déjeuner. Dans la chaleur de l'après-midi caribéenne, sa chemise colle à sa peau humide et ses cheveux, qu'il porte un peu trop long en ce moment, sont plaqués sur son front.

Un raz-de-marée a emporté toute l'architecture qu'il avait bâtie. Et dire qu'il croyait avoir trouvé son eldorado ! Comment prévoir que ce Yerbo appartenait à une communauté aussi agressive et déterminée ?

Stomper allume une cigarette. Il a fouillé le moindre recoin de la pièce, espérant découvrir quelques papiers de valeur : des titres de propriété, des lettres, un registre ou un carnet, n'importe quoi pouvant lui permettre de négocier. Mais rien. Hierra est prudent. Aucune trace de ses arrangements avec les membres influents du plateau Del Sol ni des pots-de-vin qu'il a payés. Rien non plus sur l'identité des hommes qu'il a placés à la douane ou au contrôle du port.

Stomper est aveugle, sourd et paralysé !

De rage, il jette son verre contre le coffre. Le whisky éclabousse la porte d'acier et goutte sur le plancher jonché d'éclats.

— Ce n'est pas ça qui t'aidera à l'ouvrir.

Stomper se retourne. Sur le pas de la porte, Yumna l'observe. Elle a passé une robe bleue qui épouse ses formes. Elle est pieds nus. L'Américain ne peut s'empêcher de noter la finesse de ses chevilles et ses ongles parfaitement limés. La jeune femme est appuyée au chambranle de la porte, les bras croisés, le visage curieusement déterminé.

Stomper se lève et fait quelques pas.

— Désolé, soupire-t-il.

— Ne le sois pas. Après tout, c'est Carlos qui nous a mis dans cette situation.

Stomper hausse les épaules.

— C'est à nous d'en sortir, ajoute-t-elle.

— Je ne vois pas comment, murmure-t-il d'une voix sourde.

Yumna jette un regard froid sur l'Américain.

— Tu as envie de rester ici ?

— Sûrement pas ! Je vais foutre le camp aussi vite que je peux !

— Pour aller où ?

— Je ne sais pas encore…

— Pourquoi pas en Europe ?

Stomper se tourne et détaille Yumna comme s'il la découvrait tout à coup.

— Pourquoi pas, en effet ?

— Je voudrais voir Paris, dit-elle, soudain pensive.

— C'est une belle ville.

— Tu y es déjà allé ?

— J'ai participé au débarquement de Normandie, je n'allais pas rentrer aux États-Unis sans visiter Paris !

— Tu m'y emmènerais ?

Il soupire.

— C'est ta réponse quand je t'offre de m'accompagner ? remarque-t-elle avec aigreur.

— Non, bien sûr ! C'est juste que…

— Quoi ?

— Laisse tomber !

Yumna s'approche de l'Américain.

— C'est toi qui me laisses tomber, on dirait !

— Ce n'est pas le problème ! dit-il de mauvaise grâce.

La jeune femme plante son regard dans celui de Stomper.

— Je te pose la question : tu m'emmènerais à Paris ?

— Oui !

Yumna ne le quitte pas des yeux. Ses prunelles noires semblent le transpercer.

— Et on partirait vite ?

Stomper, que la situation commence à amuser, ne peut s'empêcher de sourire.

— Tu oublies un détail : il faut de l'argent pour voyager.

— Oh, je suis certaine que tu en as. Les hommes comme toi ont toujours de quoi se retourner, dit-elle d'un ton léger.

Stomper éclate de rire.

— Oui, j'en ai. Pas une fortune, mais de quoi vivre pendant un temps.

Yumna sourit à son tour.

— Je le savais.

— Mais je n'ai pas de quoi te donner ce à quoi tu es habituée ici.

— C'est à Lágrima que j'ai été habituée, réplique-t-elle avec humeur. N'importe où ailleurs, ce sera toujours mieux !

— OK ! Si tu sais être modeste, je pourrai t'emmener !

— Tu vois, ce n'était pas une question difficile.

Elle se penche et commence à ramasser les éclats de verre qu'elle jette dans la corbeille à papier. Stomper la regarde faire, étonné.

— Tu ne veux pas que je demande à Nilda de monter ?

— Je dois m'habituer à ne plus avoir de bonne, non ? lance-t-elle d'un air espiègle. Occupe-toi plutôt de nous faire partir.

— Ça ne devrait pas être compliqué, répond l'Américain en décrochant le téléphone.

Il y a toujours des cargos à Port Sangre. La plupart disposent de cabines pour d'éventuels passagers. Stomper appelle la capitainerie. Sa situation de conseiller lui offre encore quelques contacts utiles. Mais pour combien de temps ?

— Le *Procida* appareille ce soir pour l'Algérie, annonce Stomper en raccrochant.

Il se fige. Yumna le regarde en souriant, à côté du coffre grand ouvert. Sur les deux étages sont empilés des liasses de billets ainsi qu'un Colt M1911, l'arme de poing réglementaire durant la guerre. Pendant quelques secondes, Stomper est incapable de bouger ni de prononcer une parole.

— Carlos n'a pas changé la combinaison depuis la mort de Lamberto. Il ignorait que je la connaissais. J'avais vu le Taureau la faire tant de fois que j'avais fini par la mémoriser, explique Yumna en riant.

Stomper avale sa salive.

— Tu sais combien il y a ? demande-t-il.

— Environ cinq cent mille dollars.

« Les économies de Lamberto jointes à celles de Hierra », songe l'Américain avec effarement. Il s'avance vers le coffre, mais Yumna referme la porte d'un geste vif et tourne la grosse molette.

— Tu vas être obligé de m'emmener, je crois, lance-t-elle d'un air de défi.

— Dans ce cas, il vaudrait mieux que tu commences à faire tes valises.

— J'en ai bien l'intention.

— Inutile de tout emporter, nous devons voyager léger, dit Stomper en regardant s'éloigner Yumna.

Le commandant Blom est un grand homme dont l'allure austère et la peau diaphane trahissent son origine suédoise. Il fait du tramping sur l'Atlantique, se déplaçant au gré des cargaisons. Le *Procida* est un cargo mixte, un vraquier qui dispose de quelques cabines. Pour l'instant, il transporte des grumes et du papier. L'arrangement qu'il passe avec Stomper contre une somme forfaitaire de cinq cents dollars lui assure une rentrée confortable pour un minimum de désagréments.

Vers 22 heures, Stomper monte sur le pont pour guetter Yumna. Elle n'a pas accepté qu'ils se rendent ensemble sur le port. Afin de prévenir toute velléité de se débarrasser d'elle avant le départ du *Procida*, elle a exigé qu'ils se retrouvent sur le cargo. Après avoir conclu le marché avec le commandant Blom, Stomper est retourné au palais rassembler ses affaires. Boucler ses sacs ne lui a pris que quinze minutes. Il porte sur lui tout l'argent qu'il possède : un peu plus de cent cinquante mille dollars en grosses coupures de cinq cents. Dissimulées dans un gilet spécial sous sa chemise, les trente liasses recouvrent son torse et son dos. L'Américain paraît à peine plus enveloppé que d'habitude.

À eux deux, ils emportent la coquette somme de six cent cinquante mille dollars. De quoi vivre très confortablement pendant plusieurs années.

Stomper s'est plié de bonne grâce aux exigences de Yumna. Après tout, c'est elle qui a ouvert le coffre. Il a parfaitement compris que la jeune femme ne s'associait à lui que pour quitter le Panamá et rejoindre l'Europe en toute sécurité. Ils doivent effectuer un périple de plus de huit mille kilomètres et ils veilleront jalousement l'un sur l'autre pendant tout le voyage.

Yumna a exigé également deux cabines séparées.

Lorsque la Buick Kustom s'arrête devant la passerelle du *Procida*, il est 22 h 19. Yumna descend. Elle n'a que deux valises – que porte obligeamment Carmelo – et un sac de cuir auquel elle tient, visiblement. En la regardant embarquer, Stomper dissimule un sourire. Quand elle franchit le bastingage, il lui tend la clef de sa cabine tout en saluant Carmelo de la tête. Quelques minutes plus tard, Carmelo a quitté le cargo et la Buick émet un nuage de fumée en s'éloignant le long du quai. Pour Stomper, ce nuage de gaz d'échappement qui se disperse dans l'air marin symbolise soudain les années qu'il a passées au Panamá. Il a une dernière pensée pour sa Manessius qu'il a dû vendre la moitié de sa valeur avant le départ.

La température est encore de vingt-quatre degrés. On est en décembre, la saison sèche vient juste de commencer.

Yumna reste enfermée dans sa cabine jusqu'au départ du cargo. Accoudé au bastingage, Stomper regarde disparaître la côte caribéenne.

— Tu avais peur que je te jette par-dessus bord ? demande-t-il à Yumna lorsqu'elle le rejoint enfin sur le pont.

La jeune femme sourit et allume une cigarette.

— On n'est jamais trop prudent, dit-elle en soufflant la fumée vers le large.

— Je pourrais le faire pendant la traversée, mais je parie que tu as pris aussi le Colt M1911.

— Je veux être certaine que tu frapperas, avant d'entrer dans ma cabine, dit froidement Yumna.

Pendant un moment, ils regardent le sillon que trace l'étrave dans les flots. Une écume blanche éclaire les flancs gris du cargo.

— Comment elles sont, les Parisiennes ? demande soudain Yumna.

Stomper marque une hésitation avant de répondre.

— On ne peut les comparer aux autres femmes, dit-il finalement.

L'enfant est invisible, caché sous le bas de caisse du camion garé le long du dock 3. Il a regardé la belle femme accompagnée de son chauffeur sortir de la Buick Kustom et monter sur la passerelle du *Procida*. Il a vu un peu plus tard le chauffeur redescendre et quitter le quai à bord de la Buick. Lorsque le cargo largue les amarres, il aperçoit l'Américain enveloppé accoudé au bastingage qui contemple la manœuvre en fumant. Il s'extrait alors de sous le camion, puis il remonte en courant la rue Barberia, prend la rue Escurial et rejoint *El Loro Rojo*. Saul est assis à la terrasse devant un café frappé. Il porte encore une de ses chemises bariolées de taches jaunes et bleues, ouverte sur un débardeur blanc qui laisse voir ses clavicules saillantes et les tendons de son cou tanné. L'enfant s'approche de lui et, collant sa joue à la sienne, murmure quelques mots à son oreille. Saul hoche la tête puis sort une pièce de sa poche et la pose dans la main de l'enfant.

— Rentre chez tes parents, Ernesto, dit-il en se levant de sa chaise.

Tandis que le garçon s'éloigne, Saul traverse la place Dorée et emprunte un lacis de ruelles tortueuses qui l'emmènent en moins de dix minutes Plaza de Besos. Il s'avance sur le promontoire qui domine la baie, observant la tache grise et lumineuse du cargo qui s'éloigne.

— Le *Procida* atteindra le port d'Oran dans dix jours, dit-il à l'ombre qui s'est approchée de lui et se tient dans son dos.

Saul n'attend pas de réponse, mais guette simplement le bruit du feuillage qui retombe sur le silence de la forêt. Alors il sait qu'il peut se retourner et rentrer.

— C'est ma chambre ? a demandé Felicia lorsqu'elle est montée pour la première fois à l'étage de la petite maison.

— Personne d'autre ne l'occupera, en tout cas, a répondu Augusto.

Hissa et lui ont installé un vrai lit et une table de nuit sur laquelle une lampe dispense une douce lumière. Pour la première fois de sa vie, Felicia ne dort pas sur un matelas posé sur des caisses de bois. Au début, quand elle se retourne, le mouvement moelleux que le sommier imprime à son corps la berce. Même si elle n'a pas oublié sa vie sur la décharge, Felicia a passé un cap. Désormais, dans la petite maison de la rue Ramon, elle laisse s'écouler les jours de sa vieillesse tranquille. « Tout va aller bien pour vous, maintenant », lui avait dit le vieux Cimarron. Et elle en a chaque jour la confirmation.

Lorsqu'elle contemple le profil droit d'Hissa, c'est à peine si Felicia peut lui donner dix-huit ans. Son profil gauche la vieillit très légèrement, apportant une note douloureuse à sa beauté. En réalité, Hissa aura bientôt vingt-cinq ans. Felicia a constaté maintes fois les regards qu'elle s'attire quand elle marche dans la rue. « Sa cicatrice ne parvient pas à l'enlaidir, songe la vieille femme. La beauté peut être une malédiction. » Mais elle est heureuse de voir le bonheur qui illumine les yeux d'Augusto lorsque la jeune femme rentre à la maison.

Hissa a cessé depuis longtemps tout commerce avec les autres hommes. Parfois, lorsqu'elle entend Felicia parler de Yerbo, elle sent son cœur battre un peu plus vite. Elle rêve souvent du grand Noir qu'elle a croisé et en qui elle a reconnu le jeune garçon de la place Estival, pendant qu'éclataient les dernières fusées du feu d'artifice. Elle ne parvient toujours pas à l'imaginer allongé sur le sol, la poitrine trouée. Elle sent encore la chaleur de son sourire.

— Est-ce que tu crois que tu pourras vivre longtemps avec moi ? demande Hissa à Augusto.

— Aussi longtemps que tu resteras, répond Augusto.

Le palenque, niché au cœur de la jungle montagneuse sur une colline pentue, n'a pour tout accès qu'une route étroite taillée dans le rocher. L'entrée, renforcée par une solide palissade et masquée par la végétation, est invisible. Une centaine d'hommes et de femmes vivent là, dans une parfaite impunité.

Carlos Hierra oublie chaque jour davantage ce qu'il a été. Ici, il n'a plus aucun pouvoir. Vêtu d'un short et d'un tee-shirt trop grands pour lui, pieds nus, il est enfermé dans une cahute enterrée jusqu'à mi-hauteur dans le sol. Deux fois par jour, on lui apporte ses repas. Nul ne lui parle. Pour s'occuper, il ne dispose que d'une vieille caisse emplie de livres. Une petite ouverture dispense un peu de la lumière du jour et c'est grâce à elle que Carlos peut compter les nuits de sa captivité. Son visage est mangé de barbe à présent. Lui qui n'a jamais été qu'un homme sec a pourtant maigri. Ses joues creuses et ses yeux enfoncés dans leurs orbites offrent une vision fantomatique noyée par l'ombre qui l'entoure. En un mois, Hierra est devenu le spectre du gouverneur.

Une nuit, deux hommes viennent le chercher. Ils lui attachent les mains dans le dos et une corde autour de son cou le relie à l'un d'eux. Traîné comme un chien au bout de sa laisse, il découvre qu'il est logé à l'écart du palenque. Ils marchent tous les trois pendant un bref moment jusqu'à une sorte de clairière au milieu de laquelle les restes d'un grand bûcher sont encore visibles. Les hommes attachent la corde autour d'un palétuvier et disparaissent, l'abandonnant au milieu de la jungle épaisse étrangement silencieuse. Hierra prend peur. Il se fait l'effet d'un appât et craint tout à coup qu'on ne l'ait ligoté que pour nourrir un fauve. Il sait que les jaguars pullulent dans la forêt, mais n'a posé aucune question. Depuis un mois, il a appris que c'était inutile, personne ne lui répond jamais.

Il attend en tremblant, adossé contre le palétuvier humide, ses yeux fouillent l'obscurité qui l'entoure. Les hommes ont laissé à ses pieds une lampe à pétrole dont la lueur jaunâtre ne parvient pas à percer au-delà des premiers feuillages. Soudain, un craquement se fait entendre et une ombre s'approche lentement. Hierra claque des dents et tente de se dissimuler derrière le tronc du palétuvier, mais sa laisse ne lui permet pas un déplacement suffisant. L'ombre progresse toujours et pénètre dans le cercle de lumière, s'arrêtant juste devant Hierra.

En découvrant ce qui lui fait face dans la lueur orangée, Hierra ne peut s'empêcher de hurler.

— Qui aurait pu s'attendre à cela ? demande Madame.

Le docteur Portillo-Lopez sourit. Installés sur la terrasse, ils dégustent un délicieux cognac. La tranquillité de la rue Ferdinando n'est troublée que par le chant des oiseaux.

— Pas moi, en tout cas, répond le docteur.

Depuis qu'elle a fermé sa maison de l'avenue Santa Clara et que les filles sont parties, Madame goûte la douceur de vivre auprès du seul homme dont elle ait jamais apprécié la compagnie. Le docteur s'est finalement décidé à changer sa vieille traction. Il possède maintenant un cabriolet Hispano-Suiza K6 de 1935.

— Encore une antiquité, a noté Madame lorsque le docteur est venu la chercher un peu plus tôt.

— Je suis un homme du passé, ma chère, a répondu le docteur dans un soupir.

Avant de monter, Madame n'a pu s'empêcher d'admirer les courbes gracieuses de la cigogne en métal qui surplombe le bouchon du radiateur. Elle a souri et ses yeux sont devenus deux lignes fines bordées de longs cils.

— Au fait, je m'appelle Anh, a-t-elle dit plus tard comme ils roulaient sur l'avenue Palatina.

Le docteur Portillo-Lopez a hoché la tête.

— Un prénom vietnamien, a-t-il murmuré, j'aurais dû m'en douter.

— Ils sont vraiment partis ? interroge le commissaire Dominguez.

— Oui. Tous les deux, dit le lieutenant Abril.

— Ça alors !

— Ne faites pas l'innocent, je crois que vous avez tout fait pour les persuader.

La moustache du commissaire Dominguez s'étire vers ses joues. « Même ses sourires sont à moitié dissimulés ! » songe le lieutenant Abril.

— Vous devez protéger le palais, constate le commissaire, moi, la ville entière.

— Mais nous n'avons aucune preuve de ce qui s'est passé, dit Abril.

— Qu'importe. Nous avons ramené le calme.

— Cela semble vous satisfaire, note Abril.

— Ce qui me satisfait, c'est que pour une fois les puissants ne l'ont pas emporté.

— Il me semble pourtant que ce Stomper s'est tiré d'affaire.

— Rien n'est moins sûr, lieutenant.

C'est au tour du lieutenant Abril de sourire.

Le nouveau gouverneur doit arriver dans une semaine et pour l'instant, les hommes de la garde profitent de leur permission. Le personnel a briqué la suite du gouverneur. Dans le bureau, le coffre Whity est toujours ouvert. Le commissaire Dominguez a demandé qu'il en soit ainsi afin que le nouvel arrivant puisse choisir lui-même la combinaison.

Le lieutenant offre une cigarette au commissaire tandis qu'ils empruntent l'allée qui longe la piscine.

— Je ne fume pas, dit Dominguez en regardant l'eau bleue avec envie.

— Je devrais probablement arrêter, remarque Abril en soupirant.

Et pendant un moment, les deux hommes savourent la tranquillité du palais perché sur les hauteurs.

Dans les mois qui suivent, un œil exercé pourrait voir les changements qui se produisent dans la ville basse. Le défi de la Mano est toujours aussi populaire, mais en observant plus attentivement les enfants qui jouent dans les rues, on distingue une autre occupation. Elle consiste à poser sur les murs l'empreinte d'une main noire. Cette main commence à courir sur les façades du centre-ville. On la retrouve partout : parfois sur les portes, le plus souvent sur le ciment des habitations. Le sens n'en est pas très clair. C'est une décoration sauvage, une marque péremptoire. Certains s'en agacent, d'autres s'en amusent. Les enfants se poursuivent, s'effraient les uns les autres en invoquant la puissance de cette main qui semble avoir tous les pouvoirs, y compris celui de faire disparaître les gouverneurs. Depuis sa table, sous la fenêtre de *La Linea Azul*, Rafat regarde l'horizon s'obscurcir comme s'il pouvait encore apercevoir les lumières du *Procida* sillonner l'océan. Une nouvelle ère commence. « Maintenant, tout est vraiment terminé », songe-t-il en reposant son verre vide sur la table.

Le 8 janvier 1960, une très belle jeune femme aux longs cheveux noirs et un Américain un peu enveloppé descendent la passerelle d'un cargo sur le port de Lisbonne. Tandis que l'on charge leurs bagages dans une Oldsmobile, l'Américain offre son bras à la jeune femme.

— Tu ne veux plus aller à Paris ? interroge Stomper.

Yumna sourit et hausse ses jolies épaules.

— Nous avons tout le temps ! répond-elle.

Un peu à l'écart, assis à la terrasse d'un café, un grand Noir les observe. Mince, musclé, vêtu d'un costume de lin beige, ses yeux bleus suivent l'Oldsmobile qui s'éloigne. Alors, Yerbo jette quelques pièces sur la table et se lève. Son verre de porto blanc bien frais est à peine entamé.

Photocomposition Nord Compo

Achevé d'imprimer en mars 2019
par CPI BUSSIÈRE (18200 Saint-Amand-Montrond)
pour le compte des Éditions Calmann-Lévy
21, rue du Montparnasse, 75006 Paris

PAPIER À BASE DE
FIBRES CERTIFIÉES

CALMANN LÉVY s'engage
pour l'environnement en réduisant
l'empreinte carbone de ses livres.
Celle de cet exemplaire est de :
800 g éq. CO_2
Rendez-vous sur
www.calmann-levy-durable.fr

N° d'éditeur : 88-0414-7/06
N° d'imprimeur : 2043816
Dépôt légal : janvier 2019
Imprimé en France.